Knaur

Von Patricia MacDonald sind außerdem erschienen:

Familienkiller
Mord im September
Das Wiegenlied

Über die Autorin:

Patricia MacDonald hat 1997 den ersten Preis beim Deauville Filmfestival gewonnen und war mit einigen ihrer Romane für den Edgar Award nominiert. Sie lebt mit ihrer Tochter und ihrem Ehemann in Cape May, New Jersey.

Patricia MacDonald

Der unheimliche Verehrer

Roman

Aus dem Amerikanischen
von Ingeborg Ebel

Knaur

Die amerikanische Originalausgabe erschien 1995 unter dem Titel
»Secret Admirer« bei Warner Books, Inc., New York

Besuchen Sie uns im Internet:
www.knaur.de

Vollständige Taschenbuchausgabe 2003
Droemersche Verlagsanstalt Th. Knaur Nachf., München
Dieser Titel erschien bereits unter der Bandnummer 60633

Umschlaggestaltung: ZERO Werbeagentur, München
Umschlagabbildung: Photonica, Hamburg/Veronique Decruk
Satz: MPM, Wasserburg
Druck und Bindung: Clausen & Bosse, Leck
Printed in Germany
ISBN 3-426-62274-2

5 4 3 2 1

Für Dan und Roberta Vaughn,
die dieses Jahr
goldenen Hochzeit feiern.

Mein besonderer Dank gilt den Experten: Jack Sayre, der die Landratte mit aufs Meer nahm; Cape May County First Assistant Prosecuter Ted Housel; Sergeant Ray Lewis und seinen Kollegen am Cape May County Court House; und vor allem der ehrenwerten Carmen Alvarez, die geduldig und überlegt alle meine Fragen beantwortete und es mir ermöglichte, einen Blick hinter die Kulissen der Gerichtsbarkeit zu werfen.
Sollten irgendwelche Fakten, die Seefahrt oder das Rechtswesen betreffend, verzerrt dargestellt sein, bin allein ich dafür verantwortlich.

Erster Teil

Dezember, Silvester

1

Ein Stück Mond hing zwischen nackten Ästen, und ausgetrocknete braune Grasbüschel knirschten unter Laura Reeds Schuhen, als sie über den Village Green ging. Noch immer hingen kleine weiße Weihnachtslichter an den Bäumen. In der nächsten Woche würde das Gartenbauamt von Cape Christian sie entfernen lassen, doch jetzt erinnerten sie noch an die Feiertage. Laura bohrte die Hände tief in die Taschen ihres Mantels und fröstelte. Normalerweise marschierte sie bei einem solchen Wetter in Parka, dickem Pullover und Stiefeln durch die Stadt. Doch sie und ihr Mann Jimmy, wollten bei einem Dinner den Silvesterabend feiern, deshalb trug sie Seidenstrümpfe, Pumps, eine seidene Bluse und einen Rock unter ihrem Wollmantel. Die Dezemberkälte schien ihr bis ins Mark zu dringen.

Trotz der Kälte ging sie gern durch die Stadt. Cape Christian war ein kleines viktorianisches Juwel, an der Südspitze der Küste New Jerseys gelegen, und der Ort bot eigentlich zu jeder Jahreszeit einen malerischen Anblick. Die Äste großer Bäume wölbten sich über stille Alleen und beschirmten die Reihen alter Häuser, die liebevoll gepflegt wurden und jetzt mit Pfefferkuchen geschmückt waren. Von fast jeder Ecke der Main Street konnte man einen Blick auf das Meer werfen, das hinter der Promenade lag, die die Ostgrenze der Stadt bildete.

Im Sommer war sie von Touristenscharen bevölkert, die während ihres Urlaubs am Strand die idyllische Atmosphäre eines anderen Jahrhunderts genießen wollten. Jimmy Reed war in dieser Stadt geboren und aufgewachsen, und als er Laura mit in seine Heimat gebracht hatte, hatte er ihr versprochen, daß sie diesen Ort bald lieben würde. Er hatte recht gehabt. Sie liebte Cape Christian zu jeder Jahreszeit, und sie liebte es genauso wie eine Einheimische, aber am meisten liebte sie es mitten im Winter, wenn die Straßen verlassen dalagen und die Stadt neben dem Tosen des Meeres von Stille durchdrungen war.

Sie ging an der im gotischen Stil erbauten katholischen Kirche vorbei. Die Krippe davor stand noch immer dort, von einem Strahler beleuchtet. Laura mußte an das Weihnachtsfest denken, als sie zum erstenmal hier gewesen waren – damals war Michael, ihr Sohn, zwei Jahre alt gewesen. Sie hatte ein Schaufenster betrachtet, und er war zu der Krippe gewackelt, hatte stolz das Jesuskind genommen und war mit strahlenden Augen zu ihr zurückgekehrt. »Mein Baby«, hatte er den nachsichtig amüsierten Passanten zugekräht, während Laura schnell die kleine Figur wieder in ihre Krippe gelegt hatte.

Sie lächelte, als sie daran dachte, und marschierte weiter an der Reihe fröhlich bemalter und mit Schindeln verkleideter Geschäfte entlang, die das Einkaufszentrum der Main Street bildeten. Alle Fenster waren dekoriert. Während der Weihnachtszeit ging es in Cape Christian fast ebenso geschäftig wie während der Sommermonate zu. Schon Wochen vor dem Fest kamen Besucher und übernachteten in den viktorianischen Gästehäusern, die alle weihnachtlich geschmückt waren. Laura fragte sich manchmal, wie die Leute während der Weihnachtszeit noch Muße für solche Reisen hatten. Sie war schon froh, wenn sie mit dem Bakken, dem Einkaufen und Einwickeln der Geschenke zurechtkam.

Doch wenn das Fest vorüber war, fiel Cape Christian in seinen Winterschlaf zurück. Reed's Gallery, im dritten Block der Main Street gelegen, war nur schwach erleuchtet. An einem Silvesterabend, um sechs Uhr, würde kein Kunde kommen. Jimmy war am späten Nachmittag noch ins Geschäft gegangen, um ein paar Bilder zu rahmen, und allein aus diesem Grund hatte die Galerie geöffnet. Laura stieß die Tür auf, und eine Glocke läutete, als sie die Galerie betrat.

Unten brannten nur ein paar Spots, doch von oben, aus Jimmys Rahmengeschäft, kam über die Treppe ein goldenes Leuchten. Ein hager aussehender Mann mit einer Mähne grauen Haars saß in einem Rollstuhl unter einem der Spotlichter und blätterte mit großen, aber feingliedrigen Händen in einem Buch. Als die Tür geöffnet wurde, blickte er auf. Sein Gesicht war faltenlos und sah jugendlich aus. Zwei Farbflecken erschienen auf seinen blassen Wangen. »Laura!« rief er.

Sie lächelte. »Hi, Gary. Was für eine nette Überraschung.«

»Ich mußte mit Jim etwas besprechen – das Forschungsstipendium.«

Laura nickte. Gary Jurik war ein hiesiger Künstler und ein Freund. Jimmy hatte Gary davon überzeugt, sich am Boston Museum of Fine Arts um ein Stipendium zu bewerben, das im Fall einer Annahme ein Jahr Unterricht als auch selber Unterrichten bedeuten würde.

»Ich weiß, daß du es bekommst«, sagte Laura.

»Ich hatte bisher noch nie akademischen Unterricht«, protestierte Gary.

»Ja. Aber schau doch mal, wie erfolgreich du bist. Ein Erfolg, von dem andere Künstler nur träumen können.«

Gary errötete vor Freude über ihre Worte. »Na ja, schon«, sagte er.

»Ist Jim oben?« fragte sie.
Gary Jurik nickte.
Laura ging zum Fuß der Treppe. Im Vorbeigehen fiel ihr auf, daß ein paar neue Bilder aufgehängt worden waren und viele der Gemälde mit den blauen Klebeschildchen versehen waren, die bedeuteten, daß sie verkauft waren. Jimmy hatte den Zeitpunkt der Eröffnung seiner Galerie dem Zufall überlassen. Doch während der letzten zwei Jahre war das Interesse an Kunst geradezu explodiert, sowohl unter den auswärtigen als auch unter den einheimischen Kunden, und es hatte sich ein solides Potential von Stammkunden gebildet.
»Hey, Babe, ich bin's«, rief sie nach oben.
»Ich komme gleich«, rief er zurück.
Laura nickte und ging zu Gary zurück. Sie setzte sich auf einen Schemel neben ihn. Gary hatte einmal erwähnt, daß er es haßte, immer zu den Leuten aufschauen zu müssen, wenn er mit ihnen redete. Das konnte Laura gut verstehen und tat ihm gern den Gefallen, wenn möglich, in seiner Gegenwart zu sitzen. »Was hast du da?« fragte sie und deutete auf das Buch in seinen Händen.
»Kommt es dir nicht bekannt vor?« fragte er, und reichte es ihr.
Laura nahm es und sah sich den Buchrücken an. Es war ihr neues Buch, *Raoul and the Horse from the Sky,* Raoul und das Pferd vom Himmel, das vierte einer Serie für Kinder über Raoul und seine außerirdischen Freunde, Bücher, die gern gelesen wurden. »Hat es keinen Schutzumschlag?« fragte sie.
»Er muß hier irgendwo liegen«, sagte Gary und wich ihrem Blick aus. »Dieses Exemplar gehört Jimmy. Ich glaube, dieses ist dein bestes Buch, jedenfalls was die Illustrationen angeht. Das Pferd ist richtig lebendig«, sagte er bewundernd.

»Danke, Gary«, entgegnete sie voller Freude. »Das ist ein wunderbares Kompliment – weil du es sagst.«

Gary lächelte und errötete wieder. Er war etwas jünger als Jimmy, um die Dreißig, aber aus der Entfernung sah er viel älter aus – weil er im Rollstuhl saß und graues Haar hatte. Jimmy hatte ihr erzählt, daß Garys Haar grau geworden war, als er siebzehn war, ein Jahr nach seinem Unfall. Doch wenn er wie jetzt lächelte, dachte Laura, sah er wie ein Halbwüchsiger aus.

Sie deutete auf eines seiner neuen Bilder an der Wand, ein stimmungsvolles, lichtdurchflutetes Aquarell des *Dormley,* eines großen alten Strandhotels. »Wunderschön«, sagte sie. »Wie kannst du dich nur so perfekt an das Licht erinnern?«

»In meinem Kopf ist immer Sommer«, sagte er.

Lauras Lachen bestätigte das, und Gary rollte mit seinem Stuhl zu einer Reihe anderer Exponate, die er stirnrunzelnd betrachtete. »Jim hat da ein paar vielversprechende Talente entdeckt.«

Laura lächelte und schüttelte den Kopf. Gary wußte ganz genau, daß keiner dieser Maler mit ihm konkurrieren konnte, doch das Ego eines Künstlers ist eben labil. Gary war *der* anerkannte Künstler der Galerie, und Jim hatte ihn entdeckt. Die beiden waren seit ihrer Kindheit Freunde. Gary hatte sich schon immer mit der Malerei beschäftigt, doch erst nach seinem Autounfall, als er zu einem Leben im Rollstuhl verdammt wurde, hatte er sich ganz und gar darauf konzentriert.

Als Jimmy in seine Heimatstadt zurückgekehrt war und die Galerie eröffnet hatte, waren ihm Garys schöne Aquarelle sofort aufgefallen, und er hatte erkannt, welches kommerzielle Potential in den Motiven – die herrlichen viktorianischen Gebäude der Stadt – steckte. Er kümmerte sich nicht nur um den Verkauf der Bilder in seiner Galerie, sondern hatte eine ganze Palette von Artikeln mit Garys Motiven herstellen lassen, wie Briefpapier, Kalender und Becher. Diese Dinge verkauften sich außerordentlich gut, ja, sie waren geradezu gleichbedeutend mit einem Besuch in Cape Christian. So war die Zusammenarbeit der beiden ein voller finanzieller Erfolg für sie geworden.

»Glaubst du etwa, daß er uns beide durch andere ersetzen will?« fragte Laura.

Gary sah sie erschrocken an. Er strahlte eine gewisse Unschuld aus, die Laura immer wieder rührte. »Meinst du das wirklich?«

»Nein, ich habe nur Spaß gemacht«, sagte sie. »Obwohl es wirklich an der Zeit ist, daß er einen neuen Schützling findet. Er kann nicht anders. Das liegt in seiner Natur.«

Gary nickte. »Er ist als Mäzen geboren worden.«

»Moment mal«, sagte Laura. »Das hieße doch, er müßte Geld haben.«

»Du hast recht. Ich habe mich falsch ausgedrückt. Nennen wir ihn eher einen Mentor und Ratgeber.«

»Ja. Ich hätte niemals auch nur davon geträumt, diese Bücher zu machen, wenn er nicht Druck auf mich ausgeübt hätte«, sagte sie lachend. Das stimmte. Laura hatte Kunst studiert, doch immer im Hinblick darauf, eines Tages Lehrerin zu werden. Es war Jimmy, der sie so lange unter Druck gesetzt und ermutigt hatte, bis ihr erstes Buch fertig gewesen war; Jimmy, der es an Agenten und Verleger geschickt hatte. Mit jeder Ablehnung wurde sie mutloser, er dafür um so entschlossener. Und schließlich hatte sich sein Glaube in sie als richtig erwiesen.

»Er ist sich seines Geschmacks absolut sicher«, meinte Gary.

»Ja. Wenn ihm etwas gefällt, sagt er sich, daß es nur eine

Frage der Zeit ist, bis die ganze Welt auch so empfindet«, konstatierte Laura trocken.

Gary ließ den Blick über die Wände schweifen. »Es muß phantastisch sein, ein solches Selbstvertrauen zu haben«, sagte er.

Die Türglocke läutete, dann wurde die Tür geöffnet. Eine in einen dicken Schal und Tweedmantel eingehüllte Frau mittleren Alters betrat die Galerie. Sie wirkte verhärmt, und ihr dünnes, grau werdendes dunkles Haar war zu einem nachlässigen Knoten geschlungen. Sie sah Laura und Gary jammervoll an und verkündete ohne Gruß: »Ich bin mit dem Einkaufen fertig.«

»Hallo, Mrs. Jurik«, sagte Laura. Jedesmal, wenn sie Wanda Jurik sah, tat ihr die Frau leid. Wanda wirkte immer verstört und den Tränen nahe. Von Jimmy wußte Laura, daß nur Wanda sich um Gary nach dessen Unfall gekümmert hatte. Garys Vater, Karl Jurik, war ein träger, wenn auch charmanter Trinker gewesen, der nie Verantwortung für seine Familie übernahm und kam und ging, wie es ihm beliebte. Ein paar Jahre nach Garys Unfall verschwand er dann für immer. Eine Menge Leute fanden, daß Wanda ihren Sohn wie eine Glucke bemutterte – auch Jimmy war dieser Ansicht –, aber Laura versuchte sich immer vorzustellen, was sie selbst in Wandas Lage täte – wenn ihrem Sohn, Michael, etwas Ähnliches passiert wäre. Wie konnte eine Mutter damit fertig werden?

»Hallo«, sagte Wanda kurz angebunden. »Gary, ich erwarte dich hinten.«

»Okay«, sagte er.

Ohne ein weiteres Wort drehte sich Wanda um und ging. Gary wirkte peinlich berührt. »Mutter hat mich heute gebracht«, erklärte er. »Mein Van ist in der Werkstatt.« Gary besaß einen für seine Bedürfnisse umgebauten Transporter; um ihn zu fahren, brauchte er nur seine Hände. »Ich muß jetzt gehen«, sagte und suchte nach seinem Mantel. Laura entdeckte ihn. Er hing über einem Stuhl in der Nähe. Sie ging hin und gab ihm sein Kleidungsstück. »Schön, daß ich dich gesehen habe«, sagte sie. »Kommst du nächste Woche mal zum Abendessen? Wie wär's mit Dienstag?«

»Mal sehen«, sagte er mürrisch. »Doch ich hätte schon Lust. Wie geht's Mike?«

»Gut.« Laura lächelte.

»Sag ihm, daß ich ihn auf eine Spritztour mitnehme.« Michael war ganz versessen darauf, auf Garys Schoß Rollstuhl zu fahren; immer drängte er ihn, schneller und schneller zu fahren. Als Michael zum erstenmal auf den Rollstuhl geklettert war und darauf bestanden hatte mitzufahren, war Laura entsetzt gewesen. Aber Gary hatte nur darüber gelacht. Er schien es zu genießen.

Gary zog seinen Mantel an und rollte zur Hintertür. Jimmy hatte sowohl in der Galerie als auch zu Hause Rampen installieren lassen, so daß Gary ohne Hilfe kommen und gehen konnte. Am Fuß der Treppe hielt er seinen Rollstuhl kurz an und rief hoch: »Auf Wiedersehen, Jim.« Dann rollte er zur Hintertür.

»Komm nicht vom Weg ab, Mann«, rief Jim zurück. »Und jetzt, Laura«, befahl er, »schließ die Augen und mach sie erst wieder auf, wenn ich es sage.«

»Warum?« Laura kicherte, tat aber, wie ihr geheißen.

Sie hörte Jimmys Schritte auf der Treppe, atmete den frischen, männlichen Duft ein, als er an ihr vorbeiging, und hörte dann das Geräusch, als er etwas auf den Schreibtisch legte. »Gut«, sagte er. »Jetzt kannst du sie wieder aufmachen.«

Laura stieß einen Freudenschrei aus, als sie sah, was dort

lag. Er hatte den Schutzumschlag ihres neuen Buches gerahmt.
»Ein verspätetes Weihnachtsgeschenk.« Er seufzte. »Ich bin vorher nicht dazu gekommen. Ich mußte erst die Bestellungen fertigmachen.«
Laura lächelte ihren Mann an. Er hatte ein markantes Gesicht, breite Schultern und strahlte diese selbstverständliche Selbstsicherheit eines Menschen aus, der immer im Übermaß geliebt worden ist. Er gehörte zu jenen Männern in Cape Christian, die sowohl in akademischer als auch in sportlicher Hinsicht auf dem Footballfeld Triumphe gefeiert hatten. Als Laura ihn in San Francisco kennenlernte, war er gerade dabei, ein wichtige Rolle bei den Kunsteinkäufen von Museen zu spielen. Alle waren überrascht, daß er seine vielversprechende Karriere aufgab, an die Ostküste zurückkehrte und eine kleine Galerie in seiner Heimat eröffnete. Da er dieses Unternehmen mit seinem gewohnten Elan, einer enormen Arbeitsleistung und viel Klugheit anging, war es kein Wunder, daß er Erfolg hatte.
»Das sieht toll aus«, sagte sie. »Danke.« Sie stand auf und küßte ihn auf die Wange. Neuerdings trug er einen Bart, und sie liebte diesen Bart. Sie fand, daß der Bart sexy aussah, außerdem beklagte sich Jim nie mehr, daß er sich rasieren müsse. Sie wandte ihre Aufmerksamkeit wieder ihrem Geschenk zu und fuhr mit dem Finger leicht über den Rahmen. »Wie schön du das gemacht hast.«
Jimmy sah ihr über die Schulter. »Das ist ein tolles Foto von dir.« Er hatte die Aufnahme letzten Sommer am Strand gemacht.
Wie die meisten Menschen betrachtete Laura Bilder von sich eher kritisch. Aber dieses Foto gefiel auch ihr. »Es ist nett«, stimmte sie zu.
»Trotzdem wird es dir nicht gerecht«, meinte er.

»Übrigens«, sagte Laura, »Marta hat heute angerufen.« Marta Eberhart war Lauras Verlegerin, die Frau, die Lauras Manuskript und ihre Illustrationen vor drei Jahren aus völliger Unbekanntheit herausgeholt und sie zur Autorin gemacht hatte. Deshalb war Laura Marta unendlich dankbar und treu ergeben.

»Ja?« sagte Jim. »Was wollte sie? Wie verkauft sich das Buch?«

»Sehr gut, wie es scheint«, sagte Laura. »Sie ist zufrieden.«

»Wunderbar.«

»Letzten Monat hat sie einen Typen von *Book World* kennengelernt, der eine Story über mich schreiben möchte«, sagte Laura, stolz über die Neuigkeit. »Er heißt Bob Gerster und will herkommen, um Fotos zu machen und mich zu interviewen.«

»Das ist ja phantastisch«, sagte Jimmy. Er akzeptierte schamlos jede Gelegenheit, die Publicity versprach. »Er kann zu uns nach Hause kommen, in die Galerie, alles kann er haben!«

»Langsam, langsam«, mahnte Laura ihren Mann. »Er hat sich noch nicht gemeldet. Vielleicht hat er seine Meinung geändert.«

»Ich weiß nicht recht«, sagte Jim neckend. »Wenn ich es mir richtig überlege, finde ich es gar nicht gut, wenn ein anderer Mann dich fotografiert. All diese Bücherliebhaber, die in dich verknallt sind.«

»Du wirst schon sehen, wohin dich deine Schmeicheleien bringen«, sagte Laura mit liebevollem Spott. »Zu einem ... einem ganz besonderen Abend.«

Jimmy lächelte. Er liebte es, seine Frau anzuschauen. Er sagte immer, daß es Liebe auf den ersten Blick gewesen sei. Tatsächlich war sein erster Wunsch, als er sie sah, der gewesen, er möge genug Talent haben, sie malen zu können. Sie hatte eine schimmernde Haut, rauchgraue Augen, die Ruhe ausstrahlten und stets nachdenklich blickten, hohe Wangenknochen und einen üppigen Mund. Es war ein bemerkenswertes Gesicht, dessen Apartheid noch durch ihr schulterlanges, leicht gewelltes, silberblondes Haar unterstrichen wurde.

Sie errötete unter seinem bewundernden Blick und sagte: »Dein Geschenk ist viel schöner als die Angelausrüstung, die ich dir zu Weihnachten geschenkt habe ...«

»Die habe ich mir doch gewünscht. Ich hoffe nur, daß ich diesen Sommer Zeit habe, sie zu benutzen ... daß wir drei mit dem Boot raus aufs Meer fahren können.«

Laura verstand ihn nur zu gut. Als sie hierhergezogen waren, hatte Jim ein Boot zum Fischen gekauft, doch im Sommer hatte er am meisten zu tun. Da blieb keine Zeit für das Boot. Jetzt räumte er seinen Schreibtisch auf und sagte: »Wir können gleich gehen. Ich habe bei *Marie's* einen Tisch bestellt.«

»Schön. Ich freue mich auf das italienische Essen.«

»Hast du Michael zu Mom gebracht?«

»Sidney hat ihn abgeholt«, sagte sie. Sidney Barone war Jims Stiefvater. James Reed senior war in Cape Christian Polizist gewesen und an einem Herzinfarkt gestorben, als Jimmy erst drei Jahre alt gewesen war. Jims Mutter, Dolores, hatte ihn allein großgezogen. Sie hatte Sidney, einen Witwer, der Eigentümer einer Firma war, die die Restaurants und Hotels in Atlantic City mit frischer Wäsche versorgte, erst geheiratet, als Jimmy sechzehn war. Deswegen hatte Jim Sidney nie als seinen Vater betrachtet, doch für Michael war er der einzige Großvater, den er hatte – sein geliebter Poppy.

»Ich habe gerade kurz mit Gary gesprochen«, sagte sie. »Seine Mutter kam und hat ihn abgeholt.«

Jim runzelte die Stirn. »Ich kann diese Frau nicht ausstehen«, sagte er. »Sie behandelt Gary, als wäre er ein kleiner Junge in einem Kinderwagen und kein erwachsener Mann.«

»Immer, wenn ich sie sehe, muß ich an das alte Sprichwort denken: ›Was man wünscht, das glaubt man gern‹«, sagte Laura. »Ich meine damit, daß sich jede Mutter zu einer gewissen Zeit wünscht, ihre Kinder würden sie niemals verlassen. Aber auf eine andere Weise nicht verlassen. Denn eigentlich wünscht sie sich, daß ihre Kinder erwachsen werden, glücklich sind und ihre Träume realisieren ...«

»Das wünschst *du* dir«, sagte Jimmy. »Doch so sind nicht alle Mütter. Der Punkt ist doch, daß Gary sie verlassen und ein normales Leben führen könnte, aber das verweigert sie ihm. Manchmal denke ich, daß sie die Situation so mag, wie sie ist.«

»Bist du da nicht etwas unfair?« fragte Laura.

»Ich weiß es nicht. Vielleicht. Sieh mal ... hmm ...«

»Was?«

»Richard kam heute vorbei.«

»Und?«

»Und er fragte mich, ob wir heute abend ausgehen ...«

»Jetzt erzähl mir bloß nicht, daß ...«

»Er und Candy möchten sich uns anschließen ...«

»O nein! Jimmy ...«

»Was hätte ich denn tun sollen? Er hat mir die Pistole auf die Brust gesetzt.«

»Du hättest doch sagen können, daß Silvester ist und daß du mit deiner Frau allein sein willst.«

Jimmy nickte. »Du hast ja recht. Ich rufe ihn an.«

Laura seufzte. Sie wußte, daß sie ihren Mann in Verlegenheit brachte. Richard Walsh war ihr Anwalt und Jimmys Partner bei der Kunstgalerie. Auch er stammte aus Cape

Christian und war ein Jugendfreund von Jim. Außerdem verfügte er über ein unbestreitbares Talent, Geld zu machen. Zwar arbeitete er als Anwalt, doch sein Hobby waren Anlagegeschäfte, und darin schien er außerordentlich erfolgreich zu sein. Er redete nur über Investitionen. Doch er besaß auch viel Humor, und Laura mochte ihn ganz gern. Seine Frau Candy konnte sie dagegen nicht ausstehen. Candy war eine ehemalige Schönheitskönigin; ihre Hauptbeschäftigung bestand darin, in ihrem großen modernen Haus in Rock Harbor, der nächstgelegenen Stadt, allein rumzusitzen und über den Teleshopping-Kanal Schmuck zu kaufen oder sich mit ihrem Hometrainer fit zu halten. Candy Walsh war die letzte Person, mit der Laura gern einen Abend verbracht hätte.

»Weißt du seine Telefonnummer?« fragte Jim. Laura wußte, daß er sich Richard gegenüber verpflichtet fühlte. Er hatte darauf bestanden, in die Galerie zu investieren, und Richards Geld hatte es möglich gemacht, sie so auszustatten, daß sie zu einem wahren Blickfang geworden war. Sie wollte ihren Mann deshalb nicht in Verlegenheit bringen und sagte: »Okay. Komm, laß uns gehen.«

»Wirklich?« fragte er zweifelnd.

»Ja, ja. Aber laß uns sofort gehen, sonst ändere ich noch meine Meinung.«

Jimmy sah seine Frau dankbar an. »Das mache ich wieder gut.«

»Das hoffe ich doch«, sagte sie.

2

Candy Walsh streckte sich wie eine Katze und säuselte: »Nächste Woche um diese Zeit pflege ich meine Sonnenbräune. Ich spüre schon, wie ich in meinem Bikini daliege und die Sonne trinke.« Sie sah Jimmy und Richard an und hoffte wohl auf eine lüsterne Bemerkung der Männer bei der Vorstellung, sie fast nackt unter der Sonne liegen zu sehen, doch die beiden steckten die Köpfe zusammen, und Richard drückte auf die Zahlenknöpfe seines Taschenrechners. Candy schmollte.

»Wo fährst du hin?« fragte Laura pflichtschuldigst.

»Nach Nassau. Da fahren wir immer hin, weil man dort am besten einkaufen kann. Du kannst dir gar nicht vorstellen, was für eine Auswahl an Porzellan und Kristall sie haben«, erklärte Candy, die nie Gäste empfing oder kochte. »Und der Schmuck erst. Ich habe diese Uhr da gekauft.« Sie streckte ihre weiche, schlanke Hand aus, an deren Gelenk eine mit Diamanten übersäte Uhr prangte.

»Sehr schön«, sagte Laura ohne Begeisterung.

»Und dann gibt's da natürlich die Kasinos. Wir fliegen so oft nach Nassau, daß Richard schon mit dem Gedanken spielt, dort eine Wohnung zu kaufen. Nicht wahr, Liebling?«

Richard unterbrach seine Ausführungen über Investmentstrategien und strahlte seine Frau an. Candy zwinkerte ihm zu, wenn auch vorsichtig, damit sie ihre Wimperntusche nicht verschmierte. Laura seufzte.

Candy deutete den Seufzer falsch. »Ihr beide könnt wohl nicht oft verreisen; schließlich müßt ihr euch doch um das Kind und die Galerie kümmern«, sagte sie mitfühlend.
»Ich reise überhaupt nicht gern«, meinte Laura nur. »Meine ganze Jugend habe ich mit Reisen verbracht. Mein Vater war in der Marine, und wir mußten alle ein oder zwei Jahre umziehen. Ich habe mir immer gewünscht, am selben Ort bleiben zu können.«
»Na ja, wenn man mit den Eltern verreisen muß, ist das meistens langweilig«, sagte Candy. »Aber wenn man auf dem schönsten Fleckchen dieser Erde Urlaub macht, ist das was anderes. Wo leben deine Eltern jetzt? Wenigstens an einem schönen Ort, den du dir mal anschauen könntest?«
»Sie sind tot«, sagte Laura. »Sie starben bei einem Flugzeugabsturz.« Als Laura Candys Bestürzung sah, hatte sie das Gefühl einer kleinen perversen Zufriedenheit. Wahrscheinlich stellte Candy sich jetzt vor, ihr Flugzeug nach Nassau könnte abstürzen.
»Das tut mir leid«, murmelte Candy.
Laura zuckte mit den Schultern, trank ihren Kaffee aus und starrte über den Rand ihrer Tasse ins Leere. Jimmy sah seine Frau an und dann auf seine Uhr. »Ich glaube, es ist Zeit für uns«, meinte er.
»Ich werde an euch beide denken«, verkündete Candy fröhlich, »wenn ich da draußen am Strand liege.«
»Wie schön«, sagte Laura ausdruckslos. Jimmy ging um den Tisch und zog sie vom Stuhl hoch.
Vor der Tür nahm Marie Vanese zwei dunkelrote Rosen aus einer Vase, die auf einem Tisch stand, und reichte sie den beiden Damen. Das war bei besonderen Anlässen bei ihr so Brauch.
»Eine Rose für die lieblichen Ladys«, sagte sie mit ihrer rauhen Stimme.

»Danke, Marie«, sagte Laura begeistert und schnupperte an den dunkelroten samtenen Blütenblättern.
»Au!« klagte Candy und leckte die Spitze ihres perfekt manikürten Zeigefingers ab. »Ich habe mich gestochen. Hier, Richard, halt das mal.«
Richard nahm die Rose in seine fleischige Hand und half seiner Frau in ihren Pelzmantel.
»Alles war phantastisch, wie immer«, sagte Jimmy zu Marie, als er seinen Mantel anzog. »Danke, daß Sie uns noch einen Tisch reserviert haben.«
Maries olivfarbenes Gesicht erstrahlte in einem warmen Lächeln. »Ich freue mich, daß es Ihnen gefallen hat«, sagte sie mit heiserer Stimme. Maries Trattoria war immer beliebt, doch vor allem an kalten Winterabenden, wenn die meisten Restaurants geschlossen hatten, waren ihre würzigen Gerichte ein wahres Labsal für die Seele. Ihrem Bruder, Dominick, gehörte ein berühmtes Restaurant, das den Ruf hatte, das Stammlokal von Mitgliedern des organisierten Verbrechens in Atlantic City zu sein. Doch in Maries Gegenwart machte nie jemand eine Bemerkung darüber, denn sie benahm sich ebenso distinguiert wie gebürtige Cape Christianer. Sie lebte zurückgezogen mit einer Frau zusammen, einer pensionierten Bibliothekarin, und die beiden hielten sich drei Katzen. Wenn Marie nicht in ihrer Trattoria war, sammelte sie Muscheln am Strand, die sie zu Collagen zusammenfügte und im Sommer auf Ausstellungen des Kunsthandwerks präsentierte.
»Jetzt aber raus mit euch«, sagte sie, als sie die Tür für ihre Gäste öffnete. »Und kommt bald wieder.«
Candy hatte Lederhandschuhe angezogen und hielt ihre Rose wieder in der Hand. Mit einer aufreizenden Geste strich sie damit über ihre Wange und lächelte Jimmy an.
»Was haltet ihr davon, wenn wir nach Atlantic City fahren

und dort das neue Jahr feiern?« fragte Richard. »Wir gönnen uns ein paar Drinks und sehen uns vielleicht eine Show an?«

Laura wußte von Jimmy, daß Richard die Atmosphäre in Atlantic City liebte. Sie selbst konnte sich nichts Langweiligeres vorstellen, als den Abend damit zu verbringen, einen einarmigen Banditen mit Münzen zu füttern, oder andere Leute an den Spieltischen zu beobachten. Sie warf ihrem Mann einen warnenden Blick zu.

»Das geht nicht, Richard. Wir müssen Michael bei meiner Mutter abholen«, erklärte Jim.

»An Silvester? Es ist doch erst zehn. Komm schon, deine Mutter behält ihn doch sicher über Nacht«, versuchte es Richard.

Jimmy schüttelte den Kopf. »Nein, nein. Wir müssen ihn abholen. Das gehört eben zu den elterlichen Pflichten.«

Candy sah die beiden mitleidsvoll an.

»Na gut«, sagte Richard. »Dann fahren wir eben allein. Es war schön, mit euch essen zu gehen.«

Laura rang sich ein Lächeln ab.

Candy stampfte mit den Füßen, die in teuren italienischen Schuhen steckten. »Ich friere, Richard. Laß uns gehen.«

Die beiden Ehepaare verabschiedeten sich, und Laura schmiegte sich an Jimmy, als sie zu ihrem Wagen gingen. Sie klapperte mit den Zähnen, als sie sich auf den Beifahrersitz setzte und die Tür schloß.

»In einer Minute ist es warm«, versprach Jimmy, startete den Motor und stellte die Heizung hoch. »Das Essen war gut, nicht?«

»Köstlich«, stimmte Laura zu. »Obwohl ich schon Angst hatte, daß wir im neuen Jahr in Trump's Castle landen würden.«

Jimmy lachte. »Gott sei Dank haben wir Michael. Ich habe

mich etwas geschämt, weil wir ihn als Ausrede benutzt haben.«

Laura schüttelte den Kopf. »Ist dir nicht aufgefallen, wie uns Candy angeschaut hat? Als ob du gesagt hättest, du würdest dir vom Zahnarzt eine Wurzelbehandlung ohne Betäubungsspritze machen lassen.«

»Ach, weißt du, ich glaube, daß Richard gerne Kinder hätte, aber Candy ist absolut dagegen.«

»Für die Kinder ist das wahrscheinlich auch besser so«, sagte Laura.

»Es tut mir leid, daß du die beiden heute abend ertragen mußtest, Babe«, sagte er.

»Schon gut.«

»Ich hoffe, daß Michael schon schläft«, sagte er. »Dann könnten wir vielleicht im Schlafzimmer ein Glas Sekt trinken?« Sein Blick zu ihr hinüber war eindeutig verführerisch.

»Fahr weiter und schau, wohin du fährst«, sagte sie.

Den Rest der kurzen Strecke zu den Seashell Apartments legten sie in einträchtigem Schweigen zurück. Die Eigentumswohnungen waren in einem riesigen Gebäude am Meer untergebracht, das im Stil eines schindelgedeckten Cottage errichtet worden war und früher als Hotel gedient hatte. Dolores und Sidney lebten in einem bequemen Apartment mit zwei Schlafzimmern. Eines der Schlafzimmer war als Kinderzimmer für Michael eingerichtet worden und mit allem ausgestattet, was sich ein Junge seines Alters wünschen konnte.

»Es gefällt mir besser als mein Zimmer zu Hause«, hatte er einmal gesagt, worüber sich Laura geärgert hatte. Sie wußte, daß ihr Sohn das einfach nur dahergeplappert hatte, aber es wurmte sie trotzdem. Sie hatte immer das Gefühl, als stünde sie mit ihrer Schwiegermutter in einer Art unge-

sundem Wettbewerb. Dieses Gefühl hatte von Anfang an existiert.
Jimmy läutete, und Dolores drückte auf den Summer, der die Tür öffnete. Sie erwartete die beiden hinter der Apartmenttür. Sie hatte einen aquamarinblauen Jogginganzug und makellos weiße Freizeitschuhe an. Ihr eisgraues Haar war mit einem kunstvollen Stufenschnitt gestylt und ihr eckiges, immer gebräuntes Gesicht sorgfältig geschminkt. Auf ihrem Kopf thronte ein Partyhut aus Goldpapier. Sie blies in eine Tröte, als sie die Tür öffnete.
»Frohes neues Jahr!« verkündete sie und streckte Jimmy die Arme entgegen. Er küßte sie, wobei er sie wie ein großer Bär überragte.
»Nicht vor Mitternacht, Ma«, sagte Jimmy. »Da bin ich abergläubisch.«
Laura quetschte sich an den beiden vorbei in die Wohnung. Sidney saß in einem Korbsessel aus Bambusgeflecht und las die *Atlantic City Press.* Auch auf seinem schon kahl werdenden Haupt saß in keckem Winkel ein Partyhut. In der Ecke hinter ihm stand noch immer der mit bunten Lichtern geschmückte Weihnachtsbaum. Sidney hob den Kopf und spähte über seine Lesebrille zu seiner Schwiegertochter hin. »Hallo, Laura. Wie war euer Dinner?«
»Es war gut«, sagte sie. »Richard und Candy Walsh haben mit uns gegessen.«
»Diese Candy ist eine schöne Frau, nicht wahr?« sagte Dolores, die mit Jimmy ins Zimmer kam. Ihren Arm hatte sie besitzergreifend unter den ihres Sohnes geschoben. Ihre Armbänder klingelten wie Schlittenglöckchen. »Sie sieht immer tipptopp aus und ist so gepflegt.«
Sofort wurde sich Laura der Laufmasche in ihrer Strumpfhose bewußt und der Tatsache, daß sie nach dem Essen ihren Lippenstift nicht erneuert hatte.

Geschickt wechselte Sidney das Thema. »Jim, glaubst du, daß die Flyers jetzt endlich ihren Trainer loswerden?«

»Wenn sie noch einmal gewinnen wollen, sollten sie das besser tun«, antwortete Jimmy. Er sagte oft, daß er sich wundere, daß Sidney den Sport so liebe, wo er doch kaum ein Spiel beurteilen könne. Doch was Jimmy nicht merkte, dachte Laura, ist die Tatsache, daß Sidney nur versuchte, mit seinem Stiefsohn über unverfängliche Themen zu sprechen, die sie beide interessierten, ganz gleich, ob es um Baseball, Football, Basketball oder Hockey ging. Wahrscheinlich war das eine notwendige Taktik gewesen, als Sidney Mitglied dieses Haushalts wurde und er zwangsläufig einen Keil zwischen Mutter und Sohn getrieben hatte.

»Wie hat sich Michael benommen?« fragte Laura.

Sidney kicherte nachsichtig. »Er war heute abend schrecklich aufgeregt.« Wie Dolores genoß er den Tumult, den Michael bei seinen häufigen Besuchen veranstaltete.

»Ich hoffe, er hat euch nicht zu viele Umstände gemacht.«

»Er macht doch keine Umstände. Er ist ein Engel«, erklärte Dolores indigniert.

»Schläft er?«

»Wie ein Murmeltier. In seinem Zimmer«, sagte sie. »Für die Welt bis auf weiteres verloren. Warum laßt ihr ihn heute nacht nicht hier?«

»Er muß morgen früh in die Sonntagsschule«, sagte Laura.

»So? Und ich kann ihn nicht in die Sonntagsschule bringen? Ich habe meinen Sohn zwölf Jahre lang jede Woche in die Sonntagsschule gebracht. Und jeden Tag in die Grundschule. Und gleichzeitig bin ich jeden Tag zur Arbeit gegangen.«

Automatisch wurde sich Laura der versteckten Kritik in den Worten ihrer Schwiegermutter bewußt. Lauras Kinderbücher betrachtete Dolores als mehr oder weniger leichtfertigen Zeitvertreib, als einen Vorwand, nicht arbeiten zu müssen, vor allem jetzt, da ihr einziges Kind zur Schule ging. Es stimmte, Laura verdiente mit ihren Büchern zwar kein Vermögen, aber sie hatte ein Einkommen. Außerdem war sie gern zu Hause und kümmerte sich um ihren Haushalt. Doch was nützte es, wenn sie sich verteidigte? Ginge sie einer geregelten Arbeit nach, würde Dolores wahrscheinlich behaupten, daß sie ihre Familie vernachlässige.

»Ihr beide solltet mal bei *Marie's* essen«, sagte Jimmy. »Das ist ein tolles Restaurant.«

»Von diesem Essen bekomme ich Sodbrennen«, erklärte Dolores.

Laura unterdrückte ein Stöhnen. Sie konnte einfach nicht begreifen, daß ihre Schwiegermutter zu allem, was gesagt wurde, einen negativen Kommentar abgab. Doch Jimmy schien das nie zu stören. Es prallte einfach von ihm ab. Er pflegte dann nur zu lachen und zu sagen, so ist sie eben.

»Hat Michael gegessen?« fragte Laura.

»Ob er gegessen hat?« Dolores lachte. »O ja, das hat er. Wir haben unsere eigene Silvesterparty gefeiert. Zuerst hat er Hot dogs, dann Popcorn, dann Eis und Kuchen vertilgt. Was hat er noch gegessen, Sid?«

»Einen Pfannkuchen mit Marmelade.«

»Ach ja. Der war vom Frühstück übrig. Er hat wie ein Scheunendrescher gefuttert.«

»Ich hoffe, daß ihm von dem ganzen Zeug nicht schlecht wird«, sagte Laura gereizt. Schon öfter hatte Michael nach einem Besuch bei seiner Großmutter über Bauchweh geklagt.

»Ihm wird nicht schlecht«, sagte Dolores leichthin. »Es tut ihm gut, wenn er manchmal das essen kann, was er gerne ißt. Dieses ganze gesunde Zeug taugt auch nichts. Außerdem sind Großeltern doch dazu da, ihre Enkel zu verwöhnen. Habe ich nicht recht, Sid? Und wir sind die einzigen Großeltern, die er hat.«

Sid nickte und tätschelte ihre lederne Hand, die auf seiner Schulter lag.

Laura hätte am liebsten geschrien. Dolores tat immer so, als hafte Lauras Eltern etwas Suspektes an, nur weil sie gestorben waren, ehe sie Jimmy kennengelernt hatte. Dolores hatte auch wissen wollen, warum Laura ihre Bücher unter ihrem Mädchennamen veröffentlichte. Als sie ihrer Schwiegermutter versucht hatte zu erklären, daß das ihre Weise sei, das Andenken ihrer Eltern zu ehren, hatte Dolores mit Skepsis reagiert. Was soll das? hatte sie gefragt. Deine Eltern sind tot. Wie wär's, wenn du deinen Mann und deinen Sohn ehren würdest, die es schätzen können?

»Ich habe gerade frischen Kaffee aufgebrüht«, sagte Dolores. »Warum setzt ihr euch nicht?«

»Lieber nicht, Ma«, sagte Jimmy. »Wir müssen morgen früh aufstehen.«

»Schon gut, schon gut«, murmelte Dolores.

Jimmy berührte Laura leicht am Arm. »Ich hole ihn.«

»Und ich sammle sein Zeug ein«, sagte Dolores und folgte ihrem Sohn. »Das findest du im Dunkeln nicht.«

Laura setzte sich Sidney gegenüber. Sie wußte, daß Jimmy seinen Stiefvater noch immer als eine Art Eindringling betrachtete. So wie Dolores sie als Eindringling empfand. Das schuf eine gewisse Vertrautheit zwischen ihr und Sidney. Er war ein äußerst umgänglicher und zurückhaltender Mann. Manchmal fragte sie sich, wie er das Kunststück fertiggebracht hatte, Dolores' Zuneigung zu gewinnen. Sicherlich war er ein Mensch von großer Entschlußkraft, eine Eigenschaft, die nur wenige Menschen in ihm erkannten. Ebensowenig konnte sie sich vorstellen, warum er Dolores erwählt hatte. Nein, das war nicht fair. Denn Dolores war eine Frau, die über einen ungeheuren Tatendrang und viel Energie verfügte. Und die Männer in ihrem Leben liebte sie mit der ihr eigenen glühenden Loyalität. Nur ihre Schwiegertochter war ihr ziemlich gleichgültig.

»Dein Sohn«, sagte Sidney. »Ich fühle mich zwanzig Jahre jünger, wenn ich mit ihm auf dem Fußboden spiele.«

Laura lächelte. »Er ist ein richtiges Energiebündel, das stimmt.«

»Ja, und wenn er geht, fühle ich mich zwanzig Jahre älter«, sagte Sidney.

Laura lachte.

»Weißt du übrigens, daß er schon ganz gut lesen kann? Heute abend haben wir zusammen seine Gutenachtgeschichte gelesen. Heutzutage bringen sie den Kindern das Lesen schon viel früher bei.«

»Ja, stimmt«, sagte Laura. »Sie lernen das Alphabet schon im Kindergarten.«

»Er ist ein toller kleiner Kerl.«

»Und er liebt seinen Poppy von ganzem Herzen«, sagte Laura aufrichtig.

»Ich liebe ihn auch«, sagte Sidney.

Flüchtig wünschte sich Laura, sie könnte mit ihrer Schwiegermutter ebenso unbefangen wie mit Sidney reden. Doch jede Unterhaltung mit Dolores glich eher einem Schlagabtausch.

Als Jimmy ins Zimmer kam, stand sie auf. Ihr fünf Jahre alter Sohn lag schlafend an der Schulter seines Vaters. Auf seinem weichen, braunen Haar saß schief die rote Baseballmütze, die Jimmy ihm zu einem Spiel der Phillies letzten Sommer gekauft hatte. Laura ging zu ihm und streichelte über seine runde, gerötete Wange. Sie runzelte die Stirn. Michael fühlte sich heiß an, doch sie beschloß, nichts zu sagen.

Sie nahm Dolores den Donald-Duck-Rucksack ihres Sohnes aus der Hand. »Vielen Dank, daß du ihn heute abend gehütet hast«, sagte sie.
»Na hör mal! Er ist schließlich mein Enkelkind. Wenn ich könnte, würde ich ihn für immer behalten. Ich wünschte mir nur, es gäbe noch drei wie ihn.«
Laura wandte sich ab, weil sie diese Leier nicht mehr hören konnte. Sie empfand die Worte als Beschuldigung. »Gute Nacht, Sid«, sagte sie.
Jimmy beugte sich vor und küßte seine Mutter auf die Wange.
»Kommt gut ins neue Jahr. Und rasier dir diesen Bart ab!« sagte Dolores. »Damit siehst du wie ein Penner aus.«
Jimmy kicherte. Laura öffnete die Tür und floh in den Flur hinaus.

3

Als Jimmy unter der Dusche stand, kramte Laura in ihrer Schublade, in der die Wäsche lag, und suchte nach etwas Hauchdünnem mit Spitze. Im Winter schlief sie normalerweise in einem Nachthemd aus Flanell. Das alte Gebäude in viktorianischem Landhausstil, das sie gekauft hatten, als sie sich in Cape Christian niederließen, war zugig und ursprünglich nur als Sommersitz gedacht. Obwohl sie es winterfest hatten herrichten lassen, besaß dieses Haus keine Mauern, die die Wärme hielten. Es hatte viele Fenster und Türen, die im Wind klapperten. Und doch liebte Laura dieses Haus. Irgendwie schien es zu ihnen zu passen, und sie und Jimmy hatten ihre bescheidene Erbschaft dafür verwendet, eine Anzahlung auf das einzige materielle Gut zu leisten, nach dem sie sich seit ihrer Kindheit sehnte: ein eigenes Heim.

Aus der Schublade holte Laura das seidige schwarze Nachthemd, das Jimmy ihr nach Michaels Geburt gekauft hatte, als sie wieder schlank geworden war. Damals hatte sie zum Spaß gesagt, daß sie sofort wieder schwanger werden würde, wenn sie dieses Nachthemd trüge. Doch das war nicht geschehen. Die Ärzte hatten ihnen erklärt, daß es sich um kein medizinisches Problem handele. Aber die Diagnose war nicht hilfreich gewesen. Einer von ihnen hatte sogar herzlos bemerkt, daß sie vielleicht zuviel des Guten täten. Doch was sie tun sollten, damit Laura wieder schwanger wurde, darauf hatte auch er keine Antwort. Wenn die Leute

fragten – und viele fragten –, wann mit Nachwuchs zu rechnen sei, antworteten sie immer, hoffentlich bald. Dolores hatte ihre eigene Betrachtungsweise. Am vergangenen Thanksgiving Day hatte Laura zufällig in der Küche gehört, wie Dolores zu ihrer Schwägerin sagte: »Jedenfalls hatte sie keine Probleme, das erste Mal schwanger zu werden, und meinem Sohn eine Falle zu stellen, damit er sie heiratete.«
Laura knallte die Schublade zu und setzte sich aufs Bett. Diese Frau würde sie nie auf ihrer Seite haben. Dolores würde Laura einfach nie verzeihen, daß sie ihr ihren Sohn hinter ihrem Rücken »gestohlen« hatte. Laura und Jimmy hatten sich durch einen gemeinsamen Bekannten in San Francisco kennengelernt. Sie unterrichtete Kunst an einer Junior-High-School, und Jimmy war Assistent des Kurators eines der bedeutendsten Museen der Stadt. Zuerst hatte sie ihn gar nicht kennenlernen wollen; sie hatte sich ihn als dürres Männchen mit Schlips und Anzug vorgestellt und war dann angenehm überrascht, weil er viel eher wie ein Baseballspieler aussah – der er auf dem College auch gewesen war –, als wie ein Kunsthistoriker. Sein unbekümmertes Wesen und seine kontaktfreudige Art prädestinierten ihn gerade dazu, Förderer und Gönner zu gewinnen. Allgemein hielt man ihn für einen Senkrechtstarter in allem, was Kunst betraf.

Laura fühlte sich sofort zu ihm hingezogen, weil er Wärme und Selbstsicherheit ausstrahlte, und sie wurden bald ein Liebespaar. Und als sie trotz aller Vorsichtsmaßnahmen schwanger wurde, zögerte Jimmy nicht eine Sekunde: Er wollte sie so schnell wie möglich heiraten. Laura wollte keine große Hochzeit. Sie war Einzelkind, und ihre Eltern waren vor zwei Jahren bei einem Unfall ums Leben gekommen. Niemand würde ihr bei den Vorbereitungen helfen. Doch sie fragte sich, ob Jimmys Mutter nicht verletzt sein würde, wenn sie nicht eingeladen wurde. Aber Jimmy versprach ihr, alles seiner Mutter später zu erklären, und innerhalb kurzer Zeit waren sie standesamtlich getraut. Als Jimmy dann mit Dolores telefonierte, reagierte diese überaus heftig, aber Jimmy versicherte seiner Frau, daß seine Mutter darüber hinwegkommen würde. Warum hatte sie damals auf ihn gehört? fragte sie sich jetzt.

Es war Jimmys Idee gewesen, nach Cape Christian zurückzukehren und die Galerie hier zu eröffnen. Schon längst hatte er in der komplizierten Welt der Kunst die Geduld verloren, und als Michael drei Jahre alt war, hatte Jimmy das Leben in der Großstadt und die immer höheren Anforderungen, die sein Beruf mit sich brachte, satt. Außerdem konnte er lange nicht so viel Zeit mit seiner Frau und seinem Kind verbringen, wie er sich wünschte. Er sagte Laura, er wolle sein eigener Herr sein, seinen Sohn in einer Kleinstadt großziehen und praktischen Nutzen aus seinem Kunstverständnis ziehen. Eigentlich hatte er vor der Reaktion seiner Frau etwas Angst gehabt, doch Laura war von der Idee begeistert. Über die Weihnachtsfeiertage hatten sie dann Cape Christian einen Besuch abgestattet, damit die Großeltern ihren Enkel kennenlernen konnten, und Laura hatte die Stadt sofort gefallen. Dolores hatte sie kühl empfangen, doch Laura hatte damals noch geglaubt, daß ihre Schwiegermutter ihnen im Laufe der Zeit verzeihen würde. Doch das war leider nicht geschehen.

Im nachhinein konnte Laura verstehen, warum Dolores auf diese Weise reagiert hatte. Jede Mutter hätte sich geärgert, wenn ihr Sohn eine Familie gegründet und seine Karriere aufgegeben hätte, ohne sie auch nur im geringsten um Rat zu fragen. Und es war viel einfacher, dieses in ihren Augen falsche Verhalten ihrer Schwiegertochter als ihrem Sohn anzulasten. Deshalb hielt Dolores starr an ihrer Meinung fest, daß Laura nur deshalb schwanger geworden war, um Jimmy zur Ehe zu zwingen, obwohl ihr Sohn ihr tausendmal das Gegenteil versichert hatte. In ihren Augen hatte Laura zu allem Überfluß Jimmys Karriere zerstört.

Ach, denk nicht mehr über sie nach, schalt Laura sich. Das verdirbt die Stimmung. Sie zog sich aus und streifte das aufreizende Nachthemd über. Obwohl sie in der Kühle ihres Schlafzimmers fröstelte, schenkte ihr der seidige Stoff ein köstliches Gefühl auf der Haut. Es spielte keine Rolle, was die anderen sagten oder dachten. Sie und Jimmy hatten das Richtige getan. Ihre Ehe war glücklich, und sie hatten einen Sohn, den sie liebten. Jimmy genoß es, sein eigener Herr zu sein, und bis zu seiner Ladengalerie war es nicht weit. Im Sommer verbrachten die drei viel Zeit zusammen in der Galerie, und im Winter saßen sie oft vor dem Kaminfeuer oder machten Ausflüge in die verschneite Winterlandschaft. Laura freute sich auf jeden neuen Tag mit ihrem Mann; sie hatte das Heim und die Familie, von der sie immer geträumt hatte.

Laura deckte das Bett auf und bog den Lampenschirm nach unten, so daß der Raum nur schwach beleuchtet war. Sie schlüpfte unter die Bettdecke, als sie seine Schritte im Flur hörte. Mein Mann, dachte sie. Und ihr Herz schien aus lauter Liebe für ihn groß und weit zu werden.

Jimmy kam ins Zimmer und rieb sich eine sauber rasierte Wange. Laura setzte sich kerzengerade auf und starrte ihn an.

»Oh?« murmelte er, als er ihr Nachthemd sah und den Gürtel seines Bademantels löste. »Wen haben wir denn da?«

Der Anblick seines bartlosen Gesichts hatte bei ihr schlagartig jedes amouröse Gefühl verschwinden lassen. »Du hast deinen Bart abrasiert«, sagte sie anklagend.

»Ja. Ich hatte ihn satt. Das war nicht wirklich ich.« Er kletterte ins Bett, stützte sich auf einen Ellbogen und rieb seine frischrasierte Wange an ihrer Schulter.

»Laß das!« sagte sie schroff und wich zurück.

Jimmy setzte sich auf. »Was ist denn los? Du trägst das doch nicht, weil du einen anderen Mann becircen willst, oder?« fragte er. Laura schwieg. »Was ist denn los? Nun sag schon.«

»Du hast dich rasiert, weil deine Mutter es wollte, nicht wahr?«

»Nein, natürlich nicht. Das ist ja albern.« Er wollte nach ihrer Hand greifen, aber sie entzog sie ihm. Plötzlich fror sie. Sie kroch über die Decke und griff nach dem dicken Bademantel, der am Fußende des Bettes lag, und zog ihn an. »Findest du es nicht seltsam, daß du sofort deinen Bart abrasierst, wenn deine Mutter sagt, daß ihr der Bart nicht gefällt?«

Jimmy lehnte sich in die Kissen zurück. »Das sagt sie schon seit einem halben Jahr, wie du eigentlich wissen müßtest. Ich wollte keinen Bart mehr haben. Ich konnte das Gefühl nicht mehr leiden. Bin ich denn plötzlich ohne Bart so widerwärtig?«

»Darum geht es nicht, und das weißt du.«

»Worum geht es denn?«

»Du bist jetzt dreiunddreißig Jahre alt, und du tust noch immer, was deine Mutter dir sagt.«

Jimmy seufzte. »Müssen wir wieder davon anfangen?«

»Warum nicht? Wenn es um Dolores geht, bin ich immer bereit.«

»Du nimmst dir alles so zu Herzen, was sie sagt. Und du glaubst, daß ich das auch tue. Aber ich nehme sie einfach nicht ernst. Ich weiß, daß sie das meiste, was sie sagt, gar nicht meint. Sie nimmt eben kein Blatt vor den Mund ...«

»So kann man es auch nennen.« Laura schäumte vor Wut.

»Sieh mal. Ich weiß, daß sie dich manchmal mit Worten verletzt. Okay, sie ist taktlos. Was soll ich dazu sagen? Sie redet einfach drauflos, ohne nachzudenken, so wie du das machst. Sie plappert einfach alles heraus. Aber sie will niemandem weh tun.«

»Sie haßt mich. Und sie hat mich immer gehaßt.«

»Sie haßt dich nicht.«

»Sie macht mich dafür verantwortlich, daß aus dir kein Thomas Hoving, kein Direktor des New Yorker Metropolitan Museums, der auch noch ein Buch über Tut-ench-Amun geschrieben hat, geworden ist. Sie denkt noch immer, daß ich dich mit dem Kind zu unserer Ehe erpreßt und dein Leben ruiniert habe.«

Jimmy stützte sich auf einen Ellbogen und lächelte seine Frau an. »Liebste, was macht es schon aus, was sie denkt? Mir war es zuwider, allen diesen reichen Sammlern um den Bart zu gehen, nur damit sie uns vielleicht ein Gemälde stiften. Und ich habe dich geliebt. Das tue ich immer noch. Soll sie doch denken, was sie will.«

»Aber warum kannst du ihr das nicht begreiflich machen?« bat Laura.

»Weil sie sich nie ändern wird«, sagte er ruhig. »Wahrscheinlich ist sie so geworden, weil wir es nicht leicht hatten, als ich noch klein war. Der frühe Tod meines Vaters – sie ist deswegen besitzergreifender als andere Mütter. Sie hätte an jedem Mädchen etwas auszusetzen gehabt, in das ich mich verliebt hätte. Sic kann einfach nicht anders. Aber das habe ich immer gewußt. Als ich dich kennenlernte und erkannte, daß du die Einzige für mich bist, tat ich das, was ich tun mußte. Ich überredete dich, mich zu heiraten. Und dann, als ich mich gewappnet hatte, konnte ich der Katastrophe begegnen. Mit Dolores kann man nicht anders umgehen. Mein ganzes Leben habe ich sie so behandelt. Ich höre ihr zu, ich kneife sie in die Wange und sage ja, und dann tue ich, was ich tun will. So ist es immer gewesen, und so wird es immer sein.«

Laura spürte, wie ihr Zorn verrauchte. Sie wußte, daß Jimmy die Wahrheit sagte. Er war genauso stur wie seine Mutter und genauso beharrlich und unbeirrbar. Und diese Charaktereigenschaft hatte sie an ihm geschätzt, wahrscheinlich war sie ein Resultat jahrelangen Zusammenlebens mit Dolores. Wäre er anders gewesen, sie hätte ihn nicht geliebt. Sie schaute ihn an, sah in seine funkelnden braunen Augen und sah das Lächeln auf seinem breiten, markanten Gesicht.

»Ich habe ihr gesagt, daß mir dein Bart gefällt. Ich hätte es besser wissen müssen«, meinte Laura reuevoll.

»Könntest du das Thema Bart bitte wechseln? Er hat mich gejuckt. Ich habe einen Ausschlag davon bekommen. Außerdem glaubte ich, daß du mich auf den Arm nimmst, als du sagtest, er gefiele dir.«

»Nein«, protestierte Laura. »Er gefiel mir wirklich.«

Jetzt grinste Jimmy. Er streckte die Hand aus und zog sie zu sich heran. »Schon morgen sprießen neue Bartstoppeln. Wenn dich das scharf macht ...«

»Ja, das tut es«, sagte sie und tat so, als würde sie sich sträuben.

»Aber inzwischen könnten wir doch ...« Er zupfte sanft an den Ärmeln ihres Bademantels, bis der Mantel neben dem Bett zu Boden fiel.

Sie schmiegte sich in seine Arme. »Mit dir kann man so schön streiten«, sagte sie lachend. »Es ist so einfach.«

»Ich bin ein einfacher Mann. Punktum«, sagte er und küßte sie.

Die vertraute Wärme seines Mundes, der erregende Druck seines Körpers gegen ihren löschten den Tag, die Welt um sie herum aus. Sie sank in ihn und gab sich ganz seinen

zärtlichen Berührungen hin. Ganz plötzlich wurden sie von einem Schrei unterbrochen.
»Mommy ... mir ist nicht gut.«
Laura löste sich aus der Umarmung ihres Mannes und starrte ihn an. Doch ein Lächeln umspielte ihre Lippen. »Die Fütterungsmethode deiner Mutter zeigt Wirkung.«
Jimmy schüttelte den Kopf. »Also nein. Dolores hat einen langen Arm. Durch die ganze Stadt, bis in unser Schlafzimmer.«
Laura seufzte und stand auf. Sie schlüpfte in ihren warmen Bademantel und ihre alten Hausschuhe. »Es tut mir leid, Darling. Ich bin so schnell wie möglich zurück.«
Laura ging über den Flur. Michaels Zimmer lag am anderen Ende. »Ich komme, Liebling.« Als sie sein Zimmer betrat und die Pu-der-Bär-Lampe neben seinem Bett anknipste, saß er aufrecht darin, das Gesicht zu einer Grimasse verzogen. Sie setzte sich neben ihn und strich ihm das weiche Haar aus der Stirn.
»Was ist los, Liebling?«
»Mir ist schlecht.«
»Dein Bauch?«
»Er tut weh«, sagte er.
»Wie ich gehört habe, hast du dich heute bei Großmutter mit allem möglichen Zeug vollgestopft.«
Michael nickte feierlich. Seine Augen waren wie Negerküsse, seine Haare seidenweich. »Mir geht's nicht gut.«
»Hör zu. Ich gehe jetzt nach unten und koche dir deinen Spezialtee. Dann massiere ich dir den Bauch.«
»Okay«, sagte er jammervoll.
Laura ging zur Treppe. Jimmy lehnte am Türrahmen ihres Schlafzimmers. Er trug nur seine Pyjamahosen, die nackten Arme hatte er über seiner breiten, muskulösen Brust verschränkt.

»Er hat Bauchweh«, sagte sie. »Ich koche ihm Tee. Das kann eine Weile dauern.«
Jimmy nickte. »Ich schaue mal kurz bei ihm rein.« Als Laura die Treppe hinunterging, rief er hinter ihr her: »Verschieben wir's auf ein anderes Mal?«
Sie schaute zu ihm hoch und nickte.
»Ich liebe dich«, sagte er.
»Ich dich auch.« Sie lächelte und ging dann in die Küche hinunter.

Der Kräutertee mit Honig schien zu helfen, wie immer, wenn Michael einen verdorbenen Magen hatte. Laura vermutete allerdings, daß schon allein die Tatsache half, daß Mom aufstand und ihm einen süßen Tee kochte.
Sie stellte den leeren Becher auf den Nachttisch, klopfte sein Kissen auf und krabbelte in das schmale Bett neben ihn. Er schmiegte sich an sie, an die vertraute Wärme ihres alten Bademantels. Sanft massierte sie mit kreisförmigen Bewegungen seinen Bauch. Ihr Sohn entspannte sich und kuschelte sich an sie.
»Mommy, sing doch *Thumbelina*«, murmelte er schläfrig.
Sie massierte noch immer seinen Bauch und fing leise an zu singen. Sie konnte nicht anders, sie genoß die Situation – natürlich nicht, daß ihm schlecht war, sondern daß er verhätschelt und getröstet werden wollte. Er war in letzter Zeit so selbständig geworden, daß Momente wie dieser kostbar waren. Für eine kleine Weile war er wieder ihr Baby.
»Sing's noch einmal«, flüsterte er, als sie fertig war.
»Wie geht's deinem Bauch?«
»Besser«, sagte er. »Singst du's noch mal?«
Sie drückte ihn und küßte ihn auf den Kopf. »Natürlich«, sagte sie und gähnte.
Sie schloß die Augen und fing wieder an zu singen, und

immer wenn die Müdigkeit sie überfiel, rutschte ihre Stimme ab. Dann hörte sie, wie sein Atem tief und regelmäßig wurde. Mitten im Lied verlor sich darauf ihre Stimme, auch sie schlief ein, ihren Sohn in den Armen.

Sie wußte nicht, was sie geweckt hatte. Ob es ein unterdrückter Schrei oder ein lautes Knacken gewesen war – irgend etwas hatte sie hochschrecken lassen. Sofort war sie wachsam und von einem unerklärlichen Gefühl der Angst beherrscht. Michael schlief tief und fest.

Sie saß da, im Dunkeln, und wartete auf ein weiteres Geräusch. Hatte Jimmy es auch gehört? fragte sie sich. Er hatte einen gesunden Schlaf. Aber das Knacken war laut gewesen, vielleicht hatte es Jimmy doch geweckt, dachte sie. Er würde sicher aufstehen und nachschauen. Sie lauschte angestrengt, konnte aber nichts hören. Vielleicht hatte sie sich das Geräusch nur eingebildet. Oder geträumt. Doch mit unerträglicher Gewißheit wurde ihr klar, daß dieses Geräusch real gewesen war.

Es muß ja nichts Schlimmes bedeuten, sagte sie sich. Ein Eichhörnchen, das aufs Dach gesprungen war. Der Wind, der eine Tür zugeschlagen hatte. Ein vorbeifahrendes Auto mit einer Fehlzündung. Es konnte alles mögliche gewesen sein ... oder jemand, der im Haus war. Sie wollte diesen Gedanken beiseite schieben, wieder schlafen, aber jetzt hatte sich ihr ganzer Körper angespannt. Außerdem war es besser, sie ging in ihr Schlafzimmer zurück. Sie würde Jimmy wecken, was nicht einfach war. Doch er würde durchs Haus gehen und alles überprüfen. Er würde nicht zulassen, daß sie das täte. Doch als Laura aufstand, merkte sie, wie ihr Herz raste und ihr Magen sich verkrampfte. Vorsichtig zog sie Teile ihres Bademantels unter Michaels kleinem, zusammengerolltem Körper hervor und stieg aus seinem Bett. Er ließ sich nicht im Schlaf stören. Die Uhr auf seinem Schreibtisch zeigte zwei Uhr dreißig an. Laura ging auf Zehenspitzen aus seinem Zimmer und zog die Tür hinter sich ins Schloß.

Der Flur war fast dunkel und nur spärlich vom Nachtlicht aus dem Badezimmer beleuchtet. Sie ging über den Flur in Richtung ihres Schlafzimmers. Als sie am Treppenabsatz war, sah sie die Treppe hinunter. Über dem ersten Absatz gab es ein buntes Glasfenster, durch das etwas Mondschein fiel. Sonst lag die Treppe dunkel und still da. Sie lauschte einen Moment und wollte gerade weitergehen, als eine dunkle Gestalt im Flur auftauchte. Sie kam aus ihrem Schlafzimmer.

Beim Anblick des Mannes stieß Laura einen erstickten Schrei aus. Ihr Herz klopfte wild, und ihre Kopfhaut prickelte vor Furcht. »Jimmy«, flüsterte sie, aber sie wußte, daß es nicht Jimmy war. »Wer ist da?« fragte sie. Es klang wie ein Wimmern.

Der Mann ging auf sie zu. Er war schwarz gekleidet, sein Gesicht war mit einer Strumpfmaske verhüllt. Als er näher kam, sah sie, daß er etwas in seiner behandschuhten Hand hielt. Laura wich zurück, die Augen weit aufgerissen, die Glieder vor Angst erstarrt. »Jimmy«, schrie sie mit schwacher Stimme, »hilf mir!«

Doch ehe sie eine Bewegung machen konnte, hatte sich der Mann auf sie gestürzt. Sie versuchte, ihm auszuweichen und das Geländer zu umklammern, doch hinter ihr war die Treppe. Blitzschnell hob er den Arm und schlug zu. Sie spürte den Schlag auf ihrem Kopf. Sie suchte nach einem Halt, fand keinen und fiel.

4

Laura öffnete die Augen; ihr Kopf dröhnte, und als sie sich bewegen wollte, fuhr ein scharfer Schmerz durch ihren Knöchel. Sie lag auf dem ersten Treppenabsatz. Noch immer war es im Haus dunkel und still. Sie fühlte etwas Nasses und Klebriges auf ihrer Stirn und auf ihrem Gesicht. Und sie konnte sogar in der Dunkelheit dunkle Flecken auf ihrem alten weißen Bademantel erkennen.

Momentan herrschte nur Nebel in ihrem Gehirn. Dann, ganz plötzlich, tauchte das Bild des Eindringlings vor ihrem geistigen Auge auf und erschütterte sie derart, daß sie einen keuchenden Laut ausstieß, den sie aber schnell unterdrückte. War der Mann noch immer im Haus, und hatte er sie gehört? Was machte er hier? Wo war Jimmy? Warum kam er nicht? Und Michael. O mein Gott!

Der Gedanke an ihr hilfloses Kind brachte sie auf die Beine. Vor Schmerz schrie sie auf, als sie taumelnd auf die Füße kam. Sie umklammerte das Treppengeländer und zog sich Stufe für Stufe hoch. Jimmy, Michael. Wie Gebete flüsterte sie die beiden Namen. Nach jedem Schritt sah sie sich um, warf einen Blick hinunter auf die im Dunkeln unter ihr liegende Treppe und erwartete jeden Moment, ihn da zu sehen: eine schwarz gekleidete Gestalt, die sie hinter der Strumpfmaske anstarrte. War der Mann noch immer da? fragte sie sich mit klopfendem Herzen. Hier im Haus? Ihre Gedanken wanderten zu Jimmy. Warum war er nicht gekommen? Wäre er nicht gekommen, wenn er dazu in der Lage gewesen wäre? Sie hätte am liebsten laut nach ihm gerufen, aber das wagte sie nicht. Der Mann konnte noch immer im Erdgeschoß sein. Dann würde er sie hören. Und zurückkommen.

Laura hatte die letzte Treppenstufe erreicht und blieb stehen. Wohin sollte sie zuerst gehen? Ihr Schlafzimmer – wo Jimmy sein mußte – lag näher. Vielleicht schlief er. Oder er war verletzt. Oder ... Weiter zu denken, gestattete sie sich nicht. Ihr Herz sagte ihr, daß sie zuerst nach ihrem Kind sehen mußte. Michael war wehrlos. Sie hatte keine Wahl, sie mußte zu ihm gehen.

Das Zimmer war am Ende des Flurs, aber es gab ein Geländer, auf das sie sich stützen konnte. Mühsam bewegte sie sich vorwärts und ließ sich schwer gegen den Türrahmen fallen. Da lag er, in seinem Bett. Schnell suchte sie mit Blicken die dunklen Ecken des Zimmers ab. Nur undeutliche Schatten waren zu erkennen. Laura mußte daran denken, wie Michael manchmal schrie, weil er Angst hatte, daß ein Monster in diesen Ecken lauern würde. Aber sie und Jimmy hatten dann das Licht angeknipst und ihm gezeigt, daß es nichts zu fürchten gab. Ihre Hand lag zitternd auf dem Schalter, aber sie wagte nicht, das Licht anzuschalten. Wenn der Mann noch immer im Haus war, könnte er dadurch auf sie aufmerksam werden. Sie humpelte zum Bett und setzte sich darauf. Michael bewegte sich und murmelte: »Nein ...« Sein Atem berührte ihre Wange. Sie vergrub ihr Gesicht in seiner Schlafanzugjacke.

»Gott sei Dank«, flüsterte sie. »Gott, ich danke dir.«

Sie blickte auf, sah sich um, doch im Zimmer war alles still. Sie umarmte ihren Sohn, hielt ihn ganz fest. Doch dann schüttelte sie ihn und flüsterte: »Michael, wach auf. Du mußt mit Mommy kommen.«

Michael stöhnte protestierend, dann öffnete er die Augen. Laura zwang sich zu einem Lächeln. »Komm, Liebling«, flüsterte sie. »Du mußt aufstehen.«
Er blinzelte und rieb sich die Augen. »Warum flüsterst du?« fragte er mit normaler Stimme.
»Still, mein Liebling«, sagte sie eindringlich. »Bitte, sei still. Komm mit Mommy.«
Noch im Halbschlaf kletterte er gehorsam aus seinem Bett. »Wo gehen wir hin?« fragte er laut.
»Sei ganz leise«, bat sie. »Ich brauche deine Hilfe. Du mußt mir helfen, damit ich in Mommys und Daddys Schlafzimmer gehen kann. Ich habe mich am Fuß verletzt.«
Er nickte ernsthaft. »Ich brauche meinen Bären«, erklärte er.
»Okay. Nimm deinen Bären. Aber jetzt komm«, drängte sie.
Er klemmte sich seinen pelzigen Teddy unter den Arm und ergriff ihre Hand. Zusammen gingen sie langsam über den Flur. Bei jedem Schritt verzog Laura das Gesicht vor Schmerzen. Schließlich standen sie vor der Schlafzimmertür, die einen Spalt offen stand. Aber sie konnte nicht ins Zimmer sehen.
»Okay«, sagte Laura. »Michael, du bleibst hier stehen. Du wartest hier, so daß Mommy dich sehen kann. Und rühr dich nicht vom Fleck.«
Er wollte schon protestieren, doch sie kniete sich hin, packte ihn bei den Armen und sah ihm fest in die Augen. Sein Protest erstarb. »Okay«, sagte er.
Mit zitternder Hand schob sie die Tür auf und schaute ins Zimmer. Die obersten Schubladen der Kommode waren herausgezogen. Ihre Schmuckschatulle lag verkehrt herum auf dem Frisiertisch. Mondlicht fiel in Streifen aufs Bett. Da lag Jimmy. Ein Bein baumelte über der Kante. Seine Arme

waren ausgestreckt, sein Gesicht war dem Fenster zugekehrt. In dieser Position schlief er nie.
Vielleicht hat er doch manchmal so dagelegen, dachte sie. Vielleicht schläft er so. Vielleicht schläft er immer so, wenn ich es nicht sehe, weil ich auch schlafe. Eine kleine, ängstliche Stimme in ihr schrie: »Nein, nein!« Aber sie erstickte diese Stimme. Vielleicht schläft er. Oder vielleicht hat der Einbrecher ihn bewußtlos geschlagen, damit er ungestört alles mitgehen lassen konnte. Ja, so mußte es sein. Sie versuchte, die eisige Hand zu ignorieren, die sich um ihr Herz krallte. Sie versuchte, den Klumpen in ihrem Magen zu ignorieren und ebenfalls dieses Gefühl, als ob ihre Nackenhaare sich sträubten. Sie bemühte sich, die Anwesenheit von etwas Unbekanntem zu ignorieren.
Nicht die des Eindringlings. Sie konnte im Mondlicht genug sehen: Er war nicht mehr da. Es war eine andere Anwesenheit, die sich durch Stille, Leere und Endgültigkeit auszeichnete. Laura weigerte sich, diese Anwesenheit anzuerkennen. Sie schleppte sich an die Seite ihres Mannes, innerlich flehend, mit Gott handelnd. Mach, daß es ihm gut geht. Mach, daß er bewußtlos ist oder nur schläft, und ich ... ich will ... ich will alles tun, ich will dir alles versprechen.
Seine Augen standen offen, blicklos starrend. Eine Seite seines Kopfes und das Kissen waren nur noch eine dunkle, klebrige Masse. Sie berührte sein Gesicht, es war kalt. »Jimmy«, flüsterte sie. »Darling, ich bin es. Laura. Rede mit mir.« Sein blutbeschmierter Kopf fiel kraftlos zur Seite. Seine leblosen Augen starrten durch sie hindurch, in eine andere Welt. Plötzlich flößte sein Anblick ihr Entsetzen ein. Sie schüttelte den Kopf und wich zurück. »Nein, nein ...«, fing sie an zu schreien. »Nein, Jimmy, nein ...«
»Mommy!« Michaels weißes, verstörtes Gesicht, der Klang

seiner hohen, angsterfüllten Stimme waren wie ein Schlag in ihr Gesicht.
»Mommy, was ist los? Was ist mit Daddy?«
Sie drehte sich um und sah, wie er ins Zimmer kam. Alles geschah in Zeitlupe – wie er die Tür aufstieß, auf sie zuging, den Bären hinter sich herziehend, wie er nach seinem Vater rief. Ohne auf den Schmerz in ihrem Knöchel zu achten, durchquerte sie instinktiv das Schlafzimmer, warf sich auf ihren Sohn und riß ihn zu Boden, damit er nichts sehen konnte.
»Was fehlt Daddy?« fragte Michael flehend.
Ein einziger Gedanke beherrschte Laura. Sie mußte ihn hier rausbringen. Sie durfte nicht zulassen, daß er seinen toten Vater sah. Auf dem Nachttisch stand ein Telefon, aber wenn sie es benutzte, würde Michael sich losreißen und seinen Vater sehen. Ein Anblick, der ihn sein Leben lang verfolgen würde. Denk nach, befahl sie sich. Für Michael.
Ein Teil von ihr wollte nach dem Telefon greifen. Wenn der Mann nun vor der Tür stand und auf sie wartete? Aber jetzt weinte Michael. Und wehrte sich, kämpfte, um seinen Vater zu sehen. Wand sich aus ihren Armen. Sie packte ihn fester, bis er wimmerte: »Du tust mir weh.«
»Hilf mir«, flüsterte sie. »Mommy braucht deine Hilfe.« Im Nebenzimmer, ihrem Studio, gab es noch ein Telefon. »Hilf mir auf. Schnell«, flüsterte sie.
»Wir müssen erst Daddy wecken«, schluchzte er. »Daddy kann dir helfen.«
»Nein. Nur du kannst mir helfen. Hilf mir. Ich kann nicht alleine laufen.«
»Warum nicht?«
»Michael, Schluß jetzt!«
Tränen strömten über seine Wangen. Ihre Augen waren

trocken. Ihr Vater war beim Militär gewesen, der letzte einer langen Ahnenreihe von Militärs; er hatte systematisch und gezielt jeden Anflug von Tränen in ihr unterdrückt und sie somit dieser erlösenden Wirkung beraubt. Sie wußte, daß er das nicht getan hatte, weil er grausam war, sondern weil für ihn diese Haltung die einzig richtige war. Und bei seiner Beerdigung hatte sie nicht geweint, so wie der Commander es sich gewünscht hätte. Aber Laura hatte geschworen, ihr Kind niemals auf diese Weise zu erziehen. Und als Michael jetzt weinte, vergrub er sein Gesicht in einem Zipfel ihres Bademantels, den er fest mit seiner kleinen Faust gepackt hielt. Sie humpelte in ihr Arbeitszimmer, froh, daß niemand darin war, und schloß die Tür von innen ab. Dann schleppte sie sich zum Schreibtisch und knipste die Lampe über ihrem Zeichenbrett an.

»Mommy, du bist ja ganz blutig!« schrie Michael.

»Komm her zu mir«, sagte sie. Er schüttelte den Kopf. Er wollte nicht in die Nähe von so viel Blut geraten. Sie ließ sich auf ihren Schreibtischstuhl fallen, nahm seine kleine Hand und hob den Hörer ab.

»Bleib hier!« befahl sie ihm. Sie spürte, daß er am ganzen Körper zitterte.

Sie wählte 911. »Kann ich Ihnen helfen?« fragte eine weibliche Stimme.

Ganz kurz glaubte Laura, ohnmächtig zu werden. Sie sah Michael starr in die Augen. Jetzt schluchzte er, seine schmalen Schultern zuckten. Ihr Mund war so trocken, daß sie zuerst nicht sprechen konnte.

»Kann ich Ihnen helfen?« wiederholte die Stimme.

»Helfen Sie mir. Mein Mann«, flüsterte sie. »Jemand hat bei uns eingebrochen. Er blutet. Ich glaube ... ich glaube ... er ist tot.«

5

Vincent Moore drehte sich in seinem warmen Bett um; sein Arm fiel dabei auf Ingrid, seine schlafende Frau. Das schrille Läuten des Telefons weckte ihn. Er öffnete die Augen und versuchte, seine Gedanken zu ordnen, ehe er zum Hörer griff.

Das ist sicher Katy, dachte er mit wachsender Angst. Seine Tochter lebte in Albany und war im vierten Monat schwanger. Es ging ihr nicht gut. Sie hatte Blutungen und mußte das Bett hüten. Vince nahm den Hörer ab.

»Chief?«

Vince war erleichtert, als er Jerilyn Conlons Stimme erkannte. Sie hatte Nachtdienst in der Telefonzentrale der Polizei. Er schielte auf die Digitaluhr neben ihm. Viertel vor vier. Es mußte etwas Ernstes vorgefallen sein, wenn sie ihn zu dieser Zeit anriefen. Ein Feuer konnte es nicht sein, dann hätte er den Alarm gehört. Silvester. Wahrscheinlich ein Autounfall. Jemand, der zuviel getrunken hatte. »Ja, was gibt's?« Er setzte sich im Bett auf, nahe an der Bettkante.

Ingrid rollte sich auf die andere Seite und sah ihren Mann an. »Ist das Katy?« flüsterte sie besorgt.

Vince schüttelte den Kopf und knipste die Nachttischlampe an.

»Gott sei Dank«, sagte Ingrid. Sie setzte sich auf, umklammerte die Bettdecke und sah, wie ihr Mann blaß wurde.

»Okay«, murmelte Vince. »Okay. Ist der Notarzt schon da ... Gut. Rufen Sie Ron Leonard an, den Untersuchungsbeamten vom Büro des Staatsanwalts, und sagen Sie ihm, daß ich ihn sofort dort sprechen will. Und den Coroner ... Er ist schon benachrichtigt worden? Okay, gut. Ich will, daß jeder zur Verfügung stehende Beamte die Umgebung durchkämmt. Ich will den Verdächtigen und die Waffe ... Was? ... Schon vor einer Stunde? Ach, du meine Güte. In Ordnung. Und, Jerilyn, eines noch. Es ist wichtig. Sagen Sie Bobby McCandles, er soll zu den Barones fahren. Sie wohnen in den Seashell Condominiums an der Beach Road. Sagen Sie ihm, er soll ohne Martinshorn fahren. Sie werden auch so schon genug Angst haben, wenn er an ihrer Tür klingelt.«

Ingrid schnappte nach Luft.

»Das stimmt«, sprach Vince weiter. »Er ist der Beste. Er kennt die Familie seit Jahren. Okay. Ich mache mich auf den Weg.«

Vince legte auf und suchte nach seinen Hosen, die über einem Stuhl hingen.

»Warum schickst du Bobby zu Dolores?« fragte Ingrid. »Was ist passiert, Vince?«

»Jimmy Reed wurde erschossen. Er ist tot«, sagte Vince.

Ingrid stieß einen Schrei aus.

»Ich muß gehen«, sagte Vince.

»Mrs. Reed«, sagte die Sanitäterin bestimmt und laut. Laura lag auf einer Trage. »In ein paar Minuten bringen wir Sie in die Notaufnahme des Krankenhauses. Verstehen Sie mich?«

Das Haus war jetzt hell erleuchtet, und überall herrschte Aktivität. Schritte polterten die Treppe hoch und runter. Drei Leute kümmerten sich um sie, ein junger Mann und zwei Frauen. Sie überprüften ihren Kreislauf und fixierten ihren verletzten Fuß. Laura richtete sich auf und klammer-

te sich an den Parka der Notärztin, die ihre Kopfwunde reinigte. Auf ihrem Namensschild stand Kara. Mein Mann, wollte Laura sagen, aber ihre Zähne klapperten. »Michael.«
»Legen Sie noch eine Decke über sie«, sagte Kara zu dem Mann, der hinter ihr stand. »Ihr Blutdruck fällt. Ich will nicht, daß sie einen Schock erleidet.« Die Frau sah Laura ruhig in die Augen. »Ihr Sohn ist hier. Bei Ihrer Nachbarin, Mrs. Garrity. Sie kümmert sich um ihn.«
Pam Garritys Gesicht tauchte verschwommen über Laura auf. Laura fiel vage auf, daß Pam ihren roten Parka über ihrem Nachthemd trug. Tränen standen in Pams Augen, als sie Laura besorgt ansah.
»Laura«, sagte sie liebevoll. »Ich nehme Michael mit zu mir. Er kann Louis' Zimmer haben.« Louis, Pams Sohn, war Michaels bester Freund. »Mach dir um ihn keine Sorgen. Wir passen gut auf ihn auf und lassen ihn keine Sekunde allein.«
Ein Polizeibeamter beugte sich über Pams Schulter. »Wir postieren einen Mann vor dem Haus der Garritys. Sie werden ständig überwacht.«
Laura schüttelte den Kopf. Nein, wollte sie sagen. Hört damit auf. Was ist überhaupt los? Aber alles erschien so vage und so weit weg. Sie hatte eine Spritze bekommen, und alles war verschwommen.
»Ich will bei Mommy bleiben«, hörte sie Michael weinend sagen.
Laura drehte sich auf der Tragbahre, um ihn zu sehen.
»Deine Mommy muß ins Krankenhaus, damit wir sie pflegen können«, sagte die Sanitäterin. Dann wandte sie sich an Laura: »Wir haben Ihren Sohn untersucht. Er ist völlig in Ordnung. Er wurde nicht verletzt.«
Laura streckte die Arme nach Michael aus, und er umarmte sie und preßte seine Wange gegen ihre. Konzentrier dich,

dachte sie. Für Michael. »Du gehst jetzt zu Pam«, flüsterte sie mühsam. »Spiel mit Louis, bis ich wiederkomme.«
Seine Tränen liefen über ihre Wangen. Pam drückte ihr die Hand. »Ich kümmere mich um ihn«, sagte sie grimmig.
Laura nickte. Ihr war, als würde sie von den Menschen wegtreiben, wie auf einer Eisscholle. »Geh, Liebling«, flüsterte sie und spürte, wie seine kleine Hand aus ihrer glitt.
»Machen wir uns auf den Weg«, sagte die Notärztin namens Kara, und plötzlich wurde Laura festgeschnallt, und sie spürte, wie die Trage hochgehoben wurde.
»Gehen wir«, sagte der junge Mann am unteren Teil der Trage.
»Nein ...« Laura jammerte, als sie fortgetragen wurde, doch niemand kümmerte sich um ihren schwachen Protest.
Sie wurde zur Treppe getragen und drehte den Kopf. Vor ihrer Schlafzimmertür standen mehrere Polizisten und redeten miteinander. Blitzlichter flammten auf und drangen bis in den Flur. Zorniges Murmeln war zu hören.
»Jimmy!« schrie sie. Er war noch immer da drinnen. Sie wußte es. Er lag noch immer auf ihrem Bett, ganz allein, mit all diesen Fremden, die sich jetzt in ihrem Zimmer zu schaffen machten.
Dann spürte sie, wie die Trage nach vorn kippte; sie wurde die Treppe hinuntergetragen. Ihr fiel jetzt auf, daß sich ein Stück Tapete aus einer Ecke des Treppenflurs löste.
Jimmy wird die große Ausziehleiter brauchen, um die Tapete wieder ankleben zu können, dachte sie. Und dann traf es sie wieder, wie ein Schlag auf die Brust. Nie wieder. Nie wieder.
»Vorsicht an der Ecke«, sagte der junge Mann, der vorne ging. »Hier ist es steiler.«
Sie polterten die Treppe hinunter, und mit jedem Schritt schienen Lauras Zähne aufeinanderzuschlagen. Ihren

Kopf umgab ein stählernes Band aus Schmerz. Die Medikamente hatten den Schmerz erträglicher gemacht, aber er war noch immer da. Ihre Augen brannten, doch weinen konnte sie nicht.
»Machen Sie bitte den Weg frei«, rief die Notärztin den Polizisten im Flur, in der Nähe der Tür, zu, und die Beamten gingen zur Seite.
»Moment mal, bitte.« Die Sanitäter blieben stehen, und Laura sah ein bekanntes Gesicht, das sich über sie beugte. Sie befeuchtete ihre trockenen Lippen und flüsterte: »Chief Moore.« Sie versuchte, ihn am Ärmel zu packen, doch ihre Finger waren zu kraftlos.
»Ist sie sediert worden?« fragte der Chief Kara.
»Ja, Sir. Wir haben ihr ein Schmerzmittel und ein Sedativum gegeben. Sie war übererregt. Außerdem muß sie wegen des Schädeltraumas beobachtet werden.«
Neben den Chief war ein Mann getreten. Er war jünger und trug einen grauen Anzug und eine dunkle Krawatte. In seinen Augen war ein seltsam argwöhnischer Ausdruck, als er auf Laura hinunterstarrte. Der Chief beugte sich zu ihr und sagte: »Das ist Detective Leonard. Er wird uns dabei helfen herauszufinden, wer das getan hat.« Chief Moore sprach so langsam und deutlich, als wäre Laura taub.
Plötzlich zog der Mann im grauen Anzug Vince zur Seite und redete leise auf ihn ein. Chief Moore verzog das Gesicht, wie angeekelt. Dann nickte er. Er drehte sich um und sagte zu Laura: »Wir müssen Ihre Hände wegen eines Paraffintests im Krankenhaus mit Tüten umhüllen.«
Kara runzelte die Stirn und sah Laura fragend an. Sie trat zur Seite, als Detective Leonard sich neben die Trage kniete und Lauras Hände in Plastiktüten steckte, die er an den Handgelenken mit Klebeband verschloß. »Ist das so in Ordnung?« fragte er Laura.

Sie nickte nur. Sie war zu betäubt, um noch irgend etwas zu fühlen.
Kara bückte sich und legte Lauras Hände wieder unter die dünnen Decken.
»Ich besuche Sie im Krankenhaus.« Vince tätschelte Lauras Schulter und richtete sich wieder auf. »Ihr könnt sie jetzt fortbringen«, sagte er.
Laura registrierte, daß sie wieder getragen wurde. Die Haustür wurde geöffnet, und sie spürte den kalten Luftstrom, der sich mit der Wärme in ihrem Flur mischte. In dem Moment, als die Sanitäter sie hinaustragen wollten, standen plötzlich Dolores und Sidney im Türrahmen. Hinter ihnen stand Officer McCandles.
Dolores schaute mit wilden Blicken auf die verletzte, bleiche Laura hinunter. Dann füllten sich ihre Augen mit Tränen. Zärtlich strich sie ihrer Schwiegertochter das feuchte Haar aus der Stirn. »Mein armes Mädchen«, flüsterte sie. Ängstlich schweifte ihr Blick über die Polizisten im Haus, bis er an Vincent Moore haftenblieb.
»Wo ist mein Enkel?« fragte sie den Chief.
»Bei der Nachbarin, Mrs. Garrity, nebenan. Dort ist er in Sicherheit. Wir lassen das Haus die ganze Nacht bewachen.«
Sidney stöhnte, als würde er erst jetzt alles begreifen.
»Ach, Vincent!« schluchzte Dolores auf und umklammerte die Hand ihres alten Freundes. »Gütiger Himmel, sag mir, daß das alles nicht wahr ist.«
Der Chief verlor seine Haltung. »Es tut mir so leid, Dee«, sagte er mit Tränen in den Augen.

6

Es war schon Morgen, als Laura aus der Notaufnahme in ein Privatzimmer gebracht wurde. Eine Krankenschwester half ihr aus dem Rollstuhl ins Bett. Laura sah noch, daß der Tag grau und trostlos war, ehe die Krankenschwester die Jalousien herunterließ. Als sie aus dem Zimmer ging, fiel Lauras Blick auf den Polizisten vor ihrer Tür.

Sie glitt in einen Halbschlaf, der voller gewalttätiger Träume war. Jedesmal, wenn sie ganz einzuschlafen drohte, wurde sie aus irgendeinem Grund geweckt. Es mußte etwas mit ihrer Verletzung zu tun haben. Gehorsam schluckte sie alle schmerzstillenden Medikamente, doch die Suppe und den Pudding lehnte sie ab. Ärzte kamen und gingen, untersuchten sie und stellten ihr Fragen. Erschöpft und ohne Interesse an ihrem Zustand antwortete sie.

Irgendwann während dieses Tages, an dem nur Zwielicht zu herrschen schien, kam Chief Moore. Er setzte sich an ihr Bett und bat sie, ihm zu erzählen, was sich ereignet hatte. Während sie berichtete, stand ein grimmig aussehender Arzt am Fußende ihres Bettes und wachte darüber, daß sie sich nicht überanstrengte. Stockend erzählte Laura von dem Geräusch und dem Mann im Dunkeln und dem Schlag auf ihren Kopf. Als sie berichten wollte, wie sie Jimmy vorgefunden hatte, bekam sie Schwierigkeiten mit der Atmung. Da der Arzt darauf bestand, überging Laura die Einzelheiten. Sie sprach von Michael und daß sie dann

911 gewählt habe. Ihr kam es vor, als würde sie eine Geschichte erzählen, die jemand anderem passiert war. Chief Moore blieb nicht lange. Danach verordnete der Arzt ein weiteres Analgetikum.

Besuche waren nicht erlaubt, doch sie telefonierte am Abend mit Michael. Seine kleine Stimme klang, als würde er von einem anderen Planeten zu ihr sprechen. Sie sang ihm leise ein Lied vor. Als das Gespräch vorüber war, fiel ihr der Hörer aus der Hand.

Dieses Wachtraum-Stadium dauerte die halbe Nacht, bis ihr endlich gestattet wurde zu schlafen. Die Gefahr eines gravierenden Hirntraumas war vorüber. Ihr Schlaf war schwarze Leere, nichts durchdrang ihn.

»Wachen Sie auf, meine Liebe«, sagte die Krankenschwester. Laura öffnete die Augen und sah sich im Zimmer um. Graues Licht fiel durch die Jalousien, die leicht schräg standen. Ein neuer Tag hatte begonnen. Ein neues Jahr. Lauras Herz zog sich bei der Aussicht auf diesen Tag, auf dieses Jahr zusammen. Auf die vor ihr liegenden Jahre. Auf ihr Leben jetzt. Ihr Leben ohne Jimmy. Noch vor einem Tag war sie eine normale, glückliche Frau gewesen. Und nun hatte ihr Leben als Witwe begonnen. Laura barg ihr Gesicht im Kissen und wünschte, der Schlaf käme wieder und würde ihr Vergessen schenken.

»O nein. Sie können nicht schon wieder schlafen«, sagte die Krankenschwester. »Machen Sie sich schön. Sie bekommen bald Besuch.«

»Ich will keinen Besuch«, sagte Laura matt.

Doch auf das Drängen der Krankenschwester hin stand sie auf und humpelte mit ihren Krücken zum Waschbecken. Erschöpft ließ sie sich dann wieder ins Bett fallen und trank etwas Wasser. Die Krankenschwester sammelte die nassen

Handtücher ein und flirtete mit dem wachhabenden Polizisten, als sie aus dem Zimmer ging.
Laura lag da und starrte ohne etwas zu sehen auf die Jalousien. Sie fragte sich, wie sie mit der neuen Situation fertig werden sollte. Wie sollte sie arbeiten? Wie leben? Wie ihren Sohn ohne Vater großziehen? Ihrer beider Leben hatte sich um Jimmy gedreht. Sie waren seine Planeten. Er war ihre Sonne gewesen. Ihr Quell der Wärme und des Lichts. Sie schloß die Augen und sah sein Gesicht. Ganz plötzlich wurde ihre Zimmertür geöffnet. Laura wandte den Kopf und schaute zur Tür.
Chief Moore betrat das Zimmer. In seiner Begleitung waren eine junge Polizistin in Uniform und ein Mann in einem Anzug, der ihr vage bekannt vorkam.
»Wie geht es Ihnen, Mrs. Reed?« fragte der Chief.
»Laura«, sagte sie und war wegen seines formellen Tons leicht verwirrt.
Der Chief nickte. »Dies ist Officer Hale. Sie zeichnet unsere Unterhaltung auf.« Die Beamtin nickte Laura zu und setzte sich in eine Ecke des Zimmers. Aus ihrer Aktentasche holte sie irgendein Gerät hervor.
»Und das ist Detective Leonard«, fuhr der Chief fort und deutete auf den blonden Mann mit dem streng zurückgekämmten Haar und den nüchternen grauen Augen.
»Sie waren in meinem Haus«, sagte Laura matt.
Detective Leonard nickte.
»Haben Sie ihn festgenommen?« fragte Laura und fühlte etwas. War es Zorn oder Rache? »Ich meine, den Mann, der es getan hat.«
»Noch nicht«, sagte der Chief verlegen.
Laura sank in ihr Kissen zurück. Er lief noch frei herum. Dieses Monster, das wie ein wildes Tier in ihr Haus eingedrungen war und ihr Leben zerstört hatte – er war noch

immer frei. Wie sollte sie jemals wieder dort schlafen können? Wo würde sie sich jemals wieder sicher fühlen können? Fast schockartig wurde ihr bewußt, daß sie wünschte, dieser Mann wäre tot. Sie hatte sich nie als einen rachsüchtigen Menschen betrachtet, aber sie war es. Sie wollte, daß er von dieser Erde verschwand, ganz gleich, wer er war.

»Laura«, sagte Chief Moore, »wir sind hier, weil wir ein paar Dinge klären müssen.«

Laura seufzte und nickte. »Okay«, sagte sie. »Wenn ich Ihnen helfen kann.«

»Mrs. Reed«, sagte Ron Leonard, »warum waren Sie nicht bei Ihrem Mann im Bett, als das passierte?«

Sein schroffer Ton war wie ein Kübel eiskalten Wassers ins Gesicht. Seit das passiert war, hatte jeder sie freundlich behandelt, fast mit Samthandschuhen angefaßt, als wäre sie aus Glas. Doch dieser Mann war anders. Er schien ihr feindlich gesonnen. Als hätte sie den Mord an Jimmy verhindern können, wenn sie nur in ihrem Bett gewesen wäre. Wäre dann alles anders verlaufen? Würde Jimmy dann noch leben? Ihre Stimme zitterte, als sie antwortete: »Ich habe es dem Chief bereits gesagt. Mein Sohn war krank. Ich war bei ihm, in seinem Zimmer.«

Ron nickte. »Wie krank war er? Hat er sich erbrochen?«

»Nein. Er hatte Bauchweh. Ich habe ihm den Bauch massiert.«

»Also war er nicht so krank, daß Sie den Arzt gerufen hätten?«

Laura lächelte schwach. »Nein. Wenn ein Kind Bauchweh hat, holt man nicht den Arzt mitten in der Nacht. Den holt man nur, wenn es sich um etwas Ernstes handelt.«

Ron Leonard runzelte die Stirn. »Wenn Ihr Sohn nicht ernsthaft erkrankt war, warum schliefen Sie dann in seinem Zimmer?«

»Ich bin eingeschlafen, als ich ihn in meinen Armen hielt. Haben Sie Kinder, Detective Leonard?«
Der Detective ignorierte Lauras Frage. »Sie schliefen also nicht im Kinderzimmer, weil Sie etwa mit Ihrem Mann gestritten hatten?«
Laura schüttelte den Kopf. Sie fand die Frage beleidigend, und sie fühlte sich plötzlich in die Defensive gedrängt, da ihr ihre Auseinandersetzung um seinen Bart und um Dolores einfiel. Du meine Güte, das kam ihr jetzt so kleinlich, unbedeutend vor und auch irgendwie traurig. Die letzten Augenblicke, die sie zusammen verbracht hatten ... und die waren teilweise vergeudet gewesen, weil sie über seinen Bart diskutiert hatten. »Nein. Wir hatten eine kleine Meinungsverschiedenheit, aber nichts Wichtiges.« Sie sah Vince wie um Verständnis bittend an, doch er wich ihrem Blick aus. »Es war nichts. Als Michael rief, haben wir uns längst wieder vertragen.«
Ron Leonard warf einen Blick in sein Notizbuch. »Wir haben mit einer Mrs. Candy Walsh gesprochen. An dem fraglichen Abend waren Sie und Ihr Mann mit den Walsh' beim Essen.«
»Ja.«
»Mrs. Walsh sagte, Sie hätten mit Ihrem Mann gestritten haben können – Sie hätten schlechte Laune gehabt, sagte sie.«
Lauras Gesicht wurde vor lauter Entrüstung, ja fast Wut, ganz heiß. Und gleichzeitig hätte sie am liebsten gelacht. »Candy Walsh«, sagte sie kopfschüttelnd. »Diese ...« Gerade noch konnte sie es verhindern, Candy mit einem Schimpfnamen zu belegen. »Das hätte ich mir denken können«, sagte sie. Candy würde nie begreifen, daß sie für andere Menschen manchmal ein Ärgernis war.
Ehe Laura noch weitere Erklärungen abgeben konnte,

fragte Detective Leonard: »Haben Sie und Ihr Mann sich verstanden?«

»Ja, natürlich«, sagte Laura wütend. »Warum fragen Sie mich das alles? Wie sollen diese Fragen dazu beitragen, den Mörder zu fassen?«

»Kennen Sie jemanden, der Ihrem Mann den Tod gewünscht haben könnte?«

»Nein«, sagte Laura ausdruckslos. »Niemanden. Mein Mann war ...« Ihre Kopfschmerzen wurden stärker, legten sich wie ein Band um ihre Schläfen. In erleichternde Tränen auszubrechen, war ihr nicht möglich. »Er wurde von allen Menschen geliebt«, schloß sie eilig.

»Gab es andere Frauen in seinem Leben?« fragte der Detective brutal.

»Nein, natürlich nicht.« Laura setzte sich aufrecht hin und starrte den Mann an.

»Entschuldigen Sie, daß ich das sage, Mrs. Reed. Aber eigentlich hätte ich erwartet, daß Sie über einen solchen Verlust weinen würden«, sagte Detective Leonard.

Laura sah ihn wütend an. »Es macht mir sehr viel aus. Und wenn ich weinen könnte, würde ich es tun, glauben Sie mir.«

Geschickt wechselte er das Thema. »Wissen Sie, was dieser Mann in Ihrem Haus wollte?«

»Nein, das weiß ich nicht. Wie sollte ich?« konterte Laura. Ihre steigende Wut auf diesen Mann wandelte sich in Sarkasmus. »Wahrscheinlich wollte er uns berauben. Denn Tatsache ist doch, daß er bewaffnet und maskiert war, daß unser Haus durchwühlt und mein Mann ermordet wurde.«

»Rein technisch gesehen, wurde Ihr Haus nicht durchwühlt. Ein paar Schubladen wurden geöffnet. Haben Sie eine Menge kostbaren Schmuck?«

Laura starrte ihn an und schüttelte den Kopf. »Nein.«

»Besitzen Sie eine Waffe, Mrs. Reed?«
»Nein.«
»Können Sie mit einer Waffe umgehen?«
Lauras Haut fing an zu prickeln. »Was macht das für einen Unterschied?«
»Können Sie schießen?«
Laura sah Chief Moore an. Sie kannte den Chief nicht gut, obwohl er und seine Frau alte Freunde von Jimmys Familie waren. Sie hatte das Gefühl, daß er jetzt intervenieren sollte, wenn schon nicht ihretwegen, dann doch wegen Jimmy. Dieser Detective schien überhaupt nicht zu begreifen, daß sie gerade ihren Mann verloren hatte. »Chief Moore, haben Sie diesem Mann nicht gesagt, was passiert ist?«
Chief Moore vermied jede Vertraulichkeit in seinem Ton. »Detective Leonard und ich ... wir finden gewisse Umstände, die mit dem Tod Ihres Mannes in Zusammenhang stehen, ziemlich verwirrend. Ehe wir Sie weiter befragen, Mrs. Reed, möchte ich Sie darauf aufmerksam machen, daß Sie das Recht haben, einen Anwalt während der Befragung hinzuzuziehen. Sollten Sie einen Anwalt wünschen, hören wir auf, bis er eingetroffen ist.«
»Ein Anwalt!« rief Laura. »Ich brauche keinen Anwalt. Das ist doch lächerlich. Warum sollte ich einen Anwalt brauchen?«
»Dann fahren wir fort«, sagte Ron Leonard. »Können Sie mit einer Waffe umgehen?«
»Ja, das kann ich«, sagte Laura trotzig. »Mein Vater war Kapitän in der Marine. Er lehrte mich schießen, als ich zehn Jahre alt war. Und hätte ich eine Waffe gehabt, ich hätte diesem Bastard ins Gesicht geschossen.«
»Welchem Bastard?« fragte Ron Leonard.
Dir, dachte Laura. Sie biß sich auf die Zunge, damit es ihr

nicht herausrutschte. »Wie können Sie es wagen!« stieß sie bitter hervor.
Ron Leonard nickte und sah sie kalt an. »Wie geht es Ihnen? Was sagen die Ärzte?«
Leonards ständiger Wechsel im Ton machte Laura nervös. »Ganz gut. Ich hoffe, daß ich bald nach Hause kann ...« Sie dachte an ihr leeres Haus, ein Haus ohne Jimmy. »... zurück zu meinem Sohn«, murmelte sie. »Vielleicht schon heute.«
»Wir haben erfahren, daß Sie sich den Knöchel verstaucht haben.«
»Ja. Das passierte, als er mich die Treppe hinunterstieß.«
»Und eine oberflächliche Wunde am Kopf.«
Laura sah den Detective aus schmalen Augen an. »Sie würden wohl anders reden, wenn es sich um Ihren Kopf handelte.«
Ron Leonard kicherte, sah aber nicht belustigt aus. »So lautet die Diagnose der Mediziner.«
»Ich wurde bewußtlos geschlagen und habe heftig geblutet.«
»Kopfwunden bluten immer heftig, auch wenn sie unbedeutend sind. Und Sie wurden bewußtlos, weil Sie sich den Kopf bei Ihrem Sturz anschlugen. Sie müssen etwa eine Stunde ohne Bewußtsein gewesen sein, denn zwischen dem Zeitpunkt des Todes Ihres Mannes und dem Zeitpunkt, als Sie die neun-eins-eins wählten, verging eine Stunde.«
»Ja, und?« fragte Laura.
»Also, dieser Mörder ...« Er zog das Wort in die Länge. »Dieser Mörder erschoß Ihren Mann, aber Sie schlug er nur auf den Kopf, weswegen Sie unglücklich stürzten.«
Laura wandte sich an Chief Moore. »Was soll das eigentlich? Bin ich dafür verantwortlich, wie heftig der Mann auf mich einschlug? Glauben Sie denn, daß ich noch leben

möchte?« schrie sie. Und dann dachte sie an Michael und fühlte sich schuldig. Doch, sie wollte für Michael leben. »Sehen Sie«, sagte sie, jetzt ruhiger. »Ich weiß nicht, warum er mich nicht auch erschossen hat. Vielleicht hatte er es eilig. Ich weiß es einfach nicht. Ich weiß nicht, was dieser Mann wollte ...«

»Wenn es überhaupt einen Mann gegeben hat«, warf Ron Leonard ein.

Sie starrte ihn an. Das Blut schien ihr in den Adern zu gerinnen.

»Wenn?« sagte sie.

»Wissen Sie, wie hoch das Leben Ihres Mannes versichert war, Mrs. Reed?«

»Wenn es überhaupt einen Mann gegeben hat?«

»Ich sage Ihnen, wie hoch sein Leben versichert war. James Reed junior hat vor kurzem eine Lebensversicherung über fünfhunderttausend Dollar abgeschlossen. Das ist ziemlich hoch für einen jungen Mann. Zumal da er nur ein kleines Geschäft besaß.«

In Lauras Kopf drehte sich alles. »Richard riet uns ... Es war eine zeitlich befristete Versicherung. Richard Walsh ... er sagte, es sei wichtig, daß wir versichert sind, da Michael noch so klein ist. Fragen Sie ihn. Er wird es Ihnen erklären.«

»Wir haben bereits mit Mr. Walsh gesprochen. Er sagte, daß Ihr Mann nicht eine so hohe Versicherung abschließen wollte, Sie ihn aber dazu gedrängt hätten ...«

»Weil er mich von der Notwendigkeit überzeugt hat«, schrie Laura. »Richard bestand darauf, es sei das einzig Vernünftige. Für Michael ...«

Ron Leonard schien auf seinem Notizbuch Berechnungen anzustellen. »Da Mord unter dieselbe Kategorie wie Tod durch Unfall fällt, mit der Auszahlung der doppelten Versicherungssumme, steigt der Betrag auf eine Million Dollar, Mrs. Reed. Sie sind jetzt eine recht wohlhabende junge Frau.«

Laura sah Chief Moore an, doch sein normalerweise freundliches Gesicht war finster. Sie sah wieder in Ron Leonards kalte Augen. Ihr Herz hämmerte wild. Sie spürte, wie ihr Blut pulsierte, ihr ins Gesicht schoß. »Was reden Sie da?« fragte sie. Aber sie wußte es. Sie konnte es kaum fassen, aber sie wußte, was er meinte.

Sein Gesichtsausdruck war gelassen, doch seine Stimme klang stählern. »Ich sage nur, Mrs. Reed, daß wir ein paar Probleme mit Ihrer Geschichte haben.«

»Meiner Geschichte?« keuchte sie. Als hätte sie sich das alles aus den Fingern gesogen! Laura umklammerte die Seiten ihres Bettes. Das Zimmer fing an, sich um sie zu drehen.

Zweiter Teil

Mai

7

Vincent Moore, der Chief der Polizei von Cape Christian, klemmte sich den Hörer zwischen Schulter und Ohr und betrachtete glücklich die Fotos eines schlafenden Babys.

»Ich habe die Bilder heute früh bekommen«, sagte er zu seiner Frau Ingrid. »Was für eine süße, kleine Puppe. Wie geht es Katy heute?« Ingrid war in Albany und half ihrer Tochter, die nach einer komplizierten Schwangerschaft gerade mühelos ihr zweites Kind, ein Mädchen, geboren hatte. Robbie, ihr Sohn, lebte in Philadelphia, und er hatte einen Jungen, also hatten Vince und Ingrid jetzt drei Enkelkinder.

Ingrid versicherte ihrem Mann, Kate gehe es gut, doch sie schlafe im Augenblick. »Sag ihr, daß ich sie später anrufe«, sagte Vince. Er wünschte, er könnte auch da sein und das Baby sehen, doch damit mußte er bis zu seinem Urlaub im September warten. Im Mai begann in Cape Christian die Saison. Da konnte er einfach nicht weg. »Wann kommst du nach Hause?« fragte er Ingrid wehmütig.

Seine Frau versprach ihm, nur noch ein paar Tage zu bleiben. Während sie über ihre Pläne für die nächste Zeit plauderten, nahm Vince einen Schluck Kaffee aus einem Pappbecher und ließ seine Blicke durch das Dienstzimmer schweifen. Plötzlich sah er im Türrahmen eine vertraute Gestalt.

Er setzte sich gerade hin und wischte den Kaffeering auf

seinem Schreibtisch mit einer Papierserviette weg. »Liebling«, unterbrach er seine Frau, »ich muß aufhören. Dolores ist gekommen.« Ingrid begriff. Die beiden verabschiedeten sich schnell voneinander, während Vince Dolores ein Zeichen machte, hereinzukommen.

Vince Moore kannte Dolores und ihren verstorbenen Ehemann, Jim Reed, seit sie Kinder gewesen waren. Er konnte sich noch an ihre Eltern erinnern. Er hatte ihre Hochzeit miterlebt und erinnerte sich an die Nacht, als Jim junior geboren wurde. Den Tod des alten Jim Reed hatte er wie den Verlust eines Bruders empfunden. Er und Ingrid hatten den Kontakt zu Dolores und ihrem kleinen Sohn nie abreißen lassen. Ingrid und Dolores gingen mit ihren Kindern zusammen im Sommer an den Strand und saßen unter einem Sonnenschirm, während Jimmy, Robbie und Kate im Sand spielten.

Vince seufzte. Er fand es entsetzlich, daß Dolores wieder vor seinen Schreibtisch trat. Er fand es entsetzlich, ihr wieder mit leeren Händen gegenübertreten zu müssen. Er wußte, was Dolores von ihm erwartete, aber er konnte nicht aktiv werden. Er konnte niemanden festnehmen.

Vince, Ron Leonard und der Staatsanwalt des County, Clyde Jackson, ein gutaussehender Schwarzer, der in Princeton studiert und eine Vorliebe für maßgeschneiderte Anzüge hatte, hatten endlose Stunden damit verbracht, das vorhandene Beweismaterial durchzugehen. Mehr oder weniger hegten sie alle denselben Verdacht, doch offiziell galt Lauras Version vom Tathergang. Offiziell suchten sie einen maskierten Eindringling, der durch ein unverschlossenes Fenster in das Haus der Reeds eingestiegen war und James Reed jun. in seinem Bett erschossen und außerdem eine Rolex und ein paar Schmuckstücke gestohlen hatte. Es gab keine Zeugen, und sie hatten die Mordwaffe, einen 38er Smith-&-

Wesson-Revolver, nie gefunden. Die Presse hatte von der Tat als Einbruch berichtet, der mit einem Mord endete. Noch wochenlang hatte Vince zusätzlich Leute einstellen müssen, die abends alte Damen nach Hause begleiteten und jedesmal Nachforschungen anstellten, wenn jemand außerhalb eines geöffneten Fensters ein Geräusch hörte.

Doch viele Einwohner von Cape Christian schienen den insgeheimen Verdacht der Untersuchungsbeamten in diesem Fall zu teilen. Jimmy Reed war ein Einheimischer gewesen; seine Witwe war eine Fremde, eine Außenseiterin. Er war ermordet worden, und sie war unverletzt geblieben und bekam das unerwartete Geschenk von einer Million Dollar. Ein grundlegender Lehrsatz der Kriminalistik besagt, daß in einem solchen Mordfall der Hauptverdächtige immer der Nutznießer, also der Ehepartner ist. Kein Nachbar hatte in der Umgebung eine verdächtige Person bemerkt. Im Haus selbst konnten keine Beweise seiner Anwesenheit festgestellt werden – keine Haare, keine Fasern irgendwelcher Kleidungsstücke. Ein Killer, der keine Spur hinterlassen hatte, war schon ziemlich dubios. Eine Stunde war zwischen dem Mord und Lauras Anruf bei der Polizei verstrichen. Während dieser Stunde, so vermuteten Ron, Vince und Clyde Jackson, hatte jemand die Mordwaffe und den Schmuck im Meer verschwinden lassen.

Aber einen Beweis dafür gab es nicht. Nichts, was zur Eröffnung eines Gerichtsverfahrens gereicht hätte. Der Paraffintest an Lauras Händen war negativ ausgefallen. Sie hatte demnach keine Waffe abgefeuert. Und gegen den Rat ihres Anwalts hatte sich Laura einem Lügendetektortest unterzogen und ihn bestanden. Sie hatte erwartet, daß diese Resultate sie in den Augen der Polizei und der Bürger dieser Stadt als unschuldig erscheinen lassen würden. Doch darin hatte sie sich getäuscht.

Dolores setzte sich auf den Stuhl neben Vinces Schreibtisch und legte ein in Wachspapier eingewickeltes Stück Kuchen auf seine Schreibunterlage. »Hier, für dich«, sagte sie.

»Vielen Dank.« Vince machte ein komisch-verzweifeltes Gesicht und tätschelte seinen Bauch. Dolores brachte ihm oft etwas mit, wenn sie ihn auf dem Revier besuchte. Sie kam nicht mehr jeden Tag, aber immer noch oft. Während der ersten Wochen nach Jimmys Tod hatte Dolores hier quasi zum Inventar gehört. Abwechselnd hatte sie geweint, geschimpft und mit dem Schicksal gehadert, nach Informationen verlangt. Ihr zweiter Mann, Sidney, stand ihr zur Seite und ertrug sie in aller Ruhe. Sie war noch immer sehr gepflegt, doch unter ihren Augen lagen dunkle Ringe, die auch das sorgfältigste Make-up nicht verbergen konnte. Sie schien kleiner geworden zu sein und wirkte innerhalb von Monaten um Jahre gealtert. Jeder wußte, wie sehr sie um ihren Sohn getrauert hatte und immer noch um ihn trauerte.

»Ist Ingrid noch in Albany, bei Kate?« fragte Dolores.

Vince nickte. »Diese Fotos habe ich heute früh mit der Post bekommen«, sagte er stolz und schob die Polaroid-Aufnahmen über den Schreibtisch.

Dolores betrachtete die Bilder enthusiastisch. Ein Lächeln umspielte ihre Lippen, doch ihre Augen blieben traurig. »Ist sie nicht niedlich!« rief sie. »Ist das dein drittes Enkelkind?«

Vince nickte.

Dolores lehnte sich zurück und seufzte. »Wie schön.«

»Wie geht es deinem Enkel?«

Dolores preßte die Lippen zusammen. »Michael? Er ist ein Engel. Aber du weißt ja, wie Kinder sind. Die geborenen Schauspieler. Sie können das Schlimmste verschweigen, als wäre überhaupt nichts.«

Vince nickte bestätigend. »Als ob ich das nicht wüßte.«
»Wir versuchen alle, ihm zu helfen. Mein Mann und ich. Unsere Freunde.«
»Und deine Schwiegertochter hat nichts gegen die Besuche?«
Als Vince Laura erwähnte, wurde Dolores' Gesicht zu Stein. »Sidney holt ihn ab. Ich rede nicht mit ihr. Sidney ist der Mittelsmann. Er ist ein Heiliger. Ich weiß nicht, wie er es aushält, überhaupt mit ihr zu reden. Aber er tut es, damit ich Michael sehen kann.«
Vince war sich über Dolores' Gefühle völlig im klaren. Zuerst hatte sie den Gedanken, daß Laura schuldig sein könnte, abgewehrt. Laura war eine Frau und Mutter. So etwas war undenkbar. Doch als Laura bei dem Begräbnis von Jimmy nicht einmal weinte, zerbrach etwas in Dolores. Die Leute versuchten, es ihr zu erklären. Es ist der Schock, sagten sie. Sie ist benommen, nicht ganz bei sich. Laura erklärte ihr Benehmen damit, daß ihr Vater ihr von Kind auf das Weinen verboten habe. Doch Dolores konnte diese Erklärung nicht akzeptieren. Sie selbst war als junge Frau Witwe geworden. Sie kannte den Schmerz, der einem das Herz brach. Und da Ron Leonard weiterhin bohrende Fragen stellte, begann sie an Lauras Geschichte zu zweifeln. Immer wieder hatte sie darüber mit der Polizei und dann mit Sidney diskutiert, bis der genug von ihren Verdächtigungen hatte. Doch Dolores' Verdacht erhärtete sich mit jedem Tag, so wie sich ihr Herz gegen ihre Schwiegertochter immer mehr verhärtete.
Und Vince kam mit dem Fall nicht weiter. Er kannte die Fakten, doch ein Teil von ihm wollte Laura glauben. Sie war eine ruhige und anständige junge Frau, aber niemand wußte, wie sie vor dieser Tragödie gewesen war. Niemand hatte sie jemals weinen sehen – selbst auf der Beerdigung

nicht –, aber Vince war überzeugt, daß sie trauerte. Wann immer er ihr nach Jimmys Tod begegnete, er mußte dann stets an die Zeile aus Keats' Gedicht *La belle dame sans merci* denken: »... allein und blaß und unbeschwingt ...« Die Worte schienen sosehr zu Laura zu passen. Doch als er das Ingrid gegenüber äußerte, wies seine Frau – sie hatte früher Englisch auf der High-School unterrichtet – ihn taktvoll darauf hin, daß der Vers sich auf den Ritter in Keats' Gedicht bezöge und nicht auf die schöne Frau. Es war der Ritter, der verlassen worden war und sich nach der schönen Dame verzehrte.

»Laura hat mich vor einiger Zeit besucht«, sagte Vince. »Sie wollte wissen, ob es etwas Neues gäbe.«

Dolores' Augen funkelten vor Zorn. »Das kann ich mir vorstellen.«

Vince tat so, als verstünde er den Sinn ihrer Worte nicht. Laura war nie eines Verbrechens bezichtigt worden. Und er mußte wenigstens den Anschein von Objektivität wahren. »Die Plakate haben eine gewisse Resonanz ausgelöst. Wir haben Anrufe bekommen. Aber diese hohe Belohnung ist ja auch sehr verführerisch«, sagte Vince. Laura hatte vom Geld der Versicherungssumme zweihundertfünfzigtausend Dollar für Informationen ausgesetzt, falls sie zur Ergreifung von Jimmys Mörder führten. Gary Jurik hatte das Plakat entworfen, es war sehr auffallend. Daraufhin hatten eine Menge Leute angerufen, aber jeder Hinweis hatte sich im Sande verlaufen.

»Sie kann es sich doch leisten, diese Belohnung auszusetzen, nicht wahr? Sie weiß doch, daß niemand sie je bekommen wird«, sagte Dolores bitter.

»Dolores«, sagte Vince und tätschelte ihre Hand, »du darfst die Hoffnung nie aufgeben. Wenn dieser Kerl da draußen rumläuft, finden wir ihn eines Tages.«

»Und wenn es überhaupt keinen Kerl gibt?«
»Die Ermittlungen sind noch nicht abgeschlossen«, sagte Vince bestimmt.
»Ja. Ich wollte nur noch einmal vorbeikommen, ehe wir verreisen. Sidney und ich fahren für ein paar Wochen nach Florida. Einer seiner Großkunden in Atlantic City – ihm gehört das *Stella di Mare* dort – hat uns seine Wohnung zur Verfügung gestellt. Und Sidney sagt, wenn ich jetzt nicht Urlaub mache, damit ich zur Ruhe komme, läßt er sich scheiden.« Sie kicherte.
»Das ist eine gute Idee«, sagte Vince aufrichtig, »eine Weile weg von dem allen hier.«
Dolores gab Vince einen Zettel. »Das ist die Telefonnummer in Florida. Falls es irgend etwas Neues gibt ...«
Vince umschloß ihre Hand mit seiner, als er den Zettel nahm. »... rufe ich dich sofort an. Das verspreche ich dir, Dee.«
»Gut, Vince«, sagte sie müde und stand auf. »Ich muß jetzt nach Hause gehen und fertig packen.«
Vince stand ebenfalls auf und nahm ihre Hand. »Versuch dich ein bißchen zu amüsieren. Ich kümmere mich hier um alles. Dein Jimmy geht mir ständig im Kopf herum. Wir hören nicht auf, bis wir den Mörder gefunden haben. Okay?«
»Ich auch nicht«, sagte sie verbissen.
»Vielen Dank für den Kuchen«, sagte Vince.
»Grüß Ingrid und Katy von mir, wenn du mit ihnen telefonierst.«
»Das tue ich.«
Er sah ihr nach, als sie ging, die Schultern wie unter einem schweren Gewicht gebeugt, und ihn überfiel wieder dieser schon vertraute Kummer. Früher hatte ihn seine Arbeit manchmal gelangweilt, und dann träumte er von seiner

Pensionierung und dem Häuschen, das Ingrid und er sich kaufen wollten. Doch seit diesem schrecklichen Ereignis träumte er nur noch davon, den entscheidenden Beweis zu finden, der den Mörder von Jimmy Reed hinter Gitter bringen würde. Sollte Laura Reed die Schuldige sein, würden sie Mittel und Wege finden, das zu beweisen. Das war er Dolores und ihrem Enkel schuldig und auch dem Andenken an seinen lange verstorbenen Freund Jim Reed. Dieses Verbrechen machte ihn krank, es empörte ihn zutiefst, sowohl in seiner Eigenschaft als Polizist als auch als Mensch. Ein unschuldiger Mann durfte nicht in seinem Bett ermordet werden und der Mörder ungeschoren davonkommen.

8

Der Frühling lärmte vor dem offenen Fenster, durch das die Sonne ins Haus strömte. Vögel sangen, und es duftete nach Flieder. Komm nach draußen spielen, lockte der Tag. Und im Haus drängte Michael, denn sie hatte ihm einen Ausflug zum Yachthafen versprochen, damit er sich die Boote anschauen konnte. Schließlich stimmte sie zu. Sie hatte einen Plan gemacht. Und heute war der richtige Tag dafür.
Laura spähte mit zusammengekniffenen Augen aus dem Fenster. Noch löste die Sonne keine Freude bei ihr aus. Der Winter war die perfekte Jahreszeit für sie gewesen, wie ein dünner, grauer Mantel, den sie fröstelnd tragen konnte. Sie ging nur aus, wenn es unerläßlich war, um Lebensmittel einzukaufen und Michael zur Schule zu bringen und abzuholen. Sie brauchte unendlich viel Zeit, nur um die Kraft aufzubringen, das Haus zu verlassen. Die frühe, kalte Dämmerung bot ihr Schutz vor mißtrauischen Blikken und gehässigem Geflüster. Doch seit im April die Sonne schien, wurde ihr depressiver Zustand noch schlimmer. Das Tageslicht schien endlos zu dauern, und sie fühlte sich verletzlich in der Stadt, ohne ihren dicken Mantel und den tief in die Stirn gezogenen Hut; beides hatte sie wie eine Rüstung getragen. Jetzt konnten die Leute ihr Gesicht sehen, sie konnten sehen, wie sie zusammenzuckte, wenn sie mit kalten Blicken gemustert wurde. Es war entsetzlich, Witwe zu sein, jeden neuen Tag ohne

Jimmy leben zu müssen. Aber auch noch verdächtigt zu werden ...

Beim Läuten der Türglocke schrak sie zusammen. »Ich gehe hin«, rief Michael, aber Laura sprang auf und hielt ihn zurück.

»Nein!« blaffte sie. Dann sagte sie ruhiger: »Ich mache schon auf.«

Die Chestnut Street war lichtüberflutet. An einem so schönen Tag waren die Leute draußen unterwegs. Sie fragte sich, ob sie sich jemals im Leben wieder sicher fühlen würde. Gewiß nicht in diesem Haus. Die ersten Monate hatte sie einen Wachmann engagiert, der das Haus nachts bewachte. Sie war in das Schlafzimmer umgezogen, das Michaels Zimmer gegenüberlag. Sie hatte mit Richard Walsh darüber gesprochen, ob sie das Haus verkaufen sollte, doch er hatte ihr davon zum jetzigen Zeitpunkt abgeraten. Sie würde dann nur von Neugierigen belagert werden, und niemand würde es kaufen, da jeder wußte, daß in diesem Hause in Verbrechen begangen worden war.

Laura öffnete die Tür einen Spalt und sah einen Jungen, der einen kleinen Blumenstrauß in einer Glasvase in den Händen hielt. Der Lieferwagen von Scott's Flower Shop parkte gegenüber. Laura gab dem Jungen ein Trinkgeld und dankte ihm. Sie nahm die Blumen und stellte sie auf den Tisch im Eingang. Sie öffnete den Umschlag mit der Karte, doch sie wußte bereits, was darauf stehen würde: »Von einem Freund.« Seit Jimmys Tod bekam sie zweimal im Monat einen solchen Blumenstrauß. Als sie den ersten erhielt, war sie verwundert, ja fast erschrocken gewesen, da die Karte anonym war. Doch dann hatte sie die Schrift erkannt und war beruhigt. Gary Jurik war einer der wenigen Menschen in der Stadt, die noch nett zu ihr waren – die sie nicht für eine Mörderin hielten. Doch als sie ihm für seinen

Strauß danken wollte, war er rot geworden und hatte so getan, als wisse er nichts von den Blumen.
Vielleicht sollten wir ihm auf dem Weg zum Yachthafen einen Besuch abstatten, dachte sie. Als sie ihn das letztemal gesehen hatte, hatte er sie gebeten, sich seine Bilder anzusehen, ehe er sie in der Galerie ausstellte. Richard Walsh kümmerte sich zur Zeit um die Galerie, was Laura nur recht war; sie selbst konnte es nicht einmal ertragen, die Räume auch nur zu betreten. Aber sie wußte, daß Gary großen Wert auf ihre Meinung legte. Mit Jimmy hatten sie beide ihren größten Kritiker und Anhänger verloren und waren unsicher geworden, was ihre Arbeit betraf. Und Laura hatte seit Jimmys Tod kein einziges Mal zu Zeichenstift oder Pinsel gegriffen.
»Vielleicht besuchen wir Onkel Gary kurz, ehe wir zur Marina fahren«, sagte Laura zu Michael.
»Okay«, sagte Michael. »Aber fahren wir jetzt endlich?«
Laura seufzte. Für die meisten Menschen wäre ein Besuch bei einem Freund und ein Spaziergang am Yachthafen nichts Besonderes gewesen, doch sie fühlte sich davon fast überfordert. Den ganzen Morgen hatte Michael still vor sich hin gespielt. Er wollte seine Mutter nicht aufregen, dann würde sie sich wieder in ihr Schneckenhaus zurückziehen. Sie hatten den Ausflug zur Marina am Vorabend beschlossen, und Laura hatte deswegen sogar ihr Haar gewaschen, was sie in letzter Zeit manchmal tagelang nicht tat. Aber heute früh hätte sie am liebsten auf den Ausflug verzichtet, wenn Michael sie nicht beschwatzt hätte, wobei er sich aller kindlicher Listen bediente.
Sie hatte ihr langes, graues, mit Blümchen bedrucktes Kleid angezogen, eines von Jimmys Lieblingskleidern, die sie im Frühling trug. Es war ein strahlender Tag, und es gab keinen Grund, nicht auszugehen. Sie setzte einen breit-

krempigen Strohhut auf, der dort an einem Haken hing. Als Michael das sah, holte er seine Baseballmütze und rammte sie sich auf den Kopf.
Plötzlich läutete das Telefon, und beide starrten es an. Dann sahen sie einander an, Laura mit einem müden Ausdruck in den Augen, doch Michael wirkte entschlossen. Er sprang auf, lief zum Telefon, nahm ab und sagte: »Wir können jetzt nicht reden, weil wir ausgehen.«
»Michael«, protestierte Laura, »gib mir das Telefon.«
Widerstrebend gab Michael seiner Mutter den Hörer.
»Hallo?« sagte Laura zögernd.
»Ich merke schon, daß ich den verkehrten Moment erwischt habe«, sagte Marta Eberhart.
Als Laura die Stimme ihrer Verlegerin erkannte, lächelte sie. Glücklicherweise gehörte Marta zu den Menschen, die Michaels Benehmen nicht übelnahmen, eher amüsierte es sie.
»Ich habe ihm versprochen, daß wir zum Yachthafen gehen«, sagte Laura. »Und er glaubt, daß ich mich davor drücken will.« Die zuerst geschäftliche Verbindung der beiden war trotz der großen Entfernung längst zu einer Freundschaft geworden. »Bist du zu Hause?« fragte Laura und stellte sich Marta in ihrem eleganten Apartment in der East 65th Street vor, das ganz in Weiß und Beigetönen gehalten und sehr teuer möbliert war und in dem immer eine gemütliche Unordnung herrschte.
Marta seufzte. »Ich bin zu Hause und wünschte mir, ein Bursche wie Michael würde mich zum Yachthafen mitnehmen. Statt dessen muß ich in diesen Aerobic-Kurs, den ein ehemaliger Spieß bei der Marine abhält. Ich will dich nicht aufhalten. Ich möchte nur wissen, wie es dir geht.«
Laura streifte Michael mit einem Blick. Er saß wieder auf dem Boden und knallte wütend seine Spielzeugsoldaten

gegeneinander. »Mir geht's ganz gut. Aber ich habe bisher noch nichts gearbeitet ...«
»Deswegen habe ich nicht angerufen. Heute ist Samstag, und ich habe frei. Du mußt jetzt gehen. Ich weiß, daß dein Sohn ungeduldig wird.«
»Ja, das stimmt«, sagte Laura. Sie wünschte, sie wäre jetzt in Manhattan und könnte sich einfach mit einem Glas Wein auf Martas Couch fallen lassen, stundenlang reden, zum Essen ausgehen und dann auf Martas Klappbett schlafen. Als Jimmy noch lebte, hatte er sie gedrängt, das zu tun, und das war eine herrliche Unterbrechung ihres Alltagslebens gewesen. Genau das brauche ich jetzt, dachte Laura sehnsüchtig. Wie gerne würde ich von hier fortgehen. Aus dieser Stadt. Weg von allem.
Außer von meinem Sohn, dachte sie und beobachtete ihn voller Liebe, wenn auch traurig, wie er mit seinen Soldaten spielte. »Ich muß jetzt gehen«, sagte sie.
»Paß auf dich auf«, sagte Marta, ehe sie auflegte.
Michael blickte auf und lächelte strahlend. »Gut.« Er stand auf und schob seine Hand in ihre, als wollte er ihr Mut machen. Dann gingen sie aus dem Haus.

Das Haus, in dem Gary und seine Mutter lebten, war ein graues, mit verwitterten Schindeln verkleidetes Gebäude, das isoliert auf einer Landzunge stand, von der aus man einen Blick über die Cable Bay hatte. Es war in den fünfziger Jahren von einem Rancher gebaut, aber vollständig renoviert worden, um Garys Bedürfnissen zu genügen. Das Haus war viel schöner als das, in dem er aufgewachsen war. Sie hatten es von dem Geld der Haftpflichtversicherung gekauft, das Gary nach seinem Unfall ausbezahlt worden war. An jenem Abend, als der Unfall geschah, hatten vier Jungen in dem Auto gesessen. Es war im Winter passiert, in einer Nacht, als es schneite. Jimmy und einer seiner Freunde waren unverletzt geblieben, der Fahrer wurde getötet, und Gary blieb für immer an den Rollstuhl gefesselt. Nach jahrelangem Gerichtsstreit lebten er und seine Mutter hier nun in relativem Wohlstand. Laura wußte, daß es sogar Leute gab, die ihm dieses Haus mißgönnten und hinter seinem Rücken flüsterten, daß er ja nun fein heraus sei. Die Menschen in dieser Kleinstadt konnten sehr grausam und borniert sein. Als ob einen ein Scheck für den Verlust seiner Beine oder eines geliebten Menschen entschädigen könnte, dachte Laura.

Sie klopfte an die Tür, während Michael auf der Treppe herumhampelte. Wanda Jurik öffnete ihr. Sie sah so unordentlich aus, als wäre sie gerade mit Abbrucharbeiten beschäftigt gewesen. Wanda starrte Laura ausdruckslos an, so als würde sie sie nicht kennen. Doch das war bei Wanda nichts Ungewöhnliches. Sie wirkte ständig, als wäre sie mit anderen Dingen beschäftigt.

»Ist Gary zu Hause?« fragte Laura.

»Wo sollte er denn sonst sein?«

Ich wüßte da schon eine Menge Orte, dachte Laura irritiert. Er sitzt in einem Rollstuhl und steckt nicht in einer eisernen Lunge. Ihr fiel ein, wie Jimmy Wanda eingeschätzt hatte. Sie möchte, daß Gary hilflos bleibt, hatte er gesagt. Jimmy hatte Menschen eigentlich immer gut beurteilen können, doch in Wanda hatte er sich wohl getäuscht, dachte Laura. Denn Wanda schien mit dem Leben, das die beiden führten, nicht glücklich zu sein. Sie benahm sich immer so, als wäre sie zu lebenslanger Fronarbeit verurteilt worden.

»Dürfen wir ihn besuchen?« fragte Laura.

Wanda schaute sie nicht an. »Er ist in seinem Arbeitszimmer«, sagte sie.

Laura war erst ein- oder zweimal in dem Haus gewesen. Sie sah sich suchend um, und Wanda deutete nach hinten. Laura schob Michael vor sich her, fest entschlossen, den Weg allein zu finden und die unhöfliche Wanda nicht noch einmal fragen zu müssen.

Es war nicht schwer, das Arbeitszimmer zu finden. Es erstreckte sich über einen Raum, der früher einmal eine Terrasse gewesen sein mußte, jetzt jedoch umbaut war. Große Fenster boten einen Ausblick aufs Wasser. Hinter dem Haus gab es eine von Felsen übersäte und mit Strandhafer bewachsene Düne, an deren Ende sich ein Pier in die Bucht erstreckte. Heute war das Wasser tiefblau. Seemöwen strichen darüber hin; ihre Schreie waren noch durch die Fenster zu hören. Gary saß an seinem Arbeitstisch und zeichnete. Als die beiden den Raum betraten, drehte er sich um und begrüßte sie mit einem Lächeln. Michael lief zu ihm und kletterte auf seinen Schoß.

»Laß das, Michael!« rief Laura, aber Gary war glücklich. Er zog Michael die Baseballmütze über die Augen und kitzelte ihn unter den Armen. Michael quietschte vor Vergnügen. Laura lächelte. Dann nahm Gary eine Schachtel mit Filzstiften und gab sie Michael, zusammen mit einem Blatt Papier.

»Hier«, sagte er. »Mal mir ein Bild von dem Leuchtturm da drüben.«

Michael schaute in die Richtung, in die Gary deutete, legte sich auf den Boden und machte sich an die Arbeit.

»Wir wollen zum Yachthafen«, sagte Laura. »Da habe ich mir gedacht, ich schaue mal bei dir vorbei und sehe mir deine neuen Bilder an.«

Gary nickte. Er konnte verstehen, daß Laura zur Zeit ein Leben wie eine Gefangene führte. Auch wenn Laura so redete, als wäre ein Ausflug etwas völlig Normales für sie. Früher einmal war es das gewesen. Doch seit Jimmys Tod

nicht mehr. »Es tut dir gut, wenn du mal rauskommst«, sagte er. »Ich weiß, wie schwer es ist, wenn man sich von allen Leuten angestarrt fühlt – und sie hinter deinem Rücken mit Fingern auf dich zeigen. Da hast du sicher keine Lust, aus dem Haus zu gehen.«
Laura sah ihn dankbar an. Ihr wurde bewußt, daß sie etwas gemeinsam hatten: Beider Leben hatte durch ein gewalttätiges Ereignis, auf das sie keinen Einfluß hatten nehmen können, eine andere Wendung genommen, war eingeengt worden. »Warum siehst du mich nicht so, wie alle anderen das tun?«
Gary zuckte mit den Schultern und rollte seinen Stuhl zu ein paar Leinwänden, die in einer Ecke an der Wand lehnten. »Ich kenne dich«, sagte er. »Ich weiß, wie du bist.«
Laura ging zu ihm und setzte sich auf einen Holzstuhl an der Wand. Sie betrachtete die neuen Bilder. Diesmal hatte er keine lichtdurchdrungenen Aquarelle von historischen Gebäuden gemalt, sondern sehr schöne, aber düstere Studien der Sümpfe und Moore aus der näheren Umgebung. Land, das in Wasser überging und dann mit dem Himmel verschmolz. Einsames Marschland, nur von Küstenvögeln bevölkert.
»Was hältst du davon?« fragte Gary.
»Na ja, so viel Erfolg wie mit deinen anderen Motiven wirst du damit nicht haben«, sagte sie.
Gary starrte seine Bilder an und kämpfte gegen den Wunsch, sie zu verteidigen.
»Aber ich halte sie für die schönsten Bilder, die du jemals gemalt hast.«
Da sah er sie strahlend wie ein Kind an.
»Schau mich nicht so an«, sagte sie. »Du weißt doch, wie gut sie sind.«
»Ich war mir nicht ganz sicher«, meinte er.

»Aber sie sind es«, erklärte Laura bestimmt. »Obwohl sie im Vergleich zu deinen früheren Bildern sehr dunkel sind.«

»Über dem Moor liegt diese traurige und gedrückte Stimmung. Ich parke meinen Van in der Nähe des Vogelschutzgebiets. Da sind nie Leute. Natürlich muß ich vorsichtig sein, wenn ich mit meinem Rollstuhl über diese Holzstege fahre. Sollte ich vom Weg abkommen und im Schlamm versinken, könnte wohl leicht eine Woche vergehen, bis mich jemand findet«, sagte er lachend.

»Vielleicht solltest du nicht allein dahin gehen«, meinte Laura.

»Ich liebe es aber, allein zu sein«, antwortete er sehr bestimmt.

Wanda kam ins Arbeitszimmer und sah sich wie suchend um. »Ich koche Thunfisch zum Lunch«, sagte sie ausdruckslos. »Willst du Roggenbrot oder Weißbrot dazu essen?«

Alle Farbe wich aus Garys Gesicht. »Möchtet ihr beide zum Essen dableiben?« fragte er hoffnungsvoll.

Laura sprang auf, als sie sah, wie Wanda bei diesem ihr unangenehmen Vorschlag den Mund mißbilligend verzog. »Nein, danke. Wir müssen gehen. Komm, Michael.«

Michael nahm sein Blatt Papier und schwenkte es triumphierend. »Seht euch mein Bild an.«

Gary nahm es und betrachtete es. »Das ist sehr schön, Michael.«

»Weißbrot oder Roggenbrot?« fragte Wanda.

»Roggenbrot«, antwortete Gary ruhig, ohne seine Mutter anzusehen. Wanda drehte sich um und ging.

»Danke, daß du mir die Bilder gezeigt hast«, sagte Laura.

»Und wann zeigst du mir ein paar neue Arbeiten von dir?« fragte Gary.

Laura schüttelte den Kopf. »Ich weiß es nicht. Erst heute

morgen hat mich Marta angerufen, obwohl sie mich nie nach meiner Arbeit fragt. Laut Vertrag muß ich noch ein Buch abliefern, aber ich bin einfach noch wie betäubt, Gary.«

Gary nickte. »Das kenne ich. Aber wenn du versuchen würdest, wieder zu arbeiten, könnte dich das von deinen Gedanken ablenken. Ich würde mir deine Entwürfe gerne ansehen. Zwar habe ich nicht Jimmys Urteilsvermögen, aber ...«

»Oh, ich wäre glücklich über deine Hilfe«, versicherte sie ihm. »Und bestimmt hast du recht. Weißt du, diese Bücher über Raoul sind alle aus Phantasien entstanden, die ich als Kind hatte. Ich war damals sehr einsam. Mein Vater war viel älter als meine Mutter, und er war ... na ja, er wollte sicher nicht brüsk erscheinen, aber er war steif, konventionell und sehr fordernd. Ich weiß, daß er mich liebte – daran habe ich nie gezweifelt –, aber das Leben zu Hause war nie unbeschwert oder fröhlich. Und da wir ständig umzogen, hatte ich nie enge Freunde. Deshalb lebte ich fast nur in meiner eigenen kleinen Welt. Und in dieser Welt war ich glücklich. Aber es ist viel schwieriger, als Erwachsener wieder Zugang zu dieser Welt zu finden.«

»Das kann ich gut verstehen.«

»Und momentan versuche ich einfach nur zu überleben.«

»Solltest du etwas Neues anfangen, würde ich es mir gern ansehen. Das Leben muß doch weitergehen.«

»Ja, das sagen alle immer. Trotzdem möchte ich dir noch einmal danken, Gary. Dafür, daß du mir in diesen schweren Zeiten ein Freund bist.«

Einen Moment herrschte betretenes Schweigen. Dann meinte Laura: »Jetzt müssen wir aber wirklich gehen. Michael, sag Onkel Gary auf Wiedersehen.«

»Dein Bild hänge ich auf«, sagte Gary feierlich zu Michael.

»Und ich wünsche euch beiden viel Spaß am Yachthafen. Wenn ihr wollt, komme ich mit.«
»Das ist etwas, das ich allein tun muß«, sagte Laura fest entschlossen.
»Oh, ich wollte nicht ...«, versicherte Gary schnell.
»Ich muß es einfach tun«, sagte Laura. »Um mir zu beweisen, daß ich es kann.«
»Ich verstehe«, sagte er.
Ich weiß, daß du mich verstehst, dachte sie. Michael küßte Gary auf die Wange und lief zur Tür. Laura beugte sich hinunter und küßte ihn auf die andere Wange. »Vielleicht das nächste Mal«, sagte sie. In diesem Moment kam Wanda ins Zimmer.
»Auf Wiedersehen, Mrs. Jurik«, sagte Laura.
»Auf Wiedersehen.«
Als Laura und Michael gegangen waren, sah Wanda ihren Sohn an. »Möchtest du hier oder in der Küche essen?«
»Ich komme in die Küche«, sagte er.
»Weißt du eigentlich, daß du deine Zeit verschwendest, wenn du nett zu dieser Frau und diesem Jungen bist? Du führst dich wie ein kleiner Hund auf, wenn sie in der Nähe ist.«
»Mama, das sind meine Freunde. Das geht dich nichts an.«
»Die Leute sagen, daß sie ihren Mann umgebracht hat. Und was ist, wenn sie es wirklich getan hat? Aber eines ist sicher: Die Welt ist besser ohne diesen Kerl.«
»Wie kannst du es wagen, so etwas zu behaupten!« sagte Gary empört.
»Warum sollte ich es nicht sagen? Es ist die Wahrheit. Jimmy Reed hat dich praktisch in diesen Rollstuhl gesetzt.«
»Es war ein Unfall, Mutter. Ich will mir so etwas nicht anhören.«
»Nein. Es stimmt, und du weißt es«, schrie Wanda. »Er hat

unser beider Leben ruiniert, und dann hat er einfach sein Leben fröhlich weitergeführt. Er hat sich nie darum gekümmert, was mit dir passiert ist. Und wenn du mich fragst, hat Jimmy Reed nur bekommen, was er verdient hat.«

»Ich habe dich nicht gefragt. Und sag so etwas nie wieder!« Gary umklammerte die Armlehnen seines Stuhls, bis seine Knöchel weiß hervortraten.

Doch Wanda schüttelte den Kopf. »Du wirst es nie begreifen«, sagte sie.

9

Michael hüpfte über die Planken des Piers und stieß beim Anblick der Boote fröhliche kleine Schreie aus, obwohl diese Laute auch etwas mit der Schönheit des Tages zu tun hatten und der Tatsache, daß seine Mutter langsam hinter ihm her marschierte. Der Himmel war von einem pastellfarbenen Blau mit zarten, weißen Tuffwölkchen, das Wasser von einem tiefen Dunkelblau, saphirfarben, und die nebeneinander ankernden Boote schimmerten glänzend weiß.

Michael blieb stehen und wartete auf seine Mutter. Als sie bei ihm war, sagte er: »Ich wünschte, wir hätten noch Daddys Boot.«

»Ja, das wäre schön«, gab sie ihm recht. Dads Boot, Dads Lächeln, Dads Leben. Das alles möchten wir wiederhaben. »Aber ich weiß nicht, wie man ein Boot steuert, Michael. Und du bist noch zu klein, um schon Kapitän zu sein.«

»Ja, leider«, sagte er.

Laura hatte nicht versucht, das Boot nach Jimmys Tod zu verkaufen. Dazu hatte es ihr an Energie gefehlt. Doch Richard Walsh hatte nach so einem Boot für seinen Vater Ausschau gehalten, und da er Laura einen fairen Preis anbot, hatte sie es ihm verkauft. Sie hatte zwar mit dem Gedanken gespielt, es für Michael aufzubewahren, doch Sidney hatte zu Recht darauf hingewiesen, daß es einfacher wäre, dann ein neues zu kaufen, als das alte all die Jahre über unterhalten zu müssen.

»Wenn du groß bist, kaufen wir uns ein neues Boot«, versprach sie und versuchte, ihre Stimme fröhlich klingen zu lassen.
Michael nickte, seine Hochstimmung hatte sich verflüchtigt.
»Möchtest du ein Eis?« fragte Laura spontan, weil sie die Traurigkeit in seinen Augen nicht ertragen konnte.
»Vor dem Mittagessen?« fragte er verwundert.
»Warum nicht?« sagte sie. Die Aussicht auf ein Eis lenkte ihn von dem Verlust des Bootes ab. In Wahrheit waren sie mit dem Boot kaum rausgefahren, weil sie keine Zeit dafür gehabt hatten. »Komm mit«, sagte sie, und er nahm bereitwillig ihre ausgestreckte Hand.
Sie gingen den Pier hinunter zu *Boat People,* einem Gemischtwarenladen, dessen Besitzer, Fanny und Wendell Clark, hart arbeiteten und es zu bescheidenem Wohlstand gebracht hatten. Den Winter verbrachten die beiden in Florida, doch seit April hatten sie ihr Geschäft wieder geöffnet. Wahrscheinlich hatten sie von dem Mord gehört und sich bereits ihre Meinung über sie gebildet.
Hör auf damit! schalt sich Laura. Dein Sohn ist traurig und möchte ein Eis haben. Allein das zählt. Sie stieß die Fliegengittertür für Michael auf und winkte Wendell Clark zu, der hinter seinem Tresen stand.
Als Wendell die beiden sah, schien er blaß zu werden. Er fing an, sich an den Regalen zu schaffen zu machen, als hoffte er, sie würden aus seinem Laden gehen, ohne mit ihm zu sprechen. Aber Michael marschierte direkt zur Kühlbox mit dem Eis.
»Hi, Mr. Clark«, sagte er unbefangen.
Wendell, der selbst Großvater war, drehte sich um und sah den Jungen traurig an. »Hallo, Michael«, sagte er. Dann wandte er sich Laura zu. Er verzog das Gesicht zu einem

mißglückten Lächeln. Laura kannte diesen Ausdruck. Es war nicht immer Feindseligkeit. Manchmal wußten die Leute einfach nicht, wie sie ihr begegnen sollten.

»Ist das nicht ein schöner Tag heute?« sagte sie.

»Ja, wirklich«, stimmte Wendell zu. Er wirkte erleichtert. »Kann ich etwas für Sie tun?«

Laura bestellte eine Eistüte für Michael und gab sie ihm.

»Das geht auf mein Konto«, beharrte Wendell und duldete keinen Einwand.

Laura dankte ihm und sagte zu Michael: »Paß auf, daß es nicht tropft.«

»Ja, ich passe auf«, versprach Michael ernst. »Darf ich nach draußen gehen?«

Laura zögerte. In diesem Moment kam Fanny Clark aus dem Lagerraum. Sie sah die beiden an, dann ihren Mann, und ihre Brauen hoben sich wie zwei Warnsignale. »Hallo, Liebes«, sagte sie zu Michael. »Hallo, Laura. Wie geht es Ihnen?«

»Hi, Mrs. Clark. Bitte, Mom, darf ich rausgehen?«

Das Eis lief bereits über den Rand der Waffeltüte, und Laura sah sich gehetzt um. Am liebsten wäre sie aus dem Laden geflohen, und Michaels tropfendes Eis bot einen perfekten Vorwand. Bitte, entschuldigen Sie uns. Wir müssen jetzt gehen. Aber eine penetrante Stimme in ihr murmelte beharrlich: Du brauchst dich nicht zu entschuldigen. Du bist das Opfer eines entsetzlichen Verbrechens geworden. Willst du, daß dein Sohn sieht, wie du vor anderen Leuten davonschleichst? Als ob ihr euch irgend etwas habt zuschulden kommen lassen? Nein, dachte sie. Niemals.

»Geh nach draußen, setz dich auf die Bank vor dem Laden und iß dein Eis«, sagte sie ruhig.

»Okay«, stimmte er zu.

»Ich komme gleich. Und bleib dort sitzen, hörst du?«

»Ja«, sagte er und schlug die Fliegengittertür hinter sich zu. Sie ging zur Tür und sah ihm nach, wie er sich zufrieden auf die Bank setzte, mit den Füßen wippte und die Schiffe an der Mole betrachtete.

Fanny kam hinter dem Tresen hervor. »Jedesmal, wenn ich ihn sehe, ist er gewachsen. Er sieht seinem Vater immer ähnlicher.«

Laura nickte. »Ja, das tut er. Er ist ein großer Trost für mich.«

»Das mit Jimmy hat uns schrecklich leid getan«, sagte Fanny.

»Danke. Sie haben so schöne Blumen geschickt.«

»Das war doch das wenigste, was wir tun konnten. Wir haben Jimmy sein ganzes Leben lang gekannt.« Fanny schüttelte den Kopf. »Man kann es kaum fassen, daß so etwas passieren konnte.«

Warum klang dieser Satz für sie wie eine Anklage? dachte Laura. Es war doch nur eine Feststellung. Und eine richtige dazu. Sie konnte es selbst kaum fassen.

»Ja. Für uns war es ein Alptraum.«

»Und so etwas hier, in Cape Christian. Wenn dergleichen in Philadelphia passiert, kann man das ja noch verstehen. Aber nicht hier.« Wieder schüttelte Fanny den Kopf. »Wie es heißt, ist der Mann in Ihr Haus eingebrochen und hat Jimmy in seinem Bett erschossen.«

»Das stimmt«, sagte Laura beklommen.

»Ich verstehe nicht, daß Sie weiterhin in dem Haus leben können. Wenn Wendell das passiert wäre, ich wäre am nächsten Tag ausgezogen. Nichts hätte mich da noch halten können.«

Es sei denn, ich habe ihn umgebracht, oder? hätte Laura am liebsten gesagt. Sie fühlte, wie Zorn in ihr aufstieg. Und wohin hätte ich gehen sollen? fragte sie sich. Zu wem hätte ich gehen sollen? »Es war nicht leicht«, sagte sie mit größtmöglicher Würde, »aber wir versuchen, das Beste daraus zu machen.«

»Sie sehen gut aus«, sagte Fanny, und dieses Mal war der mißbilligende Unterton in der Stimme der älteren Frau unüberhörbar.

»Danke. Haben Sie einen schönen Winter verbracht?« fragte Laura höflich, fest entschlossen, nicht zurückzuweichen.

»Ach, wir lieben Florida. Unsere Kinder haben uns besucht, und wir hatten viel Spaß. Aber wir sind immer froh, wenn wir wieder zu Hause sind. Ich langweile mich. Mir fehlt der Laden.«

Laura lächelte angestrengt und nickte. »Ich habe Michael versprochen, daß wir uns die Boote anschauen«, sagte sie und wandte sich zur Tür. Sie konnte es gar nicht erwarten, aus dem Laden zu kommen. Draußen sah sie sich um und konnte ihren Sohn nicht entdecken. Die Bank war leer.

»Michael!« rief sie.

»Was ist los?« fragte Fanny.

»Er ist fort«, sagte Laura. »Michael!« Jämmerliche Angst lag in ihrer Stimme. Ihr Herz hämmerte. Das Sonnenlicht blendete sie, nach dem Halbdunkel im Laden. Sie beschattete ihre Augen und sah den Pier entlang. Keine Spur von Michael. »O mein Gott, nein«, flüsterte sie schwach. Nein, dachte sie. Das darf nicht passieren.

»Nur mit der Ruhe«, sagte Fanny hinter ihr. »Manchmal stromern Kinder einfach nur umher.«

»Er kann nicht schwimmen«, sagte Laura, den Tränen nahe. »Warum habe ich ihn allein gelassen? O mein Gott, nein ...«

»Ich habe nichts ins Wasser klatschen hören«, sagte Fanny vernünftig. »Wir hätten es gehört oder ihn schreien gehört.« Durch die ängstlichen Stimmen der Frauen aufgeschreckt, kam auch Wendell auf den Pier.

Der sonnige Himmel schien sie zu verspotten. Bin ich verflucht? fragte sich Laura. Wird mir dieser Ort alles nehmen, was ich liebe? Verliere ich heute alles, was mir noch geblieben ist? Ja, das war denkbar. Es konnte geschehen. Das Undenkbare konnte geschehen. Sie kannte das alles nur zu gut. »Michael!« schrie sie mit schriller Stimme. Sie drehte sich um und packte Wendell am Hemd. »Helfen Sie uns!« rief sie. »Tun Sie etwas. Rufen Sie die Polizei.«

»Beruhigen Sie sich«, sagte Wendell, doch sein Gesicht war aschfahl. »Er taucht schon wieder auf. Michael!« bellte er, und seine Stimme zitterte.

»Hier bin ich, Mom«, antwortete ein dünnes Stimmchen.

Erleichterung durchflutete Laura, so sehr, daß sie schwach wurde. Es war nicht das Ende. Das Leben würde weitergehen. Seit Monaten war es das erste Mal, daß sie darüber froh war. Wendell tätschelte ihren Arm und ging in seinen Laden zurück, und Laura lief in die Richtung, aus der die Stimme gekommen war. Michael stand auf einem Sitz im Heck eines großen Segelschiffs, das am zweiten Dock des Piers lag.

Laura eilte zu ihm. »Was machst du in diesem Boot?« schrie sie. »Komm da raus!«

»Er hat es mir erlaubt«, sagte Michael und deutete auf einen Mann, der gerade aus der Kajüte trat. Laura hob Michael hoch und drückte ihn fest, ehe sie ihn wieder auf die Füße stellte. Dann drehte sie sich um und starrte den Mann im Cockpit an. Er hatte einen straffen, muskulösen Körper und bewegte sich für einen Seemann mit ungewohnter Angespanntheit. Er hatte hellblaue Augen, und sein kurzgeschnittenes schwarzes Haar war von Silberfäden durchzogen. Er trug ein Khakihemd und Jeans. Gesicht und Arme waren gebräunt. Einen Moment kam er ihr bekannt vor. Irgend etwas an ihm schien ihr vertraut, wie eine längst vergessene Melodie. Dann war der Eindruck vorbei.

»Entschuldigen Sie, ist irgendwas nicht in Ordnung?« fragte er. »Ihr Sohn hat mein Boot bewundert. Da habe ich ihn eingeladen, an Bord zu kommen und es sich näher anzuschauen.«

Laura preßte Michael an sich. »Sie haben ihm erlaubt, an Bord zu kommen? Sind Sie verrückt? Der Junge ist erst fünf Jahre alt.«

Der Mann machte eine hilflose Geste. »Er sagte, Sie seien in dem Laden da drüben. Ich wollte ihn doch nicht mit aufs Meer nehmen ...«

Laura begann zu zittern. »Haben Sie vielleicht mal daran gedacht, daß ich ihn vermissen könnte?«

»Entschuldigen Sie«, sagte der Mann. »Wirklich, daran habe ich nicht gedacht ...«

»Nein, das haben Sie nicht«, sagte Laura. »Er hätte ins Wasser fallen und ertrinken können.« Ihre Stimme brach.

Der Mann beobachtete sie mißtrauisch.

Laura unterdrückte ihre Tränen, wie sie es gelernt hatte. Sie kauerte sich vor Michael und sah ihm in die Augen. »Ich habe dir doch gesagt, daß du nie mit einem Fremden mitgehen darfst.«

»Ich bin mit niemandem mitgegangen«, protestierte Michael.

»Du weißt ganz genau, wovon ich rede. Tausendmal habe ich es dir gesagt, und kaum habe ich mich umgedreht ...«

Michael ließ den Kopf hängen. »Es tut mir leid ...«

»Hat er dir was getan?« fragte sie.

»He!« protestierte der Seemann wütend.

»Nein«, sagte Michael kläglich. »Er hat mir nur sein Schiff gezeigt.«

»Es geht ihm ja gut«, sagte Fanny energisch und strich über Michaels Haar. »Das ist die Hauptsache.«
»Komm jetzt«, sagte Laura kurz angebunden. »Wir gehen.«
»Aber die Boote«, schrie Michael.
»Hör auf, mir zu widersprechen. Wir gehen. Du hast die Boote heute alle schon gesehen.«
»Mom«, bat er.
»Michael, es reicht. Komm jetzt.« Dann drehte sich Laura zu Fanny um und sagte steif: »Vielen Dank für Ihre Hilfe.«
»Schon gut«, murmelte Fanny. »Ich bin nur froh, daß nichts passiert ist.«
Laura lief mit Michael im Schlepptau davon.
Der Mann kletterte von seinem Boot auf den Pier und stellte sich neben Fanny. Ziemlich verwundert sah er den beiden fliehenden Gestalten nach.
»Sie dürfen das nicht persönlich nehmen«, sagte Fanny zu ihm. »Sie kann nicht klar denken.«
»Ich wollte wirklich nichts Böses tun«, sagte er. »Vielleicht war es unbedacht von mir, aber der Junge sagte, seine Mutter sei in der Nähe ...«
Fanny stieß einen tiefen Seufzer aus, als Laura und Michael verschwunden waren. »Sie können nichts dazu. Diese Frau ist übernervös. Sie hat eine Menge durchgemacht. Letzten Winter wurde ihr Mann ermordet. Silvester. Vielleicht haben Sie es in der Zeitung gelesen. Er hieß James Reed.«
»Nein. Da war ich in der Karibik«, sagte der Mann. »Mein Gott, das ist ja schrecklich.«
Fanny genoß die Wirkung ihrer schaurigen Enthüllung. Die Leute waren immer schockiert, wenn sie das hörten. »Er wurde in seinem Bett erschossen. Und sie hat ihn gefunden.«
»Die arme Frau«, sagte er.
»Na ja. Es gibt Leute, die behaupten ...«

Der Mann sah sie neugierig an. »Die was behaupten?«
»Sie behaupten, daß sie ihn nicht nur gefunden hat …«
»Was wollen Sie damit sagen?«
Fanny zuckte mit den Schultern. »Sie behauptet, ein bewaffneter Einbrecher sei in ihr Haus eingedrungen …, aber … bisher wurde noch niemand festgenommen.«
Der Mann starrte Fanny an und blickte dann dorthin, wo Laura und Michael verschwunden waren. »Wollen Sie damit sagen, daß die Leute glauben, sie hätte ihn umgebracht? Diese hübsche Frau?«
Fanny schüttelte den Kopf. »Die Leute reden eben. Sie wissen ja, wie das ist. Wir leben hier in einer Kleinstadt.«
»Glauben Sie das ebenfalls?« fragte er, mit einer Spur Mißbilligung in der Stimme.
»Ich glaube, daß man nie in das Herz eines anderen Menschen schauen kann«, sagte Fanny bestimmt. »Jedenfalls ist der Junge das einzige, was ihr noch geblieben ist. Deshalb hat sie sich so aufgeregt.«
»Ja, natürlich. Jetzt kann ich sie verstehen; zuerst wußte ich wirklich nicht, was ich davon halten sollte.«
»Nein, wie hätten Sie das auch wissen sollen. Sie wollten dem Jungen doch nur einen Gefallen tun.«
»Trotzdem mache ich mir Vorwürfe«, sagte er.
»Ach, vergessen Sie's. Übrigens, ich bin Fanny Clark. Meinem Mann und mir gehört der Laden da drüben. Ich habe gesehen, wie Sie neulich hier festgemacht haben. Ein tolles Boot, das Sie da haben«, sagte Fanny freundlich. »Das ist ein Tartan 3800, nicht wahr? So große haben wir hier nicht oft.«
»Ja, danke«, sagte er geistesabwesend und blickte noch immer den Pier entlang, als könnte er Laura sehen.
»Woher kommen Sie?«
Der Mann zwang sich, Fanny anzusehen. »Ich komme von

Barbados«, sagte er. »In diesem Winter bin ich dort von Insel zu Insel gesegelt.« Dann streckte er Fanny seine Hand hin. »Ian Turner«, stellte er sich vor.
»Nett, Sie kennenzulernen, Ian«, sagte sie. Fanny war an die unter Bootsleuten herrschende Vertrautheit gewöhnt. »Bleiben Sie eine Weile hier?«
Ian schaute wieder in Richtung Pier. »Das weiß ich noch nicht«, sagte er. »Ich lebe von einem Tag zum anderen. Irgend etwas ist mit dieser Frau. Ich hatte das Gefühl, als hätte ich sie schon einmal gesehen.«
»Sie stammt nicht aus der Gegend«, sagte Fanny.
»Ich auch nicht«, sagte Ian.
»Wo kommen Sie her?« fragte Fanny freundlich.
»Aus Connecticut. Doch das Schiff habe ich in Bridgetown, auf Barbados, gekauft. Und jetzt segele ich zurück, die Küste hoch.«
»Also, wenn Sie etwas brauchen, Wendell und ich können Sie mit allem versorgen.«
»Danke«, sagte Ian.
»Warum kommen Sie nicht mit und lernen Wendell, meinen Mann, kennen?«
»Ja, ich könnte ein paar Batterien gebrauchen.«
»Wir haben alle möglichen vorrätig«, sagte Fanny. »Und hören Sie auf, sich Sorgen zu machen. Laura ist durch das Geschehene noch verwirrt. Sonst hätte sie eingesehen, daß Sie nur nett zu ihrem kleinen Jungen sein wollten.«
»Wahrscheinlich«, murmelte er. »Sie sah so vertraut für mich aus. Ich kannte ein kleines Mädchen, als ich selbst noch ein Junge war ... auch sie hieß Laura. Laura Hastings.«
»Das ist sie«, sagte Fanny aufgeregt. »Sie schreibt Kinderbücher unter diesem Namen.«
Ian starrte Fanny verwundert an. Dann wanderte sein Blick

wieder zu dem kleinen Pier, dorthin, wo Laura verschwunden war. »Das kann doch nicht sein. Ich kann nicht glauben, daß sie dasselbe Mädchen sein soll.«

»O ja«, sagte Fanny zufrieden. »Das ist sie.« Sie beugte sich vor und grinste ihn gemein an. »War sie schon damals wie ein kleines Mädchen, dem man zutrauen würde, daß sie als Erwachsene ihren Ehemann erschießt?«

»Laura Hastings.« Ian schüttelte ungläubig den Kopf. Dann veränderte sich sein Gesichtsausdruck, und er sah Fanny so feindselig an, daß sie sofort ihre Bemerkung bereute. »Wohl kaum«, sagte Ian kalt. »Laura Hastings hat mir das Leben gerettet.«

10

Laura setzte sich auf den Rand von Michaels Bett und strich ihm zärtlich das weiche Haar aus der Stirn. Im schwachen Schein der Nachtbeleuchtung zeichneten sich seine dunklen Wimpern auf der sanften Krümmung seiner Wangen ab. Seit dem Tod seines Vaters hatte er auf dem Nachtlicht bestanden, obwohl er vorher nie Angst vor der Dunkelheit gehabt hatte. Auch wollte er, daß sie jeden Abend bei ihm blieb, bis er eingeschlafen war, und Laura erfüllte ihm gerne diesen Wunsch. Sie fürchtete sogar den Augenblick, wenn sie aus seinem Zimmer die Treppe hinunterging, in das leere, stille Haus.

»Bist du schläfrig?« murmelte sie.

»Ein bißchen«, gab er zu.

»Es tut mir leid, daß unser Ausflug zur Marina heute so enden mußte. Aber ich hatte solche Angst, als du nicht mehr da warst.«

»Das weiß ich«, sagte er.

»Verstehst du, warum es nicht richtig war, auf das Boot dieses Mannes zu gehen? Nicht nur in Autos von Fremden zu klettern, ist gefährlich.«

»Ja, Mom«, sagte er ernst. »Es tut mir leid, daß du Angst hattest. Ich tue es nie wieder.«

»Versprochen?«

»Versprochen.«

Sie zog ihn an sich und küßte ihn. Es schmerzte sie, daß die Welt ein solch gefährlicher Ort geworden war. Ihr Blick fiel

auf das kleine gerahmte Foto seines Vaters, das seit jener Nacht neben seinem Bett stand. »Ich liebe dich mehr als alles auf der Welt«, sagte sie. Fest hatte er seine kleinen Arme um sie gelegt. Sie wollte nicht, daß er den Kummer in ihrem Gesicht sah. »Bald gehen wir noch einmal hin«, sagte sie. »Und dann haben wir viel mehr Spaß. Okay?«
Michael nickte, jetzt sehr schläfrig.
»Gut«, sagt sie, als er auf das Kopfkissen sank. »Jetzt schlaf schön.«
Er drehte sich um und rumorte unter seiner Bettdecke, bis er bequem lag. Laura wartete, bis er die Augen geschlossen hatte und ruhig und tief atmete. Wenigstens Michael konnte schlafen. Ihre Nächte dagegen waren qualvoll. Sie lag da, mit weit im Dunkeln geöffneten Augen, und kämpfte gegen die Versuchung, Schlaftabletten zu nehmen.
Als ein tiefer Seufzer verkündete, daß er fest schlief, stand sie vorsichtig von der Bettkante auf und sah ihn noch einmal an. »Schlaf gut, mein Engel«, flüsterte sie und ging aus dem Zimmer die Treppe hinunter.
Die Großvater-Uhr im Flur tickte laut, sonst herrschte Stille im Haus, wie gewöhnlich. Sie ging ins Wohnzimmer und betrachtete ohne Interesse den Stapel Bücher; Bücher, die sie eigentlich lesen wollte. Sie war rastlos und unfähig, längere Zeit stillzusitzen. Sie überflog das Fernsehprogramm und legte die Zeitschrift ungeduldig wieder weg. Dann ging sie zum Schreibtisch und blätterte die Rechnungen durch. Die könnte ich bezahlen, dachte sie, knipste die Lampe an und setzte sich in den ledernen Schreibtischsessel.
Sie saß kaum, als die Türglocke läutete. Sie zuckte zusammen. Dieses Geräusch machte ihr angst. Manchmal auch das Läuten des Telefons. Hör damit auf. Reiß dich zusammen. Sie fragte sich, ob das immer so weitergehen würde,

ob sie immer Angst davor haben würde, daß in irgendeiner Ecke ihres Hauses ein Fremder auftauchen könnte – irgendein Scheusal, das unbemerkt eingedrungen war. Michael durfte nicht aufwachen, dachte sie wütend, als die Glocke wieder läutete. Durch die bunten Glasfenster der Haustür sah sie die Umrisse eines unbekannten Mannes. Ihr Herz machte wieder einen ängstlichen Satz, doch dann wußte sie plötzlich, wer da vor ihrer Tür stand.
Laura öffnete und starrte den Mann schweigend an. Den Mann, dem das Segelschiff gehörte. Er hatte ein sauberes Hemd an, und sein Haar glänzte im Licht der Lampe über der Tür. Er roch nach Seife.
Er lächelte. »Hoffentlich störe ich Sie nicht. Fanny Clark hat mir Ihre Adresse gegeben«, sagte er.
Laura antwortete nicht.
Nach kurzem Zögern sprach er weiter: »Ich möchte mich vorstellen. Mein Name ist Ian Turner.«
Es hörte sich wie eine Frage an, und er sah sie erwartungsvoll an. Doch Laura starrte ausdruckslos zurück.
Als Ian merkte, daß ihr sein Name nichts sagte, runzelte er die Stirn. »Ich bin gekommen, weil ich mich noch einmal wegen heute vormittag entschuldigen wollte.«
»Sie haben sich bereits entschuldigt«, entgegnete sie kalt. »Sie brauchen das nicht noch einmal zu tun.«
»Doch, das finde ich schon«, sagte er dickköpfig.
»Ich bin sicher, Sie wollten meinem Sohn nur eine Freude machen.« Ungeduldig spielte Laura mit dem Türknauf.
»Das stimmt, aber ich habe mich dabei ziemlich dumm angestellt. Und dann hat mir Fanny die Tragödie mit Ihrem Mann erzählt.«
Lauras blasse Wangen röteten sich vor Zorn. »Was hat sie Ihnen erzählt?« sagte sie ausdruckslos. Hat sie Ihnen erzählt, daß ich ihn erschossen habe? wollte Laura schon

fragen. Wollten Sie sich eine Mörderin mal aus der Nähe betrachten?
»Ich dachte mir nur, daß Sie nach einem solchen Schock, nach einem solchen Verlust ... fürsorglicher geworden sind als ...«
Laura sah ihn aus schmalen Augen an. »Sie wollen doch damit sagen, daß ich völlig übertrieben reagiert habe.«
»Nein, nein. Überhaupt nicht. Ich meine nur ...«
»Zu Ihrer Information, das eine hat mit dem anderen überhaupt nichts zu tun. Ich bin Mutter. Michael ist mein Kind. Jede Mutter hätte auf dieselbe Weise reagiert.« Verzweiflung stieg in ihr auf. Wie konnte man einem solchen Mann, der allein auf seinem Boot über das Meer fuhr, klarmachen, welche Verantwortung es bedeutete, Mutter zu sein? »Ist ja auch egal«, sagte sie müde. »Betrachten Sie die ganze Geschichte als vergessen.« Sie zwang sich, ihn höflich zu verabschieden. »Es war nett von Ihnen, daß Sie vorbeigekommen sind.«
»Schauen Sie«, sagte er, »Sie wollen mich loswerden, aber in Wahrheit bin ich nicht gekommen, um mich zu entschuldigen, sondern ... aus ... aus einem anderen Grund.«
Laura sah ihn mißtrauisch an.
»Ich glaube, wir kennen uns von früher.«
»Haben ich Sie nicht schon irgendwo mal gesehen?« griff sie seine Bemerkung ironisch auf. Doch ihre Ironie war nur eine Waffe gegen seine Beharrlichkeit, vor der sie sich etwas fürchtete.
»Ich weiß«, sagte er, »es klingt völlig abgedroschen. Aber es ist mein Ernst. Komme ich Ihnen nicht irgendwie bekannt vor?«
Laura schüttelte den Kopf. Doch gleichzeitig mußte sie an ihren flüchtigen Eindruck heute vormittag auf dem Pier denken.

»Haben Sie jemals in New Brighton, in Connecticut gelebt?« fragte er. »Als Sie noch ein kleines Mädchen waren?«
Überrascht sah Laura ihn prüfend an und nickte. »Ich habe an vielen Orten gelebt.«
»Fanny hat mir erzählt, daß Sie Bücher schreiben. Unter dem Namen Laura Hastings. Ich kannte ein kleines Mädchen namens Laura Hastings. Das ist sehr lange her. Als ich selbst ein kleiner Junge war. Und ihr Haar und ihre Augen ...«
Laura starrte ihn weiter an und versuchte, den Schleier, der über der Vergangenheit lag, zu lüften. Vergeblich.
»Das Ganze macht mich ziemlich verlegen«, sagte er. »Ich steckte mal in großen Schwierigkeiten ... ich stürzte ... und dieses kleine Mädchen ... Laura Hastings ... Sie ... haben mich gerettet.«
Plötzlich erinnerte sie sich. Kein Wunder, daß ihr die Ähnlichkeit nicht vorher aufgefallen war. Seine strahlenden Augen. Damals trug er eine Brille und hatte einen Bürstenhaarschnitt. Ein kleiner, magerer Junge in einem schmutzigen, gestreiften T-Shirt, das zusammengekniffene Gesicht tränenverschmiert. »Der Junge in der Grube!« rief sie.
Ian nickte und grinste breit. »Also erinnern Sie sich!« rief er erfreut. »Als Fanny Ihren Namen nannte, hat es mich fast umgehauen, dabei war ich mir von dem Moment an, als ich Sie zum erstenmal sah, ziemlich sicher. Ich möchte nicht behaupten, daß Sie sich nicht verändert haben, aber dieses Haar, dieses Gesicht ... ich war richtig aufgeregt, als ich Sie sah.«
Laura starrte ihn noch immer an. Sie konnte damals nicht älter als sechs Jahre gewesen sein. Sie spielte allein in einem Wäldchen in der Nähe ihres Elternhauses. Sie war oft allein als Kind. Brüder und Schwestern hatte sie nicht. Und die meiste Zeit lebte sie in ihrer Phantasiewelt. Dieses in der

Nähe gelegene Wäldchen war genau der richtige Ort, um ihre Phantasien auszuleben. Und dann hatte sie diese seltsamen, erbärmlichen Schreie gehört, die sie halb zu Tode ängstigten. Sie mußte ihren ganzen Mut zusammenraffen, um hinzugehen und nicht wegzulaufen. »Es wurde dunkel, und ich hörte Sie rufen.«

Ian lächelte und redete begeistert weiter: »Ich glaubte nicht, daß jemand kommen würde. Ich stromerte da draußen rum, war in die Grube gefallen und hatte mir ein Bein gebrochen. Mir schien damals, als hätte ich stundenlang um Hilfe gerufen. Und dann blickten Sie zu mir herunter, mit demselben silberblonden Haar wie heute. Ich dachte, Sie wären ein Engel oder ein anderes himmlisches Geschöpf.«

In der Erinnerung daran mußte Laura lachen. »Ihre Mutter gab mir einen Dollar, weil ich Sie gefunden hatte.«

»Das hört sich ganz nach meiner Mutter an«, sagte er.

»Was für ein seltsamer Zufall«, überlegte Laura. Sie lehnte am Türrahmen und wunderte sich, daß dieser Mann aus ihrer Jugend ihren Weg gekreuzt hatte.

»Ja. Ich konnte es selbst nicht fassen«, meinte er. »Deshalb bin ich heute abend vorbeigekommen ...«

»Das alles ist schon so lange her«, sagte sie. »Sie waren ein paar Klassen über mir in der Schule. Ian ... ist das richtig? Sie waren sehr gescheit.«

»Ach was. Ich war ein Schwachkopf, der Dümmste in der Klasse. Wollen wir uns nicht zusammensetzen und über alte Zeiten reden?«

Sofort wurde Laura wieder mißtrauisch. Natürlich konnte sie sich jetzt erinnern, aber er war trotzdem ein Fremder. »Ich weiß nicht recht. Es ist schon spät.«

Ian sah sie weich an. »Was immer Sie auch glauben mögen, um alles in der Welt würde ich mich Ihnen nicht aufdrän-

gen. Schließlich haben Sie mir das Leben gerettet, Laura Hastings«, sagte er fröhlich.
Trotz aller Befürchtungen berührten seine Worte sie. Sie war ihm dankbar, denn dieser Mann erinnerte sie daran, daß sie etwas Gutes getan hatte. Für ihn war sie wie ein Engel gewesen; sie hatte ihn gerettet. Sie hatte es so satt, daß man in letzter Zeit nur ein bösartiges Geschöpf in ihr sah.
»Außerdem ist es ziemlich einsam auf dem Boot«, sagte er traurig.
Einsam, dachte sie. Du weißt doch gar nicht, was Einsamkeit ist. Das stille Haus hinter ihr wirkte wie eine Bedrohung. Sie traf eine Entscheidung. »Okay. Warum nicht? Bitte, setzen Sie sich.«
»Sie holen sich besser eine Jacke«, sagte er. »Es ist schön hier draußen, aber kalt.« Fürsorge klang in seiner Stimme durch. Sie wollte schon protestieren, ließ es dann aber.
»Ich komme gleich zurück«, sagte sie. Sie ging in den Flur, nahm ihre bestickte Jeansjacke vom Haken und sah schnell in den Spiegel. Ihr Gesicht war gerötet, ihre Augen glänzten, Angst stand in ihnen. Sie fuhr sich mit den Fingern durchs Haar und zog ihre Jacke an. Ich bin Gesellschaft überhaupt nicht mehr gewöhnt, dachte sie. Ich bin in diesen letzten Monaten zur Einsiedlerin geworden.
Als sie wieder auf die Veranda zurückkam, saß er auf dem Geländer und betrachtete die still daliegende Straße. Mit einem Mal sah er abgespannt und müde aus, ein Gefühl, das sie gut kannte. Das wirkte seltsam bei einem Mann, der seine Tage auf einem Segelschiff verbrachte. Er sah nicht im klassischen Sinn gut aus, aber seine Gesichtszüge waren feingeschnitten. Laura setzte sich in den Schaukelstuhl. Er drehte sich um und sah sie an. Sie fröstelte. »Es ist wirklich etwas kühl«, sagte sie und steckte die Hände in ihre Jacken-

taschen. »Kann ich Ihnen etwas zu trinken anbieten?« fragte sie.

»Nein, danke«, antwortete er. »Ich bleibe nicht lange.«

Sie war gleichzeitig erleichtert und enttäuscht.

»Ich komme mir etwas komisch vor«, gestand er. »Wenn Sie mich jetzt anschauen, weiß ich, daß Sie diesen mageren kleinen Jungen mit einer Brille und einem gebrochenen Bein vor sich sehen.«

Laura lächelte. »Lebt Ihre Familie noch in New Brighton? Sie hatten doch einen Bruder, nicht wahr? Er war in meinem Alter.«

»Ja. Jason. Er lebt noch da. Er ist Feuerwehrmann und hat zwei Kinder. Meine Mom lebt bei seiner Familie.«

»Und Ihr Vater? Ich kann mich nicht erinnern ...«

Sofort änderte sich Ians Gesichtsausdruck, seine Augen wurden kalt. »Er ist tot«, sagte er knapp. »Er war Musiklehrer an der High-School.«

»Stimmt«, sagte Laura. »Es tut mir leid.« Vage konnte sie sich an Mr. Turner erinnern. Ein schwerer, sehr blasser Mann mit dem gleichen dunklen Haar wie Ian.

»Und Ihre Familie?« fragte er. »Sie sind dann weggezogen. War Ihr Dad nicht in der Marine?«

»Ja. Offizier. Wir sind nach Virginia gegangen. Und dann nach Texas. Und Kalifornien. Und, und, und.«

»Und wo leben Ihre Eltern jetzt?«

»Sie kamen bei einem Flugzeugabsturz ums Leben«, sagte Laura.

Ian runzelte die Stirn. »Oh, das ist schlimm. Dann sind Sie also ganz alleine?«

Plötzlich war sie ihm auf absurde Weise dankbar, daß er ihre Lage verstand. Sie fühlte sich, als säße sie in dieser Grube und er wäre zu ihrer Rettung gekommen.

»Ja«, sagte sie, »das bin ich.«

Dann schwiegen beide, und Laura wußte, daß er gern wegen Jimmy gefragt hätte – wie es geschehen war. Aber sie wollte nicht über dieses Thema sprechen.

»Wohin segeln Sie?« fragte sie.

Stirnrunzelnd sah er an ihr vorbei. »Ich segele einfach«, sagte er. »Ich habe kein bestimmtes Ziel.«

»Das muß ein schönes Leben sein, wenn man es sich leisten kann.« Vergeblich versuchte sie, sich nicht mißbilligend anzuhören.

»Das hatte ich auch gedacht«, sagte er. »Zur damaligen Zeit schien es mir das Richtige zu sein.«

Laura sah ihn neugierig an. »Sie waren also nicht immer Seemann?«

Er wandte den Kopf und fing ihren Blick auf. »Nein«, sagte er. »Früher war ich einmal ein richtiger Mensch.«

Laura errötete. »So habe ich das nicht gemeint«, sagte sie.

»Schon gut«, sagte er. »Es stimmt ja.«

»Na ja, viele Leute träumen davon, auf einem Schiff um die Welt zu segeln«, beharrte sie. »Ich glaube, daß jeder irgendwann einmal fliehen möchte. Wegfliegen oder fortsegeln oder fortfahren. Doch die meisten tun es dann nie. Sie träumen nur davon. Diese Träume helfen ihnen wohl, die häßliche Wirklichkeit zu ertragen. Aber was waren Sie, als Sie ein richtiger Mensch waren?« fragte sie lächelnd.

Es herrschte ein betretenes Schweigen. Dann sagte er: »Ich habe als Wissenschaftler auf dem Stützpunkt in New Brighton gearbeitet. Ich bin Wissenschaftler. Nuklearphysiker.«

»Was für ein Zufall«, sagte Laura scherzend. »Das bin ich auch.«

Ian lächelte etwas töricht. »Ich bin Spezialist in ...«

»Also haben Sie beschlossen, Ihren Job als Physiker hinzuschmeißen und Ihr Leben auf den sieben Weltmeeren zu verbringen?«

»Ganz so war es nicht«, sagte er. »Ich verlor meine ...«
Sie sah, wie er nach Worten suchte, und plötzlich war sie erschrocken, so als hätte sie sich zu weit ins Wattenmeer hinausgewagt.
»Meine Frau und mein Sohn sind gestorben. Er war erst sieben. Ich sah keinen Sinn mehr darin ...«
Laura spürte, wie ihr Gesicht brannte. »O mein Gott«, sagte sie. »Es tut mir so leid.« Sie schämte sich wegen ihres leichtfertigen Tons. Und weil sie argumentiert hatte, daß nur eine Mutter begreifen könne. Er war ja selbst Vater gewesen ...
»Ich wollte Sie nicht deprimieren«, sagte er.
»Nein, nein«, entgegnete sie. »Ich hätte das nicht sagen dürfen.«
»Ich wollte nur, daß Sie verstehen ... als Sie heute Ihren Sohn nicht fanden ... Ich wußte, wie Ihnen zumute war. Und wegen Ihres Mannes. Ich bin keiner von diesen Beachboys, die nur rumsegeln ...«
»Mir ist das entsetzlich peinlich, Ian«, sagte Laura. »Bitte, verzeihen Sie mir.«
»Das braucht Ihnen nicht peinlich zu sein«, meinte er. »Ich wollte nur nicht, daß Sie denken ... mir macht es nichts aus, darüber zu reden ... mit Ihnen«, fügte er hinzu.
Ein Teil von ihr wäre am liebsten geflohen. Vor Jimmys Tod wäre sie auch wahrscheinlich davongelaufen. Aber jetzt hatte sie gelernt, Leid zu ertragen. Diese Situation flößte ihr nicht mehr die Angst ein, die sie empfunden hatte, als ihr Leben noch ohne Leid gewesen war. Manche Leute reagierten auf den Schmerz anderer Menschen wie auf eine Krankheit, die man bekommen konnte, wenn man sich diesen Menschen zu sehr näherte. Doch sie wußte es jetzt besser. Sie wußte, daß alle diese Menschen in einer Art Verein waren, dem niemand freiwillig beitrat. Ein Verein,

dessen Mitglieder die brutalste Aufnahmebedingung erfüllt hatten.

»Wann passierte das?« fragte sie ruhig.

Ian seufzte, runzelte dann die Stirn, als würde er nachrechnen. »Phillip starb ... im September. Er und meine Frau kamen in dem Feuer um, das unser Haus zerstörte. Die Umgebung von New Brighton wurde von einem Brandstifter heimgesucht. Ein Serientäter. Der Mann wurde schließlich gefaßt, aber ...« Er zögerte, wollte wohl noch etwas erklären, entschied sich aber dagegen. »Jedenfalls starb Gabriella in den Flammen. Phillip überlebte noch eine Weile in einer Spezialklinik.« Er nickte, so wie Leute nicken, die ihre Gedanken strikt auf die Tatsachen konzentrieren, um nicht in Tränen auszubrechen. »Danach mußte ich immer an die Dinge denken, die wir gemeinsam geplant hatten und die wir getan hätten, wäre uns die Zeit geblieben ...«

»Wie entsetzlich für Sie. Es tut mir so leid«, sagte Laura.

Wieder schwiegen beide. Doch dieses Mal war das Schweigen nicht bedrückend. Es war, als würden sie in dasselbe finstere Loch starren. »Wie bin ich überhaupt darauf zu sprechen gekommen?« fragte er plötzlich.

»Sie sprachen von Ihrem Boot«, sagte Laura sanft.

»Richtig. Jeder versuchte, mich zu überzeugen, meinen Job nicht aufzugeben, aber ich war der Meinung, daß das Leben zu kurz ist, daß man es jetzt leben muß, Tag für Tag ... Deshalb fuhr ich Ende November in die Karibik und kaufte das Boot. Und seitdem segele ich.«

»Und Sie sind froh, sich so entschieden zu haben?« fragte Laura.

Ian lächelte wehmütig. »Man kann seiner Trauer nicht davonsegeln.«

»Nein«, stimmte Laura zu. »Wohl nicht. Aber gegen einen Versuch hätte ich nichts einzuwenden.«

»Ja, es gibt schöne Augenblicke. Ich habe eine Menge phantastischer Sonnenuntergänge gesehen. Und eine Menge gute Bücher gelesen. Und man lernt interessante Leute kennen.«
Laura lehnte ihren Kopf an die Lehne des Schaukelstuhls und schloß die Augen. Sie tat so, als würde sie sich entspannen. Doch sie war auf der Hut und fröstelte, obwohl ihr nicht kalt war. »Das klingt, als hätten Sie das Richtige getan«, sagte sie.
»Das habe ich auch gedacht«, sagte er. »Aber jetzt fängt die Situation an, mich zu ermüden. Zu viel Freiheit bedeutet wieder eine Art Käfig.«
»Hmm ...« Sie verlor sich in ihre eigenen Gedanken. Die Unterhaltung hatte eine tiefsinnige Wendung genommen, und sie wußte nicht, wie sie ihr eine andere Richtung geben sollte. »Sind wir nicht ein fröhliches Paar?« Sie versuchte zu lächeln.
»Ich gehe jetzt wohl besser«, entgegnete er abrupt. »Ich habe Ihre Geduld lange genug strapaziert. Eigentlich wollte ich von diesen Dingen gar nicht reden. Ich wollte nur wissen, ob Sie ›meine‹ Laura Hastings sind. Das kleine Mädchen, das mir das Leben rettete.«
Laura lächelte. Wie schön, einmal nicht als schwarze Witwe, als Ausgestoßene betrachtet zu werden. »Ich bin froh, daß Sie das getan haben«, sagte sie aufrichtig.
»Vielen Dank für Ihre Gastfreundschaft«, sagte er und glitt vom Geländer herab.
Laura war nervös und lachte. »Welche Gastfreundschaft? Ich habe Ihnen nicht einmal einen bequemen Stuhl angeboten.«
»Es war schön mit Ihnen. Glauben Sie mir.«
Er ging die Verandatreppe hinunter. Unten angekommen, blieb er stehen und sah zu ihr hoch. »Wenn Sie wollen,

kommen Sie doch morgen mit Ihrem Sohn. Dann zeige ich Ihnen mein Boot. Und wir könnten einen kleinen Ausflug aufs Meer machen. Jungen mögen Schiffe, und ich hätte auch viel Spaß dabei. Es würde mich wirklich freuen, wenn Sie beide kämen.«
Zuerst freute sie sich, und sie dachte: ja, okay. Dann schwand ihre Begeisterung. »Nein, ich kann nicht«, sagte sie.
Er sah sie ruhig an. »Warum nicht?« fragte er. »Haben Sie Angst, was die Leute denken könnten?«
In dem Moment, als er das sagte, wußte sie, wie absurd es war. Schlechter konnten die Leute in dieser Stadt gar nicht mehr über sie denken, als sie es bereits taten. Außerdem hatten sie sich als Kinder gekannt, das verlieh ihrer Bekanntschaft etwas Unschuldiges. Und Michael würde der Ausflug gefallen. Ein paar Stunden außer Haus würden ihnen beiden guttun. Das war keine Verabredung mit einem Mann, sondern nur ein Ausflug, um Michael eine Freude zu machen.
»Kommen Sie um elf«, sagte er. »Dann ist Flut. Und ziehen Sie sich Sportschuhe mit Gummisohlen an«, fügte er mit einem Blick auf ihre Slipper hinzu.
Ich weiß nicht recht, dachte sie, als er ging. Vielleicht sollte ich es nicht tun. Er drehte sich um und sah, wie sie mit sich kämpfte. »Sie haben doch Turnschuhe, oder?«
Gegen ihren Willen mußte Laura lachen. »Ja, natürlich habe ich Turnschuhe.«
»Bis morgen dann«, sagte er.
»Na gut«, sagte sie hilflos. »Bis morgen.«

11

Sie stand auf dem Hügel und blickte auf die blumenübersäte Wiese hinunter, eine Wiese voller Geißblatt, Klee und wilder Rosen. Die Sonne schien von einem strahlendblauen Himmel herunter, und ihr war viel zu heiß. Am Fuß des Hügels war ein See, in dem sich der tiefblaue Himmel spiegelte. Kühl und klar lockte er zum Bad. Als sie ihn so betrachtete, sah sie, daß jemand darin schwamm. Die Gestalt sah zu ihr hoch und winkte. Es war Jimmy. Ihr Herz fing an zu singen. Barfuß lief sie den Hügel hinunter, von dem drängenden Wunsch getrieben, ins kühle Wasser zu tauchen und bei ihm zu sein. Als sie am Ufer stand und mit ausgestreckten Armen zum Sprung ansetzte, hörte sie plötzlich jemanden rufen.

Der Ruf kam nicht aus ihrem Traum, sondern aus der Wirklichkeit, laut und verzweifelt hatte er geklungen. Schweißgebadet setzte sich Laura im Bett auf. »Was ist?« rief sie und ließ ihre Blicke voller Panik durch das dunkle Zimmer wandern.

Niemand war da. Sie war allein. Ihr Herz hämmerte vor Angst gegen ihre Brust. Michael, dachte sie.

Sie sprang aus dem Bett, schlüpfte in ihren Morgenmantel, lief zur Schlafzimmertür und riß sie auf. Im Haus war es still. Sie eilte über den Flur zum Schlafzimmer ihres Sohnes.

Sie öffnete die Tür und blickte ins Zimmer. Er lag auf dem Rücken und schlief mit offenem Mund, die Arme über den

Kopf gelegt. Leise ging sie zu seinem Bett und kniete sich davor hin. Sie streichelte sein Haar und küßte ihn auf seine runde, feste Wange. Michael bewegte sich, wachte aber nicht auf.

Er hat nicht gerufen, dachte sie, und das wilde Klopfen ihres Herzens beruhigte sich; ihr Sohn war in Sicherheit. Aber was war es gewesen? Nur ein Traum, sagte sie sich. Nur ein seltsamer Traum. Oder jemand auf der Straße, der gerufen hatte. So etwas hörte man im Schlaf. In der warmen Jahreszeit gab es nachts immer mal Lärm auf der Straße; junge Leute, die aus Bars oder Clubs nach Hause gingen. Sie stand auf, ging zum Fenster und zog den Vorhang zur Seite.

Die Straße war leer. Das Mondlicht und die Straßenlampen warfen die Schatten der Blätter auf den grauen Schotter. Hinter dem Lichtkreis der Lampen lagen Häuser, Büsche und Bäume in der Dunkelheit. Da war niemand. Sie wollte sich gerade vom Fenster abwenden, als sie aus den Augenwinkeln eine Bewegung im Gebüsch auf der anderen Straßenseite auffing. Ihr Herz machte wieder einen Sprung, und sie krallte ihre Finger in den Stoff des Vorhangs. Sie starrte in die Dunkelheit, sehen konnte sie nichts. Wer ist da draußen? fragte sie stumm, aber es bewegte sich nichts. Niemand, schalt sie sich und versuchte sich zu beruhigen. Wahrscheinlich war nur ein Hund oder eine Katze vorbeigelaufen. Dieser Traum hatte ihr einen Schrecken eingejagt. Na gut. Was immer es war, es war jetzt fort. Sie sollte wieder ins Bett gehen. Aber sie rührte sich nicht vom Fenster weg. Noch lange stand sie da und starrte hinaus; der Ruf hallte in ihrem Kopf wider.

»Ich dachte, du wolltest einen Ausflug mit dem Boot machen«, sagte Laura leise, als sie Michaels Hand nahm und mit ihm über den Kai eilte. Michael hatte zu Hause getrödelt, und jetzt waren sie zu spät dran. Sie liefen an dem Laden der Clarks vorbei, und Laura war froh, daß keiner von beiden sich zeigte. Sie hatte sich eine Geschichte zurechtgelegt – Ian hätte sie eingeladen, um sich wegen gestern zu entschuldigen. Im wesentlichen stimmte das ja auch. Doch diese Version klang unglaubwürdig, und Laura wollte überhaupt nicht darauf eingehen; andere würden es als eine Verabredung ansehen. Michael hatte das gespürt, er war den ganzen Morgen widerspenstig gewesen.

Als sie näher kamen, stand Ian schon auf dem Deck und winkte ihnen zu. Laura hatte gedacht, daß er vielleicht ohne das schmeichelhafte Mondlicht unattraktiver aussehen würde. Doch er sah genauso gut aus, und bei seinem Anblick spürte sie ein Kribbeln im Bauch.

»Kommt an Bord, ihr beide«, rief er ihnen zu.

Obwohl Michael beschlossen hatte, seinen Dickkopf durchzusetzen, machte ihn der Anblick des Bootes schwach. Mit Ians Hilfe kletterte er an Bord und fragte, ob er unter Deck gehen dürfe. »Nur zu«, sagte Ian. Dann streckte er seine Hand Laura entgegen.

Sie schob seine Hand beiseite. »Das kann ich schon alleine«, verkündete sie.

»Passen Sie auf die Treppe auf«, sagte er, als sie in die Kajüte hinunterstieg, in der Michael bereits verschwunden war.

»Hier wohnen Sie also?« dachte sie laut.

»Ja, das ist mein Zuhause«, sagte er.

Die Hauptkajüte war überraschenderweise sehr geräumig und sah gemütlich aus. Es gab eine Kochnische, auf jeder Seite eine breite Koje und einen Tisch dazwischen. Die Wände waren mit Schränken und Bücherregalen verkleidet, und das polierte Holz glänzte.

»Wie schön es hier ist«, sagte Laura aufrichtig. »Was ist in den Schränken?«
»Man nennt sie Spinde«, sagte Ian. »Noch mehr Bücher, Kleider und alles mögliche Zeug. Man muß alles einschließen, sonst fallen bei rauher See die Dinge aus den Regalen.«
»Ich verstehe«, sagte sie und probierte die verschiedenen Sitzgelegenheiten aus. »Man sitzt hier sehr bequem.«
Ian setzte sich ebenfalls auf eine der Kojen. »Ja, es geht«, meinte er.
»Ich hatte mir diese Kajüten immer so klein vorgestellt, daß man nur gebückt gehen kann«, gestand sie.
»Das wäre ziemlich unbequem, außer man ist so klein wie ein Zwerg«, sagte er.
Laura lachte. »Wo schlafen Sie?« fragte sie.
»In der Kajüte vorn«, antwortete er und deutete in die Richtung. »Ich glaube, Michael probiert die Koje dort aus. Im Heck gibt's noch eine winzige Kajüte.« Er deutete in die Richtung hinter der Kombüse. »Ich habe alles, was ich brauche, außer einer Badewanne ...«
Sie folgte ihm und sah sich das winzige Badezimmer an. Michael kam angelaufen. »Mom, das ist toll. Wie auf einem Piratenschiff.«
»Ja, das ist es«, murmelte Laura.
»Es freut mich, daß es Ihnen beiden gefällt«, sagte Ian. »Michael, willst du mir nicht helfen, klar Schiff zu machen?«
Michaels Augen wurden groß. »Okay.«
Sie folgte Ian zurück durch die Kajüte. Als sie an dem Bücherregal vorbeiging, warf sie automatisch einen Blick auf die Titel der Bücher. Da standen ein paar Romane von Tom Clancy, außerdem eine Reihe Bücher über östliche Religionen, die sehr zerlesen aussahen. Neben den Bü-

chern bemerkte Laura die gerahmte Fotografie einer schönen schwarzhaarigen Frau und eines kleinen braunhaarigen Jungen, der breit lächelte, wobei eine Zahnlücke zu sehen war. Gabriella und Phillip, dachte sie und war voller Mitleid beim Anblick der lächelnden Gesichter.

Sie kletterte die Stiege empor und setzte sich ins Cockpit und sah zu, wie Ian Michael eine Schwimmweste anzog. Dann erklärte Ian Michael, was er im einzelnen tun würde, um abzulegen. Er setzte das Klüversegel und befreite das Großsegel aus seiner Hülle. Dann machte er die Leinen los und startete den Motor, mit dessen Kraft das Schiff durch die Fahrrinne des Kanals aufs offene Meer gelangte. Michael winkte anderen Booten zu. Die Sonne schien warm auf Lauras Gesicht; der Motor tuckerte gleichmäßig und machte sie schläfrig, obwohl sie innerlich noch immer angespannt war.

Als sie auf dem Meer waren, rief Ian Michael zu: »Dieses Tau nennt man Fall. Hilf mir doch, die Falleine wegzufieren, dann können wir das Großsegel setzen.« Die beiden zogen, und das riesige, weiße Segel entfaltete sich. Michael stieß einen Freudenschrei aus und sah seine Mutter mit großen Augen an. Er war entzückt, weil er jetzt die Rolle des Ersten Maats spielen konnte. Laura lächelte zurück und schloß die Augen. Sie fühlte sich inzwischen wohler und war froh, daß sie gekommen waren.

Ian schaltete den Motor ab. »Jetzt segeln wir mit dem Wind«, sagte er zufrieden, als das Boot leise durchs Wasser schnitt. Das einzige Geräusch war ein gelegentliches Klatschen der Segel. Ian hielt die Ruderpinne und lächelte Laura an.

Sein Lächeln bereitete ihr Unbehagen. »Es ist so ruhig hier draußen«, sagte sie und schaute in die andere Richtung, zur Küste hin. »Woher wissen Sie, aus welcher Richtung der Wind bläst?«

»Man spürt ihn im Gesicht«, sagte er. »Dafür wird man im Laufe der Zeit sehr sensibel.«
»Segeln Sie nicht zu weit raus«, bat sie. »Wir können nicht lange bleiben.«
»Ich weiß«, sagte er. »In ein oder zwei Stunden sind wir wieder zurück.«
»Okay«, sagte Laura und lehnte sich in ihrem Stuhl zurück. Es war ein herrlicher Tag zum Segeln. Wasser und Himmel glitzerten in den verschiedensten Blauschattierungen, und der Rest der Welt schien weit, weit weg. Laura genoß den Frieden und die Einsamkeit der Weite. Und Ian beantwortete jede Frage, die Michael ihm begierig stellte. Sie selbst entspannte sich und ließ sich von der Brise und der Sonne streicheln.
»Sie sind ein sehr geduldiger Lehrer«, bemerkte sie. »Das haben Sie sicher von Ihrem Vater geerbt.«
Ians Lächeln erlosch. »Das glaube ich kaum.«
»Ich dachte nur ...«, sagte Laura verlegen, »weil er doch Lehrer war.«
»Wahrscheinlich erschöpfte sich die wenige Geduld, die er besaß, bei seinen Schülern«, sagte Ian bitter. »Zu Hause lernten wir eine andere Seite seines Wesens kennen.«
An seinem Gesichtsausdruck konnte sie erkennen, daß das eine gelinde Untertreibung war. Sie wollte das Thema nicht weiter verfolgen. »Aber Sie waren ein geduldiger Vater, da bin ich mir sicher«, meinte sie.
»Ich wollte ein guter Vater sein. Ganz anders als meiner. Doch letztendlich habe ich versagt«, sagte er.
Seine Reaktion war ihr nicht peinlich. Sie hatte begriffen, daß die Menschen über ihre Tragödien reden mußten. Man durfte sie nicht so behandeln, als gäbe es unaussprechliche Dinge in ihrem Leben. »Ich habe gesehen, daß Sie viel Literatur über östliche Religionen und Philosophie ha-

ben«, sagte sie. »Versuchen Sie, dem Geschehenen einen Sinn zu geben?«
Ian sah blinzelnd in den Himmel. »Mich interessieren Fragen wie Vorherbestimmung und freier Wille. Inwieweit kontrollieren wir unser Schicksal? Oder müssen wir nur lernen, es zu akzeptieren?«
»Ich glaubte einmal, die Kontrolle über mein Leben zu haben«, sagte sie. »Doch jetzt frage ich mich ...«
»Ich glaube, daß wir versuchen müssen, unser Leben zu gestalten«, sagte er. »Ganz gleich, was passiert. Ich bin Wissenschaftler. Ich habe es gelernt, Variabilitäten zu kontrollieren. Ich kann mich mit dem Gedanken nicht abfinden, von den Umständen geleitet zu werden.«
»Oder sogar vom Wind«, bemerkte sie. »Sie müssen den Wind bändigen, wenn Sie mit Ihrem Boot vorankommen wollen.«
»Das stimmt«, gab er zu. »Auch wenn ich ein unbekümmerter Seemann bin ...«
»Mich haben Sie nicht täuschen können«, sagte sie.
Ian zuckte zusammen, als hätte Laura ihn bei einer Lüge ertappt. »Ich bin wohl ziemlich leicht zu durchschauen«, sagte er.
Sie sah ihn voller Mitgefühl an. Sein Leben war ihm aus den Händen geglitten, und jetzt versuchte er, es wieder in den Griff zu kriegen. Sie konnte das sehr gut verstehen. »Hier auf Ihrem Segelschiff habe ich das Gefühl, das Allerbeste aus diesem schönen Tag gemacht zu haben«, sagte sie.
»Da stimme ich Ihnen zu«, sagte er viel fröhlicher.
Etwas Zeitloses liegt darin, überlegte Laura, wenn man sich vom Wind fortbewegen läßt und diese unsichtbare Kraft zwingt, einen dahin zu bringen, wohin man will. Und Ian schien diese Kunst mühelos zu beherrschen. Nie verlor das Segelboot an Fahrt, und wenn die Segel knatterten, korri-

gierte er sofort den Kurs. Dies war eine uralte Art der Fortbewegung, die heute nicht mehr praktiziert wurde. Doch sie war viel romantischer, als sich mit der Kraft eines Motors vorwärts zu bewegen.
Sie segelten eine weitere halbe Stunde dahin und genossen die Brise, während sie plauderten. Mehrmals überraschte Laura Ian, wie er sie nachdenklich ansah. Sie lächelte ihn an, doch sie fühlte sich trotzdem nicht ganz wohl dabei. Sie versuchte, der Unterhaltung wieder eine unpersönliche Richtung zu geben. »Ich weiß jetzt, warum Sie gerne segeln«, sagte sie, als ihre Blicke sich wieder einmal trafen. »Mein Mann hatte ein Fischerboot, aber ...«
»Motorboote«, schimpfte Ian. »Das verlangt kein Können. Man startet einfach nur den Motor und fährt los.«
Laura setzte sich irritiert auf. »Er wollte doch nur angeln. Für das Seemännische hat er sich nie interessiert. Außerdem besaß Jimmy auf vielen Gebieten großes Können.« Sie umklammerte ihren Oberkörper mit den Armen.
»Was ist denn los?« fragte Ian.
»Mir ist kalt«, sagte Laura. »Ich denke, es ist Zeit umzukehren.«
Er sah sie überrascht an. »Jetzt schon?«
»Ja. Jetzt.«
»Seien Sie doch nicht beleidigt«, sagte er. »Alle Segler verachten Motorboote. Das ist eine Art Tradition. Wie Rivalitäten zwischen zwei Schulen. Ich habe das nicht persönlich in bezug auf Ihren Mann gemeint.«
Laura kramte in ihrer Segeltuchtasche und setzte ihre Sonnenbrille auf.
»Entschuldigen Sie«, sagte er. »Es war gedankenlos von mir. Ich wollte Sie nicht beleidigen. Das ist das letzte, was ich möchte.«
Laura schüttelte den Kopf. »Das ist es nicht. Ich mußte nur

gerade an Jimmy denken ... Und ich bin plötzlich so müde geworden. Bitte, kehren Sie um.«
»Wirklich?«
Laura antwortete nicht.
Ian seufzte. »Komm mal her, Michael«, rief er. »Wir müssen wenden.«
»Schon?« protestierte der Junge, und Laura mußte lächeln.
Die Fahrt zum Hafen dauerte nicht lange. Ian schwieg. Nun, da ihr Ausflug fast vorüber war, ärgerte sich Laura, daß sie sich über eine so nebensächliche Bemerkung aufgeregt hatte. Sie kamen an der Marina an, und Ian manövrierte sein Boot vorsichtig zur Anlegestelle. Laura nahm ihre Sonnenbrille wieder ab und legte sie in ihre Tasche. Während sie noch im Heck saß, kletterte Ian an Land und befestigte das Boot. Noch immer erklärte er Michael alles, was er tat. Dann ging er wieder an Bord und zu Laura. Michael tanzte fröhlich auf dem Deck umher, während Laura ihm zurief, er solle vorsichtig sein.
»Es tut mir gut, wenn ich ihn so fröhlich sehe«, stellte sie fest.
»Entschuldigen Sie, daß ich den Ausflug verdorben habe«, sagte er.
»Sie haben ihn nicht verdorben«, widersprach sie. »Im Gegenteil, Sie haben sich viel Arbeit gemacht, und dann mußten wir so schnell umkehren. Ich ... ich war dem wohl nicht gewachsen.«
»Sie waren perfekt«, sagte er. »Sie sind perfekt.«
Laura sah ihn an. Die Eindringlichkeit seines Tons überraschte sie. Er sah sie mit offenkundiger Bewunderung an. Vielleicht war sie noch immer das hilfreiche Schulmädchen für ihn, aber es war ihr eigentlich egal, was er in ihr sah. Hauptsache, es gab jemanden, der sie achtete. Ein warmes Gefühl für ihn durchströmte sie. »Ian«, sagte sie. »Ich möchte, daß Sie wissen, wie dankbar ich Ihnen bin ...«

»Ich bin derjenige, der dankbar ist«, sagte er. »Ich bin Ihnen dankbar, weil Sie mich begleitet haben.«

»Sehen Sie, so macht sich eine gute Tat vor langer Zeit bezahlt. Ich habe einen schönen, sorgenfreien Tag verbracht. Und das habe ich jetzt wirklich einmal gebraucht.«

»Sie können noch viele so schöne Tage haben«, sagte er.

»Aber Sie werden bald wieder fortsegeln. Es gibt noch viele Häfen, die auf Sie warten«, sagte sie obenhin.

»Nein, das stimmt nicht«, entgegnete er. »Ich stelle hier die Regeln auf. Und ich bleibe, so lange ich will.«

Bei seinen Worten bildete sich ein Knoten in Lauras Magen, und sie schüttelte den Kopf. »Schauen Sie, Ian. Der Ausflug war wundervoll. Aber ich möchte nicht, daß Sie sich in bezug auf mich falsche Hoffnungen machen. Ich sehe wirklich keine Möglichkeit ...«

Da hörte sie plötzlich Michael rufen: »Dads Boot, Dads Boot!« Laura sprang auf. Wider alle Vernunft hoffte sie Jimmy zu sehen. Eine Barkasse tuckerte an ihnen vorbei. Der grauhaarige Mann am Steuer war überrascht. Er starrte Michael an, der ihm zuwinkte. Hinter ihm, im Heck, saß ein junges Paar. Die Frau steckte in einem lavendelfarbenen Overall aus Fallschirmseide und sah äußerst gelangweilt aus. Der Mann sprach in ein Funktelefon. Laura erkannte Richard und Candy Walsh in dem Boot, das Richard für seinen Vater gekauft hatte. Richard starrte Laura an. Sie winkte grüßend. Doch Candy riß nur perplex den Mund auf.

»Das ist Dads Boot!« rief Michael wieder.

»Ja, das ist es«, sagte Laura steif. Richards Vater widmete sich wieder dem Steuern seiner Barkasse, und Richard tat so, als würde er telefonieren, nur Candy starrte weiter unverhohlen in ihre Richtung.

»Sind das Freunde von Ihnen?« fragte Ian.

Laura nickte. »Er ist mein Anwalt und war der beste Freund meines Mannes. Er verwaltet meine Finanzen.«

»Ist es Ihnen peinlich, daß er Sie mit mir gesehen hat?« fragte Ian.

Müde schüttelte Laura den Kopf. »Es spielt keine Rolle mehr. Aber wir müssen jetzt gehen.« Sie ging an Land. Ian war noch im Cockpit.

»Laufen Sie nicht weg«, sagte er. »Ich muß nur noch etwas hier fertig machen, dann können wir zusammen zu Mittag essen.«

»Nein«, sagte Laura. »Es ist Zeit zu gehen. Michael, bedanke dich bei Mr. Turner.«

»Was ist los, Laura?« fragte Ian.

»Nichts«, sagte Laura. »Danke für den Ausflug. Komm, Michael.«

»Danke«, sagte Michael.

»Gern geschehen. Das machen wir noch mal«, sagte Ian.

Michael hüpfte über die Planken des Kais, als Ian aus seinem Boot kletterte.

»Ich denke, daß ich noch eine Weile hierbleibe«, sagte er langsam.

Laura begriff sofort, und das beunruhigte sie. »Bleiben Sie nicht meinetwegen«, sagte sie scharf und ärgerte sich selbst über ihren Ton.

»Mir gefällt es hier«, sagte er. »Es ist einer der schönsten Orte, die ich kenne.«

Laura spürte, wie sie hochrot wurde. Überstürzt lief sie hinter Michael her. Als sie den Pier erreichte, sah sie Fanny Clark, die in der Tür ihres Ladens stand, die Hände in die Seiten gestemmt und den Mund zu einer schmalen, mißbilligenden Linie zusammengepreßt. Laura rang sich ein Lächeln ab, doch Fanny drehte ihr den Rücken zu und verschwand im Innern ihres Geschäfts.

12

Laura stellte zwei Teller mit Makkaroni und Käse auf den Küchentisch, dazu zwei Gläser Milch. Michael und Louis saßen einander gegenüber. »Eßt das auf«, sagte Laura. »Deine Mom kommt bald zurück.«

Pam war früh am Tag vorbeigekommen. Sie hatte Zahnschmerzen und einen Termin bei ihrem Zahnarzt. Laura kümmerte sich gern um Louis, denn er und Michael waren Freunde und spielten oft zusammen. Die beiden Frauen hüteten häufig gegenseitig ihre Kinder. Pams Mann, Duane, diente bei der Küstenwache und war oft nicht zu Hause. Laura hatte das Gefühl, daß Duane ihr seit Jimmys Tod mit Feindseligkeit begegnete, doch als sie Pam einmal darauf ansprach, meinte diese, sie würde sich das nur einbilden.

Natürlich war das eine Notlüge, aber Pam wollte Lauras Gefühle nicht verletzen. Und so ergeben Pam ihrem Mann auch war, so war sie doch gleichzeitig stolz auf ihre unabhängige Geisteshaltung. Sie nahm Louis mit in die Kirche, obwohl Duane nichts von Religion hielt, und wählte die Republikaner, während ihr Mann auf seiten der Demokraten stand. Als Duane dann meinte, Louis solle nicht mehr mit Michael spielen, gab Pam ihm zur Antwort, er solle sich um seine Angelegenheiten kümmern.

Die beiden Jungen aßen ihre Nudeln mit großem Appetit, und Laura suchte ohne großes Interesse im Kühlschrank nach etwas Eßbarem für sich selbst. Ein Klopfen an der Tür ließ sie innehalten. Unwillkürlich machte ihr Herz einen ängstlichen Sprung, denn Pam oder Gary konnten nicht vor der Tür stehen. Die beiden kamen immer zum Hintereingang.

»Ihr beide eßt jetzt auf. Wer seinen Teller leergegessen hat, bekommt Oreos zum Nachtisch«, versprach sie und ging aus der Küche.

Wahrscheinlich war es der Zeitungsjunge, der das Geld einsammelte, sagte sie sich. Trotzdem löste sie ihren Pferdeschwanz und fuhr sich durchs Haar, als sie zur Tür ging und sie öffnete.

»Guten Abend, Mrs. Reed«, sagte Detective Leonard, und Laura verließ jeder Mut.

Er trug seinen üblichen grauen Anzug, der zu seinen Augen paßte, und Laura hatte das Gefühl, daß er während der Arbeit, ganz gleich, wie heiß es auch sein mochte, nie seine Jacke auszog oder den Schlips lockerte. Sein blondes Haar war ordentlich zurückgekämmt und sein Gesichtsausdruck undurchdringlich.

Sie bat ihn nicht ins Haus. Nicht einmal ein Anschein von Freundlichkeit existierte zwischen ihnen beiden; schon im ersten Moment ihrer Begegnung hatte Laura Leonards Mißtrauen ihr gegenüber gespürt. Seine Verdächtigungen lasteten schwer auf ihr. »Was kann ich für Sie tun, Detective?«

»Darf ich reinkommen? Ich möchte Ihnen ein paar Fragen stellen.«

Sie drehte sich einfach um, ohne zu antworten, und marschierte ins Wohnzimmer. Er konnte ihr ja folgen. Sie hatte sich immer gesetzestreu verhalten und der Polizei vertraut. Für diese Teenager, die in Ghettos lebten und sich ständig zu Unrecht von der Polizei verfolgt fühlten, hatte sie nie viel Verständnis gehabt. Aber jetzt wußte sie, was es bedeutete, wenn einen die Polizei schikanierte, nicht, weil man etwas getan hatte, sondern nur, weil man ein bestimmter Mensch war.

Laura deutete auf einen Stuhl und setzte sich auf einen anderen. »Was wollen Sie?« fragte sie unverblümt. Sie hatte keine Lust, so zu tun, als wäre das ein Freundschaftsbesuch.

»Mir ist zu Ohren gekommen, daß Sie gestern in Begleitung eines Fremden hier in Cape Christian gesehen wurden. Können Sie mir etwas über diesen Mann erzählen?«

»Wer hat Ihnen das gesagt?« fragte Laura.

»Das geht Sie nichts an.«

»Darf ich etwa keine Freunde haben?« fragte Laura. »Ist es illegal, wenn ich eine Stunde mit einem Freund verbringe?«

»Wir wissen folgendes über den Mann: Er heißt Ian Turner, und er hat in der Marina einen Liegeplatz für ein ziemlich großes und teures Segelboot gemietet.«

»Es ist doch nicht zu fassen«, protestierte Laura. »Wie können Sie es wagen ... Wir haben nichts als einen Ausflug mit seinem Boot gemacht. Das war alles.«

»Können Sie mir etwas über Ihre Beziehung erzählen? Wie lange kennen Sie diesen Mann?«

»Fanny Clark«, sagte Laura ausdruckslos. »Sie muß es gewesen sein. Nun, wenn sie Ihnen schon seinen Namen gesagt hat, hat sie Ihnen sicher auch erzählt, wie wir uns kennengelernt haben.«

Detective Leonard bestätigte weder Lauras Vermutungen, noch stritt er sie ab. »Sie behaupten, einander schon lange zu kennen. Haben Sie eine Affäre mit Mr. Turner? Hatten Sie eine Affäre, als Ihr Mann noch lebte?«

»Nein!« schrie Laura. »Wir sind uns vor zwei Tagen im Yachthafen begegnet. Seit meiner Kindheit habe ich ihn nicht mehr gesehen. Und nein, wir haben keine Affäre.«

Detective Leonard blickte unbewegt in sein Notizbuch.
»Hatten Sie damals ein Verhältnis miteinander?«
»Damals waren wir fünf oder sechs Jahre alt, Detective. Ein oder zwei Jahre lang besuchten wir dieselbe Grundschule.«
»Ist Mr. Turner verheiratet oder Junggeselle?«
»Warum fragen Sie ihn nicht?«
»Erwarten Sie ihn?«
»Nein«, sagte Laura herausfordernd.
Ron Leonard rieb sich nachdenklich die Stirn. »Ich könnte ja hier warten. Vielleicht taucht er doch auf.«
Laura stieß einen Seufzer der Verzweiflung aus. »Mr. Turner ist Witwer, aus New Brighton, Connecticut. Da hat er sein ganzes Leben verbracht. Er ist Physiker und arbeitete auf dem Marinestützpunkt dort. Seine Frau und sein Sohn kamen letztes Jahr bei einem Brand um.«
Der Detective hob die Brauen.
»Ein Brandstifter, ein Serientäter, wurde zu dreimal lebenslänglich Haft verurteilt und verbüßt seine Strafe zur Zeit im Lansdale-Gefängnis. Sind Sie jetzt zufrieden?«
»Das überprüfe ich natürlich. Und Sie behaupten weiterhin, daß Sie mit diesem Mann keine Affäre hatten, als seine Frau oder Ihr Mann noch lebten?«
Laura biß die Zähne zusammen. Sie fühlte sich, als hätte jemand sie mit schmutzigem Wasser übergossen. Es machte sie krank, in diesem widerlichen Licht gesehen zu werden. »Ist Ihnen eigentlich bewußt, Detective Leonard, daß ich das Opfer in diesem Fall bin? Ich habe meinen Ehemann und für immer meinen Seelenfrieden verloren. Ich bin es, die darauf wartet, daß Sie den Mörder finden. Können Sie sich überhaupt vorstellen, wie wütend es mich macht, wenn ich auf Ihre abscheulichen Unterstellungen antworten muß? Sie verschwenden nur Ihre Zeit und auch meine . . .«

Ron Leonard klappte sein Notizbuch zu und stand auf. »Na ja, das ist wenigstens ein Anfang«, sagte er.
»Warum suchen Sie nicht nach dem Mörder meines Mannes?« rief sie heiser hinter ihm her.
Der Detective öffnete die Tür und trat auf die Veranda. »Was für schöne Blumen Sie da haben«, sagte er und deutete auf die Vase, die auf dem Tisch im Flur stand. »Hat Mr. Turner sie Ihnen mitgebracht?«
Am liebsten hätte sie die Tür hinter ihm zugeknallt, doch sie beherrschte sich. »Nein«, sagte sie kalt. Es geht dich einen Dreck an, wer mir Blumen schenkt, du Bastard, dachte sie. Er sah sie an, als wollte er sie fragen, tat es dann aber nicht. Sie wartete, bis er den Weg hinuntergegangen war und fast seinen Wagen erreicht hatte, ehe sie die Tür zumachte und sich mit geschlossenen Augen dagegen lehnte.
Michael kam in den Flur. »Wir haben alles aufgegessen, Mom«, sagte er. »Können wir jetzt unsere Oreos haben?«
»Und noch etwas Milch, bitte«, sagte Louis hinter ihm.
Laura seufzte. Sie ging in die Küche und holte das Gewünschte. Michael und Louis merkten, in welcher Stimmung sie war und verhielten sich ungewöhnlich still. Als sie den Teller mit Plätzchen vor die beiden hinstellte, fielen sie wie Wölfe darüber her.
Laura riß ein Küchenpapier von der Rolle, machte es naß und preßte es gegen ihre Stirn. Sie hatte Kopfschmerzen. Sie goß sich ein Glas Cola ein und trank es schnell. Manchmal half Koffein. Plötzlich wurde die Hintertür geöffnet, und Pam kam in die Küche. Ihre rechte Wange war geschwollen.
Laura fragte mitfühlend: »Wie war es?«
»Brutal. Frag mich nicht.«
»Hi, Mom«, rief Louis.
»Sie sind fast fertig«, sagte Laura.
»Dürfen wir nach draußen gehen?« fragte Michael.

»Natürlich. Aber bleibt im Garten hinten«, sagte Laura müde.
Pam wischte ein Paar Krümel von den Küchenstühlen und setzte sich. Laura machte Ordnung in der Küche. »Möchtest du was trinken?« fragte sie Pam.
Pam verdrehte die Augen und berührte ihre schmerzende Wange. »Nein, danke.« Sie sah Laura zu, die das Geschirr spülte. »Laura, was ist los? Hat Louis sich danebenbenommen?«
»Nein, Louis war ein Schatz«, sagte Laura. »Alle beide waren artig. Ich habe nur solche Kopfschmerzen.«
»Komm, ich helfe dir«, sagte Pam.
»Nein, nein. Bleib sitzen. Du hast selber Schmerzen. Hat dir der Arzt Tabletten gegeben?«
»Ja, ich habe mir welche im Drugstore auf der Heimfahrt geholt.« Sie zögerte, weil Laura so geistesabwesend war. Doch dann sagte sie: »Ich glaube, ich habe Detective Leonard gesehen, als ich hierherfuhr. Er war doch nicht bei dir, oder?«
»O doch, das war er«, sagte Laura.
»Was ist denn nun schon wieder?« fragte Pam empört.
»Michael und ich haben gestern mit einem Mann auf dessen Segelboot einen Ausflug gemacht. Wir lernten ihn im Yachthafen kennen. Und Leonard will wissen, warum«, sagte Laura.
»Ist das der Typ, mit dem du neulich abend auf der Veranda geredet hast?« fragte Pam.
Laura drehte sich um und sah ihre Freundin erstaunt an. »Spionierst du mir etwa nach?« fragte sie wütend.
Pam schämte sich überhaupt nicht für ihre Neugier. »Manchmal schaue ich eben aus dem Fenster. Das ist völlig normal. Wenn ich bloß in jener Nacht so neugierig gewesen wäre ...«

»Ja«, sagte Laura. »Das war der Mann. Er heißt Ian Turner. Wir lernten ihn kennen, als wir uns die Boote anschauen wollten. Und wie sich herausgestellt hat, kannten wir uns aus unserer Kinderzeit. Deshalb hat er uns zum Segeln eingeladen.«
»Ein gutaussehender Bursche«, sagte Pam.
»Pam!«
»Was denn? Ich konnte ihn ganz gut sehen, als er ging.«
»Mir ist es wirklich egal, ob er gut aussieht oder nicht. Ich bin nur mitgegangen, weil ich Michael eine Freude machen wollte. Und weil ich ihn früher einmal gekannt habe ... verstehst du das?«
»Ja, das verstehe ich«, murmelte Pam. Eine Weile herrschte Schweigen, dann fragte Pam: »Ist er verheiratet?«
»Nein. Aber was soll die Frage?« sagte Laura irritiert.
»Ja, was wollte Leonard dann?« fragte Pam.
Laura lehnte sich gegen die Küchentheke und verschränkte die Arme vor der Brust. »Er will wissen, ob ich eine Affäre mit ihm hatte. Mit einem Mann, den ich vor zwei Tagen eigentlich erst kennengelernt habe.«
»Das ist ja lächerlich«, sagte Pam mitfühlend.
»Und im besonderen wollte er wissen, ob wir eine Affäre hatten, *bevor* Jimmy ermordet wurde.«
»O Laura!«
»Ich weiß«, sagte Laura. »Es ist ekelhaft und gemein.«
»Magst du denn diesen Mann?« fragte Pam.
»Ihn mögen?« sagte Laura verärgert. »Selbst wenn ich das täte ... Sieh mal, er ist ein netter Mann, aber für eine Romanze bin ich im Moment nicht zu haben. Und außerdem überwacht mich die Polizei ständig ... Ich werde mich jedenfalls nicht mehr mit ihm treffen. Ich kann diese Schikanen einfach nicht mehr ertragen.«
»Ich mache dir doch keine Vorwürfe«, sagte Pam. »Aber ich

finde es skandalös, wie dich die Cops behandeln. Und du bist doch überhaupt noch nicht für eine neue Verbindung bereit. Jimmy ist ... er ist ja erst vor ein paar Monaten gestorben. So etwas braucht Zeit ...«

»Da hast du recht«, sagte Laura.

Es läutete. Laura und Pam sahen sich überrascht an. »Erwartest du jemanden?« fragte Pam.

»Nein«, sagte Laura bestimmt und ging, um die Tür zu öffnen.

Ian stand auf der Veranda, in den Händen eine braune Papiertüte, an die ein weißer Zettel geklammert war. »Ich habe chinesisches Essen gekauft, aber die Portionen sind viel zu groß für eine Person«, sagte er. »Haben Sie vielleicht Appetit ...«

Pam tauchte hinter Laura auf.

»Entschuldigen Sie«, sagte Ian. »Sie haben Besuch.«

»Ich wollte gerade gehen«, sagte Pam.

»Möchten Sie vielleicht chinesisch essen?« fragte Ian höflich.

Pam bedeckte ihre geschwollene Wange mit der Hand. »Eine Wurzelbehandlung«, erklärte sie. »Ich kann heute nur Suppe essen. Ich behalte die Jungs durch mein Fenster hinten im Auge«, sagte sie zu Laura. Dann ging sie an Ian vorbei und schaute zu Laura zurück, die puterrot wurde.

Ian sah Laura an. »Gung-Pao-Hühnchen«, erklärte er hoffnungsvoll.

»Ich habe Ihnen doch gesagt, daß wir uns nicht mehr sehen können«, erwiderte sie.

»Ich habe auch Eßstäbchen mitgebracht«, sagte er.

13

Laura drehte sich um und ging ins Haus. Er folgte ihr und schloß die Tür.

»Wo soll ich das Zeug hinlegen?« fragte er.

Laura marschierte ins Wohnzimmer und ließ sich in einen Sessel fallen. Dort saß sie steif und ohne ein Lächeln, ihre Hände umklammerten die Lehnen.

»Soll ich's auf den Couchtisch legen?« fragte er und räumte sorgsam ein paar Zeitschriften zur Seite, ehe er die Tüte vorsichtig – als könnte sie explodieren – abstellte.

Ian öffnete die Tüte und griff hinein. »Eine Frühlingsrolle?« fragte er.

Endlich sah Laura ihn an. »Ein Nein hat für Sie wohl keine Geltung?« sagte sie kalt.

Ian legte die Frühlingsrolle wieder in die Tüte und wischte sich die Finger an einer Papierserviette ab. »Ich hätte vorher anrufen sollen«, sagte er.

»Sie hätten überhaupt nicht kommen sollen.«

»Ich wollte Sie sehen«, sagte er ruhig.

»Und ich habe Ihnen gesagt, daß das nicht geht!« Sie schrie fast.

Ian betrachtete stumm ihr Gesicht. Laura wandte ostentativ ihren Blick von ihm ab. »Warum sind Sie so wütend?« fragte er. »Habe ich etwas getan, das Sie beleidigt hat? Geht es um das chinesische Essen? Reagieren Sie allergisch darauf?«

Sie wußte, was er versuchte. Er wollte sie in eine andere

Stimmung bringen. Er konnte nicht wissen, was gerade passiert war, sagte sie sich. Sie sah ihn ernst an. »Die Polizei war da«, sagte sie.
»Die Polizei? Weswegen?«
»Jemand hat mich mit Ihnen auf dem Boot gesehen und die Polizei informiert. Und jetzt will mein Schatten, Detective Leonard, alles über Sie wissen. Er will wissen, ob ich mit Ihnen eine Affäre habe. Ob wir vor dem Tod meines Mannes schon ein Verhältnis hatten. Oder vor dem Tod Ihrer Frau.«
Ian wurde blaß. »Sie machen Witze.«
Laura schüttelte den Kopf. »Eine Menge Leute in dieser Stadt – und vor allem dieser Detective – glauben, daß ich meinen Mann erschossen habe.«
»Warum denn?«
»Wollen Sie die ganze Geschichte hören?« fragte Laura direkt.
»Nein«, sagte er. »Nein. Es spielt keine Rolle.«
»An Ihrer Stelle würde ich das wissen wollen«, sagte sie kampflustig. »Weil die Polizei jetzt Erkundigungen über Sie anstellen und Sie befragen wird. Sie werden alles wissen wollen.«
Ian runzelte die Stirn. »Nur weil wir zusammen segeln waren? Wer hat das weitererzählt?«
»Das weiß ich nicht«, sagte Laura seufzend. »Ich kann es mir zwar denken, aber ... was macht das schon für einen Unterschied? Alle Leute denken hier so über mich.«
Ian saß eine Weile schweigend da. Dann sah er Laura an. »Haben Sie ein paar Teller für das Essen da? Es wird kalt.«
»Haben Sie überhaupt gehört, was ich gesagt habe?« fragte Laura erbost.
»Ja. Und es ist mir egal«, sagte Ian und stand auf. »Ist die Küche da hinten?«

Laura blieb stumm sitzen. Ian verschwand kurz und kam mit zwei Tellern und zwei Tassen zurück. Er packte das Essen aus und schaufelte es auf die Teller. Er goß Tee aus einem Pappbehälter ein. Dann legte er zwei Eßstäbchen neben ihren Teller und fing mit seinen an zu essen.
»Was können die Verdächtigungen der Polizei uns schon anhaben?« sagte er. »Wir haben nichts zu verbergen. Wir haben uns erst vorgestern kennengelernt. Probieren Sie doch mal. Es schmeckt gut.«
Laura nahm die Eßstäbchen und hielt sie locker in der Hand. Sie beobachtete ihn, wie er geschickt ein Stück Wasserkastanie nahm und es in seinen Mund schob. Ruhige Selbstsicherheit ging von ihm aus; ihn schien so leicht nichts erschüttern zu können. Seine Gegenwart beruhigte sie, so als hätte er auf jede Frage eine Antwort und als müßte sie nichts anderes tun, als ihm vertrauen.
Es ist seltsam, dachte sie, jemanden als Kind gekannt zu haben und ihm dann als Erwachsenem wieder zu begegnen. Denn alle Mechanismen der Selbstkontrolle, die ein Erwachsener ein Leben lang erlernt, wirkten jetzt wie eine Maske, eine Fassade dieses ehemals unbefangenen und aufrichtigen Kindes. Dieser selbstbeherrschte Mann, der da in ihrem Wohnzimmer saß, hatte absolut nichts mehr mit dem verängstigten Jungen zu tun, der verzweifelt um Hilfe gerufen hatte. Wo war dieses Kind geblieben? fragte sie sich. Was hat dich so verändert? Oder existiert das verängstigte Kind noch immer? Stehst du wirklich so über den Dingen, wie du tust? Oder hast du gerade erst eine überzeugende Fassade aufgebaut?
»Wie lange waren Sie verheiratet?« fragte Laura plötzlich. »Wie haben Sie Ihre Frau kennengelernt?«
Ian sah sie überrascht an. »Das ist ein ziemlicher Themenwechsel«, meinte er kühl.

»Stört es Sie, daß ich solche Fragen stelle?«
Er runzelte die Stirn. »Nein«, sagte er. »Nein«, wiederholte er nachdenklich, als würde er seine Worte abwägen. Dann sagte er: »Ich lernte sie in Rom kennen, als ich dort studierte. Auch sie studierte. Wir waren acht Jahre verheiratet.«
»Wie war sie?«
Ian seufzte. »Gabriella ... Gabriella war eine schöne exotische Pflanze, die niemals hätte verpflanzt werden dürfen. Sie konnte sich nie an das Leben hier gewöhnen. Sie blühte hier nicht auf. Ehe sie nach Rom kam, hatte sie in einem kleinen Dorf gelebt, und dorthin sehnte sie sich immer zurück.«
Laura trank einen Schluck Tee und stellte ihre Tasse vorsichtig auf den Tisch zurück. »Sie muß Sie sehr geliebt haben, daß sie ihre Heimat verließ und in einem fremden Land mit Ihnen lebte.«
Ian preßte die Lippen zusammen. »Sie war eine sehr zärtliche Frau mit einem großen Herzen. Manchmal glaube ich, daß sie uns zu sehr liebte. Phillip und mich. Sie wurde unruhig, wenn wir auch nur außer Sichtweite waren. Und sie hatte Angst vor dem Leben. Angst vor dem, was geschehen könnte ...«
»Vielleicht hatte sie Vorahnungen«, sagte Laura.
»Ja, vielleicht hatte sie die«, stimmte Ian zu. Er trank einen schluck Tee. Dann sagte er: »Früher habe ich über solche Dinge wie Vorahnungen gespottet. Seitdem tue ich es nicht mehr ...«
Laura sah Ian nachdenklich an. Vor langer Zeit hatten sich ihre Wege schon einmal gekreuzt und dann wieder getrennt. Und ihre Lebensträume waren auf ähnliche Weise zerstört worden. Als hätten sie beide Leben auf parallelen Ebenen gelebt. Natürlich war es bei ihr etwas anderes. Sie wurde noch immer beschuldigt, den Tod ihres Mannes inszeniert zu haben.

»Hören Sie, Ian. Ich bin keine kokette Frau. Glauben Sie mir, ich mag Sie. Ich bin ... froh, daß wir uns wieder getroffen haben. Ich rede gern mit Ihnen. Aber ich denke, daß es für uns beide am besten wäre, wenn Sie Ihren Trip fortsetzten«, sagte sie, sorgfältig ihre Worte wählend.

Ian stellte seinen Teller ab und ergriff Lauras Hand. Seine Berührung war wie ein elektrischer Schock für sie. »Das glaube ich nicht«, sagte er. Er blickte sie eindringlich an, und sie erschauderte. Sie entzog ihm ihre Hand und sah in eine andere Richtung.

»Die Polizei wird die Nase in Ihr Leben stecken. Das ist überhaupt nicht lustig, kann ich Ihnen versichern.«

»Trotzdem riskiere ich es«, sagte er.

Laura wich seinem durchdringenden Blick aus, indem sie auf ihre Armbanduhr schaute. »Es ist spät geworden. Ich muß Michael reinrufen«, sagte sie und stand schnell auf.

Ohne auf eine Antwort von Ian zu warten, ging sie zur Hintertür und öffnete sie. »Michael!« rief sie. »Komm ins Haus. Es wird dunkel.«

»Nur noch fünf Minuten, Mom«, rief er mit dünner Stimme zurück.

»Nein, jetzt«, beharrte sie. »Sofort!« Sie hörte Ians Schritte hinter sich und spürte seinen Blick auf sich ruhen, wie eine warme Hand, die ihr den Rücken massierte. Beeil dich, Michael, dachte sie. Ich darf mit Ian nicht alleine sein. Sie stand im Türrahmen und starrte in den Garten, bis zu ihrer Erleichterung Michaels erhitztes kleines Gesicht in der Dämmerung auftauchte.

»Ich glaube schon, daß sie ihn erschossen haben könnte«, verkündete Candy im Plauderton, während sie mit einer Hand herumwedelte, damit der Lack auf ihren Nägeln trocknete. Sie lag auf der ledernen Couch im Arbeitszimmer ihres Mannes. Richard saß hinter seinem riesigen Mahagonischreibtisch und bearbeitete fieberhaft den Laptop vor ihm. Er rieb sich die Augen und sah zu seiner Frau hinüber. »Was sagtest du gerade?«

»Laura, wer denn sonst?« sagte Candy und nahm mit spitzen Fingern eine Ausgabe von *Elle* aus dem Zeitungsständer aus Chrom, der neben ihr stand. »Mit einem solchen Typen, der nur auf eine Gelegenheit wartet, wer könnte ihr da Vorwürfe machen?«

»Candy«, sagte Richard in warnendem Tonfall. »Ich muß arbeiten.«

»Dann mach doch deine dämliche Arbeit. Wer hindert dich daran?«

Richard starrte auf den Bildschirm, während der Computer leise surrte. Beim Anblick der Zahlen kniff er besorgt den Mund zusammen. Seine Hände vor der Tastatur waren feucht. Candy blätterte raschelnd die Seiten ihrer Zeitschrift um. Richard sah zu seiner Frau hinüber. Sie erwartete, daß er auf sie einging. Er probierte es mit dem Minimum. »Das glaubst du doch nicht wirklich, oder?«

Candy zuckte nur mit den Schultern. Einen Blick gönnte sie ihm nicht.

Er sah sie immer noch an und wartete auf eine Antwort, doch sie blätterte weiterhin vorsichtig die Seiten ihrer Zeitschrift um. Dann hob sie das Magazin vor ihr Gesicht und atmete den Duft einer Parfümwerbung ein. Sie fing an, restlos genug von ihm zu haben. Wann raffe ich mich endlich auf, ihr die schlechte Laune zu vertreiben, dachte er. Aber dazu war er zu unbeholfen. Das klappte nie. Vielleicht sollte er das Thema wechseln …

»Ich glaube, Dad ist von seinem neuen Boot ganz begeistert. Es war eine tolle Idee von dir, es ihm zu kaufen«, sagte Richard. Natürlich übertrieb er, denn eigentlich war das

Ganze gar nicht Candys Idee gewesen, aber die Stimmung war kritisch. Er wollte Frieden.

»Das habe ich gemerkt«, sagte Candy verächtlich. »Ich dachte, wir kämen nie wieder von dem gottverdammten Kahn runter.«

Richard seufzte resigniert. Sie war entschlossen, darüber zu reden. Sie würde es an ihm auslassen, wenn er nicht nachgab. Er lehnte sich in seinem Sessel zurück, verschränkte die Arme vor der Brust und versuchte, kompetent und scharfsinnig auszusehen. »Der Haken ist nur, daß ich den beiden zu dieser Versicherung geraten habe. Das war nicht Lauras Idee. Soweit ich es beurteilen kann, hat sie überhaupt kein Motiv. Außerdem schienen sie und Jimmy sehr glücklich miteinander zu sein.«

»Ach, Richard, woher willst du denn wissen, ob sie glücklich waren oder nicht?« sagte Candy höhnisch. »Männer wissen über solche Dinge sowieso nie etwas.«

»Du glaubst doch nicht wirklich, daß sie was mit diesem Typen hat, oder?«

Candy sah ihren Mann an. »Nein. Ich glaube, sie hat Segelunterricht genommen.«

Richard preßte den Mund zusammen und starrte in die Ferne. »Es geht uns doch überhaupt nichts an, wenn sie einen neuen Freund hat.«

»Einen neuen Freund«, höhnte Candy. »Mach dich doch nicht lächerlich, Richard. Glaubst du im Ernst, daß eine Frau mit einem solchen Sexprotz befreundet sein will?«

»Ich weiß es nicht, und mir ist das auch egal«, sagte Richard gereizt, denn er wußte, daß seine Frau ihn zu seinem Nachteil mit dem Mann auf dem Segelboot verglich. »Und was sollte dir das ausmachen?«

»Es macht mir nichts aus«, sagte Candy. »Die Polizei wird es schon herausfinden.«

»Die Polizei? Was hat denn die Polizei damit zu tun?«

Candy betrachtete mit zur Seite geneigtem Kopf eine Modefotografie. Sie hielt die Zeitschrift in die Höhe und deutete auf das Foto des Models in einem Ensemble aus blaßrosa Organza. »Was meinst du? Wie würde ich darin aussehen?« fragte sie Richard.

Er seufzte. Wenn Candy irgend etwas zum Anziehen entdeckte, war es schon so gut wie gekauft. »Was ist mit der Polizei?« wiederholte er beunruhigt.

»Ich habe angerufen und denen alles erzählt«, sagte sie.

Richard starrte seine Frau an. »Du hast die Polizei angerufen? Warum hast du so etwas Idiotisches getan?«

Candys Augen funkelten. »Wage es ja nicht, mich idiotisch zu nennen, Richard!«

»Hör mal, Candy«, schäumte Richard. »Sie ist meine Klientin. Meine Aufgabe ist es, sie zu beschützen.«

»Aber sie ist nicht *meine* Klientin. Und außerdem sollte man meinen, daß du dich anderweitig engagierst. Schließlich war Jimmy dein bester Freund, oder nicht?«

»Du weißt ja gar nicht, um was es in diesem Fall alles geht«, sagte Richard, der Verzweiflung nahe.

Candy sah ihn über den Rand ihrer Zeitschrift an. »Was soll das heißen, Richard? Du schwitzt wie ein Schwein.«

»Ich verwalte ihr Geld. Ich ... ich bin für ihr Wohlergehen verantwortlich.«

»Und was ist mit dem Wohlergehen deines Freundes? Deines toten Freundes? Ach, du machst mich krank, Richard«, sagte Candy in abschließendem Ton. »Wenn es dir egal ist, kann es mir ebenso egal sein.«

»Warum hast du dann die Cops angerufen, wenn es dir egal ist?« schrie Richard.

»Weil du nie den Mumm dazu aufgebracht hättest, Richard. Mein Gott ...« Candy schüttelte angewidert den Kopf.

Richard runzelte die Stirn und versuchte, sich wieder auf den Bildschirm zu konzentrieren. Candy schwieg; sie ignorierte ihn. Er wußte, daß das stundenlang so weitergehen konnte. Wenn sie sich über ihn geärgert hatte, konnte sie außerordentlich stur sein. Aber er würde jetzt nicht auf ihre Launen eingehen. Er hatte andere Dinge im Kopf. Die Polizei. Du meine Güte, Candy! Sie hatte überhaupt keine Ahnung, wie ... wie tief er in Lauras Angelegenheiten verstrickt war. Richard rieb sich die Stirn und versuchte, den Schmerz wegzumassieren, der sich zwischen seinen Augen ausbreitete.

14

Ron Leonard verlagerte sein Gewicht von einem Bein auf das andere und sah sich in der großen, modernen Polizeidienststelle in New Brighton um, während er auf Hal Morgan, den stellvertretenden Polizeichef, wartete. Eine hübsche Polizistin reichte dem Chef Aktenordner und erklärte ihm den Inhalt eines jeden. Ganz kurz dachte Ron über seinen Anzug nach. Es war einer seiner drei grauen Anzüge, die er zur Arbeit trug. Der beste. Er hatte ihn in Philadelphia, im Boyd's Men's Store, gekauft, ein gedeckter Nadelstreifenanzug, den man überall tragen konnte und der elegant war. Staatsanwalt Jackson, sein Chef, legte großen Wert auf gepflegtes Aussehen und hatte ihm dieses Geschäft empfohlen, denn er wollte, daß allen Leuten, die für ihn arbeiteten, Respekt entgegengebracht wurde. Ron war froh, daß er diesen Anzug jetzt in New Brighton trug. Denn die Stadt lag an der Küste von Connecticut, und Chief Morgan sah aus, als wäre er geradewegs einem Modejournal entstiegen.

Clyde Jackson hatte entschieden, daß sich Ron in New Brighton umsehen sollte. Ron hatte dem Staatsanwalt alles berichtet, was er über Ian Turner und Laura Reed hatte in Erfahrung bringen können. Zuerst hatte Staatsanwalt Jackson Ron nur befohlen, das Paar zu überwachen, er wollte nichts überstürzen. Also hatte Ron das Haus überwacht und in der vergangenen Woche festgestellt, daß Turner dort ein und aus ging, manchmal mehrmals am Tag. Zusammen gin-

gen die beiden nie aus, aber sie hatten sich im Haus offensichtlich zusammen eingebunkert. Als er das dem Staatsanwalt berichtete, war Jacksons Antwort eindeutig.
»Fahren Sie nach Connecticut«, hatte er gesagt, »und finden Sie alles, was Sie können, über diesen Burschen heraus.« Beide dachten sie jetzt dasselbe – nämlich daß Laura und Ian gelogen hatten und daß das Paar, da Jimmy Reed schon ein paar Monate unter der Erde lag, es für sicher erachtete, sich wieder aus der Deckung zu wagen.
Chief Morgan dankte der jungen Polizistin und wandte sich an Ron: »Entschuldigen Sie, daß ich Sie habe warten lassen, Detective. Gehen wir doch in mein Büro und werfen wir einen Blick in die Akten.«
Hal Morgan deutete auf einen Ledersessel und wedelte mit den Ordnern in der Luft herum. »Das ganze Zeug ist im Computer«, sagte er, »aber ich bin mit dieser Technologie nicht auf dem laufenden. Officer Weller hilft mir manchmal und druckt dann das aus, was ich brauche.«
»Computererfahren und dazu noch hübsch!« lobte Ron.
»Ja, das ist sie«, bestätigte Hal Morgan. »Wenn ich nicht aufpasse, hat sie bald meinen Job. Ich sollte an diesem Computerkurs teilnehmen, aber wer hat denn die Zeit dafür? Ich mache jetzt schon Überstunden. Die Kids haben Ligaspiele am Wochenende. Das Haus braucht einen neuen Anstrich ... Ich kann's nicht mehr länger rausschieben. Ich meine, entweder der Computer ... oder das Haus.«
Ron nickte mitfühlend. »Meine Stärke ist das auch nicht«, sagte er, obwohl er den Kurs gemacht hatte. Schließlich hatte er Zeit.
»Sind Sie verheiratet, Detective?«
»Ich warte noch immer auf die Richtige«, sagte Ron kopfschüttelnd.

»Na, dann genießen Sie Ihr Leben, so lange Sie können«, schnaubte Hal Morgan. »Okay, sehen wir uns mal die Akten an. Obwohl ich diesen Fall wohl nie vergessen werde.« Er setzte seine Lesebrille auf und blätterte in der ersten Akte. Eine Kopie davon gab er Ron.

»Stuart Short. Tagsüber ein umgänglicher Ausfahrer für eine Großbäckerei. Lebte mit seiner Großmutter in einem der weniger wohlhabenden Stadtteile. Bezahlte seine Rechnungen, sang im Kirchenchor und spielte mit ein paar Kids aus der Nachbarschaft Straßenhockey. Nachts verwandelte Mr. Short Häuser in der Umgebung in flammende Infernos. In einem Zeitraum von anderthalb Jahren brannte er sechs Häuser nieder. Dann erst konnten wir ihn fassen. Und das war nicht leicht. Vorher war er noch nie mit dem Gesetz in Konflikt gekommen. Natürlich hatte er davor auch schon Omas Couch und ihren Schuppen im Garten angezündet, doch sie zeigte ihn nie an. Der Himmel weiß, wie viele kleine Brände er noch gelegt hat, ehe er die Häuser in Schutt und Asche legte.«

»Wie viele Menschen kamen dabei um?« fragte Ron.

»Vier, Ian Turners Frau und Sohn mitgerechnet. Short wurde zu dreimal lebenslänglich verurteilt und sitzt.«

»Und er hat gestanden?«

»Nein, er stritt alles ab. Aber wir konnten ihn festnageln. Augenzeugenberichte sowie Beweismaterial noch und nöcher. Die Geschworenen brauchten nur eine Stunde, um das Urteil zu fällen.«

»Und Sie sind sicher, daß derselbe Mann alle diese Feuer legte?«

Hal Morgan nickte. »Die Vorgehensweise war in jedem Fall dieselbe, Methode der Zündung, Brandbeschleuniger. Serienmäßige Brandstiftung ist ein Verbrechen, das immer dieselbe Handschrift trägt – aber das wissen Sie ja.«

Ron Leonard studierte stirnrunzelnd die Akte.
»Warum? Welches Interesse haben Sie an diesem Turner?« fragte Morgan.
»Er ist mit einer Witwe aus unserer Stadt befreundet, deren Mann Silvester im Schlafzimmer erschossen wurde. Sie behauptet, ein maskierter Mann sei in ihr Haus eingedrungen, aber wir haben Gründe, ihre Story anzuzweifeln. Der Mann war hoch versichert. Sie war zur Tatzeit zu Hause, wurde kaum verletzt, und das Haus wurde nicht durchwühlt. Sie können sich ein Bild davon machen.«
Hal Morgan nickte.
»Und dann taucht sie plötzlich mit Ihrem Mr. Turner im Schlepptau auf«, sagte Ron. »Einem Mann, der ebenfalls vor kurzem Witwer wurde.«
»Zeigte er sich in Ihrer Gegend, nachdem sein Sohn gestorben war?«
»Er behauptet, seit November auf seinem Boot in der Karibik gelebt zu haben.«
»Stimmt das?«
Ron zuckte mit den Schultern. »Ich habe mit ein paar Leuten auf Barbados geredet, aber ich konnte niemanden finden, der seine Anwesenheit dort für die Tatzeit bezeugt. Wer läuft schon ständig einem Typen hinterher, der auf einem Boot lebt? Außerdem gibt's dort auf jeder Insel Flughäfen. Er hätte gut einen kleinen Abstecher unternehmen und sich um Jimmy Reed kümmern können. Schon am nächsten Tag wäre er wieder auf seiner Yacht gewesen.«
Hal Morgan kratzte sich verlegen am Kopf. »Ich weiß nicht viel über den Mann. Er ist Wissenschaftler und arbeitete mit an der Konstruktion von Unterseebooten, soviel ich weiß. Doch der Tod seines Sohnes hat hier einen Haufen Emotionen ausgelöst. Der Junge war von Kopf bis Fuß verbrannt – fünfundachtzig Prozent seiner Haut, wie ich gehört habe.«

Ron Leonard zuckte zusammen.

»Ja«, sagte Hal Morgan. »Ich habe ihn zwar nicht gesehen, aber es muß entsetzlich gewesen sein. Der Junge lebte noch eine Weile, und Turner verbrachte Tag und Nacht bei seinem Sohn. Eine Welle der Sympathie schlug ihm hier entgegen. Von dem Abscheu für den Brandstifter will ich gar nicht reden. Der Fall war spektakulär, und alle saßen sie uns im Genick. Nicht lange nach dem Brandanschlag auf Turners Haus haben wir den Kerl dann gefaßt. Wäre das nicht geschehen, ich glaube, ich hätte innerhalb eines Monats meinen Job verloren.«

»Na ja, vielleicht wird Turner hier als eine Art Heiliger betrachtet, aber für uns ist er eine der Hauptpersonen in einem Mordfall. Irgendwas an der Story von der Reed ist faul. Wir müssen nur den Knackpunkt finden. Und ich glaube, der ist Turner.«

»Rumzuschnüffeln schadet nie«, sagte Hal Morgan.

»Ich bleibe ein paar Tage hier und rede mit seiner Familie, seinen Kollegen. Mal sehen, vielleicht bringt es etwas ...«

»Wir haben im Moment nicht viel zu tun. Deshalb kann ich Ihnen einen unserer Leute mitgeben. Der kann Ihnen sicher helfen.«

»Vielen Dank, das weiß ich zu schätzen«, sagte Ron.

Hal Morgans Telefon läutete. Er gab Ron die Hand und hob dann den Hörer ab.

»Kann ich das behalten?« fragte Ron und deutete auf die Kopie der Akte.

»Natürlich«, sagte Morgan und winkte zum Abschied.

»Dr. Kasprak«, sagte Edward Lee, ein junger Mann mit asiatischen Zügen in einem weißen Laborkittel, »hier sind die Polizeibeamten, die mit Ihnen sprechen möchten.«

Ron und Officer Witkowski, sein Fahrer und Guide, befanden sich im Zentrum für thermonukleare Studien der Marinebasis. Dr. Lee hatte sie empfangen, und nach komplizierten Sicherheitsmaßnahmen hatte man sie in ein großes Laboratorium gebracht. Ron hatte einen Mann erwartet und war überrascht, als eine große, schlanke, blonde Frau mit feinen Gesichtszügen sich umdrehte, um die beiden zu begrüßen. Chauvinist, schalt Ron sich selbst; der an ihrem Kittel befestigte Ausweis mit Foto wies sie eindeutig als Dr. Andrea Kasprak aus.

Dr. Lee stellte die Beamten vor, und alle gaben sich die Hand. Ron sah sich in dem Raum um. Er war mit Computern und allem möglichen technischen Gerät vollgestopft. Eine Menge Leute arbeiteten dort; sie schienen völlig in ihrer Arbeit aufzugehen. »Vielen Dank, Dr. Kasprak, daß Sie sich die Zeit genommen haben, mich zu empfangen. Ich würde Sie ja gerne fragen, was Sie hier machen, aber ich bin sicher, daß ich Ihre Erklärung nicht verstehen würde.«

Dr. Kasprak unterdrückte einen Seufzer und zwang sich zu einem Lächeln. »Dann lassen Sie die Frage eben aus.«

Ron räusperte sich und schaute in sein Notizbuch. »Sie kannten Dr. Ian Turner und seine Frau Gabriella?«

»Dr. Turner war mein Kollege.«

»Waren Sie überrascht, daß er kündigte, um auf einem Boot zu leben?«

»In Anbetracht dessen, was mit seiner Familie geschehen war, nein«, sagte sie. Ron sah sie erwartungsvoll an. Widerstrebend fuhr sie fort: »Nach Phillips Tod war er derart erschöpft, glaube ich, daß er nicht einmal mehr richtig denken konnte. Wahrscheinlich hat er das Richtige getan, als er einfach alles hinter sich ließ.«

»Bestärkten Sie ihn in seinem Entschluß?« fragte Ron.

Dr. Kasprak zögerte, da kannte Ron die Antwort. Aber sie

versuchte schnell, ihre unausgesprochene Antwort zu korrigieren. »Ich halte Arbeit für ein gutes Heilmittel gegen Kummer. Doch ich bin keine Expertin auf diesem Gebiet ...«

Ron machte sich eine Notiz und nickte. »Mußte Dr. Turner aus beruflichen Gründen viel reisen?«

Dr. Kasprak runzelte die Stirn. »Gelegentlich.«

»Wohin?«

»Nun, es gibt wissenschaftliche Kongresse und Konferenzen, an denen wir alle von Zeit zu Zeit teilnehmen.«

»Können Sie mir eine Liste dieser Kongresse und Konferenzen geben, an denen er – sagen wir – in den letzten beiden Jahren teilgenommen hat?«

Dr. Kasprak wirkte ziemlich ungehalten. »Ich habe eine solche Liste nicht.«

»Hatte Dr. Turner eine Sekretärin?« beharrte Ron.

Dr. Kasprak seufzte. »Er hatte einen Assistenten. Ich schaue mal, ob jemand für Sie eine solche Liste zusammenstellen kann. Brauchen Sie sie sofort?«

»Ich bin noch ein oder zwei Tage hier. Ich kann wiederkommen«, sagte Ron und tat so, als würde er die Verärgerung der Wissenschaftlerin nicht bemerken. »Hatten Sie irgendeinen Grund zu der Annahme, daß Dr. Turner eine außereheliche Beziehung unterhielt?«

Dr. Kasprak wirkte schockiert. »Nein«, sagte sie.

Ron wartete auf eine Erklärung, doch die kam nicht. »Können Sie Ihre Meinung begründen?«

»Ich habe keinen Grund, etwas anderes zu denken«, sagte Dr. Kasprak. »Dr. Turner liebte seine Familie über alles.«

»Hatten Sie gesellschaftliche Kontakte zu Dr. Turner und seiner Frau?«

Dr. Kasprak zögerte. »Nein, nicht wirklich. Mrs. Turner war

Italienerin. Ihr Amerikanisch war nur rudimentär. Es ist schwer, wenn man in der Fremde lebt«, sagte sie ernst.

»Also hatten Sie außerhalb Ihrer Arbeit keine Kontakte ...«

»Gelegentlich machten wir Ausflüge mit Phillip, denn wir haben einen Sohn im selben Alter.« Sie starrte Ron unbewegt an. Nur ein zuckender Muskel an ihrem Auge verriet ihre Emotionen. »An jenem Abend wollten wir zusammen ein Baseballspiel anschauen ...« Ihre Stimme verlor sich.

Ron sah sie neugierig an. »Phillip Turner wollte jenen Abend in Ihrer Gesellschaft verbringen?«

»Ja. Mit uns und unserem Sohn, Zak.«

»Aber er tat es nicht?«

Dr. Kasprak seufzte. »Gabriella rief an und sagte uns, es gehe ihm nicht gut. Ich glaube, sie war manchmal übervorsichtig, was ihren Sohn betraf ... aber das ist das Vorrecht einer Mutter«, fügte sie entschieden hinzu.

»Und sollte Dr. Turner Sie ebenfalls zu dem Spiel begleiten?« fragte Ron.

»Nein. Er arbeitete an einem Projekt, hier im Labor.«

Ron glaubte, auf einer Spur zu sein. »Haben Sie ihm gesagt, daß Phillip Sie nicht begleiten würde? Daß er zu Hause sein würde?«

»Das weiß ich nicht«, sagte Dr. Kasprak ungehalten. »Ich glaube nicht. Was soll das alles? Was macht das für einen Unterschied?«

»Dr. Turner hat der Polizei erzählt, daß er an jenem Abend lange im Labor habe arbeiten müssen«, sagte Ron. »War jemand bei ihm?«

»Natürlich war noch jemand da. Wir haben ziemlich strenge Sicherheitsvorkehrungen, falls Ihnen das entgangen sein sollte.«

Ja, dachte Ron, und ein Topwissenschaftler weiß sicher, wie er hier rauskommen kann, ohne daß es von den Wachleuten bemerkt wird. Er änderte seine Taktik. »Hat Dr. Turner Ihnen gegenüber jemals eine Frau namens Laura Reed oder Laura Hastings erwähnt?«

»Nein. Nie.«

»Und Sie haben keinen Grund zu der Annahme, daß er eine Beziehung zu einer Frau außerhalb seiner Ehe pflegte ...«

»Das haben Sie mich bereits gefragt«, schnitt Dr. Kasprak ihm das Wort ab. »Also, falls das alles ist ...«

Offensichtlich gefielen ihr seine Fragen nicht – als ob er ihr einen obszönen Antrag gemacht hätte. »Sollte ich Sie beleidigt haben, entschuldige ich mich dafür, Dr. Kasprak«, sagte Ron unaufrichtig. »Aber Mord ist eine scheußliche Angelegenheit.«

»Mord?« rief sie. »Warum soll das mit Mord zu tun haben?«

»Gerade das versuche ich herauszufinden«, sagte Ron.

15

Gary saß in seinem Rollstuhl auf Lauras hinterer Veranda. Die Augen hatte er geschlossen, und er hielt sein blasses Gesicht in die Sonne. Er fror ständig. Seit er nicht mehr gehen konnte, fror er. Wanda heizte das Haus bis in den Juni hinein. Und an einem warmen Frühlingstag wie diesem trug er seine dicke Jacke. Die Fliegengittertür fiel zu, und Laura kam, in einer Hand hielt sie einen Becher mit heißem Kaffee, in der anderen ein dünnes Bündel Papier. Er drehte den Kopf und sah sie an.

»Ich bin froh, daß du zu Hause bist«, sagte er.

»Ach, ich bin immer zu Hause«, sagte sie und dankte dem Himmel, daß Garys Besuch nicht mit Ians zusammenfiel. »Was gibt's Neues bei dir?« fragte sie.

»Es gibt tatsächlich etwas Neues«, sagte er. »Ich bekomme einen Preis.«

»Einen Preis?« rief Laura begeistert. »Von wem?«

»Vom Kunstrat«, sagte er. »Irgend so eine besondere Auszeichnung. Künstler des Jahres im County. Nichts Großes.«

»Sei nicht so bescheiden«, sagte sie und gab ihm einen Schubs. »Das ist ja toll.«

Er nickte und lächelte verlegen. »Ja, es ist nett.«

»Da fällt mir gerade ein«, sagte sie und sah ihn aus schmalen Augen an, »hast du dich eigentlich noch um dieses Stipendium in Boston gekümmert?«

»Ach, ich hab's sausen lassen«, sagte Gary. »Da Jimmy mich nicht mehr drängte ... du weißt ja, wie das ist.«

»Er hat sich das für dich so sehr gewünscht«, sagte Laura.
»Jetzt laß mich mal sehen, was du gemacht hast«, unterbrach er schroff.
»Es sind nur ein paar Skizzen«, sagte sie und stellte seinen Becher auf den Tisch neben seinem Rollstuhl. Dann gab sie ihm die Blätter. »Aber es war ein gutes Gefühl, endlich wieder zu arbeiten.«
Gary nahm die Blätter und beugte sich über sie. Er war gekommen, ohne seinen Besuch vorher anzukündigen, und Laura freute sich, ihm ein paar Zeichnungen zeigen zu können. Momentan fühlte sie sich in Garys Gesellschaft nicht ganz wohl, vor allem, weil sie wußte, wie sehr er ihre neue Freundschaft mißbilligen würde, sollte er davon erfahren. Als er so dasaß, an seinem Kaffee nippte und ihre Zeichnungen prüfend betrachtete, schaute Laura auf ihre Uhr. Bald würde Michaels Schulbus an der Ecke halten. Sie wollte ihn abholen. Und dann würde Ian kommen. Sie brauchte noch etwas Zeit vorher zum Umziehen.
In der vergangenen Woche hatte sie Ian jeden Tag gesehen. Sie gingen nicht aus. Laura wollte Michael nicht in der Obhut eines Babysitters lassen oder Pam bemühen. Jedenfalls behauptete sie das. Doch in Wahrheit fühlte sie sich zu Hause sicherer. Außerdem konnte sie sich einreden, sie habe keine Verabredung mit Ian, sie würde nur auf freundschaftlicher Ebene mit ihm verkehren. Da Michael immer im Haus war, riskierte sie auch keinen körperlichen Kontakt zu Ian. Und solange sie sich nicht körperlich nähergekommen waren, brauchte sie auch keine Schuldgefühle zu haben, obwohl sie sehr gut wußte, daß Ian sie attraktiv fand. Doch er bedrängte sie nie. Er behandelte sie wie ein zerbrechliches Wesen und schien damit zufrieden, einfach nur in ihrer Nähe zu sein. Außerdem war sie zu Hause nicht dem schamlosen Anstarren der Leute und deren Getuschel hinter ih-

rem Rücken ausgesetzt. Sie wußte, daß sie nichts Verbotenes tat, und sie wußte schließlich auch, daß sie Jimmy nicht erschossen hatte. Doch die Leute in dieser Stadt schienen das nach wie vor anderes zu sehen.

Deshalb blieben sie zu Hause. Sie aßen, sahen fern, spielten Karten und Videospiele, und sie redeten. Wenn sie ihn drängte, sprach er auch über Gabriella. Aber ihre Fragen beantwortete er nur widerstrebend. Und wenn sie versuchte, über Jimmy zu reden, war es offensichtlich, daß er nichts über ihren verstorbenen Mann hören wollte. Sie erinnerte sich, daß Jimmy einmal gesagt hatte, er wolle nichts über ihre ehemaligen Verehrer hören. Er wollte sie sich nicht in den Armen eines anderen Mannes vorstellen. Nicht eine Sekunde lang. Sollte Ian genauso empfinden, wollte Laura das jedenfalls nicht wahrhaben.

Wenn Ian Michael beim Spielen zusah, schien ihn das an Phillip zu erinnern. Er erzählte oft Geschichten von seinem Sohn, dann erzählte Laura welche von Michael, und beide lachten, bis Ian dann plötzlich wieder still wurde und das Thema wechselte. Doch das Spielen mit Michael schien Ian ein besonderes Vergnügen zu bereiten, und Laura war dankbar dafür. Manchmal, wenn sie zu dritt zusammen waren, mußte sie aufpassen, Ian nicht Jimmy zu nennen.

Sie hatte auch wieder zu kochen begonnen. Während der letzten Monate hatten sie und Michael nur von Suppe und Tiefkühlkost gelebt. Michael aß alles, und sie hatte nie Appetit gehabt. Doch jetzt saß noch jemand am Tisch ...

»Diese Skizze gefällt mir besonders«, sagte Gary und reichte ihr die Zeichnung eines kleinen Jungen, der sich unter den Flügel eines Riesenvogels schmiegte. »Wie du die Federn herausgearbeitet hast, ist einfach großartig.«

»Das ist auch mein Lieblingsbild«, sagte Laura. »Damit habe ich mir viel Mühe gegeben.«

»Was hat dich dazu gebracht, neu anzufangen?«
Bei der Frage errötete Laura. Was war es eigentlich gewesen? Die Tatsache, daß sie sich in den letzten paar Tagen wieder lebendig fühlte? Das konnte sie Gary nicht sagen. Behutsam setzte sie ihre Worte. »Ich bin mir nicht sicher. Vielleicht ... vielleicht ist es das Wetter.«
»Ja, ich habe mir gerade überlegt, daß wir mit Michael zu einem Picknick rausfahren könnten. Bald. Natürlich müßtest du dich um das Essen kümmern«, sagte er entschuldigend. »Und wir können nirgends hinfahren, wo es sumpfig ist.«
Laura nickte. Ian würde den Ort hier bald wieder verlassen. Fast jeden Tag erwartete sie, daß er sagte, das sei sein letzter. Der Gedanke an sein Fortgehen stimmte sie melancholisch. »Ja, ich glaube, das wäre nett«, sagte sie.
»Du wirkst nicht besonders begeistert«, reagierte Gary prompt. »Vielleicht ist es noch zu früh dafür.«
Ganz kurz kam ihr der Gedanke, ihm alles zu gestehen, ihm zu sagen, warum sie nicht begeistert war, aber sofort änderte sie ihre Meinung. Sie wußte, daß Gary sie noch immer als Jimmys Frau ansah. Warum sollte sie ihn seiner Illusionen berauben? Bald würde Ian nicht mehr dasein, und Gary brauchte davon überhaupt nichts zu wissen. Sie war sowieso froh, daß Dolores und Sidney Urlaub in Florida machten. Denn sie hätte Michael nie darum bitten können, Ians Besuche seinen Großeltern zu verschweigen.
»Nein. Überhaupt nicht«, sagte sie und legte kurz ihre Hand auf Garys. »Ich halte das für eine ausgezeichnete Idee. So ein Picknick wird uns sicher allen gefallen.« Sie schaute wieder auf ihre Uhr. »Gary, ich muß Michael gleich vom Schulbus abholen.«
»Entschuldige«, sagte er sofort und legte die Zeichnungen auf den Tisch. »Ich hätte nicht ohne Voranmeldung kommen sollen.« Abrupt machte er mit seinem Rollstuhl eine

Drehung, warf ihr noch einen sehnsüchtigen Blick zu und rollte die Rampe hinunter. »Es war schön, dich zu sehen«, rief er zurück.

Liebevoll sah Laura ihm nach. »Du bist hier immer willkommen«, rief sie. »Ich freue mich auf das Picknick. Michael auch.«

»Und ich erst«, rief Gary.

Als Gary um die Ecke, bei den Fliederbüschen, verschwunden war, nahm Laura den Becher und die Skizzen und eilte ins Haus.

Sie wollte gerade gehen, als das Telefon läutete. Momentan betrachtete sie diesen Apparat als ihren Feind – die Polizei, die sich in ihr Leben drängte; ständig anonyme Anrufer, die sich an ihrer Angst weideten. Immer, wenn es läutete, mußte sie daran denken. Doch sie nahm jedesmal ab. Eine Mutter, deren Kind nicht zu Hause ist, kann nicht anders.

»Ja?« sagte sie mit dem ihr jetzt eigenen Mißtrauen in der Stimme.

»Laura, ich bin's. Marta.«

Erleichtert ließ sich Laura auf den Stuhl neben dem Telefon sinken. Marta. Manchmal hatte sie das Gefühl, ihre Verlegerin wäre eher eine bezaubernde ältere Schwester für sie als eine Freundin. Sie sah Marta vor sich, hinter ihrem mit Manuskripten übersäten Schreibtisch, von dem aus man einen direkten Blick auf die Sixth Avenue hatte. Marta in ihrem eleganten Schneiderkostüm, mit den Pumps, die sie von den Füßen gestreift hatte, und ihrer Schildpatt-Lesebrille, die auf der Spitze ihrer Nase balancierte.

»Wie schön, deine Stimme zu hören«, sagte Laura aufrichtig.

»Ich rufe dich nicht an, weil ich dir auf die Nerven gehen will«, sagte Marta schnell, »sondern weil ich wissen möchte, wie es dir geht. Ich wollte schon vor einer ganzen Weile anrufen, aber du weißt ja, wieviel Arbeit ich mit der Tagung habe ...« Marta sprach von der Tagung der amerikanischen Buchhändler, die jedes Jahr am Wochenende des Volkstrauertags stattfand und jedesmal von den Verlagsangehörigen viel Zeit und Energie erforderte.

»Mir geht's ganz gut«, sagte Laura.

»Und Michael?«

»Ihm auch. Natürlich freut er sich schon auf die Ferien.«

»Wie jedes normale Kind.«

»Du kannst wohl hellsehen – ich habe vor ein paar Tagen wieder mit der Arbeit angefangen.«

»Phantastisch! Sicher hast du gezeichnet.« Marta wußte, daß Laura ihre Bücher immer nach Bildern konzipierte. Zuerst zeichnete sie, dann schrieb sie den Text dazu.

»Ja. Ein paar Skizzen habe ich gemacht.«

»Das ist gut. Bedeutet das, du fühlst dich besser?«

Laura zögerte. Sie hatte das Bedürfnis, sich jemandem anzuvertrauen, jemandem, der sie mochte, alles zu erzählen. »Ja, es ist ... es ist etwas passiert. Etwas, das mir neuen Mut macht ...«

»Warte, verrat's nicht. Du hast einen alleinstehenden, aufrichtigen, attraktiven Mann in diesem Kaff, in dem du lebst, kennengelernt.«

Ohne es zu wollen, mußte Laura lachen. »Warum denkst du dabei gleich immer an einen Mann?«

»Was gäbe es denn sonst noch?« fragte Marta. Sie hatte sich nach einer kurzen Ehe, die sie als Jugendsünde betrachtete, scheiden lassen und beklagte immer den Mangel an begehrenswerten Männern in New York. »Ich ziehe in diese Stadt«, sagte sie. »Wie kommt das nur? Ich lebe in einer Großstadt mit acht Millionen Einwohnern ...«

»Ich kannte den Mann schon als Kind. Und zufällig sind wir uns wieder über den Weg gelaufen.«

»Der einzige Mann, dem ich in letzter Zeit zufällig über den

Weg lief, war obdachlos und schlief in der Lobby meines Apartmenthauses«, sagte Marta ironisch. »Also, läuten die Hochzeitsglocken bald?«

»Ach, Marta. Was soll das? Bitte. Wir sind nur befreundet. Aber er bringt mich auf andere Gedanken.«

»Wenn das ein guter Typ ist, laß ihn nicht entwischen. Hör auf deine Tante Marta ...«

»Es tut mir so gut, mit dir zu reden. Ich wünschte, ich könnte dich sehen.«

»Komm nach New York. Und bring deinen Freund mit. Wie heißt er?«

»Er ist nicht mein Freund. Und er heißt Ian.«

»Bring ihn auf jeden Fall mit.«

»Vielleicht komme ich wirklich bald bei dir vorbei. Aber jetzt muß ich mich beeilen. Ich muß Michael vom Schulbus abholen.«

»Okay. Hör zu: Fax mir die Zeichnungen, wenn du fertig bist.«

»Das tue ich.«

»Und ... hat dieser Bob Gerster von *Book World* je mit dir Kontakt aufgenommen?«

Laura schaute auf die Uhr. »Nein ... wer ist das?«

»Der Journalist, der eine Story über dich schreiben wollte.«

»Nein«, sagte Laura.

»Falls ich ihn auf der Tagung sehe, werde ich ihn an sein Versprechen erinnern. Nein, ich werde sogar nach ihm Ausschau halten. Er war nett.«

»Viel Spaß bei der Arbeit«, sagte Laura. Sie war jetzt aufgestanden und wollte das Gespräch beenden, um nicht zu spät zur Bushaltestelle zu kommen.

»Ich rufe dich an, wenn ich wieder zurück bin.«

»Ja, tu das. Auf Wiedersehen.« Laura legte auf. Sie war spät dran und rannte los.

16

Michael starrte in sein Schulbuch, als der Bus die Straße entlangholperte. Er konnte nur ein paar Worte auf jeder Seite des Buches lesen, und darauf konzentrierte er sich, so fest er konnte. Vielleicht hören sie auf, wenn ich ganz ruhig sitzen bleibe, dachte er. Er warf einen Blick aus dem Fenster, um zu sehen, wo sie waren. Nur noch ein paar Haltestellen bis zu seiner Straße. Die Fahrt schien endlos zu dauern.

»He, Scheißer!« Jemand stieß hart gegen seinen Hinterkopf. Er brauchte sich nicht umzudrehen, um zu wissen, wer das getan hatte. Es war dieser Rothaarige mit den Sommersprossen. Der Junge war älter und viel größer als Michael und hatte vor ein paar Tagen mit seinen beiden Freunden damit angefangen, sich hinter ihn zu setzen, wenn sie denselben Bus nahmen, und ihn zu ärgern. Michael versuchte, den dreien aus dem Weg zu gehen. So gut es eben ging. Er stieg so spät wie möglich ein und setzte sich so weit wie möglich von den Kids weg. Aber sie überlisteten ihn jetzt. Sobald sie ihn erspäht hatten, setzten sie sich in seine Nähe. Manchmal, wenn Louis bei Michael war, tat Michael so, als würde er die großen Kids nicht bemerken. Doch heute war Louis früher heimgegangen, und Michael war alleine und ihnen ausgeliefert.

»Spürst du das nicht, du Scheißer?« fragte der Rothaarige. »Hört mal, er spürt es nicht. Dann müssen wir uns was Neues einfallen lassen.«

Zwei Mädchen aus Michaels Klasse saßen auf der anderen Seite des Gangs. Sie sahen, was passierte, doch sie drehten die Köpfe und schauten ostentativ aus dem Fenster. Niemand wollte sich mit diesen Jungen anlegen. Michaels Kinn zitterte, aber er war entschlossen, nicht zu weinen. Zwar sagte Mom immer, es sei ganz in Ordnung, wenn man weinte, doch wenn diese großen Kids seine Tränen sahen, würden sie sich wie Haie gebärden, die Blut riechen, das wußte Michael instinktiv. Hilflos starrte er nach vorn. Der Bus wurde von einer Frau namens Audrey gefahren, die zu allen Kindern nett war. Doch sie schaute auf die Straße, und in dem allgemeinen Lärm, der herrschte, bemerkte niemand sonst Michaels Qualen. Außerdem durfte er eine Frau nicht um Hilfe bitten. Dann würde man ihn auf ewig für einen Feigling halten, der auch noch petzte.

Michael versuchte, seine Peiniger zu ignorieren, und reckte den Hals, um zu sehen, wie lange die Schmach noch dauern würde. Nur noch eine Haltestelle, dann konnte er aussteigen.

Michaels offensichtliche Angst reizte den Rothaarigen jetzt, und der Junge riß Michael seine Baseballmütze vom Kopf. Die Tat wurde von seinen Kumpanen mit lauten Beifall belohnt.

Michael schrie auf. »Gib mir meine Mütze zurück!« rief er. »Sie gehört mir.«

Der Rothaarige drehte sie in den Händen, warf sie dann quer durch den Bus, und sie fiel in den Gang.

Michael starrte sie an. Tränen traten ihm in die Augen. Sein Vater hatte ihm die Mütze letztes Jahr gekauft, als er seinen Sohn zum erstenmal zu einem Baseballspiel mitgenommen hatte. Das Spiel hatte endlos lange gedauert, und es war sehr heiß im Stadion gewesen, aber die Hot dogs hatten geschmeckt, und die Mütze war die Belohnung dafür gewesen, daß er das ganze Spiel über durchgehalten hatte. Das Symbol dafür, daß er nun in die männliche Welt des Baseball aufgenommen worden war. Und nun lag die Mütze im Bus auf dem Boden. Einer der großen Jungen stellte seinen Fuß darauf und trampelte mit dem Absatz darauf herum. Das war zuviel.

Michael sprang auf und versuchte, seine Mütze zu holen.

»Bleibt auf euren Sitzen!« rief Audrey und reckte den Hals, um besser im Rückspiegel sehen zu können.

»Her damit!« schrie Michael, als ein Junge die Mütze wieder dem Rothaarigen zuwarf.

Michael drehte sich um und sprang hoch, als der Rothaarige sie über Michaels Kopf hielt. »Die gehört mir. Die hat mir mein Dad geschenkt.«

Der Rothaarige brachte sein Gesicht dicht vor Michaels, drückte ihm die Mütze schief auf den Kopf und sagte leise und schmierig: »Wann war das denn? Ehe deine Mutter ihn umgelegt hat?«

Er fiel immer darauf rein. Deshalb quälten ihn die anderen auch so gerne. Michael kniete sich auf den Sitz und starrte seinen Peiniger aus tränennassen Augen an. »Das hat sie nicht getan!« schrie er. »Hört auf, so zu reden.«

»Hört auf, so zu reden«, äfften sie ihn nach und bogen sich vor Lachen.

»Mein Dad sagt, daß sie es getan hat«, höhnte der Rothaarige, das Gesicht so dicht vor Michaels, daß der jede einzelne Sommersprosse sehen konnte.

»Dein Dad ist ein mieser Versager«, stieß Michael hervor und wußte nicht, woher er den Mut nahm, so etwas zu sagen. Ganz kurz kam er sich großartig und tapfer vor.

»Paß auf, was du redest«, schrie der große Junge. Und dann – noch ehe Michael denken, geschweige denn reagieren konnte – schlug er ihm mit der Faust auf die Nase.

Michael taumelte zurück, Blut floß aus seinen Nasenlöchern, und die Kids schrien. Audreys Stimme dröhnte durch den Bus und befahl ihnen, damit aufzuhören, während sie ihr Gefährt an den Bordstein lenkte.

»Schluß damit! Hört endlich auf!« Audrey war bei ihnen und begutachtete den Schaden. Michael konnte das Blut und salzige Tränen in seinem Mund schmecken. Die Jungen verhöhnten ihn, die Mädchen kreischten, und Audrey brüllte, sie sollten endlich ruhig sein.

Gerade als Audrey dem Rothaarigen befahl, sich zu setzen, rappelte sich Michael hoch und raffte seine Bücher zusammen.

»Bist du okay?« fragte sie ihn besorgt und suchte nach einem Papiertaschentuch, um ihm das Blut abzuwischen.

»Lassen Sie mich in Ruhe!« schrie Michael. Er weinte jetzt und entwand sich ihrem Griff. Er wollte nur noch eins: raus aus diesem Bus.

Er drückte sich unter ihrem Arm durch und rannte den Gang entlang zur Tür. Audrey marschierte hinter ihm her und donnerte: »Jeder bleibt auf seinem Platz und verhält sich ruhig!«

»Machen Sie die Tür auf!« bat Michael. Er zitterte von oben bis unten. »Machen Sie die Tür auf.«

Audrey schaute auf den Gehweg hinunter. »Ich kann deine Mom nicht entdecken.« Michaels Mut sank.

»Laß mich dir das Gesicht abwischen«, bat Audrey.

»Nein. Rühren Sie mich nicht an!« schrie Michael, und dann sah er vorm Fenster ein vertrautes Gesicht. »Lassen Sie mich gehen. Da ist Ian. Er ist gekommen, um mich abzuholen.« Michael wußte nicht, ob das stimmte, aber Ian war da. Er marschierte in Richtung Chestnut Street. »Ian!« schrie er durchs offene Fenster.

Ian sah sich erstaunt um, dann entdeckte er Michael am

offenen Fenster des Schulbusses. Er ging auf den Bus zu.
»Lassen Sie mich gehen«, beharrte Michael.
Audrey öffnete die Türen des Busses, und Michael stolperte die Treppe hinunter, direkt vor Ians Füße. Ian bückte sich und musterte den kleinen Jungen. »Was ist denn mit dir passiert?« fragte er.
»Ein paar große Kids haben mir meine Baseballmütze weggenommen.«
Ian sah Audrey an, die den Kopf schüttelte. »Rüpel«, sagte sie ruhig.
Ian nickte und musterte die zerknitterte, schmutzige Mütze. »Ja. Aber wie ich sehe, hast du sie dir zurückgeholt«, sagte er bewundernd.
»Ja«, bestätigte Michael unter Tränen.
»Also, komm«, sagte Ian ernst und streckte dem Jungen die Hand hin. »Das hast du gut gemacht.«
Michael nahm die dargebotene Hand.

Sie kam doch zu spät. Martas Anruf hat mich nur eine Minute zu lange aufgehalten, dachte sie, als sie den Bus von der Haltestelle wegfahren sah. Sie holte Michael immer vom Bus ab, obwohl die Haltestelle nur zwei Blocks entfernt lag. Aber sie wollte nicht, daß er diese zwei Blocks alleine ging.
Laura eilte die Treppe hinunter zur Straße. Und da sah sie die beiden. Ian hielt Michaels Hand. Überall war Blut, auf Michaels Gesicht, auf seinem Hemd. Michaels Schultern bebten. Laura fing an zu laufen. Sekunden später war sie bei ihnen und hob ihren Sohn hoch. »Was ist passiert?« rief sie. »Was denn nur?«
Michael umarmte seine Mutter fest. »Diese großen Jungs haben mich geärgert. Wir haben gestritten.«
Von Panik ergriffen, warf sie einen Blick über seine Schul-

ter zu Ian, der den Kopf schüttelte. »Es fehlt ihm nichts. Er hat sich nur eine blutige Nase geholt.«

»Was ist passiert, mein Schatz?«

»Er hat mir meine Mütze weggenommen. Da habe ich gesagt, sein Dad sei ein Versager. Deshalb hat er mich geboxt.«

»Warum hast du das gesagt?« fragte Laura.

Michael sah seine Mutter mit seinen ernsten braunen Augen an. »Weil er mir meine Mütze weggenommen hat und dann darauf rumtrampelte. Er hat mich geärgert.«

»Aber warum hat er dich geärgert?«

»Weil er gesagt hat, daß du Dad umgelegt hast.«

»Ach, Michael«, sagte Laura und preßte ihr Gesicht an seine Schulter. »Das tut mir so leid.«

»Es macht nichts«, sagte Michael und tätschelte ihren Rükken. »Du kannst doch nichts dafür. Zum Glück kam Ian gerade vorbei.«

»Ja, das war ein Glück«, flüsterte sie. »Danke, Ian.«

»Jetzt ist alles vorbei«, sagte Ian. »Gehen wir nach Hause.«

Daß Ian das sagte, klang seltsam in ihren Ohren. Genau diesen Satz hätte Jimmy gesagt, dachte sie. Sie hatte das Gefühl, daß sie gegen seine Worte protestieren und ihm sagen sollte, daß es nicht sein Zuhause sei, doch sie verliehen ihr Sicherheit. Deshalb sagte sie nur: »Ja, gehen wir nach Hause.«

17

Jason Turners Haus war ein ordentliches, aber etwas schäbiges Fertighaus aus den fünfziger Jahren. Es lag in einer ruhigen Straße, die von großen Bäumen gesäumt war und in der sich auf beiden Seiten ähnliche Häuser befanden. Es war blaugrün gestrichen; etwas vom Haus zurückgesetzt stand eine dazu passende Garage. Zwei kleine Jungen spielten auf dem Rasen davor. Doch als sie den Streifenwagen vor ihrem Haus halten sahen, liefen sie zur Eingangstür, riefen nach ihrer Mutter und verschwanden im Innern des Hauses.

Als Ron Leonard und Officer Witkowski vor der Haustür ankamen, wurden sie bereits von einer kleinen Frau mit blondem Haar wie Zuckerwatte erwartet. Sie hatte scharfe Gesichtszüge und war sorgfältig geschminkt. Als sich die beiden näherten, öffnete sie die Tür und sah die Männer fragend an.

»Mrs. Cheryl Turner?«

Sie nickte.

»Ich bin Detective Ron Leonard. Das ist Officer Witkowski. Könnten wir kurz mit Ihnen reden?«

»Bitte«, sagte sie und bedeutete den beiden, einzutreten.

Die zwei kleinen Jungs hockten auf der Treppe. »Ist Ihr Mann zu Hause, Ma'am?« fragte Ron.

»Ja. Aber er schläft. Er hatte Nachtdienst.«

»Ich bin nur kurz in der Stadt und würde gern mit ihm reden.«

»Mark, Peter, geht und weckt Daddy. Sagt ihm, daß ihn ein Polizist sprechen möchte«, sagte Cheryl zu ihren Söhnen.

Die beiden tuschelten miteinander.

»Geht jetzt!« blaffte Cheryl die Jungen an.

Eine Frau mit kurzem grauem Haar und strahlenden blauen Augen kam ins Zimmer, in den Händen hatte sie einen Kugelschreiber und ein Bündel Coupons. Die Jungen rasten die Treppe hoch.

»Mutter, die Polizei möchte uns Fragen stellen«, erklärte Cheryl der älteren Frau. »Das ist meine Schwiegermutter, Edith Turner.«

»Guten Tag«, sagte Ron. »Sind Sie Ian Turners Mutter?«

»Ja, die bin ich«, sagte Edith. »Ich habe zwei Söhne – Ian und Jason.«

»Geht's um Ian?« fragte Cheryl. Sie zündete sich eine extraleichte Mentholzigarette an und inhalierte. »Ihm ist doch nichts passiert, oder?«

»Nein, nein. Ich wollte nur über ihn und seine verstorbene Frau ein paar Auskünfte einholen.«

Cheryl nahm wieder einen Zug aus ihrer Zigarette und sah Ron aus zusammengekniffenen Augen an. »Warum? Was soll das?«

»Es handelt sich um eine Routineuntersuchung«, sagte Ron bestimmt.

»Das haben wir alles schon hinter uns gebracht, nachdem sein Haus abbrannte«, sagte Cheryl.

»Es geht um etwas anderes, um einen Fall in New Jersey. Da komme ich her.«

»Was für einen Fall? Geht es Ian auch wirklich gut?«

»Ja«, sagte Ron. »Es geht um eine Frau, mit der er befreundet ist.«

Cheryl sah überrascht aus. »Oh.«

»Hatten Sie eine enge Beziehung zu Ihrem Schwager? War er glücklich verheiratet?«

Edith Turner saß inzwischen in einem Sessel mit einem Klapptisch auf dem Schoß und füllte emsig die Coupons aus.

Cheryl zuckte mit den Schultern. »Das nehme ich an. Sie waren ziemlich glücklich, würde ich sagen.«

»Sie scheinen sich da nicht so sicher zu sein.«

»So nahe standen wir uns nicht. Ich meine, Jason und Ian stehen sich nahe. Sie wissen ja, wie das mit Brüdern ist. Aber Ian ist intelligent. Er hat Geld. Und Gabriella ... na ja ...«

Ron fiel das Zögern auf. »War sie Ihnen egal?« hakte er nach.

»So würde ich das nicht ausdrücken. Sie war bezaubernd. Schüchtern. Das heißt, sie sprach unsere Sprache nicht. Ich glaube schon, daß sie sie beherrschte, aber eigentlich wollte sie nichts mit uns zu tun haben.«

»Redete Gabriella mit Ihnen, Mrs. Turner?« fragte Ron die ältere Frau.

»Mutter!« rief Cheryl ungeduldig.

Mrs. Turner schaute hoch. »Entschuldigen Sie. Ich habe nicht zugehört. Was?«

»Sprach Gabriella Amerikanisch mit Ihnen?«

Edith runzelte die Stirn. »Ja. Manchmal. Wir sahen die beiden nicht oft, müssen Sie wissen.« Mrs. Turner sah Ron entschuldigend an. »Ich möchte nicht unhöflich sein, aber ich möchte das Preisausschreiben fertig machen, ehe der Postbote kommt. Ich bin zwar nicht gut beim Lösen von Preisausschreiben, aber ich gewinne oft. Ist es nicht so, Cheryl?«

»Mutter, die Polizei interessiert sich nicht für deine Preisausschreiben.«

»Ich habe diese Lampe hier gewonnen«, sagte sie und klopfte mit dem Kugelschreiber gegen die Stehlampe, die neben ihr stand. »Und den CD-Spieler. Aber Sie dürfen mich nicht fragen, was eine CD ist. Und ...« Mrs. Turner sah, daß Cheryl sie wieder unterbrechen wollte. Deshalb hob sie die Hand, Schweigen gebietend. »Und wir wollen doch nicht die Reise ins Disney-Land vergessen ...«

»Nein, die vergessen wir nie ...«, sagte Cheryl und drückte ihre Zigarette aus.

Ron schaute in sein Notizbuch und wandte sich dann wieder an Cheryl, die geduldig auf die nächste Frage wartete. »Glauben Sie, daß Ihr Schwager seiner Frau treu war? Hat er sich vielleicht Ihrem Mann anvertraut?«

»Falls er es Jason erzählt hat, würde Jason es mir erzählt haben. Wir haben keine Geheimnisse voreinander. Aber ich glaube nicht, daß er sie betrogen hat. Ich behaupte nicht, daß die beiden das glücklichste Paar auf der Welt waren. Sie wollte nie aus dem Haus gehen. Es war, als hätte sie Angst vor ihrem eigenen Schatten. Aber er versuchte, sie glücklich zu machen. Ja, das hat er versucht.«

»Also haben Sie keinen Grund zu der Annahme, daß es noch eine andere Frau gab?«

Cheryl schüttelte den Kopf, doch sie wirkte nachdenklich. »Nein ...«

»Er kündigte, um auf seinem Boot zu leben. Kam Ihnen das nicht seltsam vor?«

»Sie können sich nicht vorstellen, was er durchgemacht hat ... mit Phillip. Wissen Sie über Phillip Bescheid?« Cheryls Gesicht wurde weich. »Ach ... dieser süße kleine Kerl. Wir liebten ihn alle. Er war oft hier. Er und meine Jungs waren wie die drei Musketiere. Wir liebten ihn wie unser eigenes Kind.«

»Und Ian und Gabriella ...«

»Liebten ihren Sohn abgöttisch«, sagte Cheryl, jeden Widerspruch ausschließend.
Edith Turner saß stirnrunzelnd über ihrem Rätsel. »Ich suche ein Wort mit sechs Buchstaben, das sich auf Kosten reimt.«
»Sie ist in ihrer eigenen Welt«, sagte Cheryl leise zu Ron.
Ein gutaussehender, etwas übergewichtiger Mann mit hellblauen Augen kam die Treppe herunter.
»Hallo, Liebling«, sagte Cheryl.
Jason Turner sah die beiden Polizisten, die in seinem Wohnzimmer saßen, fragend an. »Mark sagte, daß Cops hier sind.«
Ron stand auf und streckte ihm die Hand hin. »Ich bin Detective Leonard und komme im Auftrag des Staatsanwalts vom Cape Christian County in New Jersey.«
»Was wollen Sie von uns?« fragte Jason.
Mark und Peter steckten ihre Köpfe durchs Treppengeländer und starrten mit großen Augen auf die Fremden in ihrem Wohnzimmer.
»Ihr beide verschwindet jetzt nach draußen, bis wir hier fertig sind«, befahl Cheryl.
»Aber wir wissen nicht, was wir draußen tun sollen«, klagte Mark.
»Spielt Basketball oder fahrt mit euren Rollern. Tut irgendwas.« Widerstrebend gehorchten die Jungen.
»Ich hätte da ein paar Fragen über Ihren Bruder«, sagte Ron. »Ich habe Ihre Frau schon befragt.«
»Was ist mit meinem Bruder?« sagte Jason. »Ich weiß, daß er zur Zeit da unten lebt. Er hat mich vor ein paar Tagen angerufen.«
»Hat er gesagt, was er dort macht?«
»Nein. Er ist mit seinem Boot dort vor Anker gegangen. Warum?«

»Wir versuchen herauszufinden, ob er früher eine Beziehung zu einer Frau in unserem County hatte, über die die Polizei Nachforschungen anstellt.«
»Das letzte halbe Jahr hat mein Bruder auf seinem Boot gelebt.«
»Das wissen wir bereits«, sagte Ron schnell. »Hat er jemals eine Frau namens Laura Reed Ihnen gegenüber erwähnt?«
»Nein«, sagte Jason.
»Oder ist Ihnen aus Ihrer Kindheit der Name Laura Hastings geläufig?«
Jason schüttelte bedächtig den Kopf. »Nein«, sagte er, aber mit einem zweifelnden Unterton.
»Die beiden behaupten, sich von der Volksschule her zu kennen. Es gibt da eine Geschichte: Ihr Bruder fiel in eine Grube, und das Mädchen fand ihn.«
Jasons Augen wurden groß, und er wurde blaß. »O ja«, sagte er. »Ja. Ian brach sich das Bein ...« Er schaute zu seiner Mutter hinüber, und Ron glaubte, etwas wie Verachtung in seinem Blick gesehen zu haben. Edith Turner, die ganz in ihr Kreuzworträtsel versunken schien, hörte plötzlich auf zu schreiben. Sie hörte aufmerksam zu, tat aber so, als interessiere sie das Ganze nicht.
Jason seufzte. »Ja. Da war ein kleines Mädchen ... jetzt erinnere ich mich. Aber sie ist schon vor Jahren von hier weggezogen.«
»Ist sie das Mädchen, das ihn damals fand?« fragte Cheryl Jason. Offensichtlich kannte sie die Geschichte.
Jason nickte.
»Wissen Sie, ob die beiden Kontakt hielten?«
»Nein. Außerdem war mein Bruder verheiratet ...«
Fast hätte Ron über diese naive Bemerkung gelacht. Ein treuer Familienvater war er, dieser Jason. »Mr. Turner, Sie sind Feuerwehrmann, das ist doch richtig?«

»Das ist richtig.«
»Waren Sie in jener Nacht dabei, als das Haus Ihres Bruders abbrannte?«
Jason schüttelte den Kopf. Edith Turner hob die Hand, wie eine Schülerin, die sich meldet. »Wir waren in Disney-Land«, informierte sie ihn. »Ich habe Ihnen doch schon erzählt, daß ich die Reise gewonnen habe.«
Ron war erstaunt, als er sah, daß in Jasons Augen Zornestränen standen. »An jenem Abend, an dem er mich am meisten gebraucht hätte ... dieses einzige Mal hätte ich ihm ein wenig von dem zurückzahlen können, für alles das, was er für mich getan hat ... und ich vergnüge mich ... Das Leben ist beschissen.«
»Aber, aber Jason«, protestierte seine Mutter. »Wir haben uns doch herrlich in Disney-Land amüsiert. Die Kinder hatten eine Menge Spaß.«
»Stuart Short, der Brandstifter, der eine ganze Reihe von Häusern angezündet hat, bediente sich immer derselben Methode.« Ron las in seinem Notizbuch. »Er benutzte eine angezündete Zigarette, die er in ein Streichholzbriefchen geklemmt hatte, und ein Stofftier, das er mit Benzin tränkte.« Er sah Jason an. »Eine sonderliche Kombination.«
»Nein«, entgegnete Jason. »Für einen Psychopathen, der Feuer legt, ist so was ziemlich normal. Diese Leute benutzen fast immer Streichhölzer. Das erhöht den Nervenkitzel. Und was das Spielzeug angeht, Stuart war krank als Kind ...«
»Aber diese Einzelheiten standen nicht in den Zeitungen.«
»Natürlich nicht. Damit man den Kerl identifizieren konnte, als er erst einmal gefaßt worden war.«
»Haben Sie jemals über die Methode dieser Brandstiftung mit Ihrem Bruder gesprochen? Wie er die Feuer legte? Über eine spezifische Vorgehensweise?«

»Nein«, sagte Jason. »Nein, nie.«
»Das wäre aber doch ganz normal gewesen«, sagte Ron glatt. »Ich glaube, daß die Brandstiftungen damals viel Interesse hervorriefen.«
»Ich habe ihm nie etwas erzählt, und er hat mich nie etwas gefragt«, sagte Jason zornig. »Was versuchen Sie da anzudeuten?«
»Ich stelle Ihnen nur ein paar Fragen ...«
»Ich höre mir Ihr Gerede nicht mehr an. Schauen Sie, ich weiß nicht, was Sie für ein Problem haben, aber lassen Sie meinen Bruder in Ruhe. Haben Sie mich verstanden? Er hat bereits genug Kummer im Leben gehabt.«
Edith Turner schob etwas in einen Briefumschlag und verschloß ihn. »Könnte mich jemand zur Post fahren?« fragte sie. »Wenn ich auf den Briefträger warte, habe ich Angst, daß mein Rätsel nicht rechtzeitig ankommt.«
Jason stand abrupt auf. »Ich fahre dich«, sagte er. »Wo sind meine Autoschlüssel?«
Cheryl deutete auf das Fernsehgerät. Jason nahm sie und sah seine Mutter an. »Bist du jetzt fertig oder nicht?«
Edith Turner stand ebenfalls auf. »Es war nett, Sie kennenzulernen«, sagte sie zu Ron und Officer Witkowski.
Ron gab ihr die Hand und erhob sich. »Wir gehen jetzt wohl besser.« Cheryl brachte sie zur Tür. Als sie auf der Treppe standen, sahen sie Jasons Wagen die Straße hinunterrasen, seine Mutter steif wie eine Bohnenstange auf dem Beifahrersitz.
»Mein Mann ist seinem Bruder sehr ergeben, müssen Sie wissen, Detective. Er liebt ihn.«
»Das habe ich bemerkt«, sagte Ron. »Ergebenheit ist etwas Wunderbares.«
Ermutigt fuhr Cheryl fort: »Diese Geschichte mit dem Sturz in die Grube. Ich kenne sie. Jason hat mir davon erzählt. Ihr

Vater wollte Jason für irgend etwas Dummes bestrafen. Er war seinen Söhnen gegenüber sehr grausam. Und Ian versuchte immer, seinen Bruder zu beschützen. Na ja, und damals hatten sich die beiden vor ihrem Vater im Wald versteckt. Als sie ihn kommen hörten, half Ian Jason auf einen Baum zu klettern. Doch der Vater packte Ians Bein und riß ihn herunter. Dabei brach er sich das Bein. Und der Alte ließ ihn einfach dort liegen. Er griff sich Jason und schleppte ihn nach Hause. Ian versuchte, mit seinem kaputten Bein heimzukriechen, als er in die Grube fiel.«

Ron verzog das Gesicht. »Hat sich die Mutter denn nicht darum gekümmert?«

»Sie sehen doch, wie sie ist«, sagte Cheryl kopfschüttelnd. »Sie lebt auf ihrem eigenen Planeten. Sie sieht nur, was sie sehen will. Alles andere blendet sie aus.«

»Tja«, sagte Ron nachdenklich.

»Wenn mein Mann also ... fürsorglich Ian gegenüber erscheint ...«

»Ach, das kann ich verstehen«, sagte Ron. Besser, als du glaubst, fügte er in Gedanken hinzu. Selbst wenn Jason etwas über seinen Bruder wüßte, er würde es nie erzählen. Weder seiner Frau noch irgend jemandem. »Sie sind mir eine große Hilfe gewesen«, sagte er.

18

Gerade als Laura Michael ins Bett steckte, läutete das Telefon. Die drei hatten einen ruhigen Abend miteinander verbracht. Ian hatte Hamburger gegrillt. Es hatte Laura schier das Herz gebrochen, ihn da an Jimmys Platz zu sehen, doch Michael hatte einen Riesenspaß gehabt. Nach dem Essen hatten sie Karten gespielt. Michael war den ganzen Abend über immer in Lauras Nähe und ziemlich ruhig geblieben. Das gefiel ihr. Und nun, als sie ihm gerade eine Geschichte vorlesen wollte, hörte sie das Telefon. Kurz überlegte sie, ob sie Ian bitten sollte, den Anruf entgegenzunehmen, doch dann entschied sie sich dagegen. Es könnten ihre Schwiegereltern sein. Sie konnten jeden Tag zurückkommen.

»Ich gehe ran«, rief sie. Sie hörte Ian die Treppe hochkommen, als sie Michael küßte und in ihr Arbeitszimmer ging, um zu telefonieren. Gary war am Apparat.

»Laura«, sagte er, »störe ich dich?«

»Nein, natürlich nicht«, antwortete sie. »Was gibt's?«

»Ich habe dir doch von der Auszeichnung erzählt, vom Kunstrat.«

»Ja, du auserwählter Mensch.«

»Nun ...« Sie spürte seine Nervosität in der Stimme. Er atmete tief ein. »Also, der Preis soll bei einer Veranstaltung im Rathaus verliehen werden, und da möchte ich dich bitten ... ich meine, ich wäre sehr stolz, wenn du und Michael auch kämt. Als meine offiziellen Gäste.«

»Das ist aber lieb von dir, Gary. Willst du uns denn auch wirklich bei einer öffentlichen Veranstaltung dabeihaben?«
»Natürlich«, sagte er. »Warum denn nicht?«
»Du bist mein bester Freund. Wir kommen gerne«, sagte Laura. »Wann findet die Preisverleihung statt?«
»Nächsten Monat«, sagte er, »am fünfzehnten.«
»Am fünfzehnten«, wiederholte sie. »Ich notiere es in meinem Kalender.«
»Wenn es Probleme gibt ...«, sagte Gary schnell.
Nein, dachte sie. Bis dahin bin ich sicher wieder alleine. »Es gibt keine Probleme«, versicherte sie ihm.
»Ist Michael noch auf?« fragte er.
»Ich war gerade dabei, ihn ins Bett zu bringen.«
»Dann entschuldige. Geh schnell zu ihm zurück.«
Gary tat Laura leid. Immer entschuldigte er sich, immer hatte er Angst, er könnte sie stören. Diese Gefühle seinerseits waren absurd, denn er war ihr einziger wirklicher Freund. Sie sagte ihm, wie sehr sie sich über seinen Anruf gefreut habe, und verabschiedete sich. Dann ging sie zu Michael zurück. Ian saß auf der Bettkante und streichelte Michaels Haar. Sie konnte das Murmeln seiner Stimme hören. Erst verstand sie nicht, was er sagte, und war dann überrascht, als sie den Text erkannte.
Ian zitierte aus ihrem Buch *Raoul und der gelbe Riesenfrosch.* Michael fielen die Augen zu, und er lächelte. Noch ehe Ian mit der Geschichte fertig war, schlief Michael. Ian knipste die Pu-der-Bär-Lampe aus. Dann stand er auf und ging auf Zehenspitzen zur Tür. Als er Laura im Türrahmen stehen sah, legte er seinen Zeigefinger auf den Mund. Laura ging in den Flur, und Ian schloß leise die Tür.
»Er schläft«, sagte Ian.
Impulsiv umarmte sie ihn und legte ihr Gesicht an seine Brust. Erst war er überrascht, doch dann nahm er sie in die

Arme und vergrub sein Gesicht in ihrem Haar. Der Duft erregte ihn. Auch Laura war erregt. Noch einen Moment hielt er sie fest, dann löste sie sich verlegen von ihm. Sie nahm seine Hand.

»Danke«, sagte sie.

»Wofür?«

»Für heute. Für alles. Dafür, daß Sie sich um Michael kümmern. Und um mich.«

»Genau das ist es, was ich tun möchte«, sagte er.

Sie drehte sich um und ging die Treppe hinunter. »Wir wollen ihn nicht wecken«, sagte sie.

Ian folgte ihr ins Wohnzimmer. Sie setzte sich auf die Couch, und er setzte sich neben sie. Er nahm ihre Hand und hob sie langsam zu seinem Gesicht. Nachdenklich rieb er seine Wange an ihr.

»Sie haben Michael die Geschichte aus meinem Buch erzählt«, sagte sie lächelnd. Dann entzog sie ihm ihre Hand.

»Ja.«

»Woher ...«

»Ich bin hier in die Buchhandlung gegangen und habe alle Ihre Bücher gekauft. Ich habe sie gelesen. Mehrmals. Es sind gute Bücher. Die Geschichten haben Rhythmus ... und Poesie. Wirklich, sie verzaubern den Leser. Sie sind eine sehr talentierte Autorin ... und Künstlerin.«

»Warum haben Sie das nicht schon früher gesagt?«

»Ach, was weiß ich schon über diese Dinge? Ich bin Wissenschaftler. Meine Meinung auf diesem Gebiet zählt nicht viel.«

»Für mich schon«, sagte sie.

»Nun, jetzt wissen Sie ja, was ich von Ihren Büchern halte«, sagte er lächelnd. »Wer hat angerufen? Wieder die Polizei?« Er versuchte, der Frage Leichtigkeit zu verleihen, aber es mißlang.

»Ein Freund von mir«, sagte Laura nachdenklich. »Der einzige, der mir hier noch geblieben ist. Er heißt Gary und war einer von Jimmys ältesten Freunden. Außerdem ist er einer der wenigen in der Stadt, die mir glauben. Alle anderen Leute sind davon überzeugt, daß ich meinen Mann erschossen habe«, sagte sie offen. Und als sie es aussprach, merkte sie, daß sie Ian schockieren wollte. Doch er antwortete nicht.
»Warum haben Sie mich nie über das Geschehene befragt?« sagte sie. »Wie kommt es, daß Sie an mir nicht zu zweifeln scheinen?«
Ian sah Laura ernst an. »Das ist es ja gerade. Ich zweifle nicht an Ihnen. Doch Sie scheinen das nicht zu begreifen.« Er sah, daß seine Antwort sie nicht zufriedenstellte. »Vielleicht kommt es daher, weil ich noch immer das Kind in Ihnen sehe«, sagte er. »Dieses Engelsgesicht, das mir aus der Düsternis entgegenleuchtete. Diese kleine Stimme, die mir versprach, Hilfe zu holen. Sie könnten nie jemanden töten. Und nichts könnte mich davon überzeugen, daß Sie es getan haben.«
»Ich bin kein kleines Mädchen mehr«, sagte sie warnend.
»Das habe ich bemerkt«, sagte er lächelnd.
Laura stand auf und fing an, rastlos im Zimmer auf und ab zu gehen. »Ich hatte Angst, meine Schwiegereltern würden anrufen. Sie müßten jeden Tag aus Florida zurückkommen.«
»Können Sie Ihre Schwiegereltern nicht leiden?«
»Meine Schwiegermutter und ich hatten nie eine gute Beziehung zueinander. Doch nachdem Jimmy ermordet worden war ... na ja, sie braucht jemanden, dem sie die Schuld geben kann. Das kann ich verstehen. Wirklich. Sie können sich nicht vorstellen, wie frustrierend es ist, einen geliebten Menschen durch einen Mord zu verlieren und nicht zu wissen, wer der Täter ist ... Der Gedanke, daß dieser Mensch noch frei herumläuft, ist unerträglich.

Manchmal denke ich an nichts anderes. Warum nehmen sie ihn nicht fest? Schließlich hat er sich nicht in Luft aufgelöst. Irgendwo da draußen läuft er rum. Aber ich habe das Gefühl, daß sie gar nicht nach ihm suchen. Sie haben nur mich im Visier. Und sie finden ihn nicht, weil sie ihre Zeit vergeuden ...« Sie spürte, wie sie zitterte. »Ich darf gar nicht davon anfangen«, sagte sie entschuldigend.
»Warum bleiben Sie noch in dieser Stadt?« wollte er wissen.
»Das weiß ich nicht«, sagte Laura kopfschüttelnd. Darüber hatte sie nie nachgedacht. Die Trauer hatte sie gelähmt. »Als Jimmy noch lebte, habe ich diesen Ort geliebt, aber jetzt ... Obwohl ich glaube, Ian, daß es unwichtig ist, wohin ich gehe. Diese Geschichte würde mich überallhin verfolgen. Ich habe das Gefühl, daß die Leute innerhalb kürzester Zeit wieder mit Fingern auf mich zeigen und hinter meinem Rücken tuscheln würden, daß ich die Frau sei, die ihren Mann erschossen hat.« Erst als sie die Dinge jetzt beim Namen nannte, wurde ihr klar, daß sie das schon seit langem wußte. Und das hatte ihre Verzweiflung und Zukunftsangst noch vergrößert. »Solange Jimmys Mörder nicht gefunden wird, wird dieser Makel an mir haften. Ganz gleich, wo ich lebe.«
Ian nickte. »Trotzdem wäre es für Sie wahrscheinlich besser, woanders zu leben. An einem möglichst weit von den Geschehnissen entfernten Ort.«
»Vielleicht wollte ich Michael nicht entwurzeln. Er geht noch zur Schule. Obwohl die nun eine Qual für ihn sein muß, nach dem, was heute im Bus geschehen ist.«
»Wann beginnen die Ferien?« fragte Ian.
»In ein paar Wochen«, sagte Laura.
»Warum fahren wir dann nicht weg? Wir gehen einfach an Bord und segeln davon.«
»An Bord?« fragte sie.
Ian sah sie an. »Ja. Sie, ich und Michael.«

Sie wandte den Blick von ihm ab. Jetzt ist es soweit, dachte sie. Sie wußte, daß dieser Augenblick hatte kommen müssen. Ian wollte sie auf einen Segeltörn mitnehmen, ehe er die Stadt wieder verließ. Eine Art Urlaub auf See. Das klang verlockend. Aber es war besser, wenn er einfach ging, und zwar allein. Noch ehe Dolores aus den Ferien zurückkam. So bald? schrie ihr Herz. Doch sie zwang sich, ihren Kopf zu gebrauchen. Natürlich würde Dolores von Ian erfahren. Sie würde erfahren, daß ein Mann ihrer Schwiegertochter Gesellschaft leistete. Dafür würden die Klatschbasen schon sorgen. Aber wenigstens würde es nicht mehr zu häßlichen Begegnungen kommen. Doch Laura wußte, daß sie einen solchen Törn nicht genießen konnte, wenn es danach zum Abschiednehmen und zu vagen Versprechungen, sich nicht aus den Augen zu verlieren, kommen würde.

»Das ist sehr nett von Ihnen«, sagte sie. »Aber ich halte es für am besten, wenn Sie jetzt sofort weiterziehen. Außerdem nimmt Michael zu Ferienbeginn noch für zwei Wochen an einem Tagescamp teil. Ich will Sie nicht so viele Wochen hier zurückhalten.«

Ian lachte. »Gut. Ich kann warten, bis das Tagescamp zu Ende ist.«

»Nein«, sagte Laura. »Sie müssen gehen. Es ... es war eine sehr schöne Zeit. Aber wir wollen Sie nicht hierbehalten.«

»Wollen Sie das nicht?« sagte er. »Aber ich will Sie behalten. Für immer, wenn Sie es wollen.«

»Wie? Entschuldigen Sie ...«, murmelte Laura.

»Soll das heißen, Sie wollen mich nicht heiraten?«

Zuerst war sie so perplex, daß es ihr die Sprache verschlug. Dann wurde sie wütend. »Sie brauchen nicht ironisch zu werden«, sagte sie. »Das ist gemein.«

»Glauben Sie, ich mache Spaß?« fragte er.

Laura ließ sich auf den nächststehenden Stuhl fallen. Sei-

ne Worte raubten ihr den Atem. »Natürlich machen Sie Spaß ...«
»Warum sollte ich?« fragte er ruhig.
Laura starrte an die Decke. »Warum? Weil ...« Sie konnte nicht denken. Sie haßte sich selbst dafür, daß sie es glauben wollte. Und gleichzeitig hatte sie das Gefühl, wegen ihrer Leichtgläubigkeit auf etwas hereingefallen zu sein. Das wollte sie um jeden Preis verhindern. »Es ist dumm, deswegen«, sagte sie ausdruckslos. »Warum sollten Sie so etwas sagen?«
»Weil ich Sie liebe«, sagte er einfach. »Wissen Sie das nicht?«
Als sie diese Worte hörte, begann ihr Herz wild zu schlagen, und in ihrem Magen bildete sich ein Knoten. Ich liebe Sie! Zwar hatte sie nicht viel Erfahrung, doch sie wußte, daß ein Mann diese Worte nicht einfach so dahersagte. Und sie konnte ihm nicht in die Augen sehen und ihm sagen, daß sie völlig überrascht war. Aber das war sie. Sie war es wirklich.
»Ich dachte nur, Sie seien einsam«, stammelte Laura.
»Haben Sie das gedacht?« fragte er, und sie konnte eine gewisse Schärfe in seinem Ton heraushören.
»Nein«, sagte sie ehrlich. »Nein. Aber heiraten ... ich meine ... wir haben nicht einmal ...«
»Zusammen geschlafen?« fragte er. »Ich habe Sie schon oft geliebt, schon oft mit Ihnen geschlafen, jeden Tag ... in meiner Phantasie.«
Er saß am anderen Ende des Zimmers, doch seine Worte wirkten wie eine erotische Aufforderung, elektrisierender als jede Berührung. Sie schloß die Augen. Sie hatte sich verboten, an so etwas zu denken. Doch jetzt, da sie seinen Blick auf sich spürte, jetzt, da er es gesagt hatte, fühlte sie sich ganz schwach vor Verlangen nach ihm.
»Ich weiß«, sagte sie sanft und bekannte sich zum erstenmal zu dem Verlangen, das ihre Augen widergespiegelt haben mußten. Eine Weile saßen sie schweigend da, und Laura

prüfte den Gedanken, hieß ihn willkommen und verwarf ihn wieder. Sie stellte sich die Leute in Cape Christian vor – wie sie reagieren würden, wenn sie erfuhren, daß Laura wieder geheiratet hatte. Sie würden sie an den Pranger stellen. Und Dolores. Mein Gott. Es wäre, als hätte sie Jimmy noch einmal umgebracht. Und die Polizei. Würde vor Freude tanzen. Dann hätte sie den Beweis geliefert, das Motiv für den Mord an ihrem Mann. Die Polizei würde sie gnadenlos jagen. Tag und Nacht. Eine Ehe wäre in jeder Hinsicht eine totale Katastrophe.

»O Ian«, sagte Laura. »Wie können Sie nur an eine Heirat denken? Wir kennen uns ja nicht einmal.«

»Wir kennen uns seit Jahren«, sagte er.

»Nicht wirklich«, sagte sie. »Das zählt nicht. Sie wissen nicht, wer ich bin. Sie haben nur eine Erinnerung an mich, die Sie idealisieren. An einen Engel, der Sie rettete. Das bin ich nicht. Ich ... ich bin mürrisch, wenn ich nicht genug geschlafen habe. Ich ... ich mache eine entsetzliche Spaghettisauce. Das finden alle. Und Sie haben mich nie gesehen, wenn ich in meinen alten Klamotten das Haus putze und mit Michael schimpfe.«

»Ich habe auch Fehler.«

»Ich weiß es nicht«, rief sie. »Das ist ja gerade der Punkt.«

»Wir finden das schon heraus«, sagte er. »Sie brauchen mich nur zu heiraten.«

»Wissen Sie, für einen Akademiker nehmen Sie die Dinge auf sehr unakademische Weise in Angriff.«

Ian saß angespannt auf der Kante des Sofas. »Haben Sie etwas bemerkt?« fragte er.

»Was?«

»Sie haben nicht nein gesagt.«

Laura hatte das Gefühl, nicht mehr atmen zu können. Es stimmte. Warum hatte sie nicht einfach nein gesagt? Nein,

ich kann Sie nicht heiraten. Nein, das ist das Absurdeste, was ich jemals gehört habe. Sie hatte es nicht gesagt, weil allein der Gedanke, er könnte ohne sie fortgehen, ihr fast physische Schmerzen bereitete. Weil trotz der Unwahrscheinlichkeit einer Eheschließung sein Heiratsantrag für sie das bedeutete, was ein Rettungsring für einen Ertrinkenden bedeutet.
Er rutschte von der Couch zu ihr hin. »Ich hätte meinen Antrag auf Knien machen müssen«, sagte er. »Heirate mich.« Er zog sie vom Stuhl zu sich auf den Boden. Er umarmte sie fest, so fest, daß ihr schwindelig wurde. Sie fühlte sein Herz schlagen, atmete seinen männlichen Duft ein und stellte sich vor, sie lägen im Bett.
Sie löste sich aus seiner Umarmung, fest entschlossen, nicht den Kopf zu verlieren. »Michael«, sagte sie. »Ich muß an Michael denken. Er hat gerade seinen Vater verloren. Das sind zu viele Emotionen auf einmal für ihn.«
»Und ich habe meinen Sohn verloren. Michael braucht einen Vater. Und ich brauche einen Sohn. Das wäre für uns beide eine zweite Chance.«
Einen Moment lang sah Laura die beiden wieder vor sich, wie sie ihr von der Bushaltestelle her entgegengekommen waren. Michael, der Ians Hand umklammerte.
»Ich will dir etwas gestehen, Laura. Was auch immer ich auf diesem Boot zu finden hoffte, ich fand es nicht, bis ich dich fand. Ich möchte wieder ein Heim und eine Familie haben. Ist das etwa schlecht?«
»Ach, Ian, rede nicht so. Es ist nichts als ein schöner Traum. Das ist alles. Du mußt wieder gehen. Überleg doch mal, was die Polizei denken wird, wenn ich dich heirate. Sie würden dich genauso ansehen, wie sie mich ansehen. Sie haben bereits Fragen über dich gestellt. Ich könnte dir das nicht antun.«

»Laß das nur meine Sorge sein«, sagte er. »Ich mache mir keine Gedanken darüber, was die Polizei denkt. Wir haben doch nichts zu verbergen.«

Laura wußte nicht, ob sie lachen oder weinen sollte. In seinen Armen fühlte sie sich wie in einem sicheren Hafen.

»Manchmal glaube ich, daß ich hierhergeschickt wurde, um dich zu beschützen«, flüsterte er in ihr Haar. »Um dich zu retten, so wie du mich vor vielen Jahren gerettet hast.«

Sie wich zurück und sah ihn forschend an. Sein Blick war so intensiv, es war, als würde sie in die Sonne schauen. Von seiner Entschlossenheit ging etwas Erregendes aus. Er war der umherziehende Ritter, der die Burg erstürmte, um sie zu gewinnen. »Selbst wenn ich dich besser kennen würde, selbst wenn wir heiraten könnten ... es ist zu früh«, protestierte sie.

»Das stimmt doch alles nicht«, sagte er. »Das Leben ist zu kurz. Wer weiß das besser als wir beide? Man darf keine Zeit verschwenden. Das hätte meine Gabriella gesagt. Und wenn Jimmy mit dir reden könnte, würde er dir das gleiche sagen. Daß wir den Tag leben müssen. Weil wir nie wissen, was der nächste Tag bringt.«

Als Jimmys Name fiel, kehrte die Trauer zurück. »Ich habe ihn so geliebt«, flüsterte Laura.

Ian versteifte sich. Doch nur kurz. Dann legte er seinen Mund an ihr Ohr. Laura spürte seinen warmen Atem, er streichelte sie, wie eine warme Brise eine Blume. »Er würde sich wünschen, daß du glücklich bist. Jeden Tag. So, wie ich dich glücklich machen kann. Heirate mich. Sofort. Laß doch die ganze Stadt deswegen aus den Fugen geraten. Laß die Cops vor Wut schäumen. Sie können uns nicht aufhalten. Denn dann sind wir schon lange von hier fortgegangen.«

Laura zwang sich aufzustehen und durchs Zimmer zu gehen. »Nein. Das ist zu viel und geht zu schnell.«

Ian stand ebenfalls auf und ging hinter ihr her. Er zog sie an sich und küßte sie. Seltsamerweise dachte sie dabei an Pinocchio in Michaels liebstem Video. Sie kam sich wie die Holzpuppe vor in dem Moment, als sie von der blauen Fee berührt wurde. Das Leben strömte wie Honig durch ihre hölzernen Glieder.

»Laß mich bleiben«, flüsterte er. »Laß mich heute nacht bei dir bleiben. Laß mich dir zeigen, daß es geschehen muß.«

»Nein!« sagte sie schneidend. »Ich will, daß du gehst.«

Er ließ sie los und sah sie sehnsüchtig an. Sie versuchte, ihm mit Kälte zu begegnen, doch sie konnte ihn nicht täuschen. Wenn sie ihn ansah, wurde ihr Blick weich. Er lächelte sie wissend an, und ihr Herz floß über.

Sie dachte an Jimmy, an den Abend, als sie beschlossen hatten zu heiraten. Sie hatte ihn so gut gekannt, seine Launen und Gewohnheiten, und sie hatte ihm vollständig vertraut. Der Entschluß war ihr leichtgefallen, er war die logische Konsequenz ihrer Beziehung. Sie erwartete ein Baby. Sie machten Pläne. Mit diesem Mann hier war das etwas ganz anderes. Er war ein Fremder. Er übte eine geradezu elektrifizierende Anziehungskraft auf sie aus. Doch war das Liebe? Oder war es nur diese Dunkelheit, die sie beide umgab, das Wissen um das Leid, das beide in den Augen des anderen sahen? Sollte Liebe nicht fröhlich sein? Konnten sie sich jemals von der Vergangenheit lösen und Freude ineinander finden? Warum ziehst du das eigentlich in Betracht? schalt sich Laura. Du kennst diesen Mann nicht einmal. Wie kannst du nur solche Gedanken hegen?

Sie schlang die Arme um ihre Brust, wie um ihr Herz zu schützen, und sagte: »Du mußt gehen.« Als sie ihn ansah und merkte, wie betroffen er war, sagte sie freundlich: »Ich muß nachdenken.«

»Ich will, daß du nur über mich nachdenkst«, sagte er.

Laura lächelte wehmütig. »Da kannst du ganz sicher sein.« Sie begleitete ihn zur Tür. Ian blieb im Flur stehen und küßte Laura wieder. Sie klammerte sich an ihn, trank ihn. Dann schob sie ihn von sich. Er entdeckte die Vase mit den Blumen auf dem Flurtisch. »Wer hat dir die geschenkt?« fragte er. »Habe ich einen Rivalen?«
»Nein. Das ist nur ein Freund«, sagte sie.
»Wenn wir erst einmal verheiratet sind, verbiete ich dir den Umgang mit solchen Freunden«, sagte er.
»Ich habe noch längst nicht ja gesagt«, entgegnete sie spitz.
»Du wirst ja sagen«, beharrte er. »Das wirst du.«
Sie schaute ihm nach, als er die Treppe hinunterging und in der Dunkelheit verschwand. Jetzt würde er zu seinem Boot gehen und dort im nahen Hafen schlafen. Morgen würde er wiederkommen. Träumerisch fragte sie sich, wie es wäre, wenn sie mit ihm ginge und dort in dieser Koje läge, wo sie sich leidenschaftlich lieben würden.
Und plötzlich wurde ihr grausam bewußt, daß er aus ihrem Leben verschwinden würde, wenn sie seinen Antrag ablehnte. Er gehörte nicht zu den Männern, die endlos warteten. Er wollte ihr Hoffnung und eine neue Liebe schenken. Wenn sie nicht den Mut hatte, mit ihm ein neues Leben anzufangen, würde er gehen. Sein Boot würde davonsegeln, in eine andere Zukunft, und sie bliebe hier zurück, in ihrer Einsamkeit gestrandet, und würde sich für den Rest ihres Lebens fragen, was wohl geschehen wäre, hätte sie den nötigen Mut aufgebracht.
»Ian!« rief sie.
Er drehte sich langsam um und sah sie an.
»Geh noch nicht«, sagte sie schwach.
Er grinste. Und als er näher kam, sah sie den Triumph in seinen strahlend blauen Augen.

19

Ron Leonard saß verkrampft auf dem Rücksitz eines alten Taxis, das über eine gewundene Straße auf Barbados in die Hügel hochholperte. Eigentlich hatte er am Flughafen einen Wagen mieten wollen, doch sofort davon abgesehen, als er merkte, daß Linksverkehr herrschte. Der Fahrer hatte einen schiefen Blick auf seinen Sommeranzug und seine Krawatte geworfen. Doch obwohl sich Ron ein amtliches Aussehen zu geben versuchte, merkte er, daß er hier, in diesem tropischen Paradies, völlig fehl am Platz wirkte.

Nachdem Clyde Jackson Rons Bericht gehört hatte, blieb ihm nichts anderes übrig, als einer Reise seines Ermittlers auf die Insel zuzustimmen, auch wenn die Kosten ein großes Loch in ihr Budget rissen. Denn Ian Turner behauptete, in der Mordnacht hier auf seinem Boot gewesen zu sein. Ron mußte jemanden finden, der diese Angaben entweder bestätigte oder widerlegte. »Ich wünschte, ich könnte an Ihrer Stelle dorthin fliegen«, hatte der Staatsanwalt sehnsüchtig gesagt. »Ich habe auf Barbados meine Flitterwochen verbracht.«

Ron konnte sich gut vorstellen, daß sein Vorgesetzter und dessen Frau den Aufenthalt auf dieser Insel genossen hatten. Noch nie hatte er so schöne Menschen gesehen – Schwarze wie Weiße – und noch nie eine solche Farbenpracht. Ihm war, als hätte er vorher alles durch eine graugetönte Brille betrachtet. Zwar hatte er gehört, daß die Karibik schön sei, doch als er Bridgetown mit eigenen Augen sah, war das wie ein Schock. Hier gab es Farben, die er nur aus dem Malkasten kannte. Ultramarinblaues Wasser und azurfarbener Himmel. Kaskaden von Bougainvilleen und Hibiskus in allen Rotschattierungen bis hin zum dunklen Violett. Es entnervte ihn zu sehen, mit welcher Selbstverständlichkeit die Menschen sich in diesem Paradies bewegten. Er kurbelte das Fenster runter und hielt sein Gesicht in die kühlende Brise.

Zuerst war er zum Yachthafen gefahren. Der Taxichauffeur hatte bereitwillig gewartet. Er wirkte völlig zufrieden und hörte Radio, während Ron alles andere als zufrieden war. Eine gewisse Hektik hatte ihn ergriffen. Doch er hatte nicht lange gebraucht, um Cyril Terry zu finden, den Mann, der Ian Turner sein Boot verkauft hatte. Doch Mr. Terry, ein weißhaariger, gebräunter Engländer, konnte Ron nicht weiterhelfen. Erst der Hinweis auf einen Einheimischen, einen Mann namens Winston St. Mercier, der eine Zeitlang auf Ians Boot gearbeitet hatte, ließ Ron wieder Hoffnung schöpfen. Vielleicht wußte dieser Mann etwas.

Und nun fuhren sie die Hügel hinauf, auf der Suche nach Mr. St. Mercier. Sie fuhren an in den Hügeln verstreuten, in leuchtenden Farben gestrichenen Holzhäusern vorbei. Die Häuser waren klein, obwohl sie alle Veranden besaßen und Läden. Ron wunderte sich, daß ganze Familien in so kleinen Häusern leben konnten. Auf der Straße tummelten sich braune Kinder und alle möglichen Tiere, vor allem Hühner.

Straßenschilder konnte Ron nicht entdecken, trotzdem verkündete der Fahrer, daß sie gleich da wären. Sie kamen um eine Biegung, und dann blieb der Fahrer vor einer Lichtung stehen, auf der ein kleines, lavendelblau gestri-

chenes Haus stand. Auf der Treppe saß ein kleines Mädchen in einem geblümten Kleid und las.
»Ist dies das Haus?« fragte Ron. Reggae-Musik wehte zu ihnen herüber.
»Ja, Mon«, sagte der Fahrer.
»Warten Sie hier auf mich?« fragte Ron besorgt.
Der Fahrer beugte sich nach vorn und stellte im Radio ein anderes Programm ein, die Übertragung eines Cricketspiels. »Kein Problem«, sagte er. Er schraubte seine Thermoskanne auf und goß sich einen Becher Tee ein.
Ron stieg aus dem Taxi und marschierte den lehmigen Pfad entlang zum Haus. »Entschuldige«, sagte er zu dem Mädchen, das ihn aus großen schwarzbraunen Augen ansah, »wohnt hier Winston St. Mercier?«
Das kleine Mädchen nickte und rückte zur Seite, damit Ron die Holzstufen hochgehen konnte. Sie sah ihm nach, als er über die Veranda ging und an die Fliegengittertür klopfte.
»Mr. St. Mercier?« rief er.
Das kleine Zimmer war einfach möbliert, mit einem Sofa, einem Stuhl und einem Fernsehgerät. Auf dem Holzfußboden lag ein Teppich. An der Decke drehte sich ein großer Ventilator, und die Reggae-Musik kam aus einem Radio. Ein stattlicher, braunhäutiger Mann mit blauen Augen trat aus einem der hinteren Räume und fragte mit singender Stimme: »Wer will ihn sprechen?«
Er blieb abrupt stehen, als er Ron dort in seinem Anzug und mit der dunklen Sonnenbrille stehen sah, und warf ihm einen mißtrauischen Blick zu.
»Mr. St. Mercier, ich bin Detective Ron Leonard und komme aus den Vereinigten Staaten. Ich hätte Ihnen gern ein paar Fragen gestellt.«
Eine schöne Frau mit einem Turban und einem weißen Kleid steckte ihren Kopf durch die Tür und sah Ron neu-

gierig an. Winston St. Mercier hielt die Fliegengittertür mit einer Hand auf. »Fragen worüber?« erkundete er sich mißtrauisch.
»Mir wurde erzählt, daß Sie letzten Winter eine Weile auf einem Segelschiff für einen Amerikaner namens Ian Turner gearbeitet haben.«
Das Mißtrauen verschwand aus Mr. St. Merciers Blick, und ein Lächeln breitete sich auf seinem Gesicht aus. »Ach, Ian«, sagte er. »Mein guter Freund. Wie geht es ihm? Es geht ihm doch gut, oder?«
»Ja. Ich möchte Sie nur etwas fragen.«
Ron konnte deutlich den Widerstreit zwischen seiner angeborenen Freundlichkeit und seinem Mißtrauen diesem ausländischen Polizisten gegenüber erkennen. Deshalb nahm er seine dunkle Brille ab und lächelte. »Haben Sie vielleicht Zeit für ein paar Fragen?«
»Kommen Sie rein«, sagte Winston schließlich. Er deutete auf einen Holztisch und Stühle in einer Ecke, alles apfelgrün gestrichen. »Setzen Sie sich. Möchten Sie etwas Tee?« Er sah seine Frau an. »Das ist Ava, meine Frau.«
Sie kam näher und sagte schüchtern: »Etwas Kokosnußbrot?« Ihre Stimme war musikalisch.
»Nein, nein, danke«, sagte Ron. Doch dann überlegte er es sich anders. »Vielleicht doch ein kleines Stück?«
Sie reichte ihm eine Scheibe, die auf einem Porzellanteller lag. »Was ist mit dem Fahrer?« fragte sie. »Vielleicht möchte er auch etwas haben?«
»Ja, sicher«, stimmte Ron zu. Sie schnitt eine weitere Scheibe Brot ab und ging zur Tür. Winston setzte sich Ron gegenüber.
»Ich will keinen Ärger haben, Mon«, sagte er. »Ich lernte den Mann bei Terry kennen, als er sein Boot kaufte. Zuerst brauchte er etwas Hilfe, bis er damit vertraut war, obwohl

er sich ziemlich gut aufs Segeln verstand. Ich bin nur ein paar Wochen bei ihm geblieben.«

»Hmm, schmeckt das gut«, sagte Ron und genoß den Geschmack der Kokosnuß. Dann wischte er ein paar Krümel von seinem Schlips.

Winston lächelte verständnisvoll. »Sind Sie zum erstenmal auf Barbados, Mon?«

Ron nickte. War das derart offensichtlich? fragte er sich. Er aß sein Brot auf und versuchte, wieder eine amtliche Miene aufzusetzen. »Wir möchten gern wissen, wo sich Mr. Turner Silvester vergangenen Jahres aufgehalten hat.«

»Silvester«, wiederholte Winston und schüttelte den Kopf. »Nein. Zu der Zeit war ich nicht auf dem Boot. Ich wollte die Weihnachtsfeiertage mit meiner Familie verbringen, wissen Sie.«

Ron nickte.

»Warum stellen Sie über meinen Freund Ian Fragen? Steckt er in Schwierigkeiten?«

»Das weiß ich noch nicht«, sagte Ron.

Die Fliegengittertür fiel zu, und Winstons Frau kam ins Zimmer. »Er stellt Fragen über Ian Turner«, sagte Winston zu Ava.

Sie nickte.

»Also waren Sie schon vor Weihnachten nicht mehr auf seinem Boot. Und da haben Sie ihn auch zum letzten Mal gesehen. Sie wissen nicht, wo er Silvester war?«

Winston schüttelte den Kopf. »Danach habe ich ihn noch ein paarmal gesehen. Aber wann er Barbados verließ, weiß ich nicht.«

»Warte mal, du hast ihn doch gesehen«, sagte Ava.

Ron und Winston sahen sie erwartungsvoll an. »Silvester. Erinnerst du dich nicht?« sagte sie. »Du hast mir erzählt, daß du ihn im Hafen sahst, ganz allein auf seinem Boot.

Und du wußtest nicht, ob du ihm ein gutes neues Jahr wünschen solltest oder nicht.«

»Das stimmt«, sagte Winston aufgeregt. »Meine Frau hat recht.« Dann wurde er traurig. »Wissen Sie, daß er letztes Jahr seine Familie verloren hat?«

»Ja, das weiß ich«, sagte Ron.

»Eine schreckliche Geschichte«, sagte Winston. »Er hat nur einmal darüber gesprochen. Ja, ich war an jenem Tag am Hafen, um etwas Fisch fürs Abendessen zu kaufen. Da sah ich ihn. Und ich sagte mir: Wie soll ich einem Mann ein glückliches neues Jahr wünschen, der seine Familie verloren hat? Es war sehr peinlich. Trotzdem habe ich mit ihm geredet. Ich habe ihn zum Essen eingeladen, aber er lehnte ab. Ich glaube, es ging ihm sehr schlecht. Ja, sehr schlecht. Jetzt erinnere ich mich.«

»Sie sind sich dessen also sicher?« sagte Ron offensichtlich enttäuscht.

»Ja, ich bin mir sicher. Ava hat es mir in Erinnerung gerufen.«

Ron seufzte und stand auf. »Vielen Dank, daß Sie sich für mich Zeit genommen haben. Sie waren sehr hilfreich. Und Ihr Brot war köstlich, Mrs. St. Mercier«, sagte er höflich. Er wollte an diesem seltsamen Ort nicht den Eindruck eines häßlichen Amerikaners machen.

Ron trat aus dem kühlen, dunklen Haus in den strahlenden Sonnenschein hinaus. Winston folgte ihm. Ron ging die Treppe hinunter und zwinkerte dem kleinen Mädchen zu, das noch immer lesend auf den Stufen saß.

»Hast du ein schönes Buch? Gefällt es dir?« fragte er freundlich.

»Zeig ihm dein Buch, Sophia«, sagte ihr Vater.

Das Kind hielt ihm sein Buch hin: *Raoul und der gelbe Riesenfrosch,* von Laura Hastings. »Das war ein Weih-

nachtsgeschenk für Sophia von Mr. Turner«, sagte Winston stolz.
Rons Herz schlug schneller. »Darf ich?« fragte er und griff nach dem Buch.
»Er kennt die Autorin«, sagte das Kind schüchtern. »Das hat er mir erzählt.«
Ron sah das Kind durchdringend an. »Er sagte, daß er sie kenne? Bist du dir da ganz sicher?«
Sophia strahlte. »Ja, das hat er mir selbst erzählt, und daß sie eine sehr nette und schöne Lady sei.«
Ron sagte: »Hat er sonst noch etwas über sie erzählt?«
Das Kind wandte den Blick nicht von seinem Buch ab. Ron erkannte die Angst in Sophias Augen und gab ihr das Buch zurück. Dann sagte er: »Weißt du, ich bin nur neugierig. Ich kenne keine Autoren.«
Sophia lächelte scheu. »Er sagte, daß sie in New Jersey in den Vereinigten Staaten lebt und daß er sie bald sehen würde. Deshalb schrieb ich ihr einen Brief über Raoul, und er sollte ihn ihr geben, wenn er sie sah. Aber sie hat mir noch nicht zurückgeschrieben. Glaubst du, daß sie es tun wird?«
»O ja«, sagte Ron mit einem zufriedenen Lächeln und einem abwesenden Ausdruck in den Augen. »Ich bin sicher, daß sie das tut.«

20

Die Zeremonie fand bei Einbruch der Dämmerung in dem etwas schäbigen, aber gemütlichen Wohnzimmer eines Friedensrichters namens Gilbert Trent in Maryland statt. Ein künstliches Feuer brannte im Kamin, obwohl die Fenster offenstanden und der Abend mild war. Orgelmusik von einer Kassette spielte leise im Hintergrund, als Friedensrichter Trent seine Worte an das nervöse Paar richtete. Laura trug ein beiges Spitzenkleid, das sie in einem Secondhandshop erstanden hatte. In den Händen hielt sie ein Bukett blaßrosa Teerosen. Ian trug einen schlechtsitzenden Anzug, den er bei dem einzigen Herrenausstatter in Cape Christian gekauft hatte. Dem protestierenden Verkäufer hatte er erklärt, daß er keine Zeit habe, den Anzug ändern zu lassen. Neben Ian und Laura standen Mrs. Trent, die gerade aus ihrem Bridgeclub herbeigeeilt war, und Michael, in seinen Sonntagshosen, einem weißen Hemd und Fliege. Er zappelte neben Laura herum. Sie waren in der Mitte der Zeremonie angekommen.

»Willst du, Laura, diesen Mann, Ian, zu deinem Ehemann ...«

»Nein, nein, nein!« schrie Michael plötzlich wütend und stampfte mit den Füßen.

Laura wandte sich verwundert ihrem Sohn zu, doch da warf sich Michael schon zu Boden und hämmerte mit den Fäusten aufs Parkett. Schnell gab sie der überraschten Mrs. Trent ihr Bukett und beugte sich zu Michael hinunter.

»Liebling, hör auf. Was ist los?«

»Nein, das darfst du nicht. Das kannst du nicht.« Er fing an zu schluchzen. »Du darfst nicht heiraten.«

Laura sah hoch zu Ian, der Michael stirnrunzelnd betrachtete. Sie warnte ihn mit ihrem Blick. Zu überrascht dürfte er ja wohl nicht sein. Beide hätten sie mit einer solchen Reaktion Michaels rechnen müssen. »Liebling, wir haben das doch alles besprochen«, flüsterte sie, obwohl sie ein schlechtes Gewissen hatte, denn sie hatte ihren Sohn erst vor zwei Tagen mit der Situation konfrontiert. Da schien er die veränderte Situation gelassen hingenommen zu haben. Aber wahrscheinlich war er zu fassungslos gewesen, um zu reagieren, wie Laura sich jetzt eingestehen mußte.

»Ich will nicht, daß du heiratest!« schrie er.

Laura sah Mrs. Trent hilflos an. »Könnte ich ihn in irgendein Zimmer bringen, damit er sich beruhigt?«

»Natürlich«, entgegnete Mrs. Trent verständnisvoll.

»Ich will nach Hause!« plärrte Michael.

Laura nahm ihren Sohn wie ein Baby in die Arme. Über seine Schulter sagte sie entschlossen zu Ian: »Ich komme gleich zurück.«

»Soll ich mitkommen?« fragte er. Laura schüttelte den Kopf. Michael umklammerte seine Mutter mit Armen und Beinen und ließ den Kopf an ihre Schulter fallen. Sie folgten Mrs. Trent in ein kleines Schlafzimmer mit einer verblichenen Blümchentapete. Laura setzte Michael aufs Bett und kauerte sich neben ihn.

»Ich lege nur schnell die Blumen in den Kühlschrank«, sagte Mrs. Trent und deutete auf das Bukett. »Lassen Sie sich Zeit.«

Als Mrs. Trent die Tür hinter sich schloß, sah Laura ihren Sohn an. Seine Tränen schnitten ihr ins Herz. »Geht's wieder?« fragte sie sanft.

»Nein!«
»Ich weiß, es ist schwer für einen kleinen Jungen, das zu verstehen. Es kam alles so plötzlich.«
»Ich will nicht, daß du ihn heiratest.«
»Warum nicht, Michael?« fragte sie.
»Ich hasse ihn.«
Diese wütenden Worte ließen sie frösteln. Michaels Reaktionen auf Menschen waren immer ehrlich und unbefangen. Ian und er schienen doch so gut miteinander auszukommen. »Ich dachte, du könntest Ian gut leiden. Er will mich heiraten, weil er uns liebt und für uns sorgen will.«
»Du hast du mir gesagt, daß ich nicht mit Fremden reden soll. Und jetzt heiratest du ihn. Er ist ein Fremder.«
»Er ist kein Fremder mehr, Michael. Wir kennen ihn noch nicht sehr lange, aber manchmal kann man in sehr kurzer Zeit Menschen sehr nahekommen.«
»Er braucht nicht für uns zu sorgen. Wir können selber für uns sorgen. Komm, laß uns nach Hause gehen, Mom«, bat Michael.
Ich hätte es wissen müssen, dachte Laura. Wie hätte das denn auch klappen sollen? Ihr Kopf fing an zu schmerzen – wie immer, wenn sie unter Druck stand. Hinter der geschlossenen Tür spürte sie Ians Blick auf sich gerichtet. Und Michael klammerte sich mit tränenüberströmtem Gesicht an sie.
Laura probierte es noch einmal. »War Ian denn nicht nett zu dir?«
Michael schüttelte den Kopf. »Er ist nicht Dad.«
Laura wiegte ihn. Ach, das ist der Kern der Sache, dachte sie, seltsamerweise erleichtert. Sie küßte sein seidenes Haar. »Ich weiß, mein Liebling. Aber Dad ist im Himmel. Er kommt nie mehr zurück.«
»Ich will aber, daß er zurückkommt!« schrie Michael wütend.

»Ich weiß, daß du das willst. Aber er kann nicht zurückkommen.«

Michael löste sich aus ihrer Umarmung. »Du willst ihn gar nicht zurück haben. Es ist dir egal. Du willst nur heiraten.«

Laura schüttelte den Kopf. »Ach, Liebling, alles Wünschen auf dieser Welt bringt Daddy nicht zurück. Ich weiß, diese Hochzeit kommt dir so ... endgültig vor. Aber Daddy kann nicht zurückkommen. Hätte er es gekonnt, er hätte es getan. Aber er kann nicht. Ob ich nun heute heirate oder nicht, es ändert nichts an dieser Tatsache.«

Laura hielt Michaels Gesicht in ihren Händen und wischte ihm mit ihren Daumen die Tränen ab. »Das weißt du doch, nicht wahr?«

Michael schniefte und nickte kläglich.

»Wir sind so traurig gewesen. Vielleicht haben wir mit Ian die Chance, wieder glücklich zu sein. Das habe ich mir gedacht.«

»Ich werde nie wieder glücklich sein«, beharrte Michael.

»Das darfst du nicht sagen«, bat Laura. »Ich weiß, daß es einem manchmal so vorkommt. Das habe ich auch geglaubt, aber mit Ian ...« Sie starrte in Michaels rundes, unschuldiges Gesicht, sah seinen Kummer und seine Verwirrung, die in ihrem eigenen Herzen nachklangen, und spürte, wie sie jeder Mut verließ. »Ich war wohl nicht fair dir gegenüber. Ich hoffte, einer Menge Probleme aus dem Weg gehen zu können ... doch jetzt sehe ich, daß ... vielleicht war es ein Fehler, sich überstürzt ...«

»Es *ist* ein Fehler. Ein großer Fehler.«

Selbstmitleid überflutete sie. Sie hatte sich bereitwilligst ein neues Leben ausgemalt. Es war dumm zu glauben, dem Leid auf so einfache Weise entkommen zu können. Es war nichts als eine andere Version einer Fahrt mit dem Segelschiff – Trauer zu vermeiden, anstatt zu trauern. Sie seufzte. »Nun gut«, sagte sie. »Ich gehe jetzt und sage es Ian.«

Michael sah seine Mutter prüfend an. Ihm war nicht ganz wohl in seiner Haut. »Bist du mir böse?« fragte er.

»Nein. Ich bin dir nicht böse. Ich bin nur ... enttäuscht.«

»Warum bist du enttäuscht?«

Laura zögerte. »Ich glaube ... ich glaube, ich habe mir zu große Hoffnungen gemacht. Du weißt doch, wie das ist, wenn man sich auf etwas sehr freut, und dann findet es nicht statt. Erinnerst du dich, als wir auf den großen Jahrmarkt in Millville gehen wollten und es in Strömen regnete? Siehst du, so fühle ich mich jetzt. Nur etwas schlimmer.«

Das konnte Michael verstehen. Er erinnerte sich an den Jahrmarkt, auf den er sich so gefreut hatte, auf einen Ritt mit dem Pony, die Achterbahn und einen kandierten Apfel. Als seine Eltern sagten, sie könnten wegen des Regens nicht hingehen, war er böse auf sie gewesen. Er hatte sogar seinen Vater gegen das Bein getreten, derart wütend war er gewesen. Nun war seine Mom enttäuscht, und er war daran schuld. Er konnte nicht wissen, daß sein Ausbruch nur ihre eigenen Zweifel und Ängste spiegelte. Er war jetzt beunruhigt über seine eigene Rolle – daß er den Ereignissen eine völlig andere Wendung geben konnte. Und was war, wenn sie später auf ihn böse würde? Wenn sie immer traurig bleiben würde? »Ich habe das alles nicht so gemeint«, sagte er. »Du kannst ihn ...«

Laura schüttelte den Kopf und streichelte sein Haar. »Du bist doch ganz durcheinander, Liebling, nicht wahr?«

»Ja«, gab er zu.

»Dann warten wir wohl besser.«

Michael richtete sich auf und wischte sich die Tränen ab. »Nein, es ist schon in Ordnung.«

Leise wurde an die Tür geklopft, dann wurde sie geöffnet.

Ian stand im Türrahmen. »Wie geht es uns denn?« fragte er.

Laura ärgerte sich über sein Auftauchen. Was soll diese Eile? dachte sie. Kannst du uns keine Zeit zum Überlegen lassen? Warum haben wir keine Zeit, nachzudenken? Doch Michael grinste. »Okay«, sagte er.

Ian kam ins Zimmer und setzte sich auf die Truhe neben dem Bett. »So eine Hochzeit ist etwas Ähnliches wie Zähneziehen«, sagte er. »Wenn's erst mal vorbei ist, fühlt man sich gleich viel besser.«

Michael sah ihn ernst an. »Louis hat sich selbst einen lockeren Zahn ausgerissen, und dann hat er dafür einen Dollar bekommen, den er unter sein Kopfkissen gelegt hat.«

Ian nickte. »Dann kriegst du wohl heute abend auch einen Dollar, den du unter dein Kopfkissen legen kannst.«

Michael strahlte. »Wirklich?«

»Alles der Reihe nach«, sagte Ian. »Erst die Hochzeit. Was meinst du?«

Michael starrte auf seine Füße und überlegte. »Okay«, entschied er.

»Na, dann ist ja alles in Ordnung«, meinte Ian.

»Phantastisch«, sagte Laura. »Man braucht ihm bloß einen Dollar zu versprechen ...« Aber ihr Mißmut schwand und wich Erleichterung, als Michael wieder lächelte. Ein Lächeln, das wie ein Sonnenstrahl in der Finsternis war.

»Dann wollen wir mal«, sagte Ian und nahm Lauras Hand. Sie fühlte sich schwach und zittrig an, wie bei jemand, der nach langer Krankheit zum erstenmal wieder aufsteht. Doch Ians Hand strahlte Sicherheit aus, wie immer. Und Michael nahm ihre andere Hand. Dann zogen sie sie beide auf die Füße.

21

»Weck ihn nicht!« flüsterte Laura.

Ian hob Michael sanft vom Rücksitz hoch. »Gehen wir«, sagte er.

Gemeinsam gingen sie bis zur Verandatreppe. Ian hatte die Hochzeitsnacht in einem Luxushotel verbringen wollen, aber Laura hatte sich dagegen gesträubt; es wäre für Michael zu schwer gewesen. Außerdem hatten sie niemandem von ihren Plänen erzählt, nicht einmal Pam. Laura hatte ihren Entschluß mit keinem anderen Menschen diskutieren wollen.

Laura ging voran und steckte den Schlüssel ins Schloß. Sie hatten in einem schönen Gasthaus in Maryland zu Abend gegessen, wo sich Michael zwei Nachspeisen einverleibt hatte. Noch ehe sie ein paar Kilometer gefahren waren, war er dann auf dem Rücksitz eingeschlafen.

Laura drehte den Schlüssel im oberen Schloß und runzelte die Stirn. Sofort probierte sie das untere Schloß. Sie erschrak und sagte zu Ian: »Das obere Schloß ist nicht abgesperrt.« Sie bemühte sich, ihre Stimme nicht hysterisch klingen zu lassen.

»Vielleicht hast du vergessen abzuschließen. Bei all der Aufregung heute«, beruhigte Ian.

»Das habe ich nicht vergessen«, sagte Laura aufgebracht. »Glaubst du, ich könnte das vergessen, nach dem was hier im Haus passiert ist?«

»Es ist doch nicht weiter schlimm«, sagte er beschwichtigend. »Du bist nicht allein. Ich bin bei dir. Ich gehe zuerst ins Haus«, sagte er.

»Gib mir Michael«, bat sie.

Ian legte das schlafende Kind in die Arme seiner Mutter.

»Sei vorsichtig«, sagte sie.

Ian drückte die Tür auf und ging in die dunkle Diele. Er knipste das Licht an und rief: »Komm rein.«

Laura preßte Michael an sich. Die Wärme seines weichen Körpers beruhigte sie. Sie betrat das Haus.

Als erstes bemerkte sie den Duft.

Ein köstlicher Blumenduft erfüllte den Flur. Sie ging weiter und sah sich um. Das Wohnzimmer und das Eßzimmer waren voller Blumen – überall standen Vasen mit üppigen Buketts. Die Räume schwelgten in einer Farbsinfonie – rosa, weiß, rot, gelb, blau; Tulpen, Iris, Narzissen, Lilien.

»O Ian!« rief sie.

»Gefällt es dir?«

»Es ist wunderschön.«

»Schau mal nach oben«, sagte er. »Gib mir Michael.«

Der Junge schlief ungerührt weiter, als Ian ihn wieder trug. Laura eilte die Treppe hoch. Sie öffnete die Tür zum Gästezimmer und wunderte sich. Darin waren keine Blumen. Momentan war sie verwirrt, doch dann merkte sie, welche Absicht Ian verfolgte. Sie schaute den Flur entlang. Die Tür zu ihrem Schlafzimmer stand offen, und ein weiches Licht fiel auf den Flur. Seit jener Nacht hatte sie diesen Raum nur noch einmal betreten – um ihre Kleider zu holen. Halb neugierig, halb ängstlich ging sie den Flur hinunter. Vor der Tür war ihr vor Angst fast schwindelig. Sie stieß die Tür ganz auf.

Sie traute ihren Augen kaum. Der ganze Raum war mit weißen Blumen übersät. Überall standen Vasen und dazwischen brennende Kerzen. Auf dem Tisch stand in einem

Sektkühler eine Flasche Champagner. Das Bett war neu bezogen; die Bettwäsche hatte ein zartes blauweißes Muster. Ein weißes Seidennachthemd mit dazu passendem Morgenmantel lagen malerisch drapiert am Fußende.
Michael noch immer auf den Armen, kam Ian über den Flur. Laura drehte sich um, und er sah den Ausdruck auf ihrem Gesicht.
»Was ist los?« fragte er.
Sie wußte, daß er ihr eine Freude hatte machen wollen. Trotzdem konnte sie ihre Bestürzung nicht verbergen. Das war unmöglich. »Dies war unser Schlafzimmer. Das Zimmer, wo Jimmy ...«
»O mein Gott!« sagte Ian. »Ich habe ihm nur gesagt, er solle das große Schlafzimmer dekorieren. Natürlich schläfst du dort nicht mehr. Entschuldige ...«
Ohne ein Wort nahm Laura Michael aus seinen Armen, trug ihn in sein Schlafzimmer und zog ihm seinen Pyjama an. Sie legte ihn in sein Bett, küßte ihn und schloß die Tür.
Ian stand noch immer da und starrte in das Schlafzimmer. Sie ging zu ihm, warf aber keinen Blick mehr in den Raum. »Wie hast du das gemacht?« fragte sie.
Er rührte sich nicht. Seine Stimme war ausdruckslos. »Mit Scotts Hilfe, vom Blumenladen. Es war eine ganze Menge Arbeit.«
Laura zuckte innerlich zusammen. Scott war geschwätzig. Es würde nicht lange dauern, bis die ganze Stadt wußte, daß sie sich in dem Bett, in dem ihr Mann erschossen worden war, ehelichen Freuden hingab. »Ian«, flüsterte sie und legte ihm sanft ihre Hand auf die Schulter. »Es ist so schön. Wirklich. Aber du mußt mich verstehen. Ich kann nicht ... ich kann es einfach nicht ...«
»Das weiß ich«, sagte er. Er ging ins Zimmer und blies jede einzelne Kerze aus. Dann kam er zurück.

»Entschuldige«, sagte sie.
»Schon gut«, sagte er, aber sie konnte seine Enttäuschung spüren. »Es war ein Mißverständnis. Ich wollte dich nur überraschen.«
»Das weiß ich.« Sie sah ihn nicht an, weil sie den Ausdruck in seinen Augen nicht sehen wollte. »Wir könnten das alles ins Gästezimmer bringen«, schlug sie vor, aber er warf ihr nur einen tadelnden Blick zu. Da wußte sie: Seine Überraschung war mißglückt. Es gab nichts zu retten.
Doch seltsamerweise fühlte sie sich inmitten der Ruinen seiner Pläne plötzlich viel wohler und zum erstenmal an diesem Tag selbstsicher. Schweigend nahm sie seine Hand und führte ihn den Flur entlang bis zum Ende, wo eine kleine Stufe in eine winzige Kammer führte, die gerade groß genug für ein schmales Bett und eine Kommode war.
»Hier drin hat noch nie jemand geschlafen«, sagte sie.
Er schaute in die Kammer, sah das winzige Fenster, das auf den Garten hinausging, und sagte: »Das sieht ja wie eine Zelle aus.«
Sie drehte sich zu ihm um und legte ihm die Arme um den Hals. »Ich brauche diese ganzen Äußerlichkeiten nicht«, sagte sie. »Ich brauche nur dich.«
»Ich wollte alles perfekt für dich haben«, sagte er.
»Es ist perfekt.«
Ian sah Laura in die Augen. »Ja, das wird es sein«, sagte er heiser.
Sie erschauderte unter der Intensität seines Blicks. Sie wußte, was er meinte. Sie konnte nur noch nicken, als er sie auf das schmale Bett zog.

Stunden später fuhr Laura mit der Hand zärtlich über den Arm ihres schlafenden Mannes, dann streckte sie den linken Arm aus und winkelte die Hand ab, um ihren Ehering im sanften Licht des Mondes zu bewundern. Sie schaute sich in der winzigen Kammer um. Die Schlichtheit fand sie gerade jetzt völlig angemessen. Einfache Leidenschaft. Kein Drum und Dran. Sie waren in dem schmalen Bett ineinander verschlungen, wie es bei Liebenden sein sollte. Im Schlaf griff Ian nach ihr, und sie fuhr mit den Fingerspitzen über die Konturen seines Gesichts. Er hatte sie wie ein Besessener geliebt. Und sie hatte vergessen können und sich in ihm verloren, doch als sie jetzt, noch ganz voller Freude, den Schlafenden betrachtete, in dessen Armen sie lag, erwachten Schuldgefühle in ihr. O Jimmy, ich habe dich betrogen, dachte sie. Dann zwang sie sich, solche Gedanken zu verbannen. Jimmy war tot. Es spielte keine Rolle, ob er erst fünf Monate oder schon fünf Jahre tot war. Er würde immer bei ihr sein. Doch jetzt begann sie ein neues Leben, ein anderes Leben. Und alles in allem hatte dieses Leben trotz ein paar Mißgeschicken – wie Michaels Benehmen während der Trauung – gut angefangen. Dann fiel ihr der Dollar ein. Ein Dollar unter seinem Kopfkissen. Das gehörte zu den Dingen, die Erwachsene ohne nachzudenken versprechen, die Kinder aber nie vergessen. Ich hole besser eine Münze, dachte sie, und lege sie ihm unter sein Kopfkissen. Sonst macht er morgen Theater.

Sanft löste sie sich aus Ians Umarmung und glitt aus dem Bett. Sie ging leise ins Bad und zog ihren Morgenmantel an. Ihr Portemonnaie hatte sie unten gelassen, doch sie wußte, wo sie Kleingeld finden würde: in Jimmys Sockenschublade. Da pflegte er stets etwas Bargeld für Notfälle aufzubewahren. Es mußte noch immer dort liegen.

Sie ging über den Flur zu ihrem Schlafzimmer und warf einen Blick hinein. Das Zimmer sah ganz anders aus, stellte sie fest. Scott hatte ein Wunder vollbracht. Trotzdem war ihr nicht wohl, als sie zur Kommode ging und die Schublade aufzog. Da lag die alte Wollsocke, die er als Versteck benutzt hatte. Laura nahm einen Dollar heraus, steckte ihn in die Tasche ihres Morgenmantels und schob die Schublade leise wieder zu. Während sie das tat, ließ sie den Blick über die Kommode schweifen. Darauf stand eine Vase mit herrlichen weißen Rosen und daneben Jimmys ledernes Schmuckkästchen und eine Dose mit Pfeifentabak. Aber etwas fehlte, was dort sonst immer stand: ihr Hochzeitsfoto. Es war kein offizielles Bild, sondern ein Schnappschuß, den ein Freund an ihrem Hochzeitstag aufgenommen hatte. Doch das Foto war so gelungen, daß sie einen silbernen Rahmen dafür gekauft und es Jimmy geschenkt hatte. Immer hatte es dort gestanden. Vielleicht hat Scott es wegen der Blumenarrangements woanders hingestellt, dachte Laura. Sie sah sich im Zimmer um, konnte es aber nicht entdecken. Vielleicht hatte es jemand in eine Schublade gelegt, überlegte sie weiter. Sie öffnete die oberste Schublade, aber das Foto war nicht da. Stirnrunzelnd schloß sie die Schublade wieder. Schließlich konnte sie um diese Zeit nicht alles durchsuchen, sagte sie sich. Sie würde morgen danach suchen. Es ärgerte sie, daß das Bild nicht da war.

Es war ein langer Tag, ermahnte sie sich. Leg den Dollar unter Michaels Kopfkissen und geh wieder ins Bett. Du wirst das Bild am Morgen schon finden.

Sie ging aus dem Zimmer und den Flur hinunter. Michaels Tür stand offen. Sie ging hinein, kauerte sich neben sein Bett, schob den Dollar unter sein Kopfkissen und küßte ihn zärtlich. Als sie sich wieder aufrichtete, schaute sie auf seinen Nachttisch. Wie gewöhnlich standen neben der Lampe ein paar Action-Figuren, aber das kleine Foto seines Vaters, das seit Januar dort stand, fehlte.

Laura war, als würde etwas Kaltes ihr Herz umfassen. Das war kein Zufall. Sie ging aus Michaels Zimmer, schloß leise die Tür und ging die Treppe hinunter. Es gab nur ein paar Stellen, wo sie nachschauen mußte, aber sie ahnte bereits, was sie erwartete. Sie ging ins Wohnzimmer und sah sofort, daß der viktorianische Bilderrahmen auf dem Kaminsims fehlte. Sie warf einen Blick auf ihren Schreibtisch. Auch der herzförmige Rahmen neben der Lampe fehlte. Sie ging in die Küche. Dort mußte sie nicht lange suchen. Fassungslos starrte sie die Kühlschranktür an. Auch der mit einem Magneten versehene Plastikrahmen, in dem ein Foto von ihnen dreien in einer Hängematte gesteckt hatte, war verschwunden.

Wie kannst du es wagen! dachte Laura. Wie kannst du es wagen! Wo hast du die Bilder hingetan?

Sie durchsuchte die Küchenschubladen; der Lärm, den sie dabei machte, irritierte sie. Dann suchte sie in den Schränken. Plötzlich fiel ihr Blick auf die Einkaufstüten in der Speisekammer. Sie bewahrte die Türen dort auf und steckte die Zeitungen für die Wiederverwertung dort hinein. Neben den Tüten stand ein Eimer für Glas, Aluminium und Plastik. Sie ging in die Speisekammer und hob den Deckel des Eimers hoch.

Da lagen sie. Zwischen leeren Weinflaschen, Plastikbehältern und Saucenflaschen. Ihre Fotos von Jimmy. Jimmy, der sie aus dem Abfall anlächelte. Ihr Herz schlug schneller vor Zorn. Vorsichtig nahm sie die Fotos und legte sie auf den Küchentisch. Unter der Spüle holte sie eine Flasche Säuberungsspray und einen weichen Lappen hervor und reinigte die Bilder liebevoll. Dann legte sie sie nebeneinander auf den Tisch.

Plötzlich kribbelte es in ihrem Nacken; sie spürte jemanden hinter sich. Sie drehte sich schnell um und sah die Umrisse einer Gestalt im Türrahmen stehen.

»Was machst du da?« fragte Ian. Seine Stimme klang kalt.

Barfuß trat er in die Küche; er hatte nur seine Pyjamahose an.

Sie drehte ihm den Rücken zu und fuhr mit dem Tuch über die Bilder. »Was glaubst du wohl, was ich da mache?« sagte sie schneidend.

»Es sieht so aus, als würdest du putzen. Ist es nicht etwas früh am Morgen dafür?« sagte er.

Sie wischte den magnetisierten Rahmen ab und befestigte ihn wieder am Kühlschrank. Dann drehte sie sich zu ihm um. »Wie konntest du es wagen?« sagte sie leise. »Wie konntest du so etwas tun?«

»Wovon sprichst du?« fragte er. »Was habe ich denn getan?«

»Du hast die Fotos von Jimmy weggeworfen. Du hast Dinge, die mir gehören, Dinge, an denen ich hänge, einfach weggeworfen. Welches Recht hattest du, das zu tun?«

»Du kannst mir das nicht vorwerfen«, sagte er. »Ich weiß nicht, wovon du sprichst.«

Laura sah Ian mit vor Zorn sprühenden Augen an. »Ich habe alle meine gerahmten Fotos von Jimmy im Müll gefunden. Und du willst mir einreden, daß du nichts damit zu tun hast?«

Ian rieb sich die Augen und schüttelte dann den Kopf. »Nein. Warum machst du mich dafür verantwortlich? Scott muß das getan haben, als er das Haus mit Blumen schmückte.«

Stirnrunzelnd dachte Laura über Scott nach: ein angenehmer, exzentrischer Mann mit einem Ohrring, den sie kaum kannte. »Scott? Ich kann mir nicht vorstellen, daß er das getan hat – das heißt, Dinge, die mir gehören, in den Müll zu werfen. Warum sollte er?«

»Ich weiß nicht, warum er die übrigen Fotos weggeräumt hat. Vielleicht war es nicht böse gemeint. Vielleicht dachte er, daß du nicht erinnert werden willst . . .«

»Die übrigen Fotos?« wiederholte sie langsam.
Ian trat verlegen von einem Fuß auf den anderen. »Vielleicht bin ich ja irgendwie dafür verantwortlich ...«
Laura starrte ihn an. »Was soll das heißen?« fragte sie unbewegt.
»Laura, ich bat ihn nur ... sollten Fotos im Schlafzimmer sein ... du weißt schon ... von Jimmy ... sie wegzulegen ...«
»Wie kannst du es wagen?« keuchte sie.
»Schau mal, ich wollte dich nicht zum erstenmal nach unserer Hochzeit unter dem aufmerksamen Blick deines verstorbenen Mannes in den Armen halten. Ich dachte, daß dir das auch peinlich sein könnte.«
»Also sagtest du ihm, er solle die Bilder entfernen.«
»Ich habe gedacht, er legt sie in eine Schublade oder so was. Er muß mich mißverstanden haben.«
Laura drehte ihm den Rücken zu und starrte auf das Foto am Kühlschrank. »Wir werden nicht alle Spuren von Jimmy aus unserem Leben löschen. Ganz gleich, was du willst. Ganz gleich, was die anderen wollen. So geht das nicht.«
»Niemand versucht, ihn auszulöschen. Aber jetzt bin ich dein Mann.« Er hielt ihr die linke Hand vors Gesicht und deutete auf seinen Ehering.
»Ich weiß«, blaffte sie. »Deshalb brauchst du es noch lange nicht wie eine Drohung klingen zu lassen.«
Ian setzte sich müde an den Tisch. »Schau mal, ich wollte dich bei unserer Rückkehr doch nur mit einem schön geschmückten Haus überraschen. Du hast darauf bestanden, in dieses Haus zurückzukehren. Also dachte ich, gut. Wenn es so sein soll, mache ich daraus ein Märchen – die schönste Heimkehr, die eine Braut jemals gehabt hat. Aber alles, was ich anfasse, scheint in die Brüche zu gehen. Ich wollte dich doch nur glücklich machen.« Er sah völlig

niedergeschlagen aus, wie ein Kind, dessen Geschenk in den Schmutz geworfen wird.
Sofort fühlte sie sich schuldig. Er hatte recht. Alles was er unternommen hatte, war schiefgegangen. Und dann mußte sie an ihre Liebesnacht denken. »Nein, nicht alles ist schiefgegangen«, sagte sie. Er sah sie mißtrauisch an.
Du bist es ja gar nicht, dachte sie. Ich werde böse auf dich, dabei geht es doch eigentlich um die Fotos. Die Leute hier sind daran schuld, sie haben mir eine deutliche Botschaft geschickt. Daß ich in ihren Augen Jimmys Andenken beschmutzt habe. Weil ich so früh wieder geheiratet habe. Ein Schauder lief ihr über den Rücken. »Ich kann es kaum erwarten, von hier fortzukommen«, flüsterte sie. »Ich glaube, ich werde erst wieder glücklich, wenn wir woanders sind.«
»Auch ich kann es kaum noch erwarten«, sagte er.

22

Als Gary vor einer Reihe von Geschäften den Van abbremste und blinkte, weil er abbiegen wollte, sah Wanda Jurik zum Fenster hinaus. »Warum hältst du hier?« wollte sie wissen.

»Ich habe etwas im Blumengeschäft zu erledigen«, antwortete er.

»Ich dachte, du hättest es eilig, ins Moor zum Malen zu kommen«, entgegnete sie.

»Es dauert nicht lange«, sagte er.

Wanda verzog mißbilligend den Mund, als Gary den Van vor Scott's Blumengeschäft parkte. Sie stieg aus, umrundete den Van, um ihm beim Aussteigen zu helfen, aber Gary hatte den Rollstuhl schon auf den Bürgersteig gehievt und setzte sich hinein. »Du mußt nicht mitkommen«, sagte er.

Wanda warf ihm einen Blick zu und stieg wieder ein. »Na gut. Dann warte ich eben.«

Gary rollte in das Blumengeschäft, wobei er sorgfältig darauf achtete, keine der Topfpflanzen, die neben der Tür standen, umzustoßen. Scott DeWitt trug ein Cape-Christian-Sweatshirt mit einem Seidensiebdruck von einem von Garys Bildern. Er blickte von dem Tafelaufsatz hoch, den er arrangierte.

»Hallo, Gary«, sagte er freundlich.

»Hi, Scott«, antwortete Gary und sah sich im Geschäft um.

»Was kann ich heute für Sie tun?«

Gary betrachtete die Vasen mit Schnittblumen. Dann sagte er beiläufig: »Ich möchte nur ... jemandem einen Blumenstrauß schicken ... Laura Reed.«
Scott senkte den Blick und beschäftigte sich ostentativ mit dem Tafelaufsatz, ehe er zögernd sagte: »Gary ...«
»Was ist?«
Scott suchte nach passenden Worten, da er merkte, daß Gary nicht wußte, was geschehen war. »Hören Sie, Gary, ich möchte wirklich nicht aus der Schule plaudern, aber ...«
Gary sah ihn verdutzt an. »Na, was ist denn?«
»Wissen Sie nichts von der Hochzeit?«
»Was für eine Hochzeit?«
Der Ausdruck auf Garys Gesicht erinnerte Scott an ein junges Eichhörnchen, das aus dem Nest gefallen war. So verwundert, so hilflos sah er aus. Bring's schnell hinter dich, dachte Scott. »Gary, wissen Sie denn nicht, daß Laura gestern wieder geheiratet hat?«
Gary starrte den Blumenhändler an, als hätte der sich plötzlich als außerirdisches Wesen zu erkennen gegeben. »Ich möchte Laura Reed einen Blumenstrauß schicken«, wiederholte er langsam.
Scott erwiderte den Blick und sagte betont: »Laura Reed hat gestern einen Mann namens Ian Turner geheiratet.«
»Das ist eine Lüge«, sagte Gary.
Scott schüttelte den Kopf. »Nein, das ist es nicht, mein Freund.«
»Na ja, dann ... haben Sie etwas mißverstanden«, stammelte Gary.
»Mr. Turner hat mich beauftragt, dreißig Blumengestecke in Laura Reeds Haus zu bringen. Die beiden sind nach Maryland gefahren, um dort zu heiraten. Ich bin um halb neun hingefahren, habe das Haus geschmückt, zwei Dutzend Kerzen angezündet und Champagner kalt gestellt.«

In diesem Moment kam eine Frau mittleren Alters durch die Hintertür ins Geschäft.

»Sie können Charlotte fragen, wenn Sie mir nicht glauben«, sagte Scott. »Sie hat mir dabei geholfen. Wir haben das ganze Haus geschmückt. Charlotte, hat Laura Reed gestern geheiratet oder nicht?«

Charlotte Halley rümpfte die Nase. Sie arbeitete stundenweise für Scott und die restliche Zeit als freiwillige Helferin für die katholische Kirche. »Bei Gott, das ist die Wahrheit«, sagte sie. »Der Mann ist kaum unter der Erde ...«

Gary schüttelte den Kopf, als wollte er die Worte abwehren. Zu Scott sagte er: »Haben Sie mit Laura darüber gesprochen?«

Scott antwortete schulterzuckend: »Nein. Er wollte sie überraschen.«

»Woher wollen Sie wissen, daß dieser Kerl nicht irgendein Verrückter ist? Wie sind Sie überhaupt ins Haus gekommen?«

»Mit dem Schlüssel, natürlich. Er hatte einen Hausschlüssel. Gary, das ist kein Irrtum. Charlotte hat von Fanny Clark aus dem Geschäft unten am Hafen erfahren, daß sich Laura schon eine Weile mit diesem Kerl trifft.«

Gary umklammerte die Armstützen seines Rollstuhls und preßte die Zähne zusammen. Dann wendete er den Rollstuhl abrupt und fuhr zur Tür hinaus.

Scott verzog beim Anblick dieser Seelenqual das Gesicht und rief ihm nach: »Soll ich den Dauerauftrag für den Blumenstrauß streichen?« Gary sah sich weder um, noch gab er ihm eine Antwort.

Als er sich wieder in den Van gehievt hatte, sah Wanda ihn an und rief entgeistert aus: »Was ist denn mit dir los? Du siehst schrecklich aus. Du bist ja ganz grau im Gesicht.«

»Ich muß wohin fahren«, sagte er. »Ich setze dich zu Hause ab.«
»Schatz, was ist denn los?« fragte Wanda sanft. »Du machst mir angst.«
»Ich habe gerade etwas erfahren … von Scott.«
»Was denn?«
»Er behauptet, daß Laura wieder geheiratet hat.« Gary spuckte die Worte förmlich aus.
»Na, gut für sie«, sagte Wanda. »Jetzt kannst du endlich aufhören, ihr nachzustellen.«
Garys Wangen röteten sich fleckig, als er seine Mutter ansah und sagte: »Ich glaube einfach nicht, daß Laura so etwas tun würde. Jimmy ist doch erst ein paar Monate tot. Es wäre zu früh für sie, wieder mit einem Mann auszugehen. Geschweige denn wieder zu heiraten.«
»Ich glaube, du hast den Zug verpaßt, Schatz«, sagte Wanda bissig.
Gary hob unwillkürlich die Faust.
»Wage nicht, die Hand gegen mich zu erheben, Gary Jurik«, warnte ihn Wanda. »Ich habe alles für dich geopfert. Ich wäre dir dankbar, wenn du das nicht vergessen würdest. Diese Frau hätte dich sowieso nicht genommen. Nicht in dem Zustand, in dem du bist.«
Gary starrte blicklos durch die Windschutzscheibe. »Ich setze dich zu Hause ab«, wiederholte er.
»Lauf doch dieser Frau nicht hinterher. Wo bleibt dein Stolz?«
Gary reagierte nicht, sondern ließ den Motor an und fuhr los.

Bei schönem Wetter waren die Türen der Cafeteria der Grundschule in Cape Christian geöffnet, so daß die Kinder die Mittagspause draußen verbringen und ihre Sandwiches auf den Grashängen neben dem Basketballfeld essen konnten. Dabei wurden sie ständig von einem Lehrer beaufsichtigt.

Michael saß allein unter einem blühenden Hartriegelstrauch und behielt die geöffneten Türen im Auge. Er hoffte, Louis herauskommen zu sehen. Er hoffte, der Rothaarige würde nicht auftauchen. Ein Mädchen aus seiner Klasse, Sara, blieb kurz bei ihm stehen und wollte einen Apfel gegen seine Plätzchen tauschen. Aber er wollte seine Plätzchen selbst essen, und sie ging weiter.

Während er in sein Sandwich biß, schweifte sein Blick ständig über die Grashänge, damit sich ihm niemand ungesehen nähern konnte. Plötzlich entdeckte er neben dem Springbrunnen Miss Rogers, die die Kinder beaufsichtigte und jetzt mit zwei älteren Leuten sprach. Er erkannte die beiden sofort.

»Poppy, Grandma!« schrie er, ließ sein Lunchpaket liegen und rannte los.

»Wir sind gerade aus Florida zurückgekommen«, erklärte Dolores der Lehrerin. »Als wir an der Schule vorbeikamen, sahen wir die Kinder im Freien und wollten nur schnell unseren Enkel begrüßen.« Da hörte sie Michael rufen, sah ihn herbeilaufen, und ihr Gesicht strahlte vor Freude.

»Nur zu«, sagte Miss Rogers nachsichtig. »Ich glaube, er freut sich, Sie zu sehen.«

Sidney war schon in die Hocke gegangen und fing Michael auf. Dann nahm Dolores ihn in die Arme und drückte ihn fest an sich. »Du hast uns so gefehlt«, sagte sie.

»Ihr mir auch«, sagte Michael aufrichtig.

»Kommt, wir setzen uns unter den Baum da drüben«, sagte Sidney und deutete zu einer Platane. Die drei setzten sich, Michael in der Mitte, auf die Bank.

»Hast du deinen Lunch gegessen?« fragte Dolores streng.

»Ja, ich habe alles aufgegessen«, sagte Michael.
»Ich habe dir etwas mitgebracht. Poppy und ich waren einkaufen.« Dolores griff in ihre große Segeltuchtasche und holte einen Hai aus Gummi heraus.
»Cool!« rief Michael begeistert.
»Und das da«, sagte Dolores und reichte ihm eine Tüte voll exotisch aussehender Muscheln und dazu ein Buch über Muscheln. Sidney genoß sichtlich die Freude des Jungen.
»Danke«, sagte Michael.
»Und ...« Sie zog ein neongrünes T-Shirt heraus, das mit einer surfenden Ente mit Sonnenbrille bedruckt war und dem Logo *I caught the wave at Cocoa Beach.*
»Darf ich das gleich anziehen?« fragte Michael.
»Nein, nicht jetzt«, sagte Dolores.
»Warum denn nicht?« sagte Sidney. »Laß ihn doch. Komm, zieh dein Hemd aus.«
Michael wechselte begeistert die Hemden und lehnte sich dann strahlend in seiner neongrünen Pracht zurück. In einer Hand hielt er ein Stück Früchtekuchen, das Dolores ebenfalls aus ihrer Wundertasche geholt hatte.
»So, nun erzähl mal, was du alles angestellt hast. Was macht die Schule?« fragte Sidney.
Michaels Lächeln erlosch, aber er sagte tapfer: »Sie ist okay.«
»Für dieses Jahr hast du es ja fast geschafft«, meinte Sidney.
»Ja«, antwortete Michael. »Darf ich am Wochenende zu euch kommen?«
»Klar. Sonst holen wir dich«, sagte Dolores. »Jetzt packe ich deine Geschenke wieder in die Tasche, und du bekommst sie am Wochenende.«
»Darf ich sie nicht behalten?«
»Ich hebe die Sachen doch nur für dich auf. Du kannst sie

nicht mit ins Klassenzimmer nehmen«, sagte Dolores vernünftig.
»Na gut«, stimmte er zu. Als die Lehrerin mit lauter Stimme verkündete, die Pause sei vorbei, machten sich die anderen Kinder auf den Weg zum Schulgebäude.
»Wie geht's deiner Mutter?« fragte Sidney.
Michael sah seinen Großvater ernst an. »Sie hat geheiratet.«
Sidney sah Dolores an. Dolores starrte ihn an.
Sidney zerzauste Michaels Haar. »Du willst uns auf den Arm nehmen, wie?«
»Nein. Aber ich hätte es euch wohl nicht erzählen dürfen«, gab er zu.
»Michael!« rief Miss Rogers. »Zurück in die Klasse. Beeil dich!«
Dolores umfaßte Michaels Schultern und sah ihm in die Augen. »Das mit der Heirat deiner Mutter war doch wohl ein Witz, oder?«
»Nein. Sie hat Ian geheiratet. Wir waren in Maryland. Dann aßen wir in einem Restaurant zu Abend, und ich habe zwei Nachspeisen verdrückt. Sagt Mom bitte nicht, daß ich es euch erzählt habe. Jetzt muß ich gehen.«
Dolores ließ ihren Enkel los. Als er zum Schulgebäude lief, drehte er sich noch einmal um und rief: »Danke für den Hai.«
Sidney sah seine Frau, die wie erstarrt dasaß, besorgt an. »Michael hat da sicher etwas mißverstanden«, sagte er. »Liebes, geht es dir nicht gut?«
Dolores wandte ihrem Mann das unter der Floridabräune blaßgewordene Gesicht zu und sah ihn mit weit aufgerissenen Augen an. Dann tastete sie nach Sidneys Arm. Sie suchte seine Stärke und stieß dabei die Segeltuchtasche von der Bank. Der Hai aus Gummi landete mit gefletschten Zähnen zu ihren Füßen.

23

Ich gebe es zwar nicht gern zu«, sagte Laura zu Ian, »aber ich war froh, daß er nicht da war. Wahrscheinlich hätte er mir wie einem Schulmädchen eine Standpauke gehalten.« Die beiden waren in Richards Kanzlei gegangen, um ihm mitzuteilen, daß sie geheiratet hatten und planten, Cape Christian zu verlassen. Richard sollte ihre finanziellen Angelegenheiten regeln und Lauras Geld auf ein gemeinsames Konto überweisen. Richard war im Gericht, doch seine Sekretärin, Adelaide Murphy, hatte ihre Verblüffung nur mühsam verbergen können und sich angelegentlich mit den Papieren auf ihrem Schreibtisch beschäftigt. Sie hatte es nicht einmal gewagt, Laura in die Augen zu sehen.

Ian nickte. »In den nächsten Tagen und Wochen wird es hart werden, aber dann sind wir weg von hier, und es spielt keine Rolle mehr, was die Leute sagen.« Als sie in die Chestnut Street einbogen, sah Laura Garys Van vor ihrem Haus und verzog das Gesicht.

»Wem gehört das Auto?« fragte Ian.

Laura seufzte. »Gary.«

»Wer ist Gary?«

»Er ist … ein Freund. Er und Jimmy hatten auch viel geschäftlich miteinander zu tun.«

»Na, dann wollen wir ihm doch die gute Nachricht überbringen«, sagte Ian fröhlich.

»Er wird das nicht für eine gute Nachricht halten«, versi-

cherte ihm Laura. »Er wartet bestimmt hinter dem Haus«, fügte sie hinzu, als sie sah, daß niemand im Van saß. »Dort, wo die Rampe ist.«
»Ja, die ist mir schon aufgefallen.«
»Jimmy hat sie für Gary bauen lassen. Er wurde vor langer Zeit, als die beiden noch die High-School besuchten, bei einem Autounfall schwer verletzt. Der Van ist eine Spezialanfertigung, damit er überhaupt fahren kann.«
Als Laura und Ian aus dem Auto stiegen, hörte sie jemanden ihren Namen rufen. Sie drehte sich um und sah Detective Leonard aus seinem Auto aussteigen, das er gerade auf der gegenüberliegenden Straßenseite geparkt hatte.
»O Gott!« murmelte Laura. »Ich komme mir vor wie in einem Goldfischglas.«
»Wer ist das?« fragte Ian, als der Detective die Straße überquerte und zu ihnen kam.
»Detective Leonard«, sagte Laura mit übertriebener Höflichkeit. »Darf ich Ihnen meinen Mann, Ian Turner, vorstellen.«
Der Detective wurde blaß. »Sie haben ihn geheiratet?« fragte er.
»Es ist mir ein Vergnügen, Ihre Bekanntschaft zu machen«, sagte Ian pointiert.
»Eigentlich bin ich gekommen, um mit Ihnen zu sprechen«, sagte Ron zu Ian.
»Sie haben keinen guten Zeitpunkt gewählt, Detective. Wir haben Besuch«, sagte Laura und deutete auf Garys Van.
»Zweifelsohne ein Gratulant«, sagte Ron und umfaßte mit einer Hand die andere, die er unwillkürlich zur Faust geballt hatte. »Gehen Sie ruhig und kümmern Sie sich um Ihren Gast. Ich möchte mit Ihrem ... Mann sprechen.«

Laura warf Ian einen ängstlichen Blick zu, aber er nickte beruhigend. »Geh nur. Ich komme gleich nach.«
»Warum lassen Sie uns nicht in Ruhe?« sagte Laura, doch Ron ignorierte ihre Bemerkung. Er starrte Ian eindringlich an, der den Blick trotzig erwiderte. Laura ließ die beiden auf dem Bürgersteig stehen und machte sich auf die Suche nach Gary.
»So«, stellte Ron Leonard fest, »Sie sind also ein frischgebackener Ehemann.«
Ian ging darauf nicht ein. »Was wollen Sie von mir?«
»Können wir nicht ins Haus gehen und uns dort unterhalten?« fragte Ron.
»Ich wüßte nicht, warum«, sagte Ian. »Sie können mich nicht einschüchtern, Sir. Meine Frau haben Sie so schikaniert, daß Sie Angst vor Ihnen hat. Ich bin aus anderem Holz geschnitzt.«
Rons Oberkörper weitete sich, als wollte er Ian Feuer ins Gesicht blasen. »Ich war in letzter Zeit sehr beschäftigt und bin viel gereist. Ich habe Ermittlungen über Sie angestellt. Gestern abend bin ich von Barbados zurückgekommen.«
Ian zeigte keine Reaktion.
»Dort habe ich mit einem Mann namens Winston St. Mercier gesprochen. Sagt Ihnen der Name etwas?«
»Natürlich«, sagte Ian ungeduldig. »Er ist ein Freund von mir.«
»Seine kleine Tochter hat mir ein Buch gezeigt, das Sie ihr geschenkt haben. Ein Buch, das von . . . Ihrer Frau geschrieben worden ist.«
Ians selbstsicherer Gesichtsausdruck verrutschte ein bißchen, doch er hatte sich gleich wieder in der Gewalt. »Ja, ich habe Sophia das Buch geschenkt. Na und?«
»Sie haben ihr das Buch kurz vor dem Tod von Mr. James Reed junior geschenkt. Zu einem Zeitpunkt, als sie und

Mrs. Reed sich angeblich seit Ihrer Kindheit weder gesehen noch gesprochen hatten ...«
»Das stimmt«, sagte Ian.
»Aber Sophia haben Sie erzählt, daß Sie Laura Hastings kennen. Daß sie eine wunderschöne Frau sei und daß Sie auf dem Weg seien, diese Laura Hastings in ... wie sagte Sophia doch gleich? ..., ach ja, New Jersey in den Vereinigten Staaten zu besuchen.«
Ian schüttelte den Kopf, als wäre diese Behauptung irgendwie unzulänglich. »Detective, mein Sohn war ein großer Fan von Lauras Büchern. Mir kam es wohl so vor, als würde ich sie kennen. Ich meine, haben Sie je einen Roman von Stephen King gelesen? Hatten Sie da nicht manchmal den Eindruck, den Autor zu kennen, obwohl Sie ihm nie begegnet sind?«
»Woher *wußten* Sie, daß diese Autorin in New Jersey lebt?«
Ian zuckte ungeduldig mit den Schultern. »Wahrscheinlich habe ich das auf dem Schutzumschlag gelesen. Ich weiß es nicht. Ich habe eine Geschichte erfunden, um einem Kind eine Freude zu machen. Ist das ein Verbrechen?«
»Als Sie jedoch Mrs. Reed im Yachthafen begegneten, zeigten Sie sich Mrs. Clark gegenüber völlig überrascht, daß Laura Reed Autorin ist und mit dem Mädchen identisch, das sie früher einmal gekannt haben. Sie waren platt, wie Mrs. Clark es ausdrückte«, sagte Ron sarkastisch.
»Ich hatte zu dem Zeitpunkt noch nicht zwei und zwei zusammengezählt, Detective. Der Name ist nicht ungewöhnlich. Vielleicht habe ich ihr Foto gesehen, aber den Zusammenhang nicht erkannt. Wir sprechen von einem Mädchen, das ich fünfundzwanzig Jahre lang nicht gesehen hatte. Erst als ich Laura auf dem Pier, sozusagen in Fleisch und Blut, vor mir sah, hatte ich eine vage Vermutung. Mir ist gewissermaßen ein Licht aufgegangen. Vorher

kam mir dieser Gedanke einfach nicht, okay. Ich bin nicht wie Sie. Ich ziehe keine vorschnellen Schlüsse.«
»Ich sage Ihnen, was Sie sind«, sagte Ron Leonard. »Sie sind ein Lügner, und das werde ich beweisen.«
»Wenn Sie mit Winston St. Mercier gesprochen haben und wenn Sie sich die Mühe gemacht haben, ihn nach meinem Aufenthaltsort zur fraglichen Zeit zu befragen, dann hat er Ihnen wohl gesagt, daß ich auf Barbados war, als James Reed junior ermordet wurde. Darum geht es doch, nicht wahr? Um den Mord an James Reed?«
Ron antwortete nicht. Er musterte Ian mit bösem Blick.
»Lassen Sie uns jetzt endlich in Ruhe«, sagte Ian kalt. »Wir wollen unser Leben leben. Der Mord am ersten Ehemann meiner Frau war eine Tragödie. Aber ich habe damit nichts zu tun.«

Als Laura an dem Fliederbusch vorbei zur Rückseite des Hauses ging, sah sie Gary auf der Veranda. Beim Geräusch ihrer Schritte drehte er sich um.
»Laura!« rief er.
»Hallo, Gary.« Sie zwang sich zu einem Lächeln. »Was bringt dich hierher?« fragte sie, aber ihre Stimme klang flach. Sein Gesichtsausdruck verriet ihr alles.
»Ich habe eben etwas Unglaubliches erfahren.«
Laura stieg zur Veranda hoch und setzte sich ihm gegenüber auf die Schaukel. »Du hast erfahren, daß ich wieder geheiratet habe«, sagte sie.
Er starrte sie nur an.
»Wer hat es dir erzählt?«
»Ich war im Blumengeschäft. Scott ...«
Laura verdrehte die Augen. »Ach ja. Scott.«
»Ich war beunruhigt, weil er mir so seltsame Geschichten von einem Kerl erzählte, der ihm den Auftrag gegeben

habe, dein Haus zu schmücken und überall Kerzen anzuzünden und ...«

Laura hob eine Hand, um seinen Monolog zu unterbrechen. »Gary, es ist wahr«, sagte sie.

Gary starrte sie einen Augenblick an und sagte dann langsam: »Ich hielt es für einen Irrtum.«

Laura schüttelte den Kopf. »Nein. Es ist kein Irrtum. Scott hat recht.«

»Aber du hast nicht ... Du bist nicht ... ausgegangen ...«

»Alles ist sehr schnell passiert«, sagte Laura. »Ich habe ihn erst vor kurzem kennengelernt. Ich wollte es dir sagen, aber ... ehrlich, ich wußte selbst nicht, daß es zwischen uns so schnell ernst werden würde. Er heißt Ian«, fügte sie verlegen hinzu.

Gary sagte kopfschüttelnd: »Aber das ist unmöglich. Wie konntest du das tun? Ausgerechnet du, Laura.«

»Das ist nicht fair, Gary. Es ist kein Verbrechen, wieder zu heiraten.«

»Wer ist dieser Kerl?« wollte Gary wissen.

Laura faltete die Hände und versuchte, ihm die ganze Sache zu erklären. »Ian und ich kannten uns schon als Kinder. Wir sind uns zufällig wieder über den Weg gelaufen, und ...«

»Jimmy ist doch erst seit fünf Monaten tot«, warf Gary ein. »Ich dachte, Scott würde lügen oder wäre verrückt geworden. Ich meine, wer glaubt das schon? Fünf Monate! Du bist nicht die Frau, die so etwas tut. Ich hielt dich immer für etwas Besonderes. Besser als andere Frauen.« Garys Miene drückte Schmerz und Fassungslosigkeit aus. »Ich habe an dich geglaubt, Laura. Ich dachte, du wärst besser als andere Menschen.«

»Ich will nicht besser als andere sein. Ich will einfach nur mein Leben leben. Ich war so einsam. Es war entsetzlich für mich, seit Jimmy gestorben ist«, flehte Laura um Verständnis. Sie beugte sich vor und wollte nach seiner Hand greifen, aber er zog sie weg.

»Gary, bitte, sei nicht so. Es gibt nicht mehr viele Leute in dieser Stadt, auf deren Meinung ich Wert lege, aber es ist mir wichtig, wie du über mich denkst.«

»Das hättest du dir vorher überlegen müssen.«

»Bitte, Gary. Laß es mich dir erklären.«

»Das kannst du nicht. Für das, was du getan hast, gibt es keine Erklärung.« Er sah sie vorwurfsvoll an, und ihr wurde plötzlich klar, daß sie einen Freund verloren hatte. Das bedauerte sie zutiefst.

»Es tut mir leid, daß es dich so verletzt.«

»Verletzt?« schrie er sarkastisch. »Ich bin eher erstaunt als verletzt. Es wäre mir nie in den Sinn gekommen, daß du nicht einmal den Anstand besitzt, gebührend um deinen toten Mann zu trauern, ehe du mit einem anderen ins Bett gehst ...«

»Das reicht«, sagte Ian scharf, der gerade um die Hausecke kam. »Ich habe genug davon. Hör auf, dich zu entschuldigen, Laura. Du schuldest diesem Kerl keine Erklärung.«

Laura sagte beschämt: »Ian, bitte.«

Ian stieg zur Veranda hoch, stellte sich vor Gary hin und richtete den Zeigefinger auf ihn. »Wofür halten Sie sich eigentlich, daß Sie so mit meiner Frau reden?«

Gary blickte nicht zu ihm hoch. »Bitte, machen Sie den Weg frei«, sagte er. »Ich gehe.«

»Ian, hör damit auf«, forderte Laura. »Gary, bleib. Laß uns darüber reden ...«

Gary ignorierte sie beide. Er rollte zur Rampe und hinunter. Laura beugte sich übers Geländer. »Gary, komm schon ...«

Aber er war verschwunden. Laura ließ traurig den Kopf hängen.

»Er hat dir die Blumen geschickt, nicht wahr?« fragte Ian.

»Daran muß ich mich wohl gewöhnen«, sagte Laura bitter.

»Warum ist er dir gegenüber so besitzergreifend?« wollte Ian wissen. »Hattest du was mit ihm?«

Laura sah ihn entsetzt an. »Du meinst ... eine Affäre?«

»Was schockiert dich daran so? Nur weil er im Rollstuhl sitzt, heißt das doch nicht, daß er ...«

»Er ist ein Freund von mir«, rief Laura. »Er war ein Freund von Jimmy.«

»Er hat sich benommen, als würdest du ihm gehören. Und du hast zugelassen ...«

»Ach, um Himmels willen, Ian! Habe ich nicht schon genug am Hals, ohne deine blöde Eifersucht?«

Im Nachbarhaus wurde die Hintertür geöffnet, und Pam trat mit einer Gießkanne in der Hand heraus. Gleich wird sie uns sehen, dachte Laura. Noch eine Begegnung dieser Art vertrage ich im Augenblick nicht. Sie wollte keine Erklärungen mehr abgeben. Sie wollte nicht diesen Ausdruck der Überraschung, dieses krampfhafte Lächeln auf ihren Gesichtern sehen. Sie hatte gewußt, daß das passieren würde, machte sie sich klar. »Ich gehe ins Haus«, sagte sie leise zu Ian.

»Weißt du, Laura«, wütete Ian, »kein Wunder, daß dir die Leute in dieser Stadt die schlimmsten Dinge zutrauen. Du benimmst dich dauernd, als hättest du Schuldgefühle.«

»Ich habe Schuldgefühle«, sagte Laura und starrte ihn wütend an. »Ich habe etwas Entsetzliches getan. Ich verdiene diese Verachtung. Ich weiß nicht, was ich mir dabei gedacht habe. Ich muß verrückt gewesen sein, dich so überstürzt zu heiraten.«

Ians Augen glühten vor Zorn, aber seine Stimme war eisig.

»Mag sein«, sagte er. »Vielleicht hast du gerade den größten Fehler deines Lebens gemacht.«
Die beiden starrten sich an wie zwei Fremde, die sie ja eigentlich auch waren. Laura hatte ein Gefühl, als schlage in ihrer Brust eine Schar Amseln verzweifelt mit den Flügeln, die durch ihre Kehle entfliehen wollten.

Dritter Teil

Columbus, Ohio, acht Tage später

24

Rae Noonans Füße waren geschwollen, und sie hatte rasende Kopfschmerzen. Sie wußte, was diese Schwellung in ihren Füßen bedeutete, und das war nichts Gutes. Sie mußte noch drei Stunden arbeiten und wußte beim besten Willen nicht, wie sie bis zum Ende ihrer Schicht durchhalten sollte. Rae arbeitete in einem Pflegeheim am Stadtrand von Columbus. Manchmal war sie gern mit den alten Menschen zusammen. Es brauchte nicht viel, um sie aufzuheitern. Ein paar freundliche Worte, ein paar Augenblicke bei ihnen sitzen und ihre Fotos betrachten. Und die Alten erkundigten sich immer nach Vicki. Sie hatten schon lange gelebt und begriffen, wie wichtig Kinder waren. Es hatte den Anschein, als würden letztendlich – ganz gleich, was diese Männer und Frauen in ihrem Leben getan hatten oder wer sie gewesen waren – nur noch die Kinder und Enkel zählen. Die Zukunft jener, denen nicht viel Zukunft blieb.

Natürlich war es beinahe unmöglich, sich von den Alten zu befreien, wenn sie einen zu fassen kriegten. Ihre knochigen alten Finger krallten sich in Raes pralles Fleisch und hielten sich daran fest, als ob es ums Leben ginge. Aber Rae machte das nichts aus. Sie dachte immer: Eines Tages werde auch ich alt sein.

Rae seufzte und faltete weiter Nachthemden. Della Waters, eine freundliche schwarze, staatlich geprüfte Krankenschwester, steckte ihren Kopf in die Waschküche. »Telefon für Sie, Schätzchen. Ich glaube, es ist Vicki.«

»Danke, Della«, sagte Rae, ließ die Wäsche liegen und ging in die Halle zum Telefon.

»Hi, Mom«, sagte Raes zwölfjährige Tochter. »Ich bin zu Hause.«

»Was machst du denn?« fragte Rae liebevoll.

»Ich habe mir ein paar Bücher aus der Bibliothek geholt und werde lesen.«

Rae konnte sich ihre Tochter mit dem schulterlangen seidigen Haar vorstellen, wie sie vor den auf dem zerkratzten Linoleumtisch ausgebreiteten Büchern saß. »Wie war's in der Schule?«

»Ich habe mein letztes Zeugnis gekriegt«, sagte Vicki.

»Und?«

»Sechs Einser. Eine Zwei plus«, jubelte Vicki.

»Braves Mädchen«, sagte Rae strahlend. Du wirst nicht wie ich, dachte sie. Mußt nicht nehmen, was du kriegen kannst. Du wirst stolz sein. Du wirst aufs College gehen, und du wirst einen guten Job bekommen, und du wirst nicht gezwungen sein, von jemandem wegen irgend etwas abhängig zu sein. Das war Raes Traum, Tag und Nacht, für ihre Tochter. Ein besseres Leben.

Vickis Vater war abgehauen, als sie erst zwei Jahre alt gewesen war, und Vicki konnte sich nicht einmal an ihn erinnern. Es war ein harter Kampf gewesen, aber Rae hatte es geschafft, ihre Tochter allein großzuziehen, ein Dach über dem Kopf zu behalten und sie beide zu ernähren. Und Vicki war irgendwie in ihrem ärmlichen Leben erblüht und war intelligent. Für Rae bedeutete sie die ganze Welt.

»Ich glaube, ich möchte Ärztin werden, Mama«, sagte Vicki ernst. »Die Naturwissenschaften sind meine Lieblingsfächer. Und dann kann ich für dich sorgen.«

»Wie schön, Schatz«, sagte Rae und zwang sich, nicht daran

zu denken, wie unrealisierbar alles erschien. Das Medizinstudium kostete ein Vermögen. Ich finde einen Weg, dachte sie. »Hör mal, ist Onkel Herman zurück?« fragte Rae.
»Nein, Mom. Keine Spur von ihm«, sagte Vicki.
Rae wollte sagen: »Gut«, ließ es aber bleiben. »Mach dir eine Kleinigkeit zu essen, wenn du hungrig bist.«
»Wie geht es dir, Mama? Du hörst dich an, als wärst du müde.«
Rae betrachtete ihre geschwollenen Knöchel. »Mir geht's gut. Lies nur deine Bücher. Gegen sechs bin ich zu Hause. Mach dir um mich keine Sorgen.«
Rae legte auf und erhob sich mühsam. Als sie sich umdrehte, stand Della da und sah sie besorgt an.
»Schätzchen, Sie sehen nicht sehr gut aus«, sagte Della.
Rae schaffte ein Lächeln. »Ich habe heute Kopfschmerzen.«
»Kommen Sie hierher. Setzen Sie sich«, sagte Della. »Ich möchte Ihren Blutdruck messen.«
»Ach, Della, machen Sie doch keine Umstände«, protestierte Rae, setzte sich aber, als Della den Blutdruckmesser zu ihr rollte und die Manschette um ihren Arm legte. »Es liegt wahrscheinlich nur am Wetter. Meine Nebenhöhlen«, sagte Rae, während Della mit dem Gummiball pumpte und stirnrunzelnd das Meßgerät betrachtete.
»Nebenhöhlen, von wegen«, sagte Della. »Rae, haben Sie Ihre Medikamente genommen?«
»Ich könnte es heute vergessen haben«, sagte Rae ausweichend.
»Rae, ich möchte, daß Sie nach Hause gehen, Ihre Tabletten nehmen und die Füße hochlegen. Sie sind fertig für heute.«
Rae protestierte schwach, aber Della drängte sie kopfschüttelnd hinaus.

»Soll ich jemanden suchen, der Sie nach Hause fährt?« fragte Della.
»Nein, wirklich nicht. Sie haben schon genug für mich getan. Ich muß zugeben, daß ich gern nach Hause gehe.«
»Na, dann los«, sagte Della. »Zischen Sie ab.«
Rae wartete geduldig auf den Bus und dachte während der Fahrt wieder an Vickis Zeugnis. All die Einser. Diese schmalen Schultern trugen eine Menge Sorgen. Bis letztes Jahr waren sie gut zurechtgekommen. Dann war Rae während der Arbeit schlecht geworden, und als sie während der Heimfahrt im Bus nur noch flach atmen konnte und das Gefühl hatte, ein Pferd säße auf ihrer Brust, wußte sie, daß sie einen Herzanfall hatte. Nach dem zweiwöchigen Krankenhausaufenthalt fing Raes sorgfältig konstruierte Welt an zusammenzubrechen. Keine Versicherung, keine Arbeit, sich stapelnde Rechnungen. Als der Vermieter ihr sagte, sie müsse ihre Wohnung räumen, blieb ihr keine andere Wahl. Sie mußte sich an Herman wenden. Er war ihr Bruder, ihr einziger lebender Verwandter, und entweder zogen sie zu ihm, oder sie landeten auf der Straße.
Also fragte sie Herman, und er nahm seine Schwester und seine Nichte auf. Er hatte in einer ganz abgelegenen Gegend ein Farmhaus gemietet. Was kein Wunder war. Er brauchte die Abgeschiedenheit. Und Rae wußte, warum. Das einzig Gute daran war, daß Herman viel auf Reisen war, »geschäftlich«. Die meiste Zeit hatten Rae und Vicky das Haus für sich. Wenn er zu Hause war, ging sie ihm einfach aus dem Weg und hielt Vicki von ihm fern. Verhalte dich ganz ruhig, hatte sie zu Vicki gesagt. Ich bringe uns so schnell wie möglich hier wieder raus.
Jetzt war es fast so weit, daß sie wegziehen konnten. Einc der

anderen Helferinnen ließ sich scheiden und suchte Mitbewohner für ihr Haus. Rae glaubte, es könnte funktionieren. Herman hatte sie zwar in Ruhe gelassen, aber Rae wollte nicht, daß ihr Kind in dieser Atmosphäre lebte.
Der Bus hielt rumpelnd an der unbefestigten Straße, an deren Ende Hermans Haus lag. Rae griff nach ihrer Einkaufstasche und stieg aus. Sie ging durch den Tunnel aus Bäumen, die den Weg sogar im Sommer schattig und kühl machten. An dem Weg gab es außer Raes Haus nur noch zwei Wohnwagen, die sich auf zwei Lichtungen gegenüberstanden. An dem einen war außen eine Satellitenantenne befestigt, und drinnen schrie ein Baby. In dem anderen Wohnwagen war es ruhig. Nur der schwarze Hund, der davor angekettet war, knurrte Rae an, als sie vorbeiging. Rae verabscheute den Gedanken, daß Vicki hier entlanggehen mußte. Sie hatte immer Angst, daß sich der bissige Köter eines Tages losreißen und Vicki anfallen könnte. Hermans Haus lag ganz am Ende des Weges.
Als sie die Lichtung um Hermans Haus betrat, sah sie seinen GTO davor stehen, und ihr Herz wurde schwer. Es lag nicht daran, daß es schwierig war, mit ihm auszukommen. Störend war nur, daß er kaum redete. Er war zehn Jahre älter als Rae, und sie erinnerte sich vage daran, daß er ein stiller, vertrottelter Junge gewesen war, ehe er nach Vietnam geschickt wurde. Er geriet in die üblichen Schwierigkeiten, und ihr Vater schlug ihn nicht mehr, als andere Jungen verprügelt wurden. Als Herman jedoch aus Vietnam zurückkam, war er verändert.
Nachdem sie zu ihm gezogen waren, hatte Rae versucht, sich nur um ihre eigenen Angelegenheiten zu kümmern, aber es war ihr nach einer Weile unmöglich geworden, nicht zu merken, was da vor sich ging. Wenn er weg war, mußte sie wenigstens nicht darüber nachdenken. Mußte

nicht über die traurigen Lebensumstände nachdenken, die sie zwangen, ihr Kind einem Mann mit Hermans Veranlagung auszuliefern.

Rae preßte die Lippen zusammen und seufzte. Alles wird gut, dachte sie. Ich bringe sie bald hier raus. Bald, wiederholte sie in Gedanken.

Als sie die Verandastufen hinaufstieg, hörte sie von drinnen Stimmen.

»Bitte, Onkel Herman, nicht«, flehte Vicki. »Neiiiiin …«

Rae riß die Fliegengittertür auf. Herman lag mit gespreizten Beinen auf Vicki, drückte sie aufs Sofa und knöpfte ihre Bluse mit völlig geistesabwesendem Gesichtsausdruck auf, während das Kind mit Fäusten auf ihn einschlug.

Hermans Matchbeutel lag neben der Tür. Er war einfach hereingekommen und über seine Nichte hergefallen.

Rae war einen Augenblick lang wie erstarrt und konnte nicht einmal denken. Dann reagierte sie und griff in den Matchbeutel; sie wußte, was sie darin finden würde. Sie zog die Waffe heraus, spannte den Hahn und richtete sie auf den Rücken ihres Bruders.

»Runter von ihr, du Dreckskerl, oder ich erschieße dich!«

Herman blickte überrascht zu seiner Schwester hoch, während Vicki versuchte, sich von ihm zu befreien.

»Leg die Waffe hin, Rae«, sagte er.

»Runter von meiner Tochter.«

Herman löste sich von seiner Nichte, stand auf und ging mit offener Gürtelschnalle und halb heruntergezogenem Reißverschluß auf seine Schwester zu. Sein Anblick machte Rae rasend vor Wut, Kummer und Enttäuschung. »Ich hätte wissen müssen, daß so etwas passieren wird«, sagte sie.

»Leg diese verdammte Waffe weg. Was ich in meinem eigenen Haus tue, geht nur mich etwas an.«

»Vicki, geh in unser Zimmer«, rief Rae. »Schließ die Tür ab.«
»Unser Zimmer, das gefällt mir. Wie kommt es, daß es euer Zimmer ist? Du bezahlst doch nichts dafür«, sagte Herman. »Ich will mir nur etwas für meine Großzügigkeit nehmen.«
»Komm nicht näher«, sagte Rae. Vicki raffte ihre Bluse vorne zusammen und versuchte, sie mit zitternden Händen zuzuknöpfen.
»Vicki, verschwinde von hier«, rief Rae. Herman war ihr jetzt so nahe, daß sie den Bierdunst in seinem Atem riechen konnte.
»Tu meiner Mutter nicht weh!« schrie Vicki und näherte sich ihm vorsichtig von hinten.
»Haltet den Mund, haltet den Mund, alle beide!« rief Herman. »Ich kann Lärm nicht vertragen.« Er wirbelte herum, packte Vicki am Nacken und riß sie von den Füßen. Sie baumelte mit strampelnden Beinen in der Luft und stieß gurgelnde Laute aus.
Rae dachte nicht mehr. Sie schoß einfach. Hermans Griff lockerte sich, und Vicki fiel zu Boden und kroch schreiend aus dem Weg. Herman schwankte und stürzte. Rae trat zurück. Sie schoß kein zweites Mal. Aber sie legte die Waffe auch nicht weg. Oder versuchte ihm zu helfen. Sie wartete und beobachtete, war bereit, wieder zu schießen, falls nötig. Aber Herman bewegte sich nicht mehr. Überall war Blut.
»Mum, du hast ihn getötet«, flüsterte Vicki. Sie zitterte am ganzen Körper.
»Ist schon gut. Hab keine Angst«, sagte Rae, obwohl ihr Herz vor Angst pochte.
Es dauerte noch ein paar Minuten, bis er starb. Rae hielt die Waffe noch immer auf ihn gerichtet. »Ruf die Cops«, flüsterte sie Vicki so sanft zu, als würde sie sie ermahnen, ihre Regenstiefel anzuziehen. »Geh schon.«

Rae behielt das schmerzverzerrte Gesicht des blutenden Mannes zu ihren Füßen ständig im Auge. Sie ging kein Risiko ein. Sie wollte sicher sein, daß er tot war. Es hätte schwieriger sein müssen, jemanden, der so böse war, zu töten. »Ist schon gut«, sagte sie, als Vicki zu weinen anfing. »Ist schon gut. Er ist jetzt tot. Um so besser. Geh und ruf jetzt die Polizei an. Ich passe auf.«

25

Als die Nacht hereinbrach, starrte Wanda Jurik zum Fenster hinaus.

Wo war er? Wo konnte er hingegangen sein? Sie hatte Gary seit dem Tag, als er sie zu Hause abgesetzt hatte und zu Laura Reeds Haus gefahren war, nicht mehr gesehen. Er hatte seine Malutensilien dabei gehabt. Als ihr Sohn nicht nach Hause gekommen war, hatte sie angenommen, er sei zum Malen irgendwohin gefahren. Als er um acht Uhr an diesem Abend noch immer nicht zurückgekommen war, hatte sie die Polizei angerufen. Und Chief Moore hatte ihr mit kaum verhohlener Ungeduld gesagt, daß ein erwachsener Mann, der nicht zum Abendessen nach Hause gekommen sei, nicht als vermißt gelte. Das war vor acht Tagen gewesen, und seitdem hatte es keine Spur von Gary gegeben.

Wanda wandte sich vom Fenster ab und fing an, wie eine gefangene Katze durch das Farmhaus zu tigern. Sie schaute zu jedem Fenster hinaus, zuckte bei jedem Geräusch zusammen, wobei ihr Herz jedesmal einen hoffnungsvollen Sprung machte und ihr dann wieder schwer wurde.

Sie ging in die Küche zurück, wo ihr Abendessen, kaum angerührt, auf dem Teller trocken und hart wurde. Sie setzte sich an den Tisch, betrachtete es und schob dann den Teller von sich. Sie stützte ihren Kopf in die Hand. Was immer auch passiert war, es hatte etwas mit dieser Frau und ihrer überstürzten Heirat zu tun. Wanda wußte von den

Blumen, die er ihr schickte. Sie wußte von seinen geheimen Träumen über Laura Reed. Sie wußte das alles, obwohl er keine Ahnung davon hatte. Sie konnte in ihm lesen wie in einem Buch. Hatte es immer können.
In der Auffahrt knirschte der Kies, und Wanda sprang mit klopfenden Herzen vom Stuhl auf und lief zum Fenster. Sie konnte nicht sehen, ob es sein Van war. Aber wer sonst sollte zu dieser Stunde hierherkommen, dachte sie, und Hoffnung verdrängte die Vernunft. Sie öffnete die Hintertür und trat auf die breite, niedrige Treppe hinaus. Die Meeresbrise kitzelte ihr Gesicht. »Gary?« rief sie.
»Nein, ich bin es, Wanda.«
Wanda erstarrte vor Wut, ihre Hoffnung wurde zum hundertsten Mal zerschlagen, als Vince Moores stämmige Gestalt aus der Dunkelheit auftauchte und in den aus dem Haus fallenden Lichtschein trat. Gestern hatte er endlich, endlich zugestimmt, Nachforschungen über Garys Verbleib anzustellen.
»Was wollen Sie?« fragte sie barsch, und dann schnürte ihr die Angst plötzlich das Herz zusammen. »Was ist geschehen? Ist etwas ...«
»Ich habe eine gute Nachricht, was Gary betrifft. Darf ich einen Augenblick reinkommen?«
Wanda trat beiseite und ließ ihn in die Küche vorausgehen. Er nahm seinen Hut ab und blieb neben der Tür stehen.
Wanda ballte die Fäuste, um ihn nicht am Hemd zu packen.
»Was ist denn?« fragte sie wieder und fügte kurz angebunden hinzu: »Setzen Sie sich.«
»Danke«, sagte Vince. »Ich wollte Ihnen nur sagen, daß wir die Kreditkartenfirmen kontaktiert und eine komplette Liste aller Transaktionen, die auf seinem Konto stattfanden, bekommen haben. An dem Tag, an dem er verschwunden ist, hat er eine große Summe Bargeld mit seiner Kredit-

karte abgehoben. Seitdem nichts mehr, aber mit diesem Betrag könnte er eine ganze Weile leben.«
Wanda starrte den Chief an. »Ist das alles?« fragte sie.
»Na, das erscheint mir doch sehr vielversprechend«, sagte Vince. »Das ist genau die Information, die wir erhofft hatten.«
»Er ist tot«, sagte sie dumpf. »Ich weiß es. Ich dachte, mit der Nachricht meinten Sie, daß Sie ihn gefunden hätten.«
»Tot? Wie kommen Sie denn darauf? Ich nehme an, er hat das Geld abgehoben, um eine kleine Reise zu machen. Eines Tages wird er wieder hier auftauchen.«
»Was ist denn das für eine Hoffnung? Das heißt doch gar nichts«, höhnte Wanda. »Er könnte überfallen und getötet worden sein. Jemand könnte die Kreditkarte gestohlen haben.«
»Er hat das Geld bei der Bank hier in der Stadt abgehoben, Wanda. Der Kassierer sagte, er habe im Rollstuhl gesessen«, erklärte Vince geduldig.
»Ich fände das gern beruhigend«, sagte Wanda mit einem Seufzer. Sie setzte sich wieder an den Tisch, und ihre Augen schwammen in Tränen. »Aber ich kann mir einfach nichts mehr vormachen. Wäre er noch am Leben, hätte er mich inzwischen angerufen. Nein. Ich habe versucht, es mir schönzureden, aber ich kenne meinen Jungen. Er ist wie ein verwundetes Tier geflohen und hat sich das Leben genommen.«
»Aber, um Himmels willen, Wanda. Warum sollte er das tun?«
»Das habe ich Ihnen gleich am ersten Abend, als ich Sie anrief, erklärt«, rief Wanda ungehalten. »Er war so empört darüber, daß diese Reed wieder geheiratet hat. Er hat irgendwie für sie geschwärmt. Aber Sie haben mir ja nicht einmal zugehört.«

»Mag sein, daß er empört war, aber das ist doch kein Grund, sich umzubringen.«
»Wofür hätte er denn sonst leben sollen, gefesselt an diesen Rollstuhl?« fragte Wanda kopfschüttelnd. »So etwas habe ich seit Jahren befürchtet. Ich habe mein Bestes getan, um es ihm so bequem wie möglich zu machen, aber was war denn das für ein Leben?«
Vince fühlte Wut in sich hochsteigen. »Nun, zum einen ist er ein sehr erfolgreicher Maler.«
Wanda winkte ab, als wäre das ohne Bedeutung. »Lassen Sie sich gesagt sein, ich kenne meinen Sohn. Er würde nirgendwohin gehen. Er ist nie verreist. Es war schon schwierig genug für ihn, in diesem Rollstuhl überhaupt irgendwohin zu kommen. Ich meine, angeblich soll doch alles behindertengerecht gebaut werden, aber Sie wissen so gut wie ich, daß niemand die Vorschriften durchsetzt.« Sie sah Vince vorwurfsvoll an. Er fand es grauenvoll, daß Wanda von ihrem Sohn in der Vergangenheitsform sprach, obwohl er wußte, daß Menschen manchmal ihre schlimmsten Befürchtungen der Polizei gegenüber aussprechen mußten. Das war ihre Art, Bestätigung zu erlangen. Wanda war nur eine solche Schwarzseherin, daß es ihm schwerfiel, Mitleid mit ihr zu haben. Sie verdrehte alles ins Negative. Er verabscheute die Art, wie sie Gary entmannte und sein Leben herabsetzte. Als würden nur Beine ein Leben lebenswert machen. Vince hatte einen Lieblingsonkel gehabt, der sein Erwachsenenleben im Rollstuhl verbracht hatte. Er war einer der kraftvollsten und energischsten Männer gewesen, die er je kennengelernt hatte. Er hatte vier Kinder gezeugt, seine eigene Firma geleitet und den Sport geliebt. *Du* hast ihm das Gefühl gegeben, hilflos zu sein, dachte er. Wie kannst du behaupten, er habe nichts, wofür es sich zu leben lohne? Aber dann wies er sich selbst zurecht. Wanda litt auf

ihre Weise. Er konnte nicht wissen, wie es wirklich in ihrem Herzen aussah. Was hatten Schuldzuweisungen für einen Sinn?

»Es entbehrt nicht einer gewissen Ironie, nicht wahr?« redete Wanda tonlos weiter. »James Reed hat ihn in diesen Rollstuhl gebracht, und seine Witwe stößt ihn in den Abgrund.«

»Was reden Sie denn da? Jimmy Reed hatte nichts mit diesem Unfall zu tun.« Vince sah sie mißbilligend an. Er erinnerte sich gut daran. Sein Sohn, Robby, war an diesem Abend bei einem Basketballspiel gewesen. Und er erinnerte sich an die Angst, als die Nachricht von dem Unfall, an dem Teenager beteiligt waren, im Polizeifunk gekommen war.

»Jimmy Reed hat ihn überredet, zu diesem Basketballspiel mitzufahren. Während eines eisigen Schneesturms. Die anderen Jungs wollten ihn nicht dabeihaben. Aber Jimmy Reed ließ nicht locker. Verdrehte Gary mit der dummen Vorstellung den Kopf, zu den Kerlen zu gehören. So ist es immer gewesen. Alles, was Jimmy Reed sagte, war für Gary das Evangelium. Mein Sohn hatte an dem Abend nichts in diesem Auto zu suchen. Als ich versuchte, James Reed das klarzumachen, sagte er zu mir: ›Sie machen sich zu viele Sorgen, Mrs. Jurik.‹« Wanda lehnte sich auf ihrem Stuhl zurück und starrte Vince mit feindselig funkelnden Augen an. »So etwas Ähnliches haben Sie doch auch an jenem Abend gesagt, als ich Sie anrief und Gary als vermißt melden wollte.«

Vince seufzte, er begriff die Unterstellung, aber es fiel ihm nicht im Traum ein, sich deswegen zu entschuldigen. »Ich habe Ihnen nur die offizielle Verfahrensweise der Polizei erläutert. Ein erwachsener Mann gilt nicht als vermißt, wenn er nicht zum Abendessen nach Hause kommt.«

»Gary ist kein normaler Mann«, rief Wanda.

Vince schüttelte angewidert den Kopf. »Wie können Sie so etwas Schreckliches sagen. Hoffentlich lassen Sie das nie Ihren Sohn hören.«

»Wahrscheinlich werde ich nie wieder die Gelegenheit haben, irgend etwas zu sagen, das mein Sohn hören kann«, entgegnete sie bitter.

»Sie benehmen sich, als hätten wir seine Leiche gefunden! Um Himmel willen, Wanda, ist es denn nicht möglich, daß Gary einfach nur Zeit zum Nachdenken gebraucht hat? Ich an Ihrer Stelle«, sagte er unverblümt, »würde mein Kind nicht so schnell aufgeben.«

Die beiden starrten sich einen Augenblick unversöhnlich an. Dann ertönte der Piepser an Vinces Gürtel und unterbrach die Auseinandersetzung. »Darf ich Ihr Telefon benutzen, Wanda?«

Wanda zuckte mit den Schultern, und Vince ging zum Wandtelefon und wählte die Nummer des Polizeireviers.

»Hier ist ein Ferngespräch für Sie, Chief«, sagte Jerilyn Conlon. »Ich stelle durch.«

»Okay«, sagte Vince und wartete.

»Ist dort Chief Moore?« fragte der Anrufer.

»Am Apparat.«

»Chief, hier spricht Captain Orrin Evans. Ich bin Detective bei der Ohio State Police. Ich rufe aus Columbus an.«

»Sir?«

»Chief, wir haben hier einen Mordfall, der Sie interessieren dürfte.«

Vince verzog das Gesicht. Vor ihm entstand plötzlich das Bild, wie Gary Jurik an einer Highwayraststätte von Gewaltverbrechern aus seinem Van gezogen wurde und nicht fliehen konnte. Und Wanda saß direkt neben ihm. Wartete nur darauf, zu verkünden: »Ich hab's Ihnen doch gesagt«, um dann in tausend Stücke zu zerbrechen. Bitte, lieber

Gott, dachte er. Nur das nicht. »Wie kommen Sie darauf, Captain Evans?« fragte er.
»Ein Kerl namens Herman Powell ist heute am späten Nachmittag von seiner Schwester erschossen worden. Sie kam nach Hause und hat ihn dabei erwischt, wie er ihre zwölfjährige Tochter vergewaltigen wollte. Sie hat ihn mit seiner Waffe erschossen.«
Vince schnaubte angewidert. »Das kann ich ihr nicht verübeln.«
»Nein, Sir. Jedenfalls«, fuhr Captain Evans fort, »haben wir etwas sehr Interessantes über diesen Herman Powell herausgefunden. Seine Schwester wußte davon, oder hat es zumindest vermutet. Herman Powell war anscheinend ein Berufskiller. Bot seine Dienste in einem dieser paramilitärischen Magazine an. Eine rechtsgerichtete Publikation namens *Merc*.«
Vince runzelte vor Konzentration die Stirn. »Ein Auftragskiller?«
»Ganz recht«, sagte Captain Evans. »Seine Schwester ist sehr kooperativ gewesen und war überaus erleichtert, endlich darüber reden zu können. Wir sind gerade dabei, seine Sachen durchzusehen, haben aber schon ein paar Hinweise gefunden, die mit seinen Mordaufträgen zu tun haben könnten. Wir hatten Glück, daß er keine Möglichkeit mehr hatte, seine Angelegenheiten zu ordnen, wenn Sie verstehen, was ich meine. Ich habe bereits mit der Polizei in Michigan und New York State wegen der Informationen telefoniert, die er schriftlich hinterlassen hat. Darunter befinden sich Wegbeschreibungen zum Haus von James Reed junior in Ihrer Stadt.«
Vince schnappte nach Luft. »O mein Gott«, murmelte er.
»Ist Mr. James Reed junior das Opfer eines Mordanschlags geworden?«

»Ja«, sagte Vince.
»Das dachte ich mir«, sagte Evans selbstzufrieden. »Wurde er erschossen?«
»Ja.«
»Darf ich fragen, mit welcher Mordwaffe?«
»Eine Smith-und-Wesson-Pistole, Kaliber achtunddreißig«, sagte Vince. Ihm war der Schweiß auf der Stirn ausgebrochen. Er umklammerte mit beiden Händen den Telefonhörer.
»Nun, Mr. Powell hat genau so eine Waffe besessen. Und noch ein paar andere. Chief, ich glaube, Sie sollten hierherkommen und sich die Waffe ansehen und Mr. Powells Sachen durchsehen. Wir haben ein Versteck mit Schmuck und persönlichen Gegenständen entdeckt, die Mr. Powell offensichtlich seinen Opfern gestohlen hat. Die sollten Sie sich vielleicht auch ansehen.«
Vince warf einen Blick auf seine Armbanduhr. »Ich nehme morgen früh das erste Flugzeug von Atlantic City oder Philadelphia. Können Sie mir noch weitere Einzelheiten durchgeben?«
Wanda stand von Neugier getrieben auf und kam zum Telefon. Vince machte eine Schreibbewegung mit der Hand, und Wanda holte ihm einen Notizblock und Kugelschreiber. Vince notierte sich Evans' Angaben.
»Morgen werden sich hier ein Haufen Polizisten rumtreiben«, sagte Captain Evans, als würde er Vince ein erfolgreiches Klassentreffen in Aussicht stellen. »Wir freuen uns schon auf Ihren Besuch.«
»Ich danke Ihnen«, sagte Vince. Er legte auf und suchte die Privatnummer von Ron Leonard heraus. »Ich muß noch einen Anruf machen«, sagte er.
»Was ist denn los?« fragte Wanda ängstlich. »Geht es um Gary?«

Vince wählte Rons Nummer, während er geistesabwesend sagte: »Nein, nicht um ihn.«
Ron Leonard meldete sich.
»Ron«, sagte Vince grimmig, »hier spricht Vince Moore. Ich habe gerade mit der Ohio State Police gesprochen. Im Fall Reed gibt's einen Durchbruch.«
Wandas Augen funkelten vor Interesse. Vince warf ihr einen warnenden Blick zu, und sie trat vom Telefon zurück.

26

Die Fassade des Bezirksgerichts in Cape Christian zeugte von einer Zeit, in der Anmut und Weitläufigkeit öffentlicher Gebäude die Norm gewesen waren. Die massive Doppeltür aus Eiche mit den Mattglasscheiben vermittelte einen Eindruck von der Bedeutung und dem Ausmaß der Ereignisse, die dahinter stattfanden. Das Innere des Gebäudes wirkte jedoch ganz anders. Es war in den letzten Jahren renoviert und modernisiert worden. Von den Ornamenten und Paneelen war nichts übriggeblieben. Alle Oberflächen waren flach, weiß und nüchtern. Der Zutritt zum Gebäude wurde von einem Wachmann hinter einer Plexiglasscheibe kontrolliert. Der Marmorfußboden war mit einem Teppichboden belegt worden, und die Lufttemperatur wurde von einer Klimaanlage reguliert. Das Innere des Gerichtsgebäudes kündete nur noch von Sachlichkeit.

Dolores und Sidney betraten das Bezirksgericht und nannten dem Sicherheitsbeamten hinter seiner Kunststoffscheibe ihre Namen. Die beiden hatten ferngesehen, als der Anruf aus Vince Moores Büro kam und sie gebeten wurden, ins Gericht zu kommen. Das heißt, Sidney hatte ferngesehen. Dolores war im Zimmer umhergegangen, hatte Gegenstände zurechtgerückt, die schon richtig standen oder lagen, und hatte seine Bitten, sich zu ihm aufs Sofa zu setzen und sich zu entspannen, ignoriert.

»Der Bezirksstaatsanwalt Jackson erwartet Sie«, sagte der

Wachmann ernst und drückte auf den Summer, der die Zwischentür öffnete.

Sidney umfaßte den Arm seiner Frau und führte sie zum Büro des Chiefs. Es war seltsam, so plötzlich am Abend ins Gericht gebeten zu werden. Dolores hatte vergeblich versucht, dem Beamten, der sie angerufen hatte, nähere Informationen zu entlocken. »Da ist was Großes im Gange«, sagte sie zu Sidney, als sie auflegte. »Das fühle ich.«

Gott, mach eine Ende damit, dachte Sidney. Er konnte es nicht länger ertragen, sie leiden zu sehen. Sie war nur noch ein Wrack, schlief kaum und vergaß zu kochen. Ihr Zustand war beinahe wieder so schlimm wie kurz nach Jimmys Ermordung. Seit sie von Lauras Wiederverheiratung gehört hatte, benahm sie sich wie eine Besessene. Sidney schreckte manchmal mitten in der Nacht auf, und ihre Seite des Bettes war leer. Gewöhnlich fand er sie dann grübelnd bei einer Tasse Kaffee in der Küche. Und alle seine Überredungskünste halfen nicht, sie ins Bett zurückzuholen. Niemand konnte diesen Streß auf Dauer ertragen. Laß es jetzt ein Ende haben, dachte er. Ganz gleich, auf welche Weise.

Bezirksstaatsanwalt Jackson saß an seinem großen, glänzenden Schreibtisch. Ron Leonard stand hinter ihm, und Vince Moore saß zu seiner Rechten. Anwesend war auch ein Gerichtsbeamter fürs Protokoll. Der Staatsanwalt deutete auf die zwei Stühle vor seinem Schreibtisch. Dolores warf Sidney einen besorgten Blick zu und setzte sich. Sidney setzte sich neben sie und legte beschützend seinen Arm auf ihren Stuhl.

»Dolores und Sidney Barone«, sagte Vince, »das ist Bezirksstaatsanwalt Clyde Jackson.«

Sidney erhob sich und beugte sich vor, um dem Mann die Hand zu schütteln. »Wir haben uns schon kennengelernt«, sagte er. Dolores lächelte den Vertreter der Anklage nur matt an, da ihre Knie zu weich waren, um aufzustehen. Alle waren versammelt. Es *ist* etwas Wichtiges geschehen, dachte sie.

Vince sah den Staatsanwalt an, der ihm mit einem Nicken zu verstehen gab, er sollte fortfahren. »Dolores, Sidney, wir haben neue Erkenntnisse, was den Mord an Jimmy betrifft«, sagte Vince. »Ich habe versucht, Laura zu verständigen, aber sie ist nicht zu Hause.«

»Treibt sich wohl irgendwo mit ihrem neuen Ehemann herum«, sagte Dolores gehässig.

»Unsere Männer suchen nach ihnen«, sagte Vince.

Dolores Augen weiteten sich. »Was ist denn los, Vince? Was geht hier vor?«

Vince räusperte sich und fragte sich, wie er anfangen sollte. Am besten gleich zur Sache kommen, dachte er. Der Staatsanwalt öffnete eine Schublade und nahm eine Plastiktüte heraus. Er schob sie Dolores zu, die verblüfft danach griff.

»Können Sie die Gegenstände in dieser Tüte identifizieren?« fragte Clyde Jackson.

Dolores wendete die Tüte hin und her.

»Öffnen Sie sie bitte nicht«, sagte Staatsanwalt Jackson. »Das sind Beweisstücke in einem Mordfall. Sehen Sie sich die Gegenstände nur genau an.«

Dolores hielt die Tüte gehorsam unter die Schreibtischlampe und musterte den Inhalt. Die goldene Uhr funkelte im Licht. Sie glättete das Plastik über der Inschrift auf der Rückseite des Uhrengehäuses. »Von Mutter und Sidney«, stand da, und das Jahr, in dem Jimmy seinen MFA gemacht hatte. Sidney hatte darauf bestanden, ihm diese sehr teure Uhr zu schenken. Es sei wichtig für einen Mann, der ins Geschäftsleben eintritt, die richtige Uhr zu tragen, hatte Sidney gesagt. In der Tüte war auch ein Ring – ein Ring mit Perlen und Diamanten, den ihr ihre Großmutter geschenkt hatte, als sie noch ein Kind gewesen war. Und sie hatte ihn Jimmy gegeben, damit er ihn eines Tages seiner Braut schenken konnte. Ohne zu ahnen ... Dolores verschob die Gegenstände in der Tüte und entdeckte noch einen Ring. Jimmys High-School-Klassenring. Durch das Plastik betastete sie den rubinroten Stein und die seitlich eingravierte Jahreszahl. Auf der abgewetzten Innenseite konnte sie gerade noch die Initialen erkennen, die sie so gut kannte. Ihr Herz pochte, und Tränen stiegen ihr in die Augen. Sie umklammerte die Tüte in ihrem Schoß mit beiden Händen. Als sie die Tränen wegblinzelte, lag in ihren Augen ein abwesender Ausdruck, als würde sie die Vergangenheit sehen – einen Geburtstag, eine Abschlußfeier, glückliche Tage, vor langer Zeit. Ehe ihre Welt zerbrach.

»Erkennen Sie diese Gegenstände?« fragte Vince leise. Er kannte die Antwort schon. Beide, Dolores und Laura, hatten den fehlenden Schmuck bis in die kleinsten Einzelheiten beschrieben. In dem Augenblick, als er ihn, mit Etiketten versehen, auf einem Tisch im Büro der Ohio State Police liegen sah, wußte er es.

Dolores nickte. »Die Sachen gehören Jimmy«, sagte sie mit bebender Stimme. »Sie gehörten meinem Sohn.«

Sidney tätschelte ihre Schulter. »Ist schon gut, Liebes«, sagte er, entwand ihr sanft die Tüte und legte sie wieder auf den Schreibtisch. Dann umfaßte er fürsorglich ihre Hände.

Dolores sah Vince an. »Wo haben Sie die Sachen gefunden?« fragte sie.

Vince warf Staatsanwalt Jackson einen Blick zu, der daraufhin leicht nickte. Vince leckte sich die Lippen und wählte seine Worte sorgfältig. »Ich und Detective Leonard waren heute in Ohio. Diese Gegenstände befanden sich unter der persönlichen Habe eines Mannes namens Herman Powell, der gestern dort getötet wurde ...«

»Getötet ... wie?« fragte Dolores verwirrt.
»Er wurde in einem Fall von häuslicher Gewalt getötet. Nach seinem Tod sind gewisse Aktivitäten dieses Mannes ans Licht gekommen. Und wir wurden von der Ohio State Police informiert. Wir fanden diese Schmuckstücke in seinem Haus, zusammen mit Papieren, die Jimmy namentlich identifizieren. Deshalb hat sich die Ohio State Police mit uns in Verbindung gesetzt.«
»Wollen Sie damit sagen ...«, flüsterte Dolores.
»Wir haben auch die Waffe sichergestellt, mit der ... Ihr Sohn getötet wurde. Die Mordwaffe. Obwohl noch ein paar Tests durchgeführt werden müssen.«
»O mein Gott«, sagte Dolores. Sie beugte sich auf ihrem Stuhl vor. In ihrem Gesicht spiegelten sich Schock, Hoffnung und Verwirrung. »Er ist der Täter?« Sie senkte den Blick auf ihre Hände, die in Sidneys lagen. Dann sah sie auf und sagte beinahe schamvoll: »Da *war* also doch ein Mann. Was sie sagte, stimmte.« Jeder im Zimmer wußte, daß sie von Laura sprach. »Gott möge mir verzeihen, ich war so unfair zu ihr. Das war also er. Der Mann, der meinen Sohn getötet hat.«
»Wir glauben es, ja«, sagte Vince.
Dolores wandte sich Sidney zu, und die Erleichterung in ihrem Gesicht erfüllte sogar ihn in diesem bitteren Augenblick mit Freude. »Ach, Sidney.«
»Gott sei Dank«, sagte er inbrünstig.
»Leider ist das noch nicht alles«, sagte Clyde Jackson.

27

Sterne hingen wie Juwelen am nachtblauen Himmel, und das Wasser kräuselte sich wie Seide silbern im Mondlicht. Laura schloß die Augen und erschauerte wohlig, als die kühle Nachtbrise ihre Haut streichelte. Die einzigen Lichter, außer dem Mond und den Sternen, waren die roten und grünen Lampen an den Masten und den Bootsseiten, die im Wasser reflektiert wurden. Aus der Ferne ähnelte Cape Christian einer golden schimmernden Kette, die näher kam.

»Was für ein herrlicher Abend«, murmelte sie. Pam hatte Michael zu gegrillten Hot dogs und einem Videofilm eingeladen, also hatten Laura und Ian die Gelegenheit genutzt und waren die Küste hoch zu einem romantischen Hafenrestaurant gesegelt. Bei Kerzenlicht hatten sie zu Abend gegessen und waren zu später Stunde Arm in Arm zum Boot zurückgekehrt.

»Sehr bald«, sagte Ian, »wird jeder Abend wie dieser sein.«

»Ich kann es kaum erwarten«, sagte Laura. Irgendwie hatten sie ihren Streit wegen Gary beigelegt und sich leidenschaftlich versöhnt. Die Woche, die seitdem vergangen war, hatte sie damit zugebracht, mit Ians Hilfe die Sachen in ihrem Haus zu sortieren. Vor ihrer Abreise sollten alle ihre Habseligkeiten in Kisten verpackt sein, damit sie ihnen nachgeschickt werden konnten, wenn sie sich im Herbst häuslich niederließen. »He«, sagte sie, »bilde ich es mir ein, oder halten wir tatsächlich an?«

»Mir kam gerade eine Idee«, sagte er. »Ich dachte, wir gehen hier eine Weile vor Anker.«

»Aber wir sind doch beinahe im Hafen.«

Er legte den Arm um sie und flüsterte in ihr Haar: »Erst wenn wir uns auf dem Meer geliebt haben, weißt du, wie schön die Liebe ist.«

»Das geht nicht, Ian. Wir müssen Michael abholen.«

»Er kann doch noch eine Weile bei Pam bleiben.«

Laura löste sich aus seinen Armen. »Ich will ihre Hilfsbereitschaft nicht ausnutzen. Außerdem«, fügte sie sanfter hinzu, weil sie merkte, wie rigide ihre Antwort geklungen hatte, »haben wir noch den ganzen Sommer Zeit, um uns auf dem Meer zu lieben.«

Ian ließ sie widerstrebend los. »Ist das wirklich der Grund?« fragte er.

»Was?«

»Daß wir Michael abholen müssen. Oder ist es nur eine Ausrede?«

»Eine Ausrede?« rief sie. »Eine Ausrede wofür?«

»Um nicht mit mir schlafen zu müssen. Mir kommt es vor, als würdest du mich auf Distanz halten.«

»Ach, Ian, das ist doch lächerlich. Ich habe einen kleinen Jungen, der viel durchgemacht hat. Er braucht das Gefühl der Sicherheit. Er muß wissen, daß ich ihn nicht im Stich lasse. Willst du mich zwingen, zwischen dir und meinem Sohn zu wählen?«

»Nein, natürlich nicht«, sagte er kurz angebunden. Aber sie sah ein ärgerliches Aufblitzen in seinen Augen.

»Wie kannst du an mir zweifeln?« fragte sie. »Ich habe dich doch auf der Stelle geheiratet, oder? Natürlich möchte ich mit dir schlafen.«

Er wandte sich von ihr ab, um den Anker einzuholen, und Laura bekam Schuldgefühle. Wenn sie ganz ehrlich mit sich war, mußte sie zugeben, daß an seinem Vorwurf etwas Wahres war. Es lag nicht an ihm – keine Frau konnte sich einen leidenschaftlicheren Liebhaber wünschen. Doch sogar in Momenten höchster Ekstase drängte sich ein Teufel der Angst in ihre Gefühle und ließ sie an Jimmy denken. Wenn sie und Ian sich liebten, glaubte sie, Jimmys Anwesenheit und seinen bösen Blick zu spüren. Und diese Mischung aus Sehnsucht und Bedauern erfüllten sie mit Zweifeln über ... nichts, nichts eigentlich. Mit der Zeit würde sich das geben, sagte sie sich. Es war nur natürlich, versuchte sie sich zu überzeugen. Aber wer konnte unter diesen bizarren Umständen schon beurteilen, was natürlich war? Mittlerweile mußte sie an Michael denken. Halt dich an die Fakten, dachte sie. Sie konnte sich nicht amüsieren, wenn sie wußte, daß ihr Sohn auf sie wartete.

»Na gut«, sagte er. »Wir fahren in den Hafen.«

»Ian.« Sie wollte sagen: »Ich liebe dich.« Er sah sie erwartungsvoll an. »Danke«, sagte sie.

Ian spürte ihre Zurückhaltung und starrte mit verschlossener Miene zum schimmernden Horizont.

»Du weißt doch, wie Kinder sind. Wenn sie auf etwas warten, kommt ihnen jeder Augenblick wie ein ganzer Tag vor. Bestimmt war Phillip auch so.«

Ian wandte sich ihr zu. Seine Augen funkelten vor Zorn. Laura schämte sich sofort, daß sie die Erinnerung an seinen Sohn heraufbeschworen hatte, um ihm ihren Standpunkt klarzumachen. »Es tut mir leid«, sagte sie. »Ich wollte keine schmerzlichen Erinnerungen wecken.«

Ian sah sie finster an und sagte: »Ich vergesse Phillip nie. Keine Sekunde lang.«

Laura biß sich auf die Lippe und senkte den Blick. Sie wollte sein zorniges Gesicht nicht sehen. »Es tut mir leid«, wiederholte sie.

»Wegen Phillip bin ich jetzt hier bei dir. Wegen Phillip ... ich wußte, daß ich mein Leben ändern muß. Du brauchst mich nicht daran zu erinnern ...«
Laura streckte zaghaft die Hand aus und berührte seinen Arm. Seine Muskeln waren angespannt, sein Rücken steif.
»Du hast recht. Ich hätte das nicht sagen dürfen. Liebling, wir haben noch unser ganzes Leben vor uns. Wir müssen nichts überstürzen.«
Er antwortete nicht, sondern startete den Heckmotor für die Fahrt in den Hafen. Ein kalter Wind kam auf, und Laura fröstelte. »Mir ist kalt«, sagte sie. »Macht es dir etwas aus, wenn ich nach unten gehe?«
Ian zuckte nur mit den Schultern. Laura ging die Treppe hinunter in die Kajüte, wo ein kleines Licht brannte. Sie machte es sich auf der Futonmatte bequem und hüllte sich in eine dünne Decke. Phillip und Gabriella starrten sie von dem Foto an der gegenüberliegenden Wand an. Laura musterte die Gesichter und dachte über Ian nach. Es war auch für ihn schwer, neu anzufangen. Man legt so viel Herz, so viel Mühe in eine Ehe und Kinder, als wollte man jeden Tag einen hohen Gipfel erklimmen, und dann, plötzlich, stürzt man in den Abgrund. Mit etwas Glück versucht man nach einer Weile, diesen Aufstieg noch einmal zu schaffen. Aber es ist entmutigend, wieder ganz von vorn anzufangen. Ganz gleich, wie sehr man es sich wünscht.
Wart ihr sehr glücklich? fragte sie die lächelnden Gesichter auf dem Foto. Werdet ihr ihn je loslassen? Wird Jimmy mich je loslassen?
»Laura«, tönte Ians Stimme scharf von oben. »Wir sind fast im Hafen.«
Sie faltete die Decke und kletterte wieder an Deck. Plötzlich entdeckte sie die blinkenden roten Lichter auf dem

Dach eines Streifenwagens in der Nähe des Gemischtwarenladens.
»Auf dem Pier steht ein Streifenwagen«, rief sie.
»Na und?«
»Ich weiß nicht. Ich habe nur ein schlechtes Gefühl. Vielleicht ist was mit Michael?«
»Es hat nichts mit Michael zu tun«, beruhigte er sie, schaltete den Motor aus, und das Boot glitt zur Anlegestelle. »Wie kommst du darauf, daß der Wagen unseretwegen da steht? Wir haben Sommer. Da herrscht im Hafen reger Schiffsverkehr.«
»Du hast recht«, sagte sie.
Aber sie konnte den Blick nicht von dem blinkenden Licht wenden, und als Ian anfing, das Boot zu vertäuen, war sie nicht überrascht – erschrocken, aber nicht überrascht –, daß ein Polizist zu ihrer Anlegestelle kam. Gewöhnlich half sie Ian, die Segel einzuholen, weil sie für die bevorstehende Fahrt ein tüchtiges Crewmitglied sein wollte, aber dieses Mal stieg sie sofort auf den Kai.
»Laura Reed?« fragte der Polizist.
Laura gefror das Blut in den Adern. Turner, dachte sie, korrigierte den Beamten aber nicht. Ian unterbrach seine Arbeit und sah zu ihr hinüber.
»Geht es meinem Sohn gut?« fragte Laura ängstlich.
»Ich weiß nichts über Ihren Sohn«, entgegnete der Officer. »Bezirksstaatsanwalt Jackson möchte Sie und Ihren Mann im Gericht sprechen. Ist das Ihr Mann?«
Ian befestigte das Hauptsegel und sprang auf den Kai. Er wechselte mit Laura einen Blick. »Ja«, sagte Laura. Ihre Erleichterung, daß es nicht um Michael ging, schlug in Verärgerung um. Immer dasselbe – noch mehr Fragen und Störungen ihres Privatlebens. »Was ist denn so wichtig, daß wir mitten in der Nacht wieder dorthin müssen?«

Der Polizist grinste, aber es war kein angenehmes Grinsen. »Wie es scheint, haben sie den Kerl geschnappt, der Mr. James Reed getötet hat«, sagte er.

Lauras Herzschlag setzte kurz aus. Die Welt blieb stehen. Und einen Augenblick später, als ihr Herz wieder schlug, raste es vor Wut und Dankbarkeit und Erleichterung. »Gott sei Dank. Wer ist es?«

Der Polizist schüttelte den Kopf. »Sie müssen mit aufs Revier kommen.«

»Ian, hast du das gehört?« rief sie. »Gehen wir. Beeil dich.«

»Ich an Ihrer Stelle hätte es nicht so eilig«, sagte der Cop.

Laura hörte ihn nicht mehr. Sie lief schon zum Auto.

28

Eine Gruppe Reporter und Fotografen hatte sich vor dem Bezirksgericht versammelt, in dem das Büro des Staatsanwalts war. Übertragungswagen des Fernsehens parkten am Randsteig, und Techniker suchten die günstigsten Positionen für ihre Videokameras. Ein Polizist hielt die Meute in Schach und verwehrte ihr den Zutritt zum Gericht. Laura und Ian stiegen aus dem schwarzweißen Streifenwagen, wurden von Blitzlichtern geblendet und mit Fragen überhäuft. »Ich weiß nichts«, wiederholte Laura immer wieder, als ihnen der Polizist den Weg frei machte. »Bitte, noch weiß ich überhaupt nichts.«

Sie betraten das Gebäude und gingen zu der Plexiglasscheibe, hinter der ein kräftiger schwarzer Wachmann saß und telefonierte.

»He, Marty«, rief der Polizist, »drück auf den Summer.«

Marty gab mit einer Handbewegung zu verstehen, er müsse erst seinen Anruf beenden. Während er sprach, warf er einen Blick ins Foyer und runzelte die Stirn.

Die Tür zum Foyer öffnete sich, und Sidney und Dolores traten gefolgt von zwei Polizisten heraus.

»Sidney, Dolores«, platzte Laura überrascht heraus. »Was ist denn hier los?«

Laura war über Dolores' schlechtes Aussehen erschüttert. Seit der Beerdigung hatte sie ihre Schwiegermutter nicht mehr gesehen. Seit damals hatte Dolores ihre Gefühle, ihre Verdächtigungen klar zum Ausdruck gebracht, indem sie

Laura völlig mied. Jetzt, da Jimmys Mörder anscheinend gefaßt war, wollte Laura dieses Verhalten verzeihen und vergessen. Es wäre einfach für alle eine unendliche Erleichterung, endlich wieder Seelenfrieden zu finden.

Als sich Dolores jedoch umdrehte und Laura sah, lag in ihren Augen nicht Erleichterung, sondern Haß. »Du«, fauchte Dolores. »Du gemeine Hexe.«

»Reden Sie nicht so mit meiner Frau«, protestierte Ian wütend.

»Dolores«, rief Laura perplex. »Der Polizist sagte mir, sie hätten den Mann ...«

»Deinen Mörder«, sagte Dolores. »Deinen gedungenen Mörder.«

»Was?« Laura spürte, wie ihre Knie nachgaben, und Ian griff ihr schnell unter die Arme, um sie zu stützen.

»Spiel doch nicht die Unschuldige. Mein Gott, bist du eine Teufelin! Damit kommst du nicht davon. Denk an meine Worte: Du kriegst noch, was du verdienst.«

»Gedungener Mörder?« rief Laura.

Da holte Dolores aus und schlug Laura ins Gesicht. Sidney und einer der beiden Polizisten griffen nach Dolores und hielten sie fest.

Laura schrie schockiert auf. Die Tür zum Inneren des Gerichts wurde aufgestoßen, und Ron Leonard kam ins Foyer.

»Laß dir eins gesagt sein«, rief Dolores. »Du glaubst vielleicht, damit davonzukommen, aber Gott ist gegen dich. Du dachtest, dieser Kerl würde einfach im Wald verschwinden. Eine Weile hattest du ja auch Glück. Aber jetzt haben sie ihn erwischt. Und du bist die nächste. Die Polizei wird die Beweise finden, und dann gebe ich keine Ruhe, bis du auf dem elektrischen Stuhl sitzt. Und er mit dir«, schrie sie und deutete auf Ian.

»Du bist verrückt«, sagte Laura.

»Und noch etwas. Du behältst meinen Enkel nicht. Ganz gleich, wie lange es dauert, ich nehme ihn dir weg. Du wirst nicht das Kind meines Sohnes aufziehen, nachdem du Jimmy hast ermorden lassen.«

»Hör auf«, rief Laura. »Hör sofort auf. Was redest du denn da?«

»Sag's ihr, Sid!« schrie Dolores. Ihr Gesicht war fleckig, und ihre Augen funkelten wild. »Sag ihr, daß wir sie dafür büßen lassen! ...« Plötzlich griff sie sich ans Herz, und ihr Gesicht verzerrte sich vor Angst, als stünde sie am Rande eines Hochhausdaches.

»Was ist, Liebes? Helft mir, helft mir, bitte«, rief Sidney flehend.

»Gehen Sie rein«, sagte Ron Leonard zu Laura und Ian. »Marty, ruf den Notarzt. Schnell!«

»Dolores«, klagte Sidney. »Liebling, sprich mit mir.«

Laura hatte das Gefühl, wie ein dürrer Zweig von einem Luftzug ins Gebäude getragen zu werden. Sie konnte noch immer Dolores sehen, die von Sidney und einem Polizisten gestützt wurde. Ihre Augen waren weit aufgerissen, und ihr Teint wurde blaß und tödlich fahl.

Duane Garrity folgte seiner Frau in die Küche, nachdem sie den Telefonhörer aufgelegt und den kleinen Fernseher in der Küche eingeschaltet hatte, um die Nachrichten zu sehen. Er schüttelte ungläubig den Kopf, als der Reporter die neuesten Entwicklungen im Mordfall Reed umriß. »Siehst du?« sagte er. »Ich hab's dir gesagt. Ich hab's dir von Anfang an gesagt.«

Pam öffnete den Kühlschrank und nahm die Bologna und Mayonnaise heraus, um Sandwiches für das Mittagessen der Jungen zu machen. »Stell den Fernseher leiser«, sagte sie. »Sonst hört Michael die Nachrichten.«

»Früher oder später wird er es doch erfahren«, brummte Duane.
Pam schmierte dick Mayonnaise auf ein Brot und legte eine Scheibe Bologna darauf. »Was sollte ich denn tun?« fragte sie abwehrend. »Ihr sagen, daß ich Michael heute abend nicht nehmen würde?«
»Ich weiß sowieso nicht, was er hier zu suchen hat«, sagte Duane mürrisch.
»Ich dachte, du würdest die Nacht im Stützpunkt verbringen«, sagte sie. »Ich hatte nicht damit gerechnet, daß du nach Hause kommst.«
»Mit anderen Worten, du tust Dinge hinter meinem Rükken.«
»Nein, das nicht. Es geht nur darum, daß ich kein großes Essen koche, wenn du nicht da bist. Ich kaufe Sachen ein, die die Kinder mögen. Und außerdem lade ich in mein Haus ein, wen ich will«, sagte sie trotzig.
»Pammy, dir ist einfach nicht klar, daß diese Frau in Schwierigkeiten steckt. In großen Schwierigkeiten.«
Pam klatschte eine Scheibe Brot auf die untere Hälfte des Sandwichs und schnitt es durch. Sie antwortete nicht. Die Ereignisse des Abends hatten sie ziemlich erschüttert. Sie würde nie an Laura zweifeln, mußte jedoch zugeben, daß die plötzliche Heirat sie überrascht hatte. Natürlich hatte sie Laura ermutigt, Verabredungen einzugehen, um gelegentlich aus dem Haus zu kommen. Aber gleich eine Ehe? Und jetzt das. Ein Auftragskiller. Trotzdem, es konnte nicht sein ...
Duane sah den Konflikt, der sich auf dem Gesicht seiner Frau abzeichnete, und ging zu ihr. Er nahm sie in die Arme und hielt sie fest, bis sie ihn mit einem matten Lächeln ansah. »Du bist zu gut. Du willst immer das Beste von allen denken«, sagte er sanft. »Aber die Welt ist voller schlechter Menschen.«

Pam seufzte und fing an, ein Sandwich für Michael herzurichten. In ein paar Tagen fingen die Ferien an, und die beiden brauchten ihren Lunch. Der Junge tat ihr so leid. Er war der Unschuldige in dieser ganzen Geschichte. Sie konnte Recht von Unrecht unterscheiden, und ganz gleich, wie die Umstände waren, es war falsch, alles an Michael auszulassen.

»Duane, es ist mir egal, was du sagst, aber ich werde Michael so behandeln wie immer; er hat schließlich nichts getan.« Tränen standen in ihren Augen.

Duane seufzte und pickte ein paar Trauben aus der Schale auf dem Tresen. »Du hast wahrscheinlich recht, Schatz«, sagte er. »Aber du mußt zugeben, daß es für deine Freundin schlimm aussieht.«

Pams Hand zitterte, als sie die Mayonnaise zurück in den Kühlschrank stellte. »Ich kann es einfach nicht glauben«, sagte sie eigensinnig. »Ich will es nicht glauben.«

Sidney saß am Bett seiner Frau und strich ihr mit einem feuchten Waschlappen das Haar aus der Stirn. Ihr Körper war mit allen möglichen Monitoren verkabelt, die die leisesten Veränderungen ihrer Lebensfunktionen registrierten. Dolores' Augen waren geschlossen, aber sie schlief trotz der Medikamente, die man ihr gegeben hatte, nicht. Sie wirkte jedoch etwas entspannter. Und dafür war er dankbar. Die Tür wurde geöffnet, und ein junger Arzt kam herein. Sidney schaute auf sein Namensschild, weil er kaum glauben konnte, daß dieser Junge Arzt war.

»Mr. Barone? Ich bin Dr. Pitkin. Wir sind uns schon in der Notaufnahme begegnet.«

Sidney nickte, obwohl seine Erinnerung an alles, was seit Dolores' Zusammenbruch geschehen war, sehr verschwommen war.

»Wie geht es ihr?« fragte der junge Mann freundlich.

»Sie sieht ganz ruhig aus«, sagte Sidney.

Dr. Pitkin lächelte. Sidney fragte sich, wie Ärzte lächeln konnten, wenn sie dauernd ängstliche Augen und verzweifelte Gesichter vor sich hatten. Das gehörte wohl zum Beruf, dachte er.

»Nun, die gute Nachricht lautet, daß ihre Frau keinen Herzanfall hatte. Es war ein Kreislaufzusammenbruch.«

»Ach, Gott sei Dank.« Sidney atmete auf.

»Es war ein schwerer Anfall, das steht fest, und wir müssen noch ein paar Tests machen. Ich möchte ausdrücklich betonen, daß die Sache sehr ernst zu nehmen ist und als Warnung vor zukünftigen Risiken zu verstehen.«

Sidney nickte. Man wurde nicht fünfundsechzig, ohne die schlimmsten Geschichten über Herzbeschwerden zu hören. »Das müssen Sie mir nicht sagen, Herr Doktor.«

»Wir behalten Ihre Frau ein, zwei Tage hier, machen ein paar Tests und dann, wenn Sie sie mit nach Hause nehmen, müssen Sie dafür sorgen, daß sie Ruhe hat. Halten Sie alle Aufregungen von ihr fern.«

Sidney seufzte. »Das wird nicht leicht sein.«

»Nun, das ist aber sehr wichtig«, sagte Dr. Pitkin. Er sah zu Dolores hinüber, deren Augen jetzt geöffnet waren. »Wie geht es Ihnen, Mrs. Barone?«

»Ich höre, daß Sie über mich sprechen«, sagte sie.

»Keine Aufregung, verstehen Sie?«

Dolores starrte ihn an.

»Danke, Herr Doktor«, sagte Sidney. »Ich bin so erleichtert, daß es kein Herzanfall war.«

»Das hätte es leicht sein können. Deshalb machen wir noch ein paar Tests. Ab sofort müssen Sie streng diät leben und regelmäßig Medikamente nehmen, Mrs. Barone. Darüber sprechen wir noch vor Ihrer Entlassung.«

»Wann werde ich entlassen?« fragte sie.
»Langsam, langsam«, sagte der Arzt. »Wahrscheinlich übermorgen. Sie sollten sich jetzt auch etwas Ruhe gönnen, Mr. Barone.«
»Danke, Herr Doktor. Gute Nacht«, sagte Sidney, als der junge Mann wieder lächelte und mit einem Winken hinausging.
Er setzte sich wieder zu Dolores. »Du hast gehört, was der Arzt gesagt hat«, mahnte er streng, obwohl er wußte, daß es nichts nützte.
Dolores sah ihn an, und Tränen der Frustration stiegen ihr in die Augen. Sie umklammerte mit ihren kalten und feuchten Fingern seine Hand auf der Bettdecke. »Sie hat ihn ermordet, Sid. Sie hat ihn ermorden lassen, und sie wird damit davonkommen. Du hast gehört, was die Polizei gesagt hat. Sie können sie nicht verhaften, weil sie keine Beweise haben. Obwohl sie wissen, daß sie schuldig ist. Sie haben nichts, was sie mit diesem Kerl in Verbindung bringt ...«
»Die Polizei wird schon was finden«, sagte Sidney beschwichtigend. »Falls es etwas zu finden gibt.«
»›Falls?‹« rief Dolores. »Wie kannst du daran zweifeln?«
»Ich meine damit nur, daß es nicht allzu schwierig sein dürfte. Jetzt, da sie von diesem gedungenen Mörder wissen.«
Dolores bewegte ihren Kopf unruhig auf dem Kissen. »Ich weiß, daß sie es getan hat. Ich habe es immer gewußt. Und wäre dieser Powell nicht unter diesen anormalen Umständen ums Leben gekommen, wäre sie mit dem Mord davongekommen. Sie hat sogar den Nerv besessen, ihren Liebhaber zu heiraten. So sehr hat sie sich in Sicherheit gewiegt.«
Sidney tätschelte beunruhigt ihre Schulter. »Aber die Poli-

zei hat den Mörder gefunden. Und jetzt werden sie auch noch den Rest herausfinden. Du mußt das alles der Polizei überlassen. Du mußt Vertrauen zur Polizei haben.«

Dolores richtete sich mühsam auf und stützte sich auf einen Ellbogen. Die Monitoren spielten verrückt. »Und wenn es keine Beweise mehr gibt? Der Mord ist vor Monaten, vor fast einem Jahr, geschehen. Vielleicht gibt es keine Spur mehr, die zu ihr ...«

»Dolores, hör auf«, flehte Sidney. »Du bist im Krankenhaus. Ich dachte schon, ich hätte dich verloren.«

Sie sah ihn traurig an. »Ich werde wieder gesund. Geh nach Hause, und leg dich ins Bett, Sid. Ich versuche zu schlafen.«

»Nein, das wirst du nicht tun. Du wirst nur daliegen und über alles nachdenken, bis du wieder einen Anfall hast.«

»Du kannst von mir nicht verlangen, daß ich nicht darüber nachdenke. Er war mein Kind. Er war mein einziges Kind.«

Sidney seufzte und küßte sie auf die Stirn. »Ich weiß.«

Eine Schwester kam mit einer Tablette in einem kleinen Pappbecher herein. »Hier bitte, Mrs. Barone«, sagte sie fröhlich. »Eine kleine Einschlafhilfe.«

Dolores steckte die Tablette in den Mund, saugte Wasser durch einen Strohhalm und schluckte. Die Krankenschwester prüfte Puls und Blutdruck und tätschelte ihren Arm. »Okay«, meinte sie mit übertriebener Munterkeit. »Von der Tablette werden Sie schläfrig. Ihr Mann sollte jetzt besser nach Hause gehen.«

Sidney schüttelte den Kopf. Diese Tablette würde nicht genügen, um Dolores ruhigzustellen. Sie würde Stunden wach daliegen und in Gedanken noch einmal alle Ereignisse durchgehen. Er beugte sich vor und küßte sanft ihre blasse Wange, während die Schwester ostentativ die Tür aufhielt.

»Ich liebe dich«, sagte er. »Versuch zu schlafen.«

»Ja«, sagte sie.
Sidney runzelte zweifelnd die Stirn und richtete sich auf. Noch ehe er die Tür erreichte, hatte sie das Gesicht zur Wand gedreht, und er konnte förmlich sehen, wie ihre Gedanken rasten. Trotz aller Medikamente würde ihr Verstand, ihr Mutterherz nicht aufgeben – auch wenn es sie umbrachte.

29

Richard Walsh parkte seinen Lexus vor dem Haus. »Soll ich euch wirklich nicht zur Marina fahren, damit ihr euer Auto holen könnt?« fragte er.
Laura saß auf dem Rücksitz, an Ian gelehnt, der gerade und angespannt dasaß und den Türgriff umklammerte. »Wir holen es morgen«, sagte Ian. »Meine Frau ist müde.«
»Mir geht es gut«, protestierte Laura. »Richard, möchtest du nicht auf eine Tasse Kaffee oder einen Drink mit reinkommen?«
Richard warf einen Blick auf seine Platin-Rolex. »Mein Gott, es ist fast drei Uhr früh. Ich fahre wohl besser nach Hause.« Er beugte sich über die Rücklehne und sah die beiden an. »Ihr seht schrecklich aus. Ihr braucht unbedingt Schlaf. Wo ist Michael?«
»Bei meiner Nachbarin«, sagte Laura müde. »Danke, daß du zum Gericht gekommen bist, Richard. Ich weiß das zu schätzen.«
»He, das war doch selbstverständlich. Schließlich bin ich dein Anwalt. Und hört mal, alles könnte noch viel schlimmer sein. Ich meine, die Polizei weiß, daß jemand diesen Kerl bezahlt hat, damit er Jimmy umbringt, aber es gibt keine konkreten Hinweise auf euch beide. Das ist offensichtlich. Sonst hätten sie euch festgenommen«, erklärte Richard fröhlich.
»Oh, danke«, sagte Ian.
»Na ja, wir sollten versuchen, die Sache optimistisch zu

sehen. Natürlich wißt ihr, daß euch die Polizei das Leben zur Hölle machen wird. Sie werden jede Quittung, jeden Kontoauszug, was die fragliche Zeit betrifft, sehen wollen. Es ist am besten, wenn ihr kooperiert. Gebt ihnen alles, was sie haben wollen. Sie werden nach einem Indiz suchen, das beweist, daß ihr diesen Kerl, diesen Herman Powell, bezahlt habt. Auftragskiller sind nicht billig. Die Polizei wird nach einer hohen Summe suchen, für die es keine Belege gibt.«

»Die finden sie nicht«, sagte Laura dumpf.

»Ich kann's noch immer nicht glauben«, sagte Richard. »Ein gedungener Mörder. Wer tut so etwas? Wer würde jemanden damit beauftragen, Jimmy zu töten?«

Laura fühlte sich auf dem Rücksitz von Richards Auto plötzlich in die Enge getrieben. Es fiel ihr schwer zu atmen. »Richard, ich möchte jetzt ins Haus gehen.«

»Na klar«, sagte Richard, öffnete die Beifahrertür und ließ die beiden aussteigen. »Ruht euch aus«, sagte er mitfühlend. »Wir reden morgen weiter.«

Ian und Laura gingen Arm in Arm zum Haus. Ihr Kopf ruhte auf seiner Schulter. Richard sah sie im Haus verschwinden. Dann schloß er die Fenster, schaltete die Klimaanlage ein und wählte eine Musikkassette für die Heimfahrt aus. The Red Hot Chile Peppers, dachte er. Ja, das paßt. Er drehte die Lautstärke voll auf und fuhr in Richtung Rock Harbor.

Während Ian duschte, zog sich Laura ein Nachthemd und darüber einen Sommermorgenrock an. Sie schaute sehnsüchtig zum Fenster hinaus zu Pams Haus hinüber. Alle Fenster waren dunkel, und sie war verärgert, weil Duanes Auto in der Zufahrt stand. Kein Wunder, daß ihr Pam am Telefon nervös vorgekommen war, als sie sie angerufen und gebeten hatte, Michael für die Nacht bei sich zu behalten. Laura wußte nur zu gut, daß die neueste Entwicklung Duanes Feindseligkeit ihr gegenüber steigern würde. Wie lange würde es dauern, bis Pam anfing, die Sache so zu sehen wie ihr Mann?

Tja, es war entschieden zu spät für einen Anruf. Michael war für heute nacht gut bei Pam aufgehoben. Er war immer gern mit Louis zusammen. Als ihr Blick jedoch zu Louis' Schlafzimmerfenster schweifte, mußte sie unwillkürlich an Dolores' Worte denken. Dolores wollte ihr Michael wegnehmen, sie für etwas bestrafen, was sie nicht getan hatte. Und, dachte sie, als sie das Öffnen der Badezimmertür hörte, für etwas, das sie getan hatte.

Ian kam ins Wohnzimmer. Er trug nur seine Pyjamahose und trocknete sich das Haar mit einem Handtuch. Er sieht so gut aus, dachte sie. So melancholisch und so gut. Sie war in seine Arme gefallen wie in ein Auffangnetz. Und jetzt – was würde jetzt aus ihnen werden?

Ian schenkte sich am Sideboard ein Glas Wein ein. »Möchtest du auch ein Glas?« fragte er. »Das würde dir guttun.«

Sie lehnte automatisch ab, änderte dann aber ihre Meinung. »Ja, du hast recht. Einen Schluck Wein kann ich jetzt gut gebrauchen«, sagte sie. Er schenkte Wein in ein zweites Glas und brachte es ihr zum Sofa, auf dem sie sich in eine Ecke gekuschelt hatte. Er setzte sich in einen Klubsessel vor den kalten Kamin. Jimmys Sessel. Seine blauen Augen waren grau, als würde sich darin ein Sturm zusammenbrauen. Er starrte in sein Weinglas.

»Ian, ich muß dauernd daran denken, was Dolores gesagt hat«, platzte Laura heraus. »Daß sie mir Michael wegnehmen will.«

»Das kann sie nicht«, sagte er kurz angebunden.

Sie merkte an seinem Ton, daß er dieses Thema nicht

diskutieren wollte. Sie nahm es ihm übel, daß er ihre Angst einfach wegschob. Aber sie wußte, warum er so reagierte. Im Augenblick konnte Dolores keine rechtlichen Schritte unternehmen.

Und wie konnte sie ihm seine Ungeduld verübeln, schalt sie sich. Er hatte nicht mit diesen Schwierigkeiten gerechnet, als er sie bat, ihn zu heiraten. Unter den gegebenen Umständen hatte er ziemlich viel Verständnis aufgebracht. Sie starrte in ihr Weinglas und fühlte die Müdigkeit in jedem Muskel ihres Körpers. Die nervliche Belastung der Befragung und der Schock dieser Enthüllungen hatten sie erschöpft. Eine Weile herrschte Schweigen zwischen ihnen.

Schließlich nippte Ian von seinem Wein und sagte: »Ich ziehe einen anderen Rechtsanwalt hinzu.«

»Einen anderen Anwalt?« fragte sie überrascht. »Warum? Richard hat sich immer um unsere Angelegenheiten gekümmert.«

»Nun, zum einen handelt es sich hierbei um eine strafrechtliche Ermittlung, und auf diesem Gebiet scheint er kein Fachmann zu sein.«

»Das stimmt wahrscheinlich«, sagte Laura mit einem Seufzer.

»Und zum anderen ... ich vertraue ihm nicht. Ich mag ihn nicht, und ich vertraue ihm nicht.«

»Warum magst du ihn nicht?« fragte Laura, überrascht über seine Reaktion.

»Ich weiß es nicht. Das ist rein gefühlsmäßig«, sagte er irritiert.

»Keine sehr gute Begründung«, sagte sie. »Aber wenn du das Gefühl hast ...«

»Mein Gefühl sagt mir, daß wir einen erstklassigen Strafverteidiger brauchen. In Philadelphia gibt es einen Anwalt namens Curtis Stanhope, von dem ich nur Gutes gehört habe.«

»Aber warum brauchen wir diesen Staranwalt, wenn wir nichts Unrechtes getan haben? Wenn wir nichts zu verbergen haben ...«

»Laura, in dieser Sache sollten wir uns nicht auf irgendeinen Blödmann aus der Provinz verlassen.«

Aber Laura folgte ihrem eigenen Gedankengang. »Es sei denn, du glaubst, daß ich es getan habe. Ist es so?«

»Nein, mach dich nicht lächerlich.« Er lehnte sich im Sessel zurück. »Laura, es passiert andauernd, daß Unschuldige in die Mühle der Justiz geraten. Ich möchte sichergehen, daß wir den bestmöglichen Schutz haben.«

»Ich nehme es dir nicht übel, falls du an mir zweifelst«, sagte sie ruhig. »Auch du bist nur ein Mensch. Alle anderen denken, daß ich es getan habe. Wie lange kann man von dir erwarten, daß du an mich glaubst?«

»Darum geht es doch überhaupt nicht«, sagte er. »Ich gebe mir die Schuld an allem.«

»Dir? Welche Vorwürfe könnte man dir denn machen?«

Ian fuhr sich mit der Hand durch sein dunkles feuchtes Haar und wich ihrem Blick aus. »Weil ... es meine Schuld ist. Ich bin einfach hier aufgetaucht und habe darauf bestanden, daß du mich heiratest. Hättest du mich nicht geheiratet, würde man dich jetzt nicht verdächtigen. Und man würde uns nicht in diesem Licht sehen.«

Laura zuckte mit den Schultern. »Na ja, die Familie gerät immer als erste in Verdacht.«

»Sicher, aber eine Witwe, die so schnell wieder heiratet ... Natürlich denken die Leute jetzt ... ich hätte warten müssen ... hätte mehr Geduld haben müssen ... ich weiß nicht, was ich mir dabei gedacht habe.«

Laura trank einen Schluck Wein. Was er sagte, stimmte

natürlich. »Aber wir konnten doch nicht wissen, daß das passieren würde. Wir haben geheiratet, *weil* wir unschuldig sind. Und du hast mich nicht gezwungen, dich zu heiraten. Ich wollte es ...« Ihre Stimme verlor sich.

»Ich lasse nicht zu, daß sie dir etwas antun, das schwöre ich«, sagte er. »Ich beschütze dich, ganz gleich, was passiert. Ich habe das nicht alles durchgestanden, um dich zu verlieren. Ich habe schon einmal alles verloren. Das passiert mir nicht noch einmal.«

Seine Vehemenz rührte und ängstigte sie gleichzeitig. »Sag so was nicht. Du machst mir angst.«

Er kam zu ihr, setzte sich neben sie und umarmte sie. »Es tut mir leid«, murmelte er und küßte ihr Haar. »Mach dir keine Sorgen. Ich kümmere mich um alles. Ich verspreche es dir. Alles wird wieder gut.«

Laura schloß die Augen und versuchte, ihm zu glauben. Aber außer der Angst vor der Polizei, um Michael und darüber, was Ian glauben könnte, quälte sie noch eine andere Frage. Eine Frage, die sie Ian nicht zu stellen wagte. Wer hatte Herman Powell mit dem Mord beauftragt? Wer hatte einen Mörder angeheuert, um Jimmy erschießen zu lassen?

Seit der Mordnacht hatte sie immer geglaubt, Jimmy sei wegen eines unglückseligen Zufalls getötet worden, weil ein Einbrecher in Panik geraten war. Ganz gleich, was die Polizei dachte, sie hatte immer gewußt, daß er von einem Fremden, von einem Eindringling ermordet worden war. Aber jetzt war alles anders. Die Waffe war zwar von einem Fremden abgefeuert worden, aber Jimmy war indirekt von jemandem ermordet worden, den er kannte. Von jemandem, den sie kannte. Dieser Gedanke ließ sie innerlich erzittern. Ian spürte ihr Schaudern und zog sie fester in seine Arme.

Candy Walsh setzte sich im Bett auf, nahm ihre Schlafmaske ab und sah auf die Uhr. Dann starrte sie ihren Mann wütend an. »Warum pfeifst du so früh am Morgen? Du gehst mir auf den Geist, Richard.« Sie schüttelte ihr Kissen auf und ließ sich wieder zurücksinken.

»Bist du denn gar nicht neugierig?« fragte er aus dem Ankleidezimmer, wo er seine Hosen über einen Stuhl legte.

»Na gut«, sagte Candy und stützte sich auf einen Ellbogen. »Ist sie festgenommen worden?«

Richard spülte sich den Mund mit Mundwasser und spuckte es aus. Dann betupfte er sich mit Eau de Cologne. »Nein.«

»Wie hast du das denn geschafft?« fragte Candy.

Richard kam, nur mit seidenen Boxershorts bekleidet, ins Schlafzimmer. »Weil ich ein Genie bin«, sagte er und schlenderte zum Bett.

Candy verdrehte die Augen. »Vergiß es, Richard. Es ist halb vier morgens.«

Richard kroch unter die Decke. »Sei lieb zu deinem Süßen«, bat er mit kindlicher Stimme.

»Gleich wird mir übel«, sagte Candy. »Und wieso ist sie nicht im Gefängnis?«

»Ach, das kommt schon noch«, sagte Richard. »Jedenfalls wird sie nicht die Segel hissen und zusammen mit ihrem neuen Gemahl verschwinden.«

»Und warum macht dich das glücklich?«

»Wer sagt, daß es mich glücklich macht?« fragte Richard, plötzlich wachsam. Er war noch lange nicht aus dem Schneider. Auf Lauras Konten fehlte noch immer eine große Summe, und er mußte eine Möglichkeit finden, das Geld zurückzuzahlen. Als seine Sekretärin, Adelaide Murphy, ihm erzählt hatte, daß Laura wieder geheiratet habe und plane, die Stadt zu verlassen, was natürlich bedeutete, daß sie ihre Konten auflösen würde, wäre er vor Schreck beinahe ohnmächtig geworden. Doch jetzt arbeitete wenigstens die Zeit für ihn. Er konnte es schaffen. In solchen Dingen war er gut. Er hatte sich schon öfter auf dünnes Eis gewagt, und immer hatte es gehalten.

»Du bist widerlich fröhlich.«

»Weil ich meine süße kleine Candy liebe«, sagte er und liebkoste ihren Hals.

»Ach, halt die Klappe!« sagte sie und rammte ihm ihren Ellbogen in die Brust.

30

Nach zu wenig Schlaf und einem hastigen Frühstück hatten sich Ron Leonard, Vince Moore und Clyde Jackson wieder im Büro des Staatsanwalts versammelt.

Ron nahm dankbar die Tasse Kaffee vom Assistenten des Staatsanwalts an und versuchte, seinen Kopf von Spinnweben zu befreien. Er hatte nicht einschlafen können, als er schließlich letzte Nacht ins Bett gekommen war. Er hatte immer wieder Laura Reeds blasses Gesicht, den tragischen, flehenden Ausdruck in ihren grauen Augen vor sich gesehen, während er sich unruhig im Bett gewälzt hatte. Mörderin, hatte er sich gesagt. Killer. Schließlich war er aufgestanden, hatte ein Bier getrunken und sich im Kabelprogramm einen alten Krimi angesehen. Irgendwann war er im Sessel eingeschlafen. Vince hingegen, der älter war als er, sah aus wie immer: robust und zuverlässig. »Wie kommt es, daß Sie aussehen, als hätten Sie acht Stunden auf einem Bett aus Rosenblättern geschlafen?« fragte Ron.

»Durch ein geordnetes Leben und die Liebe einer guten Frau.« Vince grinste den jüngeren Mann an.

»Da muß was dran sein«, sagte Ron müde.

»Okay, Gentlemen«, sagte der Staatsanwalt. »Bringen wir Ordnung in diesen Schlamassel. Trennen wir Tatsachen von Vermutungen.«

Jackson blickte auf, und die beiden Männer nickten entschlossen.

»Wir wissen, daß jemand Herman Powell angeheuert hat, um James Reed zu ermorden. Wir wissen, daß seine Witwe, Laura Reed, eine Menge Geld geerbt und fünf Monate später diesen Ian Turner geheiratet hat. Mittel, Motiv und Gelegenheit. Bisher sind wir nicht in der Lage – abgesehen von einer nicht bestrittenen Kindheitsfreundschaft – eine Verbindung zwischen den beiden vor dem Tag ihrer angeblich ersten Begegnung hier in Cape Christian herzustellen.«

»Unsere Hauptverdächtige ist also Mrs. Reed. Wenn wir jedoch annehmen, daß sie Powell beauftragt hat, war Ian Turner ihr Komplize. Oder waren die Begegnung und die Heirat wirklich so unschuldig, wie die beiden behaupten?«

»Wissen Sie«, sagte Vince, »irgendwie kommt mir diese überstürzte Heirat nicht verdächtig vor. Ganz im Gegenteil. Ich meine, hätten die beiden den Mord gemeinsam geplant, würden sie sich dann so auffällig benehmen? Damit würden sie uns ja geradezu auffordern, sie zu verdächtigen.«

Staatsanwalt Jackson schürzte die vollen Lippen und blickte mit schmalen Augen zum Chief hoch. »Vielleicht konnten es die beiden nicht mehr erwarten. Vielleicht dachten sie, sie hätten uns längst ausgetrickst.«

»Ich frage mich dauernd, was ist, wenn es die beiden nicht waren?« sagte Vince. »Wer hätte sonst noch einen Grund gehabt, Jimmy zu ermorden?«

»Tja, das ist eine wichtige Frage«, sage Clyde unverbindlich.

»Was ist mit dem Anwalt der beiden?« fragte Ron. »Mir hat sein Auftreten nicht gefallen. War er nicht Reeds Partner?«

»Walsh ist ein Spieler. Das wissen wir. Aber ich finde nirgends einen Anhaltspunkt, wie Jimmy Reeds Tod an seiner Lage etwas hätte ändern können«, sagte Vince.

»Er verwaltet doch Lauras Geld, oder?« fragte Ron. »Vielleicht brauchte er die Million Dollar aus Reeds Lebensversicherung für Spielschulden.«

Staatsanwalt Jackson zuckte mit den Schultern und machte eine Notiz in seiner Akte. »Das überprüfen wir. Und was ist mit diesem Mann, der vermißt wird? Diesem Jurik?« fragte er. »James Reed und er waren doch enge Freunde. Wie Brüder, sagen manche. Und wir alle wissen, was es für böses Blut zwischen Brüdern geben kann. Ich meine, wir haben ihn als Verdächtigen ausgeschlossen, weil er im Rollstuhl sitzt. Aber jetzt, da wir wissen, daß Powell für den Mord bezahlt wurde ...«

Vince seufzte. »Tja, wie Sie wissen, ist Gary Jurik spurlos verschwunden ... Er hat die Stadt verlassen, ohne jemandem etwas zu sagen. Seine Mutter behauptet, Gary sei wegen Laura Reeds Heirat völlig verzweifelt. Sie fürchtet, er könnte Selbstmord begehen.«

Ron schnaubte. »Er hat wahrscheinlich vor seiner alten Lady Reißaus genommen. Wie ich hörte, ist sie ein ziemlicher Drachen.«

»Heute morgen haben wir einen Hinweis auf seinen derzeitigen Aufenthaltsort bekommen«, sagte Vince. »Ein Waffenhändler in der Gegend von Boston hat ihn auf Vorstrafen überprüfen lassen. Das tauchte in unserem Computer auf. Ich habe sofort einen Beamten hingeschickt, um seine gegenwärtige Adresse feststellen zu lassen.«

»Oje«, sagte Ron. »Vielleicht hat seine Mama doch recht.«

Die drei Männer überdachten schweigend diese Möglichkeit.

»Wanda Jurik hat etwas sehr Seltsames zu mir gesagt«, meinte Vince schließlich. »Sie gab James Reed die Schuld an dem Unfall, bei dem ihr Sohn so schwer verletzt wurde. Obwohl er dafür überhaupt nicht verantwortlich ist. Hat sie sich vielleicht dafür an ihm rächen wollen?«

»Vince«, sagte Ron, »dieser Unfall passierte vor wie vielen ... vor vierzehn Jahren. Die meisten Menschen warten nicht so lange, um sich zu rächen. Rache ist doch ein Verbrechen aus Leidenschaft, oder?«

»Stimmt.« Vince seufzte.

»Da wir schon von Leidenschaft sprechen«, sagte Ron und beschrieb mit seiner Tasse einen Bogen in der Luft. »Falls Gary Jurik Jimmy Reeds Frau so geliebt hat, daß er jetzt wegen ihrer Wiederverheiratung sterben möchte, könnte er doch auch auf die Idee gekommen sein, Jimmy Reed zu eliminieren.«

Clyde Jackson sagte schulterzuckend: »Möglich wäre es. Vielleicht hat er sich eine Chance bei ihr ausgerechnet, wenn James Reed aus dem Weg ist. Und dann heiratet sie einen anderen, er kauft sich eine Waffe und peng ...«

»Und nimmt die Antwort mit ins Grab«, sagte Ron.

»Tja, das ist ein interessantes Szenario«, meinte der Staatsanwalt, »aber wir haben keinen stichhaltigen Grund für die Annahme, daß Gary Jurik diese Waffe gegen sich selbst richten will – Punkt eins. Punkt zwei: Realistisch gesehen, richtet sich unser Verdacht doch auf die Neuvermählten, nicht wahr?«

»Richtig«, sagte Ron grimmig. »Zu schade, daß Powell keine Liste seiner Kunden angefertigt hat.«

Die drei Männer saßen eine Weile stumm da und überdachten alle sich bietenden Möglichkeiten. Vince brach schließlich das Schweigen. »Ist es möglich«, überlegte er laut, »daß Turner die Tat ohne ihr Wissen begangen hat?«

Die beiden anderen sahen ihn an, als würde er Chinesisch reden.

»Nein, lassen Sie mich ausreden«, beharrte er. »Die beiden geben doch zu, daß sie sich als Kinder kennengelernt haben, richtig? Mal angenommen, Turner wäre von Laura so besessen gewesen, daß er sie für sich allein haben wollte? Solche Typen gibt es.«

»Sie meinen, Turner hat all die Jahre nicht an sie gedacht und ist dann – wumm! – plötzlich von ihr besessen?« fragte Ron.

»Ich weiß, das klingt seltsam«, gab Vince zu.

Clyde Jackson spreizte seine großen Hände auf dem Schreibtisch. »Warum sollte ein Mann plötzlich von einem Mädchen besessen sein, das er aus der Grundschule kannte?«

Ron klopfte sich mit dem Kugelschreiber an die Zähne. »Er hat behauptet, daß er sie kannte. Das hat er dem kleinen Mädchen auf Barbados erzählt. Mir hat er das Märchen erzählt, daß er Autoren durch ihr Werk kennt. Aber die Aussage dieses Mädchens war sehr eindeutig.«

»Ihre Vermutung geht also dahin«, sagte Clyde, »daß Turner nach dem Tod seiner Frau beschlossen hat, James Reed zu töten?«

Vince hob die Brauen. »Vielleicht hat er sich zuerst seiner Frau entledigt. Ich meine, ein Kerl, der fähig ist, einen Mörder zu kaufen, ist zu allem fähig. Richtig?«

»Das ist etwas zu weit hergeholt«, protestierte Clyde.

»Ich weiß nicht«, sagte Vince. »Ich überlege nur laut.«

»Kennen wir alle Einzelheiten über das Feuer, in dem seine erste Frau umgekommen ist?« wollte Clyde Jackson wissen.

»Da gibt es ein paar Dinge, die mir keine Ruhe lassen«, räumte Ron ein.

»Zum Beispiel?« fragte Vince.

Ron zuckte mit den Schultern. »Na ja, wir wissen, daß Turners Bruder bei der Feuerwehr ist. Das heißt, er könnte ohne weiteres informiert gewesen sein, wie dieser Brandstifter vorging.«

»Eine Nachahmungstat«, überlegte Vince.

Ron nickte. »Der Bruder leugnet zwar, je eine solche Unterhaltung mit Ian geführt zu haben. Aber der Bruder ist Ian ergeben und würde das nie eingestehen. Allerdings weiß jeder, daß Turner seinen Sohn geliebt hat und ihm nie etwas angetan hätte. Aber ... sein Sohn sollte am Abend des Brandes eigentlich bei einem Baseballspiel sein. Er hat nicht gewußt, daß seine Frau ihn zu Hause behalten hat.«

»Hoi!« sagte Vince.

»Das beweist gar nichts«, bremste Clyde Jackson abrupt. »Hören Sie, es ist mir egal, ob er es getan hat, ob sie es getan hat, ob die beiden es gemeinsam getan haben – was ich haben möchte, sind Beweise dafür, wer Herman Powell bezahlt hat. Oder einen Zeugen. Jemanden, der sie zusammen gesehen hat, ehe James Reed starb. Ohne diesbezügliche Indizien können wir hier sitzen und bis zu Laura und Ian Turners goldener Hochzeit herumspekulieren.«

»Stimmt«, sagte Vince verlegen.

»Ron, ich möchte, daß Sie sich Turners Bankkonten ansehen. Setzen Sie die Bank unter Druck und lassen Sie sich jede Transaktion zeigen. Das gleiche gilt für Lauras Konten. Und wir setzten jemanden auf diesen Anwalt an. Irgendwo muß es doch eine Spur geben ...« Clyde Jackson setzte sich gerade hin. »Gentlemen, es gibt eine Menge Arbeit für uns. Vince, wie viele Männer arbeiten an diesem Fall?«

»Fünf, ganztags.«

»Okay, holen Sie sich vom County jeden Mann, den Sie brauchen. Überprüfen Sie die alten Telefonlisten. Befragen Sie jeden in jedem Hotel, Motel oder Obdachlosenheim, in dem die beiden außerhalb der Stadt abgestiegen sein könnten. Haben Sie eine Aufstellung über Geschäftsreisen oder Fahrten in die Umgebung, die einer von beiden gemacht haben könnte?«

Ron nickte.
»Na, dann mal los«, sagte Clyde. »Durch diesen Powell ist unser kalter Fall wieder heiß geworden. Wir dürfen keine Zeit verlieren. Ich habe heute morgen einen Anruf vom FBI bekommen, das bereits in Michigan und Ohio Ermittlungen anstellt. Ich würde diesen Fall gern in unserem Zuständigkeitsbereich halten. Aber wir brauchen ein paar Ergebnisse, und zwar schnell. Machen Sie sich an die Arbeit. Wenn Sie mich jetzt entschuldigen wollen, Gentlemen. Ich muß ins Gericht.«

31

Aaron Kellerman setzte sich auf eine Bank und öffnete seine braune Lunchtüte. Dann hielt er das Gesicht dankbar in die warme Brise und blickte zum blauen Himmel und den dahinziehenden Wolken empor. Er dachte an Henry James, der gesagt hatte, daß »Sommer-Nachmittag« die zwei schönsten Worte der englischen Sprache seien. Heute trifft das ganz bestimmt zu, dachte Aaron. Es war ein schönes Gefühl, eine Weile außerhalb der Klinik zu sein und frische Luft zu atmen. Er arbeitete als Krankenpfleger in der psychiatrischen Abteilung für Jugendliche in einer exklusiven Privatklinik am Beacon Hill. Er liebte seine Kids, so verrückt einige von ihnen auch waren, doch die Arbeit war sehr anstrengend, und er brauchte regelmäßige Pausen. Bei schönem Wetter aß er seinen Lunch immer hier im Park. Während Aaron seine Tüte auspackte, blickte er sich um und sah, daß der Mann im Rollstuhl noch immer da war.

Aaron beobachtete den Mann im Rollstuhl seit einer Woche. Er saß jeden Tag neben demselben Baum, gegenüber dem Bürgersteig, auf dem ein paar fliegende Händler Ohrringe und Weihrauch verkauften. Er sah aus, als hätte er dort Wurzeln geschlagen. Er hatte immer ein Skizzenbuch dabei, das jedoch die meiste Zeit unbenutzt neben seinem Stuhl lag. Er besaß das Aussehen eines Künstlers, mit diesem weißen Haar und dem blassen Teint. Er hielt sich immer im Schatten auf. Er schien nie zu essen oder zu trinken oder mit jemandem zu reden. Es war, als befände er sich auf einem anderen Planeten, mysteriös und traurig. Aaron machte sich Gedanken um diesen Mann.

Wahrscheinlich war es auf seine Erfahrung als Krankenpfleger zurückzuführen, daß er sich um diesen Mann nicht nur Gedanken, sondern auch Sorgen machte. Er erkannte die Warnzeichen: den leeren Blick, die Trägheit, die offensichtliche Nichtwahrnehmung der Umgebung. Aaron aß einen Bissen von seinem Nudelsalat und trank Snapple dazu. Kümmere dich um deine eigenen Angelegenheiten, schalt er sich. Gibt es in deinem Beruf nicht genügend Probleme dieser Art? Er versuchte, den Mann zu ignorieren, und wandte seine Aufmerksamkeit den Leuten in den Schwanenbooten zu. Aber es war sinnlos. Schon als Kind hatte er es nicht ertragen können, eine leidende Kreatur zu sehen. Sein Vater, der ein berühmter Schönheitschirurg gewesen war, hatte das als Zeichen dafür genommen, daß sein einziger Sohn ebenfalls eine medizinische Laufbahn einschlagen würde. Er kannte seinen kleinen Sohn jedoch sehr wenig und war zutiefst gekränkt, als Aaron den Pflegeberuf wählte. Aarons Stiefmutter war es völlig gleichgültig gewesen, welchen Weg er einschlug, solange dieser ihn nur von ihr weg führte.

Aaron seufzte und brach ein Stangenbrot in zwei Hälften. Denk an etwas anderes, schalt er sich wieder. Er versuchte es. Er dachte an das Marathongehen, an dem er kommendes Wochenende teilnehmen würde, und fragte sich, ob er heute nachmittag nicht ein paar Meilen am Fluß entlang trainieren sollte. Morgen abend war er zum Dinner bei Freunden eingeladen, einem Ehepaar in Cambridge, mit dem er gemeinsam die Schule besucht hatte. Jetzt hätte ich Zeit, eine Flasche Wein zu kaufen. Roten oder weißen? überlegte er träge. Aber er tat es nicht. Statt dessen starrte er wieder wie unter einem Zwang stehend zu dem Mann im Rollstuhl hinüber. Der zeichnete jetzt etwas in sein Skizzenbuch, wobei sein Gesicht jedoch völlig ausdruckslos blieb. Nachdem Aaron Plastikgabel und Serviette in die Papiertüte gesteckt hatte, schlenderte er zu dem Abfalleimer in der Nähe des Rollstuhls und warf seinen Müll hinein. Dann, nach einem kurzen Zögern, ging er zu dem Mann, kauerte sich neben den Stuhl und betrachtete die Zeichnung.

Der Mann hörte auf zu zeichnen und versteifte sich in Gegenwart des Fremden. Aaron betrachtete bewundernd die Skizze von den alten Gebäuden des Beacon Hill.

»Sie haben Talent«, sagte er und blickte zu dem Künstler hoch.

Gary starrte Aaron an, als sei der ein außerirdisches Wesen, und wartete, daß er wieder ging. Aaron tat so, als würde er den kalten Blick nicht bemerken. »Darf ich mir Ihr Skizzenbuch mal ansehen?« fragte er. »Ach, übrigens, ich heiße Aaron Kellerman.« Aaron streckte linkisch seine Hand aus.

Um sowohl ein Händeschütteln als auch eine längere Unterhaltung zu vermeiden, murmelte Gary seinen Namen und reichte diesem Fremden widerwillig sein Skizzenbuch.

Aaron blätterte darin und sagte dann, ohne aufzusehen: »Ich bin schon lange neugierig auf Ihre Arbeit. Ich sehe Sie hier seit einer Woche, weil ich meinen Lunch immer im Park esse.«

»Heute ist der letzte Tag«, sagte Gary kurz angebunden.

Aaron wendete behutsam Seite um Seite des Skizzenbuchs. Er reagierte äußerlich nicht auf die Worte des Mannes, sie weckten jedoch ein unangenehmes Gefühl in ihm. Er kannte diesen Ton. Er hörte ihn oft genug in der Klinik. Er tat so, als würde er nichts begreifen. »Der letzte Tag! Sie meinen, hier im Park? Zeichnen Sie an verschiedenen Orten in der Stadt?«

Gary sah den Mann hilflos an. Er hatte eine zierliche Gestalt, einen gepflegten schwarzen Bart und sanfte dunkle Augen. Gary war über das Interesse des Mannes erstaunt. In der Stadt wurde man doch von den Menschen in Ruhe gelassen. Warum stellte ihm dieser Mann Fragen? Er war nicht bereit, ihm Auskunft zu geben. »Ich ... nein. Ich verlasse ... die Stadt.«

»Müssen Sie abreisen?« fragte Aaron unschuldig.

»Ja«, antwortete Gary knapp in einem Ton, der besagte: Das geht dich nichts an. Der Mann reagierte nicht auf den Wink. Er fing an, Gary mit Fragen über seine Arbeit und seine Herkunft zu löchern. Er fragte sogar nach der Verletzung, die ihn an den Rollstuhl gefesselt hatte. Gary antwortete so einsilbig wie möglich. Dann fragte der Mann unverblümt nach seiner Adresse, doch Gary wollte sie ihm nicht verraten.

»Das *Golden Pheasant Motel* in Chinatown«, sagte er, was irgendwie sogar stimmte. Dort lebte er jetzt. Es war sein letzter Zufluchtsort.

Aaron erzählte ihm ungebeten von sich – von dem Dachgeschoß, in dem er in North End lebte, von seiner Arbeit als Krankenpfleger. Daß er aus Florida stamme, aber hier in Boston die Schule besucht habe. Garys eigensinniges Schweigen schien ihn nicht zu stören. Er redete einfach auf seine sanfte, beharrliche Weise weiter, als wäre dies die normalste Begegnung der Welt. Schließlich verkündete Aaron bedauernd, daß er zur Arbeit zurück müsse.

»Sehe ich Sie morgen wieder?« fragte er.

»Ich sagte Ihnen doch«, entgegnete Gary, »heute ist mein letzter Tag.«

»Warum muß es Ihr letzter Tag sein?« fragte Aaron beunruhigt.

»Der allerletzte«, sagte Gary mit grimmiger Miene.

»Ich wünschte, ich wäre früher zu Ihnen gekommen«, sagte Aaron.
»Das hätte keinen Unterschied gemacht«, versicherte Gary dumpf.
Gary sah dem Mann, dieser dunkelhaarigen, weißgekleideten Gestalt nach, als sie den Rasen überquerte. Von Zeit zu Zeit drehte sich der Mann um und winkte ihm zu. Als er den Bürgersteig überquerte, wendete Gary den Rollstuhl und fuhr zu seinem Van. Er hievte sich hinein und startete den Motor. Unwillkürlich warf er einen Blick über die Schulter. Aaron stand noch immer da und beobachtete ihn. Garys Herz verhärtete sich. Was ist mit ihm? dachte er. Haben wir etwa die Woche der Behinderten? Er war nie zynisch gewesen, aber jetzt konnte er nicht anders. Er wandte seine Aufmerksamkeit der Straße zu. Er spürte Aarons Blick noch immer auf sich ruhen, ignorierte ihn jedoch und reihte sich vorsichtig in den dichten Verkehr der Boylston Street ein. Es war beängstigend, in einer fremden Stadt zu fahren. Bisher war er nur den Verkehr im Cape Christian County gewohnt gewesen. Er wußte noch immer nicht genau, warum er ausgerechnet in Boston gelandet war. Unbewußt hatte er wohl diese Stadt gewählt, weil er in Gedanken oft hier gewesen war – das Museum, das Stipendium. Das war eine Ewigkeit her.
Gary seufzte und blickte sich ängstlich um. Hoffentlich finde ich den Weg zu dem Geschäft zurück, dachte er. Er war zufällig darauf gestoßen und kannte sich in dem Straßengewirr überhaupt nicht aus. Er versuchte sich an die Abbiegungen zu erinnern, die er genommen hatte, und suchte nach bekannten Merkmalen. Aber es war schwierig. Beim erstenmal hatte er kaum auf die Umgebung geachtet. Eigentlich ist die Gegend gar nicht so unheimlich, dachte er, während er durch das schäbige Viertel in

South Boston kurvte. Schließlich habe ich nichts zu verlieren.
Paradoxerweise stieg Siegesfreude in ihm auf, als er die schäbige Gasse entdeckte, die er gesucht hatte. An dem Eckgebäude aus grauem Ziegel hing ein Schild mit der Aufschrift: Bares gegen Scheck. An der gegenüberliegenden Ecke waren eine Kneipe und daneben ein Fast-food-Restaurant. Gary parkte den Van und hievte sich auf den Bürgersteig. Er manövrierte den Rollstuhl um leere Bierdosen herum und rollte über zerdrückte Pappkartons mit Pizzaresten und Zigarettenstummel. Vor dem Geschäft hielt er an und spähte durch das schmutzige Schaufenster auf das Durcheinander von Waren in der Auslage. Das Sortiment ähnelte mehr Gerümpel auf einem Dachboden als einer Warenauslage. In diesem Geschäft wurden gebrauchte Gartenwerkzeuge, Haushaltsgeräte und sogar Kinderspielzeug verkauft.
Gary rollte in den Laden und durch einen schmalen Gang zwischen den vollgestopften Regalen zu der Glasvitrine, die die wertvollste Ware dieses Ramschladens enthielt: ein Sortiment Handwaffen und Gewehre. Der Ladenbesitzer, ein grauhaariger Mann mit der Kappe eines Zeitungsjungen auf dem Kopf, der sich eine Seifenoper in einem gebrauchten Fernseher ansah, blickte auf und erkannte Gary sofort wieder.
»Ich glaube, die Wartezeit ist vorbei«, sagte Gary ohne Umschweife.
»O ja«, sagte der Mann freundlich. »Mit Ihrer Identität gibt's keine Probleme. Sie sind sauber. Einen Augenblick bitte. Ich gehe nach hinten und hole Ihre Waffe.«
Gary wartete geduldig. Jetzt gab es keinen Grund zur Eile mehr.

32

Als Vince in sein Büro zurückkam, saß Ron Leonard mit geschlossenen Augen und hochgelegten Beinen an seinem Schreibtisch. »Fühlen Sie sich ganz wie zu Hause, Detective«, sagte Vince ironisch.

Ron öffnete die Augen und nahm mit einem verlegenen Grinsen die Füße vom Schreibtisch. »Entschuldigen Sie«, sagte er. »Ich mußte meine Augen ausruhen. Ich habe den ganzen Tag Buchungsbelege von Laura und James Reeds Konten und die Faxe über Turners Bankauszüge durchgesehen, die ich aus Connecticut angefordert hatte.«

Vince bedeutete ihm, sitzen zu bleiben. Er steckte eine Akte in den Aktenschrank zurück. »Haben Sie etwas Brauchbares entdeckt?«

»Bisher noch nicht«, sagte Ron. »Das, wonach wir suchen, ist natürlich gut versteckt. Ich habe nicht damit gerechnet, einen an Herman Powell ausgestellten Scheck als Abbuchung auf dem gemeinsamen Konto der Reeds zu entdecken. Und was Turner betrifft, der hat alle Konten aufgelöst, ehe er in die Karibik segelte. Seitdem hat er immer bar bezahlt.«

Vince nickte zerstreut.

»Und was ist mit Ihnen?« fragte Ron. »Gibt's was Neues?«

Vince runzelte die Stirn. »Ich habe gerade einen Anruf von Bobby McCandles bekommen. Das ist der Officer, den ich nach Boston geschickt habe, um Gary Jurik zu suchen. Wie es scheint, hat Jurik die Waffe gekauft, aber die Adresse, die er dem Händler gegeben hat, war falsch.«

Ron verzog das Gesicht. »Seine Mutter hat recht. Er hat etwas vor ...«

»Ich weiß«, sagte Vince. »Aber McCandles kennt sich in Boston nicht aus. In einer fremden Stadt kann er Jurik nicht aufspüren. Er ist wie vom Erdboden verschwunden.«

»Was wollen Sie jetzt unternehmen?« fragte Ron.

»Mir sind die Hände gebunden. Ich habe McCandles gesagt, er soll der Bostoner Polizei Bescheid sagen und nach Hause kommen.«

Ron nickte mitfühlend. In diesem Moment läutete das Telefon auf Vinces Schreibtisch. »Gehen Sie ran?« bat er Ron. »Sollte es Wanda Jurik sein, sagen Sie ihr, ich sei nicht da.«

Ron nahm den Hörer ab und beantwortete ein paar Fragen. Dann bedeckte er die Sprechmuschel mit der Hand und sagte zu Vince: »Dominick Vanese ist dran. Ihm gehört dieses große Restaurant in Atlantic City.«

»Maries Bruder? Ist das nicht ein Stammlokal der Mafia?« fragte Vince. »Was will er denn?«

Ron zuckte mit den Schultern. »Er möchte mit Ihnen sprechen. Sagt, er hätte wichtige Informationen zum Reed-Fall.«

»Sie kriechen aus ihren Löchern«, sagte Vince und griff nach dem Hörer.

Das Betreten von Dominick Vaneses Restaurant, *Stella di Mare,* war wie ein Hineingleiten in die dunklen Kammern des Herzens. Die Wände glänzten in Burgunderrot, und der Farbton der Teppiche war blutrot. Die glatten Ledersitze der gepolsterten Bänke waren kastanienbraun, schimmerten jedoch im Kerzenlicht der beerenförmigen Glasleuchter scharlachrot.

Das *Stella di Mare* war eines der beliebtesten Restaurants an der Strandpromenade von Atlantic City. Und eines der wenigen, das nicht von den Kasinos geschluckt worden war. Dominick Vanese hatte genügend Freunde in hohen Positionen, die seit vielen Jahren seine gute Küche zu schätzen wußten und verhindert hatten, daß dieses Wahrzeichen der Stadt von den Kolossen an der Strandpromenade verschlungen wurde. Sie sorgten dafür, daß das *Stella di Mare* an seinem ursprünglichen Platz blieb. Atlantic City ist eine Stadt, in der den Menschen Freundschaften und Loyalitäten noch etwas bedeuten. Geld allein ist nicht wichtig.

Vince und Ron standen im Türrahmen, von den dunklen, mit Fransen versehenen Brokatvorhängen umrahmt, und spähten in den schwach beleuchteten Raum. »Sitzt dort drüben nicht Gianni di Marco?« fragte Ron und meinte damit einen bekannten Mafioso.

Vince warf einen Blick in die Tiefen des Restaurants. »Ja, das ist er«, bestätigte er.

Gianni di Marco, ein grauhaariger, gepflegter Mann um die Sechzig, in einem Anzug von Armani, saß in einer Nische am Ende des Restaurants und aß anmutig von einem kleinen Teller. Ein jüngerer Mann in einem purpurschwarzen Jogginganzug aus Fallschirmstoff saß neben ihm und brach Brotstücke von einem krustigen Laib aus einem vor ihm stehenden Korb.

Als Hintergrundmusik ertönte die Ouvertüre der *Cavalleria rusticana,* als Dominick Vanese im dunkelblauen Anzug mit weißem Hemd zu den beiden Männern im Foyer trat. »Haben Sie einen Tisch reserviert?« fragte er.

Vince und Ron hörten auf, die Gangster anzustarren, und wandten ihre Aufmerksamkeit dem kleinen, kahl werdenden Mann mittleren Alters zu. »Ich bin Chief Moore«, sagte Vince. »Und das ist Detective Leonard vom Büro des Staatsanwalts im Cape Christian County.«

Dominick Vaneses glattes Gesicht blieb ausdruckslos. Ein Teil seines Erfolgs war auf seine absolute Diskretion zurückzuführen. Sein Restaurant wurde von bekannten Persönlichkeiten frequentiert. Er sorgte ausschließlich dafür, daß bei diesen Geschäftsessen beste Qualität aufgetischt wurde. Vanese bedeutete Vince und Ron, ihm zu folgen, und führte die beiden zu einer Tür in der Rückseite des Restaurants. Ron ergötzte sich am Anblick der mit pinkfarbenem Leinen gedeckten Tische, an denen kunstvoll frisierte Damen mit eleganten Herren saßen und mit silbernem Tafelbesteck aßen und aus Kelchen dunkelroten Wein tranken. Gelegentlich blitzten Diamanten auf.

Als sie an Gianni di Marcos Tisch vorbeikamen, blickte dieser auf und sagte zu seinem Gastgeber: »Exzellent wie immer.«

Vanese lächelte. »*Grazie.* Hier entlang, bitte«, fügte er aalglatt für Vince und Ron hinzu, öffnete die Tür und führte die beiden in sein Büro.

Ron versuchte, seine Blicke im Zaum zu halten. Vaneses Büro war größer als jedes Wohnzimmer, das er bisher gesehen hatte, aber luxuriöser ausgestattet. Der Boden war mit Perserteppichen bedeckt, und die Sessel und Sofas aus schwarzem Leder waren mit Quasten versehen. Eine Wand zierte ein Kamin aus Marmor, der so sauber aussah, als sei er nie benutzt worden. An den Wänden hingen gerahmte Fotos von Dominick Vanese zusammen mit einigen seiner illustren Gäste – Donald Trump, Don King, Charles Barkley und Frank Sinatra.

Vanese bedeutete den beiden, sich zu setzen. Vince und Ron wählten das Chesterfieldsofa aus Leder. Auf einem Glastisch vor ihnen stand ein Silbertablett mit Karaffen unterschiedlichster alkoholischer Getränke und Gläser. Vince registrierte, daß ihnen der vorbildliche Gastgeber keinen Drink anbot. Ein absichtlicher Fauxpas, dachte Vince. Dies war kein geselliges Zusammentreffen. Vanese wartete, bis Vince das Wort ergriff.

»Mr. Vanese, Officer Leonard und ich ermitteln in diesem Fall gemeinsam«, sagte Vince schließlich. »Es ist Ihnen doch bewußt, daß Sie Ihre Informationen, sollten diese von Belang sein, bei der Bezirksstaatsanwaltschaft zu Protokoll geben und Sie eventuell als Zeuge vor Gericht aussagen müssen?« Vanese machte eine Handbewegung, als spiele das keine Rolle. »Sie sagten am Telefon, daß Sie Informationen bezüglich des Reed-Falles haben.«

Dominick Vanese nickte und warf einen Blick zur Tür seines Büros. »Das ist richtig«, sagte er. »Über den Mord an Reed. Und den Auftragskiller ...«

Die Haut in Vinces Nacken prickelte, und er rutschte zur Kante des dick gepolsterten Sofas vor. »Was wissen Sie darüber?« fragte er ruhig.

»Ich glaube, ich weiß, wer den Kerl beauftragt hat«, sagte Vanese.

Vince hob die Brauen. »Das war kein Mann aus der hiesigen Szene, wissen Sie.«

Vanese sah ihn zum ersten Mal direkt an. In seinem Blick lag Verachtung. »Wollen Sie meine Aussage hören oder nicht?« fragte er.

»Ja. Klar«, entgegnete Vince. »Bitte, sprechen Sie weiter.«

»Neulich haben ich mir die Abendnachrichten angesehen. Und ich habe sie erkannt.«

»Wen?«

»Die Frau.«

Vince warf Ron einen Blick zu; dieser war bei Vaneses Worten sichtlich blaß geworden. »Tja, vielleicht war sie mal Gast in Ihrem Restaurant«, äußerte Vince vorsichtig.

»Das meine ich nicht«, sagte Vanese schroff.

»Worauf wollen Sie dann hinaus?«
»Vor einiger Zeit ... im letzten Sommer war es, glaube ich ... kam sie zu mir ins Restaurant.«
Vince beobachtete ihn argwöhnisch.
Vanese runzelte nachdenklich die Stirn. »Sie bat um eine Unterredung mit mir. Sie wollte ein paar Informationen haben und dachte, ich könnte ihr helfen. Sie sagte, mein Restaurant habe einen bestimmten Ruf.« Vanese sah Vince und Ron an. »Sie wissen, wovon ich spreche. Es ist allgemein bekannt, daß meine Gäste ... sagen wir mal, eine gewisse Reputation besitzen.«
Vince machte sich nicht die Mühe, darauf einzugehen.
»Wie auch immer, jedenfalls kannte diese Frau Mr. di Marco und ein paar andere Stammgäste und ging von bestimmten Voraussetzungen aus.«
Ron unterdrückte einen Seufzer. Vince schoß ihm einen warnenden Blick zu.
»Sprechen Sie weiter«, sagte Vince.
Vanese sah ihm in die Augen und machte keine langen Umwege. »Die Frau wollte jemanden ermorden lassen. Sie wollte wissen, ob ich ihr für diesen Job jemanden vermitteln könnte.«
Vinces Herz schlug schneller. Das war's! Das war der Durchbruch, auf den sie gehofft hatten. »Und?« drängte er.
»Nichts weiter«, sagte Vanese. »Ich sagte, sie sei falsch informiert und daß ich nichts über solche Dinge wisse. Dann ist sie gegangen.«
Weder Vince noch Ron sagten ein Wort.
»Ich nehme an, sie hat dann doch jemanden gefunden, der ihr helfen konnte«, sagte Dominick Vanese und lehnte sich in seinem Sessel zurück.
»Haben Sie sich die ganze Geschichte ausgedacht, Mr. Vanese?« fragte Ron unverblümt.

Dominick Vanese sah ihn an, als wäre er eine Küchenschabe, die gerade durch seinen prächtigen Salon krabbelte. »Warum sollte ich das tun?«

»Das weiß ich nicht«, entgegnete Ron ehrlich. »Sie wissen, daß diese Information Mrs. Reed schwer belastet?«

»Ich erzähle Ihnen nur, worum sie mich gebeten hat«, sagte Vanese eigensinnig.

»Warum haben Sie diese Information so lange zurückgehalten?« fragte Vince. »James Reed wurde vor Monaten ermordet. Warum haben Sie uns damals nicht angerufen?«

»Ich bin Geschäftsmann. Mir gehört ein Restaurant. Ich sitze nicht herum und denke über Verbrechen nach. Da wird ein Kerl bei einem Einbruch in Cape Christian ermordet ... große Sache. Ich vergewissere mich, daß meine Alarmanlage funktioniert und denke nicht mehr daran.«

»Die Frau, die mit diesem Mann verheiratet war, suchte einen Auftragskiller.«

»Sie hat mir ihren Namen nicht genannt, Officer«, sagte Vanese kalt zu Ron. »Mir ist sie nie zuvor begegnet. Woher sollte ich wissen, daß der Mann, der erschossen wurde, ihr Mann war? Ich habe mir darüber keine Gedanken gemacht.«

Vince deutete mit einem Schulterzucken an, daß er diese Erklärung für akzeptabel hielt. Vanese sprach gelassener weiter: »Dann sehe ich mir vor ein paar Tagen die Abendnachrichten an ... diese Holly Brody vom Kanal Fünf – mir gefällt sie – und erfahre, daß der Mann von einem Auftragskiller erschossen wurde, und siehe da, auf dem Bildschirm taucht diese Frau auf. Sie steigt aus einem Auto und geht ins Gericht. Und da erinnere ich mich an sie. Diese schöne Frau mit dem silberblonden Haar und den großen traurigen Augen vergißt man nicht so leicht. So ein Miststück, denke ich mir, sie hat's also doch getan.«

»Okay, Sie haben die Frau in den Nachrichten gesehen und sie wiedererkannt«, sagte Ron ungeduldig. »Warum kommen Sie mit dieser Information erst jetzt rüber? Sie haben sich nicht die Mühe gemacht, uns anzurufen, als die Frau zu Ihnen kam und Sie um die Vermittlung eines Auftragskillers bat. Es war Ihre Pflicht, diese Anstiftung zum Mord zu melden.«

»Ich wußte schließlich nicht, ob es die Frau ernst meinte. Sie hätte genausogut eine Spinnerin sein können. Ich wollte nichts mit ihr zu tun haben. In meinem Restaurant verkehren viele Menschen, und es sind auch ein paar Spinner darunter. Ich sagte, ich könne ihr nicht helfen, und bat sie zu gehen.«

»Und warum kommen Sie jetzt mit dieser Information zu uns und belasten diese Frau? Bestimmt ist sie nicht die einzige in Ihrem Bekanntenkreis, die ungeschoren mit einem Verbrechen davonkommt«, sagte Ron sarkastisch.

Dominick Vanese blickte ihn finster an. »Viele meiner Gäste sind italienischer Abstammung wie ich und mögen meine Küche. Aber ich weiß nichts über die Mafia. Ich weiß nichts über ihre Geschäfte. Ich kenne mich im Restaurantgeschäft aus. Ich weiß über Essen und Weine und Tischdekorationen Bescheid. Ich stelle mich taub und kümmere mich um meine Angelegenheiten. Was andere Leute tun, geht mich nichts an. Ich darf um etwas mehr Respekt bitten, sonst muß ich Sie auffordern, mein Etablissement zu verlassen.«

Ron wich Vaneses stählernem Blick aus.

»Ich muß Ihnen allerdings zugute halten, daß Sie auch weiterhin hätten schweigen können«, lenkte Vince beschwichtigend ein. »Viele Menschen hätten es vermieden, in einen Kriminalfall verwickelt zu werden.«

Vanese sah Vince mit trotziger Miene an, die ehrlich wirkte, und erklärte – gewissermaßen von Familienvater zu Familienvater: »Diese Frau hat ihren Mann ermorden lassen. Soviel ich weiß, haben die beiden ein Kind. Stimmt das?«

Vince nickte.

Dominick Vanese hob die Stimme. »Und dann ist sie durchgebrannt und hat einen anderen Kerl geheiratet. Nennen Sie mich ruhig altmodisch, aber ich halte das nicht für richtig. Es beleidigt mein moralisches Empfinden. Als mir klar wurde, was diese Frau getan hat, wollte ich verhindern, daß sie mit einem Mord davonkommt. Können Sie das verstehen?«

»Ja, das kann ich gut verstehen«, sagte Vince. »Ja, tatsächlich.«

33

Das *Golden Pheasant Motel* lag unter einer Überführung der Southeast-Schnellstraße, so daß das Rumpeln der Lastwagen und der Verkehrslärm den Gästen eine ständige Erinnerung an die Schäbigkeit ihrer Unterkunft war. Gary parkte den Van auf dem rissigen, mit Kies bestreuten Parkplatz neben dem Gebäude. Eine Gruppe Teenager verschiedenster Hautfarbe saß auf einer niedrigen Mauer am Ende des Parkplatzes. Sie rauchten gemeinsam irgend etwas, trugen die Mützen verkehrt herum und ihre Sneakers mit losen Schnürsenkeln. Als sich Gary aus dem Van hievte, beäugten sie sein Fahrzeug gierig. Wahrscheinlich wollten sie ihm Angst einjagen. Es gehört euch, dachte er. Es war erschreckend, wie schnell er die Paranoia der Stadtbewohner angenommen hatte. Kurz dachte er daran, den Van nicht abzusperren, aber dann entschied er sich dagegen. Sollen sie doch wenigstens dafür arbeiten, dachte er. Das ist amerikanische Lebensanschauung.

Er rollte ins Gebäude und durch die Lobby mit den aquamarinfarbenen, vinylbezogenen Möbeln und einem Dschungel aus grünen Plastikpflanzen. Ein Mann mit geschniegeltem schwarzen Haar, der ein schmuddeliges weißes T-Shirt und Hosenträger trug, las hinter dem Empfang eine griechische Zeitung. Er musterte Gary argwöhnisch und grunzte in seine Richtung, als er vorbeirollte. Gary fuhr einen schummrigen Flur hinunter zu Nummer sieben.

Er sperrte die Tür seines Zimmers auf und rollte hinein.

Die schmutzigen Bambusrollos waren heruntergelassen, so daß es im Zimmer dunkel und heiß war. Er knipste die Nachttischlampe an, deren Schirm die Form eines Pagodendachs hatte, und sah sich in dem kärglich möblierten Raum um. Zwei Drucke, die Schriftrollen ähnelten, mit chinesischen Buchstaben und Frauen in Kimonos, hingen an den Wänden. Die Bettdecke war aus senffarbener Baumwolle, und zu beiden Seiten des Fensters standen zwei Stühle, die wie Bürostühle aussahen.

Auf dem schmalen Nachttisch lag neben der Lampe und dem Telefon ein Kalender aus Pappe vom hiesigen Schnapsladen, der eine Schneelandschaft in Vermont zeigte. Gary starrte das Telefon lange an. Der Satz *Ruf an, wenn du Hilfe brauchst* wand sich wie eine endlose Tonschleife durch seine Gedanken. Wen soll ich anrufen? dachte er. Und warum? Womit könnte ihn irgend jemand dazu bewegen, weiterzuleben?

Irgendein Psychiater würde ihm sagen, er habe Depressionen, und würde irgendwelche Kindheitstraumas ans Licht zerren wollen. Sein Leben vor dem Unfall war weder besser noch schlechter als das anderer Jugendlicher gewesen. Seine Eltern hatten sich zwar nicht verstanden, aber auch nicht übermäßig gestritten. Sein Vater war eines Tages einfach verschwunden. Gary fragte sich oft, wohin er gegangen war. Karl hatte nie eine Andeutung gemacht. Vielleicht ist er manchmal nach Boston gekommen, dachte Gary versonnen. Vielleicht hat er hier in diesem Zimmer auf einer seiner Reisen gewohnt. Vielleicht ist er jetzt, in diesem Augenblick, in Boston, in dieser Kneipe am Ende der Straße, und zeigt einem anderen Trunkenbold das Foto seines Sohnes und erzählt: »Er ist Künstler, wie ich.«

Ich denke schon wie meine Mutter, dachte er. Dieser wütende Sarkasmus war ihre einzige Möglichkeit gewesen, damit

fertig zu werden, daß Karl sie verlassen hatte. Er versuchte den Gedanken an Wanda zu verdrängen. Er wußte, was für ein Theater sie um seinen Selbstmord machen würde. Aber schließlich würde sie erleichtert sein. Wie oft hatte sie gehadert, daß dieser Unfall ihrer beider Leben ruiniert hatte! Durch seine Tat würde er auch sie von der Bürde seines Lebens befreien. Und Laura? Bei dem Gedanken an Laura lächelte Gary bitter, und seine Mundwinkel zitterten. Nein, nicht Laura. Sie war in den Flitterwochen.
Gary öffnete die Schachtel auf seinem Schoß und untersuchte den Revolver. Er war schwer, viel schwerer, als er gedacht hatte. Der Waffenhändler hatte ihm gezeigt, wie man den Revolver lädt, und ihn ermahnt, damit auf einem Schießstand zu üben. Für diesen einen Schuß brauche ich wohl kein Training, dachte er. Jetzt, da der Augenblick gekommen war, fühlte er sich seltsam distanziert von allem. Diese ganze vergangene Woche, während der er hatte warten müssen, hatte er sich auf diesen Moment vorbereitet, hatte wenig gegessen, noch weniger geschlafen und sich in einen Zustand der Distanz vom Alltagsleben gesteigert. Seine Existenz hatte darin bestanden, in diesem schäbigen Zimmer zu hausen. Und in den Park zu fahren, um sich die Stunden zu vertreiben. Flüchtig mußte er an Aaron, den Mann im Park, denken. Einen Moment spürte er wieder diese Neugier aufs Leben, die er schnell verdrängte. Er konnte es nicht ertragen, darüber nachzudenken. Er war kaum noch wütend – oder traurig. Es war einfach eine Tatsache: Laura und Michael waren für ihn verloren, trotz seiner törichten Hoffnungen und Pläne. Und sonst gab es nichts für ihn. Es war ihm nie bewußt gewesen, wie absolut allein er war, bis er Laura auf der Veranda zur Rede gestellt – Fliederduft lag in der Luft – und sie ihm ihre Wiederverheiratung gestanden hatte. Als er von ihrem Haus weggefahren war, hatte er sein

Leben schonungslos betrachtet. Ihm war nur die Rückkehr nach Hause in sein Zimmer und zu seiner Mutter geblieben, um dort zu warten – warten worauf? Also war er losgefahren. Aber dieses Gefühl hatte ihn begleitet. Hatte ihn durchdrungen wie eine giftige Wolke. Beherrschte ihn jetzt.
Ihm gefiel die Atmosphäre dieses Zimmers – erniedrigend und fremd. Der perfekte Ort für eine solche Tat. Trotz der inneren Ruhe zitterten seine Finger beim Laden des Revolvers. Er steckte in jede Kammer eine Patrone. Russisches Roulett interessierte ihn nicht. Das war kein Spiel. Es war eine logische Folgerung, ein logisches Ende für sein elendes Leben. Er dachte an Jimmy Reed. Mit Jimmys Gesicht vor Augen wollte er sterben. Das war angemessen. Denn es war der Tod von Jimmy Reed gewesen, der ihn an diesen Ort gebracht hatte. An diesen Ort, an dem er keine Minute länger leben konnte.
Gary ließ die Trommel wieder einschnappen und spannte den Hahn. Er fragte sich, ob er wohl den Mut aufbringen würde. Die Kraft besitzen würde, es zu tun. Er saß eine Weile da. Er wußte nicht, wie lange. Das Tageslicht verblaßte hinter den Rollos, und dann herrschten draußen nur noch Dunkelheit und dieser Verkehrslärm. Menschen fuhren vorbei, hatten es eilig, irgendwohin zu kommen. Waren in Eile, zu jemandem zu kommen, der auf sie wartete. Etwas zu erledigen, was sie für wichtig hielten. Aber er wußte es besser. Er war schon angekommen. An dem Ort, den wir schließlich alle erreichen. Endlich konnte er die Spannung nicht mehr ertragen. Es war Zeit zu handeln. Er hob den Revolver langsam und preßte den kalten Lauf an das weiche, geäderte Fleisch seiner Schläfe. Er schloß die Augen und versuchte zu beten. Aber in ihm herrschte eine zu große Leere. Sein Finger berührte leicht den Abzug, und ihn schauderte.
Da klopfte es an der Tür.

34

Zeig mir deine Fingernägel, Freundchen«, sagte Laura mit gespielter Strenge, als Michael nach dem Bad seine Pyjamajacke anzog.

»Ich habe sie gebürstet«, protestierte er.

Laura nahm seine weichen kleinen Hände in ihre, rieb sie geistesabwesend mit ihrem Daumen und tat so, als würde sie die Fingerspitzen prüfen. Nichts auf der Welt fühlte sich so sanft, so vertrauensvoll an wie diese kleinen Hände in ihren. Michael wußte, daß Ärger in der Luft lag, aber er vertraute tapfer darauf, daß sie alles in Ordnung bringen würde. Alles würde gut werden, redete sie sich ein. Niemand konnte ihr etwas anhaben, sie hatte nichts Unrechtes getan. »Na ja, sie sehen ganz manierlich aus«, sagte sie.

»Habe ich doch gesagt. Mom, spielen wir heute abend Uno? Bitte?«

»Na gut. Aber zieh deine Hausschuhe an, ehe du runterkommst.«

Laura ging nach unten ins Wohnzimmer. Ian stand am kalten Kamin, hatte einen Arm auf den Sims gelegt und starrte mit zusammengepreßten Lippen in die Feuerstelle.

»Hoffentlich hast du Lust auf ein Uno-Turnier«, sagte sie.

Ian zuckte beim Klang ihrer Stimme zusammen.

Laura ging zu ihm, umarmte ihn, und er zog sie fest an sich.

»Du bist tausend Meilen entfernt«, sagte sie.

»Ich habe nachgedacht.«

Sie legte ihren Kopf in den Nacken und sah zu ihm hoch. »Und?«

»Ich glaube, wir sollten hier weggehen, so wie es geplant war. Ich weiß, wir wollten nur den Sommer über herumsegeln und uns dann irgendwo niederlassen. Aber ich habe mir überlegt, daß wir gleich zu den Inseln runtersegeln und dort eine Weile bleiben sollten. Ich kenne da eine Insel, St. Eustatius, die absolut paradiesisch ist. Sie gehört zu den Niederländischen Antillen und hat das ganze Jahr über ein phantastisches Klima. Michael würde es dort gefallen. Für ihn wäre das ein Leben wie auf der Schatzinsel. Ein großes Abenteuer ...«

Laura entzog sich ihm. »Ian, wir können nicht von hier weg. Das weißt du doch. Nicht, bis die Polizei herausgefunden hat, wer Herman Powell beauftragt hat, Jimmy zu töten.«

»Warum müssen wir hierbleiben?« fragte Ian heftig. »An unserer Situation hat sich doch nichts geändert. Ohne schlüssige Beweise kann uns die Polizei nicht verhaften. Warum sollen wir uns dem ständig aussetzen? Laß uns einfach losfahren – nächste Woche, wie geplant. Michael muß nur noch ein paar Tage in die Schule gehen.«

»Ich kann nicht«, sagte Laura eigensinnig.

»Warum nicht? Machst du dir Sorgen um das Gerede der Leute? Dafür ist es jetzt wohl ein bißchen zu spät.«

»Nein«, sagte sie gelassen. »Ich kann erst abreisen, wenn die Polizei Jimmys Mörder festgenommen hat. Jetzt, da sie über Powell Bescheid weiß, kann das doch nicht mehr lange dauern. Erst dann ist die Geschichte für mich abgeschlossen.«

»Jimmy ist tot. Was für einen Unterschied macht es da, ob du hierbleibst oder abreist? Das ändert doch an der Tatsache nichts, daß er tot ist. Ich möchte endlich unser Leben

beginnen. Solange wir hier sind, hängen wir in der Luft«, ereiferte er sich.
Laura sah ihn besorgt an. Sie hatte Angst, ihre Antwort würde ihn verärgern, aber es hatte keinen Sinn, ihre Gefühle zu verleugnen. »Sieh mal, ich ... ich habe ein schlechtes Gewissen, weil ich dich in die ganze Sache hineingezogen habe. Es ist nicht dein ... Verlust. Deine Rache, sozusagen. Aber meine. Sie gehört einfach dazu. Ian, ich muß wissen, wer Powell den Auftrag gegeben hat, Jimmy zu ermorden. Vorher kann ich nicht hier weggehen. Verstehst du das denn nicht? Es ist jemand, den ich kenne, der meinen Mann ermordet hat. Ich muß wissen, daß er bestraft wird. Das kannst du doch sicher verstehen. Warst du nicht erleichtert, als Stuart Short verhaftet wurde? Wolltest du ihn nicht im Gefängnis sehen?«
»Wer ist im Gefängnis?« fragte Michael, der in Hausschuhen, ein Päckchen Spielkarten in der Hand, ins Wohnzimmer geschlittert kam.
Laura streckte die Arme aus und zog Michael an sich, obwohl er sich sträubte. Ian wandte sich von beiden ab.
»Niemand, den du kennst, Schatz«, sagte Laura.
»Laß uns spielen«, bat Michael.
»Ich spiele mit dir«, sagte Laura. »Ian?«
Ian kam zu ihnen und setzte sich auf die Couch. Er war so angespannt, daß er förmlich vibrierte. Laura setzte sich neben ihn und massierte ihm die Schultern.
»Darf ich geben?« fragte Michael.
»Klar, Schatz«, sagte sie zerstreut. Michael fing an, mit großer Konzentration die Karten zu mischen.
»Mach dir keine Sorgen«, flüsterte sie Ian zu. »Es kann nicht mehr lange dauern. Und dann reisen wir ab. Aber ein Leben auf den Antillen ...«
Er starrte sie an. »Eigentlich willst du doch gar nicht verrei-

sen. Du hängst an deinem alten Leben. Du willst keine Veränderung. Wie konnte ich mir nur einbilden, ich könnte daran etwas ändern. Was war ich doch für ein Narr.«
Laura lehnte sich zurück. »Das ist unfair«, sagte sie. »Ich wollte hier weg. Ich habe schließlich schon gepackt und alles vorbereitet. Das weißt du doch. Aber jetzt hat die Situation sich verändert.«
»Das stimmt«, sagte Ian bitter. »Jetzt ist die Polizei todsicher, daß du es warst. Vorher hat sie dich nur verdächtigt.«
Laura war einen Augenblick über seine Worte schockiert. Dann fragte sie sich, warum diese Reaktion sie überraschte. Ian begann, in die Knie zu gehen. Sie hätte wissen müssen, daß das passieren würde. »Laß uns nicht jetzt darüber reden«, sagte sie mit einem Blick auf Michael.
»Warum streitet ihr?« jammerte Michael.
»Es tut mir leid, Schatz. Verteil jetzt die Karten. Ian, spielst du mit?«
Ian sah sie mit einem Ausdruck verzweifelter Traurigkeit in den Augen an. Bald wird er mich verlassen, dachte sie. Er wird sehr reuevoll sein, und es wird sehr zivilisiert zugehen, aber er wird an Bord seiner Segelyacht gehen, und es wird wieder einmal ein Abschied sein. Es ist mir egal, redete sie sich ein. Ich habe Michael. Ich werde überleben. »Weglaufen löst überhaupt keine Probleme«, sagte sie ruhig. »Ich muß hierbleiben. Aber du nicht. Ich kann es verstehen, wenn du gehen willst.«
Ian legte ihr die Hand sanft auf den Kopf. »Mein Schutzengel«, sagte er. »Als ob ich dich je verlassen würde ...«
Seine Loyalität beschämte sie. »Danke«, flüsterte sie, sah ihn jedoch nicht an. Sie hielt ihren Blick auf die Karten gesenkt, die Michael ihr gegeben hatte. Sie legte eine blaue Fünf ab. »Du bist dran«, sagte sie.

Ian seufzte und fing an zu spielen. Michael klatschte fröhlich eine Karte auf den Tisch, die Ians übertrumpfte. »Jetzt bist du dran, Mom«, rief er.
Sie spielten drei Runden, und die Atmosphäre entspannte sich, während sie um Punkte wetteiferten. Laura holte Brezeln aus der Küche. »Letztes Spiel, Michael«, mahnte sie, als sie wieder hereinkam.
Michael spielte so gewitzt, daß er schließlich fröhlich rufen konnte: »Uno!« Die beiden Erwachsenen akzeptierten seufzend seinen Sieg. Da störte plötzlich ein lautes Klopfen an der Tür die friedliche Stimmung.
Laura sah Ian an, der die Augen verdrehte. »Ich mach auf«, rief Michael, sprang auf und lief zur Tür.
»Paß auf, daß du mit den Hausschuhen nicht ausrutschst«, rief ihm Laura nach, als Michael schon um die Ecke verschwunden war und den Flur entlanglief.
Laura stand auf und folgte ihm. »Ich seh mal nach, wer es ist«, sagte sie beunruhigt.
»Schick sie weg«, sagte Ian.
Auf dem Weg zur Haustür wurde Laura plötzlich von einer Erinnerung an ihr früheres Leben mit Jimmy überwältigt, der sich über jeden Besuch gefreut hatte und immer für einen Plausch und ein Bier zu haben war, ganz gleich, wer kam. In der ersten Zeit hatte sie das störend gefunden. Sie war anders erzogen worden. Sie war in einem stillen Heim aufgewachsen, in dem Besucher nicht willkommen waren. Aber die Jahre mit Jimmy hatten sie verändert. Sie verstand, warum er es liebte, in seiner Heimatstadt zu leben. Für ihn war das Großstadtleben, die kultivierte Welt, steril und unbefriedigend gewesen. Hier kannte er jeden und hieß jeden zufälligen Besucher willkommen. Und einer dieser freundlichen Menschen hatte ohne sein Wissen seinen Tod geplant, dachte Laura.

Michael öffnete die Tür, sprang zurück und lief aufschreiend zu seiner Mutter. Laura runzelte beim Anblick von Chief Moore und zwei Beamten in Uniform die Stirn.
»Hallo, Chief«, sagte Laura müde.
»Mrs. Turner.«
Ian kam in die Diele.
»Was kann ich für Sie tun?« fragte Laura.
»Wir müssen Sie festnehmen.«
Laura umklammerte Michaels Schulter. »Warum?«
Vince Moore sah auf Michael hinunter. »Bestimmt wollen Sie das nicht hier diskutieren ...«
»Kann das nicht bis morgen warten?« fragte Laura.
»Leider nicht. Ich haben einen Haftbefehl gegen Sie.«
»Was?« schrie Laura. »Weswegen soll ich verhaftet werden?«
»Wegen Mordes ersten Grades an James Reed junior«, sagte Vince.
»O mein Gott, Sie können doch nicht ...«, rief Laura.
»Das ist Wahnsinn!« schrie Ian.
»Ich muß Sie leider bitten mitzukommen«, sagte Vince. »Bitte. Bringen Sie den Jungen weg.«
»Hilf mir!« rief Laura.
»Verschwinden Sie von hier«, schrie Ian im selben Moment.
»Mommy«, jammerte Michael. »Was wollen die Männer von dir?«
Einer der Beamten trat mit Handschellen auf Laura zu. Die Welt fing an, sich vor ihren Augen zu drehen, als ihr bewußt wurde, daß es ernst war. Die Polizisten würden sie von hier fortbringen. Zuvor hatte sie nie wirklich Angst gehabt; schließlich war sie unschuldig. Aber jetzt wurde ein Alptraum wahr. Michael klammerte sich schreiend an ihre Beine.

»Liebling, nein«, flehte sie und wollte sich zu ihm hinunterbücken, aber der Officer riß sie am Arm hoch.

»Was haben Sie denn für einen Beweis?« wollte Ian wissen. »Sie können nicht einfach in das Haus eines unschuldigen Menschen eindringen. Meine Frau war ein Opfer in diesem Fall...«

»Wir haben einen Zeugen, der Mrs. Turner des Mordes an ihrem ersten Ehemann beschuldigt.«

»Das ist unmöglich«, sagte Ian.

»Ich bin Ihnen keine Auskunft schuldig«, sagte Vince. »Aber Sie sollen wissen, daß unser Zeuge schwört, daß Ihre Frau einem Killer den Auftrag zum Mord gegeben hat.«

Ian wollte sich auf den Chief stürzen, wurde jedoch von dem zweiten Beamten zurückgehalten. »Das ist eine Lüge!« brüllte Ian mit hochrotem Gesicht.

»Kommen Sie, Mrs. Turner.«

»Ich begleite Laura.«

Laura sah ihren Mann hilflos an. »Du mußt bei Michael bleiben.«

»Mommy, was machen diese Männer mit dir? Nehmt mir meine Mommy nicht weg.«

»Ian, bitte«, flehte Laura. »Wein nicht, mein Liebling«, versuchte sie das schluchzende Kind zu trösten. »Mommy kommt bald zurück.«

Mit festem Griff führte der Polizist sie weg von ihrem Kind, ihrem Heim, ihrem Mann.

»Das ist ein schrecklicher Irrtum«, beharrte sie mit zitternder Stimme.

»Verschwinden wir!« brüllte Vince. Der Anblick von Michaels verstörtem Gesicht war mehr, als er ertragen konnte. Die Polizisten führten sie die Verandatreppe hinunter zu dem wartenden Streifenwagen. Irgendwann am Abend hatte es zu regnen angefangen, und die Tropfen prasselten jetzt auf sie herunter. Laura blickte zurück. Michael hatte sich an die Fliegengittertür gepreßt und schlug heulend mit den Handflächen dagegen. Ian umfaßte die Schultern ihres Sohnes. Sein Gesicht war ganz schlaff vor Schock. Dann fühlte sie eine Hand auf ihrem Scheitel, und sie wurde nach unten gedrückt und auf den Rücksitz des dunklen Wagens geschoben.

35

Sidney näherte sich seiner Frau behutsam, da er nicht wußte, ob sie im Sessel schlief oder nicht. In einen dicken Morgenmantel eingehüllt, saß sie sehr still da, las nicht und sah nicht fern. Aber das bedeutete nicht, daß sie schlief. Sie konnte einfach so dasitzen und in den Regen hinausstarren.

»Liebes«, sagte er, »du mußt deine Tablette nehmen.«

Dolores wandte den Kopf und blickte zu ihm hoch. Ihre Augen waren ausdruckslos. Sidney konnte es kaum ertragen, sie anzusehen. Seine Dolores war forsch und voller Leben gewesen. Diese Dolores hier war nur noch eine Hülle. Seit er sie vom Krankenhaus nach Hause gebracht hatte, hatte sie sich nicht die Mühe gemacht, sich anzukleiden. Sie beteuerte, daß es ihr gut ginge, aber sie wollte nirgendwohin gehen. Es war, als würde sie die meiste Zeit auf irgendeinem Zwielicht-Planeten existieren.

»Hier ist ein Glas Dr. Pepper zum Runterspülen«, sagte er und reichte ihr beides. Die Knochen ihrer Hand fühlten sich so zerbrechlich an. Sie schluckte völlig gleichgültig die Tablette und gab ihm das Glas zurück.

»Möchtest du ein Buch oder sonstwas haben?« fragte Sidney.

Dolores schüttelte den Kopf. »Ich habe keine Lust zu lesen«, sagte sie.

Du hast keine Lust zu leben, dachte Sidney. Es klopfte an der Haustür. »Ich mache auf«, sagte er. »Reg dich nicht auf.«

Dolores lehnte sich im Sessel zurück. Es war ihr egal, wer da klopfte. Es war ihr egal, ob sie in diesem Sessel sitzen blieb oder zu Bett ging. Nichts war mehr wichtig. Sie hörte Sidneys Stimme lauter werden und wandte den Kopf leicht in Richtung Tür. Dann hörte sie Lauras Namen, und sie stand auf. Als sie in die Diele kam, hörte sie Sidney sagen: »Kein Kommentar.«

Der junge Mann an der Tür trug eine Krawatte und einen Trenchcoat. Dolores erkannte ihn nicht sofort, obwohl sie sich vage an sein Gesicht erinnerte.

»Was ist denn, Sid?« fragte sie.

»Dieser junge Mann ist von der Zeitung«, antwortete Sidney mit forcierter Gelassenheit, aber in seiner Stimme schwang ein Unterton von Gereiztheit mit. »Er sagt, Laura sei wegen des Mordes an Jimmy verhaftet worden.«

»Wir hätten gern eine Stellungnahme von Ihnen, Mrs. Barone«, sagte der Reporter eifrig.

Sidney blockierte den Eingang. »Mrs. Barone und ich geben keinen Kommentar dazu.«

»Darf ich reinkommen?« fragte der Reporter.

»Nein, tut mir leid. Meiner Frau geht es nicht gut.« Sidney schlug dem Reporter die Tür vor der Nase zu.

Er drehte sich zu Dolores um, wollte ihr stützend unter die Arme greifen, aber sie wehrte ab. Ihre Augen funkelten, und ihre Wangen hatten wieder Farbe bekommen. »Sie ist verhaftet worden. Endlich! Wie hat die Polizei das nur geschafft? Ach, Gott sei Dank, ich wußte es ...« In ihrer Stimme lag eine Mischung aus Entsetzen und Begeisterung. Sie schwebte förmlich ins Wohnzimmer und drehte sich dann zu Sidney um, der sich vergewisserte, daß die Haustür abgeschlossen war.

»Die werden uns den ganzen Abend belästigen«, sagte er.

»Sid, wie ist es der Polizei gelungen, sie zu überführen? Was hat der Reporter gesagt?«

»Anscheinend ist ein Zeuge aufgetaucht. Mehr hat er mir nicht gesagt.«

Dolores stand händeringend da. »Sie hat es getan. Ich wußte es, ich wußte es. Aber warum? Warum? Er hat sie so geliebt. Mein Jimmy. Hoffentlich kommt sie auf den elektrischen Stuhl. Wie konnte sie das nur tun?« Ihre Stimmung schwankte zwischen Kummer und äußerster Erregung.

»Bleib bitte ruhig, Dolores. Setz dich«, flehte Sid. »Du bist noch nicht gesund.«

»Oh, mir geht es jetzt viel besser. Besser als seit Monaten. Als seit Silvester, um genau zu sein. Endlich, endlich gibt es Gerechtigkeit für meinen Sohn.« Ihre Augen schwammen in Tränen. »Verstehst du das, Sid?« Sie wandte ihm ihr verzerrtes Gesicht zu.

»Sie wird für das bestraft werden, was sie getan hat«, sagte er.

Dolores umarmte ihn, da ihr bewußt war, was für eine vehemente Bemerkung das für einen so sanftmütigen Mann war. Die beiden lagen sich eine Weile in den Armen. Tränen strömten über Dolores' Wangen. Dann wich sie plötzlich zurück. »Michael«, sagte sie nur.

Sidney sah sie stirnrunzelnd an. »Was ist mit ihm?«

»Ich will ihn haben«, sagte sie. »Ich will ihn sofort haben.«

»Ich frage mich auch, wer sich um ihn kümmert. Hoffentlich nicht dieser Ian«, sagte Sid.

Dolores schüttelte seinen Arm. »Sie hat seinen Vater getötet. Sie hat kein Anrecht mehr auf den Jungen. Ich nehme ihn ihr weg und sorge dafür, daß sie ihn nie wieder sieht. Sid, du mußt sofort Frank O'Malley anrufen«, sagte Dolores und meinte ihren Anwalt. »Ich ziehe mich jetzt an.«

Sidney sah ihr bedrückt in die wild funkelnden Augen und nickte. »Ich rufe Frank an«, sagte er. »Er weiß, was zu tun ist.«

Laura saß an einem schmalen Tisch in einem fensterlosen Verhörraum im Gericht und wartete auf die Ankunft ihres Anwalts. Eigentlich hatte sie damit gerechnet, daß Richard kommen würde, aber der Aufsichtsbeamte hatte sie informiert, daß ihr Anwalt ein Mann namens Curtis Stanhope aus Philadelphia sei. »Jetzt wird schweres Geschütz für Sie aufgefahren«, sagte der Beamte mit einem leicht bewundernden Unterton in der Stimme. Danach schwieg er und stand mit verschränkten Armen und nach vorne gerichtetem Blick an der Tür. Mehrmals sagte er irgendwelche verschlüsselten Ausdrücke in sein Funksprechgerät.

Endlich klopfte es an der Tür, und der Beamte sperrte auf. Ein dickbäuchiger, etwa sechzig Jahre alter Mann mit schütter werdendem rotblondem Haar und weißen Brauen kam herein. Er trug ein gelbe Wildlederjacke und grün-gelb karierte Hosen. Seine grüne Krawatte zierten Goldfasane. Er nickte dem Aufsichtsbeamten freundlich zu, der hinausging und von außen absperrte. Stanhopes fröhliche Kleidung wirkte schrecklich fehl am Platze, so als würde jemand ein rotes Kleid zu einer Beerdigung tragen. Das muß ein Irrtum sein, dachte Laura. Sie hatte einen eleganten Mann im Nadelstreifenanzug erwartet.

»Mrs. Turner«, sagte er mit dröhnender Stimme. »Ich bin Curtis Stanhope. Ihr Mann hat mich heute abend angerufen und mich von einem Wohltätigkeitsdinner meiner Frau weggeholt.«

»Ich danke Ihnen, daß Sie gekommen sind«, sagte Laura automatisch.

»Ach, glauben Sie mir, ich war froh, dort wegzukommen. Diese Veranstaltungen sind fürchterlich langweilig. Vor allem heutzutage, wo niemand mehr trinkt!«

Laura schloß die Augen. »Können Sie mich hier rausholen?« flüsterte sie.

Stanhope öffnete einen Lederaktenkoffer, der dermaßen glänzte, daß Laura ihr verhärmtes Spiegelbild darin sehen konnte. Er nahm eine Halbbrille heraus und setzte sie auf die Nasenspitze. Dann studierte er ein Bündel Papiere. »Tja, ich tue, was ich kann. Ich habe mit dem Bezirksstaatsanwalt und Ihrem Mann gesprochen. Aber natürlich kommt es mir vor allem auf Ihre Schilderung der Ereignisse an. Ehe wir jedoch dazu kommen, will ich Ihnen Schritt für Schritt erklären, was auf Sie zukommt. Für heute abend sind zwei Anhörungen angesetzt. In der ersten, der Anklageerhebung, wird Ihre Kaution festgesetzt.«
»Wie hoch wird die Kaution sein?« fragte Laura. »Ist ja auch egal. Ian wird die Summe irgendwie aufbringen.«
Stanhope sah sie ernst über die Schildpattränder seiner Brille hinweg an. »Mrs. Turner, hier handelt es sich um ein Kapitalverbrechen. Um Mord ersten Grades. Ich muß Sie darauf hinweisen, daß in Ihrem Fall wahrscheinlich keine Kaution festgesetzt wird.«
Laura starrte den Anwalt ungläubig an. »Keine Kaution?«
»Ich werde einwenden, daß Sie keine Gefahr für die Öffentlichkeit sind. Und daß keine Fluchtgefahr besteht. Aber, ehrlich gesagt, spricht die Art des Verbrechens gegen Sie. Wurden Sie schon einmal verhaftet, oder sind Sie vorbestraft?«
»Nein«, protestierte Laura.
»Na, das spricht zu Ihren Gunsten. Für Sie wäre es allerdings besser, wenn ein Verbrechen aus Leidenschaft vorliegen würde. Dieser kaltblütig geplante Mord wird den Richter gegen Sie einnehmen.«
Laura umklammerte die Tischkante, um nicht das zu tun, was sie eigentlich wollte. Sie wollte diesen Mann an den gelben Wildlederaufschlägen packen und ihn schütteln. »Mr. Stanhope, Tatsache ist, daß ich es nicht getan habe. Ich habe meinen Mann geliebt. Ich habe keinen blassen

Schimmer, warum ich verhaftet wurde. Das ist ein unglaublicher Irrtum.«
Curtis Stanhope stieß einen Seufzer aus. »Tja, ich habe kurz mit Mr. Jackson, dem Bezirksstaatsanwalt, gesprochen, und er sagte mir, sie haben einen Zeugen – einen Dominick Vanese –, der behauptet, Sie haben ihn letzten Sommer um die Vermittlung eines Auftragskillers gebeten.«
Laura starrte den Anwalt an und versuchte zu begreifen, was er da sagte. »Das ist ... das ist eine unverschämte Lüge. Ich kenne niemanden namens Dominick Vanese.«
Stanhope warf einen Blick auf seine Unterlagen. »Anscheinend ist Mr. Vanese der Besitzer des Restaurants *Stella di Mare* in Atlantic City.«
»Ach ...«, sagte Laura.
»Sagt Ihnen der Name jetzt etwas?«
Laura zuckte hilflos mit den Schultern. »Ja, ich kenne den Namen. Ich meine, dieses Restaurant ist sehr berühmt. Mein Mann und ich haben dort einmal zu Abend gegessen. Aber ich kenne den Besitzer nicht. Warum behauptet er so etwas von mir? Warum glaubt ihm die Polizei?«
»Hören Sie«, sagte Stanhope. »Beruhigen Sie sich. Der Bezirksstaatsanwalt hat nun einmal diese Aussage und hat Sie vorläufig festnehmen lassen. Der Polizei blieb wirklich keine andere Wahl.«
»Warum? Was soll das heißen?«
»Die Polizei wollte verhindern, daß Sie diesen Zuständigkeitsbereich verlassen. Sie hatten Ihre Abreise doch schon geplant, nicht wahr?« Er wartete ihre Antwort nicht ab. »Die Polizei will Sie in Gewahrsam behalten, bis genügend Beweise gegen Sie vorliegen. Und dann ist da noch die Sache mit der Versicherung ...«
»Das habe ich der Polizei doch schon erklärt. Unser Anwalt hat uns zum Abschluß dieser Versicherung geraten.«

»Hmmmm«, murmelte Stanhope. »Hat er Ihnen auch davon abgeraten, wieder zu heiraten, solange die Polizei in dem Mord an Ihrem ersten Mann ermittelt?«
»Ich habe ihn nicht um Rat gefragt«, gab Laura zu.
»Jedenfalls war es aufgrund dieser Sachlage – Ihrer überstürzten Wiederverheiratung und der offenstehenden Fragen in dem Mordfall – nicht schwierig, einen Richter dazu zu bringen, einen Haftbefehl gegen Sie zu unterschreiben.«
»Sie stellen die Fakten so dar, als wäre ich schuldig«, rief Laura.
»Ganz im Gegenteil. Ich bin optimistisch, was Ihre Verteidigung betrifft. Offensichtlich hat die Polizei weder schlüssige Beweise noch einen Augenzeugen, sonst säßen Sie schon längst im Gefängnis. Nein, deren Verdacht gründet sich auf Indizien und die Aussage dieses Zeugen. Das reicht nicht für eine Anklage. Wir müssen die Aussage dieses Zeugen überprüfen.«
»Heißt das, ich komme hier raus?«
»Tja, hoffen wir, daß es nicht zu lange dauert.«
»Zu lange? Von welchem Zeitraum sprechen Sie?«
»Bis zur Anklageerhebung zwei bis drei Wochen. Dann wird es mehrere Monate dauern, bis der Prozeß eröffnet wird.«
»Mehrere Monate?« rief Laura. »Ich kann nicht mehrere Monate im Gefängnis bleiben.«
Stanhope ging auf ihren Protest nicht ein und fuhr mit den Tatsachen fort. »Nach der Anhörung heute abend wurde ein dringender Termin beim Familiengericht angesetzt. Dort liegt ein Antrag vor, Ihren Sohn in die vorläufige Obhut Ihrer Schwiegermutter zu geben.«
Laura starrte ihn mit wild klopfendem Herzen an. »Was?«
Stanhope sprach sachlich weiter: »Ihre Schwiegermutter, Mrs. Sidney Barone, will das vorläufige Sorgerecht für Ihren

Sohn Michael haben, bis zur endgültigen Regelung nach Ihrem Prozeß.«

»Das lasse ich nicht zu!« schrie Laura und sprang auf.

Der Aufsichtsbeamte klopfte an die Tür, aber Stanhope winkte ab. »Setzen Sie sich, Mrs. Turner«, sagte er.

Laura setzte sich wieder und beugte sich über den Tisch. »Ich lasse nicht zu, daß sie meinen Sohn bekommt. Das müssen Sie verhindern. Sie darf ihn mir doch nicht einfach wegnehmen«, fauchte sie.

Stanhope widersprach sachlich: »Leider besteht durchaus die Möglichkeit, daß Ihrer Schwiegermutter das vorläufige Sorgerecht zugesprochen wird. Sie werden des Mordes am Vater des Kindes beschuldigt. Wenn es um das Wohl eines Kindes geht, muß das Gericht übervorsichtig sein. Es ist sehr wahrscheinlich, daß der Richter zugunsten Ihrer Schwiegermutter entscheiden wird.«

»Aber das ist nicht fair. Ich bin doch des Mordes nicht überführt worden. Wie kann ich bestraft werden, ohne daß meine Schuld bewiesen ist? Warum kann Michael nicht bei Ian bleiben?«

»Ihr Mann ist nicht mit dem Kind verwandt. Er ist nicht einmal der Adoptivvater des Jungen. Außerdem ist Ihre Wiederverheiratung ein strittiger Punkt in diesem Fall und kann vor dem Familiengericht zur Sprache kommen. Der Richter wird Mr. Turner kaum das Sorgerecht übertragen.«

»Angeblich sind Sie doch mein Anwalt. Aber Sie versuchen ja gar nicht, mir zu helfen«, rief Laura.

Stanhope ließ sich von ihrem Ausbruch nicht beeindrucken. Er hatte jahrelange Erfahrung im Umgang mit verwirrten, frustrierten Menschen. »Ich erkläre Ihnen nur Ihre Lage, wie sie objektiv betrachtet aussieht. Ich will weder Ihre noch meine Zeit damit vergeuden, Ihnen falsche Versprechungen zu machen.«

Laura zitterte am ganzen Körper. Die auffallend fröhliche Kleidung des Anwalts war eine vorsätzliche Irreführung. Der Mann in diesem Aufzug war stahlhart.

»Ich werde einwenden, daß Ihre Schwiegermutter versuchen könnte, Ihr Kind gegen Sie aufzuhetzen. Ihrer heftigen Reaktion entnehme ich, daß diese Möglichkeit durchaus besteht.«

Laura stellte sich Dolores vor und nickte. Wenn sie Michael erst einmal in den Fingern hatte ... »O ja«, sagte sie. »Meine Schwiegermutter wird ihn davon überzeugen, daß ich seinen Vater habe ermorden lassen.«

»Na, dann müssen wir die Jury davon überzeugen, daß Sie es nicht getan haben«, sagte Stanhope gelassen.

Laura sah den Mann an, der auf der anderen Seite eines Abgrunds stand. Er war auf der Seite, auf der Laura ihr ganzes Leben verbracht hatte. Auf der Seite, auf der die Menschen in Sicherheit waren und beschützt wurden. Und die Polizei nur riefen, wenn sie Hilfe brauchten. Sie selbst gehörte jetzt zu der anderen Sorte Mensch. Sie war jemand, der in Schwierigkeiten steckte. Jemand, den die Menschen mieden. Vor dem sie ihre Kinder warnten. Wirf mir ein Seil zu, wollte sie schreien. Ich gehöre auf deine Seite. Laß mich nicht hier drüben allein.

Stanhope machte sich Notizen, die vor ihr durch den Deckel des glänzenden Aktenkoffers abgeschirmt waren. Er ließ sich von ihren Nöten nicht in den Abgrund zerren. Dafür war er viel zu erfahren.

»So. Jetzt reden wir darüber, was James Reed junior passiert ist.«

»Ich habe es nicht getan«, sagte Laura matt. »Helfen Sie mir.«

»Deshalb bin ich ja hier«, sagte er freundlich.

Und sie fühlte, wie die Kluft zwischen ihnen breiter wurde.

36

»Gesicht zur Wand, Miss.«

Laura schlurfte, durch die Fesseln an ihren Fußknöcheln behindert, mit kleinen Schritten in den Lift und fügte sich der demütigenden Anweisung des Officers, der sie begleitete. Ihre Hände waren vor ihrem Körper mit Handschellen gefesselt, und sie zitterte in dem tristen, olivgrünen Overall, den sie jetzt tragen mußte.

Der Lift ruckelte zwei Stockwerke hoch und hielt. Die Tür öffnete sich, der Officer stieß Laura an, und sie schlurfte auf den Gang. Dort stand ein Beamter in Uniform, der seinen Kollegen begrüßte. Laura hätte genausogut unsichtbar sein können. Dem Lift gegenüber befand sich eine Doppeltür aus Eiche mit einer Tafel, auf der »Familiengericht« stand. Daneben war noch eine Tür.

»Sie warten hier drin«, sagte der Officer, der sie im Lift heraufgebracht hatte.

Laura wurde in eine fensterlose Zelle mit Betonwänden geführt, in der es als Sitzgelegenheit nur eine Bank gab. In einer Ecke befand sich eine Toilette, und an der Decke war eine Videokamera installiert, die der Überwachung diente. Sie sank auf die Holzbank. Ihr war noch immer ganz schwindlig von dem Ergebnis der ersten Anhörung.

Sie hatte im ersten Stock desselben Gebäudes stattgefunden. Die ganze Prozedur war schnell und alptraumhaft in der unverständlichen Sprache der Gesetze durchgeführt worden, unterstrichen vom Klopfen des Hammers des

Richters und dessen barscher Stimme, die ihr Schicksal besiegelte: »Kaution abgelehnt.« Stanhope hatte ihr onkelhaft die Schulter getätschelt und ihr in beschwichtigendem Ton etwas zugeflüstert. Sie hatte keine Ahnung, was er gesagt hatte. Ihr Wahrnehmungsvermögen schien gestört zu sein. Alles drehte sich in ihrem Kopf wie ein außer Kontrolle geratenes Karussell.

Kaution abgelehnt. Jetzt mußte sie hierbleiben. Konnte nicht zu Ian und ihrem Kind nach Hause gehen. Sie begriff es noch immer nicht und starrte auf die Fesseln an ihren Händen und Füßen. Absurderweise dachte sie an das Hackfleisch im Kühlschrank, das eingefroren werden mußte, sonst würde es verderben. Im Trockner lag auch noch Wäsche. Sie konnte sich nicht erinnern, ob sie alle ihre Farbtuben zugeschraubt hatte. Man würde ihr nicht erlauben, nachzusehen oder etwas zu erledigen. Sie würde von feindseligen Menschen herumgeschubst werden, bis ... bis wann? Ihr Verstand weigerte sich, den Gedanken zu Ende zu denken.

Sie hörte das Piepsen der Computerkarte, und dann wurde die Tür geöffnet. »Es ist soweit. Kommen Sie«, sagte der junge Officer und führte sie zur Tür des Familiengerichts. Der Gerichtsdiener ließ beide ein. Der Gerichtssaal sah aus wie die Aula einer kleinen Schule. Der Teppichboden war beige und die Wände cremefarben. Anstelle der Bühne stand das riesige Richterpult, dessen Holzfasern im Licht der indirekten Beleuchtung schimmerten und das von Flaggen flankiert war. Hinter diesem erhöhten, imposanten Podest stand ein Drehstuhl mit hoher Rückenlehne.

Der Officer führte Laura zu dem Tisch, an dem Curtis Stanhope saß. Der Gerichtssaal war fast leer – die Presse war nicht zugelassen –, und hinter Stanhope saß nur Ian. Auf der gegenüberliegenden Seite saßen Dolores und Sidney

Hand in Hand hinter ihrem Anwalt, Frank O'Malley. Sidney senkte den Blick, als Laura ihn ansah, aber Dolores starrte zurück, eiskalte Wut in den Augen.

An der Verteidigerbank angekommen, wandte sich Laura Ian zu, der aufstand, sich vorbeugte und sie in die Arme nehmen wollte. Der Officer trennte sie. Die Gerichtsdienerin, die Krawatte, Jackett und ein weißes Hemd trug, erklärte die Sitzung unter dem Vorsitz von Richter Watkins für eröffnet. Neben dem Pult wurde eine Tür geöffnet, und die Richterin kam herein. Sie war eine gepflegte Schwarze mittleren Alters mit ernsten, intelligenten Augen.

»Wo ist Michael?« fragte Laura Stanhope, als sich alle Anwesenden erhoben.

»Im Richterzimmer. In der Obhut einer Polizistin«, flüsterte Stanhope ihr zu, als die Richterin Platz nahm und die Sitzung eröffnete.

»Mr. O'Malley«, sagte die Richterin. »Sie haben das Wort.«

Frank O'Malley, ein rundgesichtiger Mann mit weißem Haar, der einen zerknitterten Anzug trug, erhob sich. »Euer Ehren, meine Mandanten sind die Großeltern von Michael Reed, dem minderjährigen Kind, für das wir den Antrag zur Übertragung des vorläufigen Sorgerechts stellen. Michael Reeds Mutter wird des Mordes ersten Grades an Michaels Vater, James Reed junior, beschuldigt und wurde vorläufig festgenommen. Unter diesen Umständen beantragen meine Mandanten das sofortige, vorläufige Sorgerecht für Michael Reed bis zum Abschluß des Prozesses gegen Laura Turner. Michael fühlt sich bei seinen Großeltern wohl, er liebt sie und ist an sie gewöhnt. Seinen Stiefvater, Ian Turner, hingegen kennt er kaum. Für die Beschuldigte wurde eine Freilassung gegen Kaution vom Gericht abgelehnt, und sie kann sich somit nicht um das Kind kümmern. Mr. und Mrs. Barone möchten Michael sofort in ihre Obhut nehmen und für ihn sorgen, bis die Situation geklärt ist.«

Laura versuchte aufzustehen und den Blick der Richterin Watkins einzufangen. »Ich bin unschuldig«, rief sie. »Zählt das denn überhaupt nicht?« Noch während sie gezwungen wurde, sich wieder zu setzen, merkte sie, wie hohl ihre Unschuldsbeteuerung in dem hohen Gerichtssaal klang.

Die Richterin sah sie stirnrunzelnd an. »Setzen Sie sich, Mrs. Turner. Dies ist zwar eine informelle Verhandlung, aber ich dulde keine Gefühlsausbrüche. Auch Ihnen wird das Wort erteilt werden. Mr. O'Malley, sind Sie fertig?«

»Euer Ehren, ich finde, die Umstände sprechen für sich.«

»Mr. Stanhope?«

Curtis Stanhope erhob sich. Laura blickte zu Dolores hinüber, deren Gesicht einen so entschlossenen Ausdruck zeigte, wie Laura ihn noch nie an ihr gesehen hatte. Sie versuchte, Haß auf ihre Schwiegermutter zu empfinden, schaffte es aber nicht. Dolores glaubte das Schlimmste von mir, sagte sie sich. Natürlich wollte sie Michael haben.

»Euer Ehren«, begann Stanhope seine Ausführungen. »Wir stellen nicht in Frage, daß Michaels Großeltern den Jungen lieben. Aber meine Mandantin, die ihre Unschuld beteuert und erwartet, vom Gericht freigesprochen zu werden, will nicht, daß das Kind während ihrer Abwesenheit gegen sie aufgehetzt wird. Unglücklicherweise ist genau damit zu rechnen, wenn Michael Reed der Obhut der Barones übergeben wird. Mrs. Barone weigert sich, die Möglichkeit in Betracht zu ziehen, daß ihre Schwiegertochter unschuldig ist. Wie kann man unter diesen Umständen erwarten, daß sie sich fair verhalten wird? Meine Mandantin befürchtet, daß Mrs. Barone alles daransetzen wird, die Beziehung zwischen meiner Mandantin und ihrem Sohn zu zerstören. Und Mrs. Turner wird nicht in der Lage sein, das zu verhindern. Mrs. Turner gibt ihr Anrecht auf das Kind nicht auf. Obwohl wir keineswegs die Ernsthaftigkeit der Anschuldigung unterschätzen, erwarten wir auf jeden Fall, daß Mrs. Turner im Verlauf der weiteren Ermittlungen entlastet wird und der Fürsorgepflicht für ihren Sohn in vollem Umfang wieder nachkommen kann. Bis dahin möchte sie, daß er in seiner gewohnten Umgebung bleibt und er ihr weiterhin die Liebe und Zuneigung entgegenbringen kann wie bisher. Aus diesem Grund beantragen wir, daß dem Stiefvater des Jungen, Ian Turner, das vorläufige Sorgerecht zuerkannt wird.«

Nachdem beide Seiten ihr Plädoyer gehalten hatten, machte sich die Richterin ein paar Notizen und blickte dann auf.

»Die Umstände in diesem Fall lassen wenig Entscheidungsspielraum, da es in diesem Staat Präzedenzfälle gibt. Die Mutter wird des Mordes am Vater des Kindes beschuldigt, und die Großeltern des Kindes sind bereit und willens, das Kind in ihre Obhut zu nehmen. Ich habe mit Michael im Richterzimmer gesprochen, und er hat mir gesagt, daß er bei seiner Großmutter und seinem Großvater leben will, bis er wieder zu seiner Mutter zurück kann. Aus diesem Grund übertrage ich das vorläufige Sorgerecht für Michael Reed seinen Großeltern väterlicherseits, Dolores und Sidney Barone.«

Laura schnappte nach Luft. Sie hatte mit dieser Entscheidung zwar gerechnet, aber trotzdem traf sie der Richterspruch wie ein Schlag. Sie schlug die Hände vors Gesicht, während Dolores einen Freudenschrei ausstieß.

»Mrs. Barone«, sagte die Richterin streng, »die Befürchtungen Ihrer Schwiegertochter halte ich für gerechtfertigt, und ich weise Sie darauf hin, daß Mrs. Turner zwar des Mordes beschuldigt wird, aber bis jetzt nicht verurteilt wurde. Ich verstehe Ihre Gefühle, muß Sie aber strengstens davor warnen, darüber mit Ihrem Enkel zu sprechen oder ihn in irgendeiner Weise gegen seine Mutter zu beeinflussen. Aus diesem Grund wird ein Gerichtsbeamter den Jungen regelmäßig befragen. Jede Verletzung dieser Verfügung führt zum sofortigen Entzug des Sorgerechts. Wird Mrs. Turner freigesprochen, hat sie ein Recht darauf, ihr Kind ohne irreparable Vorurteile gegen sie zurückzubekommen. Ist das klar?«

Dolores nickte der Richterin unterwürfig zu. »Ja, Euer Ehren«, flüsterte sie.

»Also gut. Michael Reed wird sofort in die Obhut seiner Großeltern übergeben. Gerichtsdienerin, bringen Sie den Jungen bitte herein.«

Laura spürte Ians Hände auf ihren Schultern, und er drückte so fest zu, als wollte er alles in ihr zusammenhalten. Eine triumphierende Dolores würdigte Laura keines Blickes. Die Gerichtsdienerin verließ den Saal und kehrte kurz darauf mit Michael an der Hand zurück. Der Blick des Jungen schweifte durch den Saal und entdeckte das Gesicht, das er suchte.

»Mom«, rief er, entzog sich dem Griff der Gerichtsbeamtin und lief zu Laura. Laura stand auf, um ihrem Sohn entgegenzugehen.

Der Beamte in Uniform trat dazwischen, hob den schreienden Jungen hoch und hielt ihn fest.

»Michael«, flehte Laura.

Dolores und Sidney verließen ihre Plätze und eilten zu dem Beamten. »Komm, Schatz«, sagte Dolores. »Komm zu deiner Grandma.«

»Mommy!« kreischte Michael.

»Euer Ehren«, protestierte Stanhope. »Das ist grausam.«

Richterin Watkins, die schon im Begriff war, den Gerichtssaal zu verlassen, kehrte zu ihrem Pult zurück und verschaff-

te sich mit dem Hammer Gehör. »Officer, lassen Sie den Jungen einen Augenblick bei seiner Mutter.«
Der junge Officer stellte den Jungen erleichtert auf den Boden und schob ihn sanft in Lauras Richtung. Michael stürzte auf sie zu, und Laura drückte seinen warmen kleinen Körper an ihr wehes Herz.
»Baby, Baby«, flüsterte sie mit zitternder Stimme. »Ich liebe dich.«
»Komm mit mir nach Hause«, flehte er.
»Ich kann nicht. Grandma wird sich für eine Weile um dich kümmern.«
»Ich will, daß du dich um mich kümmerst«, sagte er mit Tränen in den Augen.
»Das werde ich tun« versprach Laura. »Sobald es mir wieder möglich ist.«
»Jetzt«, forderte er und rieb sich die Augen mit den Fäusten.
Dieses eine Mal in ihrem Leben dankte Laura dem Himmel für ihre Unfähigkeit zu weinen. Sie wollte den Jungen nicht noch mehr verängstigen. »Jetzt geht es nicht«, sagte sie. »Sei ein braver Junge, solange du bei Grandma und Poppy bist. Ich komme dich so bald wie möglich holen.« Es kostete Laura ihre letzte Kraft, so mit Michael zu reden. Sie mußte ihn davon überzeugen, daß alles in Ordnung sei.
»So, das wär's«, hörte sie jemanden sagen und dann unverständliches Stimmengewirr, während sie Michaels verzweifeltes kleines Herz an ihrem wild schlagen spürte. Sie widersetzte sich den Händen, die an ihren Schultern zerrten und sie von ihrem Kind trennen wollten.
»Ich liebe dich mehr als alles auf der Welt«, rief sie. »Sei jetzt ein braver Junge. Geh mit Grandma.«
Die Gerichtsdienerin führte Michael zu Dolores, die ihn in die Arme nahm. Das Kind lag müde an der vertrauten

Schulter. Von Dolores waren Erschöpfung und Resignation abgefallen. Sie wirkte jetzt wieder stark und zielstrebig. Sidney lächelte gütig auf die beiden hinunter. »Gehen wir, Schatz«, flüsterte Dolores Michael zu.
Laura stand schwankend da, von Ian gestützt. Er versuchte, sie zu umarmen, aber der Officer befahl ihnen schroff, sich zu trennen. Laura suchte in Ians Augen nach Stärke, sah darin aber nur eine so abgrundtiefe Verzweiflung, daß sie wegsehen mußte.
»Wiedersehen, Mama«, rief eine klägliche Stimme.
Laura sah ihrem Kind ein letztes Mal in die Augen. Michael hielt Dolores' Hand und winkte ihr zu.
Mama. So hat er mich seit seinem ersten Lebensjahr nicht mehr genannt. Der Tod kann nicht schlimmer sein, dachte sie. Wie konnte ihr das geschehen? Sie umklammerte Ians Hand und winkte Michael zu. Dann spürte sie, wie jemand ihre Finger aus Ians Hand löste und sie wegzerrte, als sich die Tür des Gerichtssaals hinter ihrem Sohn schloß.

37

Der Geruch von Würstchen und Paprikaschoten auf dem Grill vermischte sich mit dem süßen Duft von *zeppolle,* die in einem Kessel fritiert wurden, und wehte zum Fenster von Aaron Kellermans Dachgeschoß hoch. Gary saß am offenen Fenster und schaute auf die glitzernden weißen Lichter des Volksfestes hinunter. Die Straße war an diesem Abend für den Verkehr gesperrt, da die Gemeindemitglieder die Statue ihres Schutzheiligen schmückten und ihm zu Ehren ein Straßenfest mit Essen, Wein und Glücksspielen veranstalteten.

Obwohl Gary dank des Lastenaufzugs im Gebäude problemlos vom Dachgeschoß auf die Straße und wieder zurück kam, hatte er mit der Fortbewegung in den engen Gassen des North End schon an normalen Tagen Schwierigkeiten, geschweige denn, wenn dort ein Fest stattfand. Aber vom Fenster aus bot sich ihm ein fröhlicher Anblick, der in ihm normalerweise ein Gefühl des Wohlbehagens geweckt hätte. Heute abend war er jedoch melancholisch, da er wußte, daß der morgige Tag eine Veränderung bringen würde. Während sein Blick über die Straßenszene schweifte, entdeckte er plötzlich Aaron am Ende des Häuserblocks. Er kam von der U-Bahn-Station. Er war in der Menschenmenge leicht zu erkennen, denn er hatte einen schwungvollen Gang und drehte ständig den Kopf hin und her, als könnte er von den Sehenswürdigkeiten und den Gerüchen um ihn herum nicht genug bekommen.

Gary zog den Kopf vom Fenster zurück. Er wollte nicht dabei erwischt werden, daß er seinen Freund beobachtete. Das war eine alte Gewohnheit – das Interesse an Menschen zu verbergen, denen seine größte Neugier galt. Mittlerweile geschah das völlig automatisch, aber Aaron schien er damit nicht täuschen zu können. Gary hörte das Knarren und Quietschen des Aufzugs und wußte, daß sich als nächstes die Tür auf Aarons Stockwerk öffnen würde. Als Gary das Geräusch des Schlüssels im Schloß hörte, drehte er den Rollstuhl wieder in Richtung Fenster. Aaron kam herein und schwenkte eine Tüte.

»Sieh mal«, sagte er als Begrüßung. »Ich habe uns Sandwiches zum Abendessen mitgebracht. Gegen die Gerüche können wir uns nicht wehren, also genießen wir sie.«

Gary sagte lächelnd: »Diese Menschen feiern gern.«

»Keine Gelegenheit wird ausgelassen«, bestätigte Aaron. »Das ist einer der Gründe, warum es mir in diesem Viertel gefällt. Es ist so voller Leben.« Er stellte die Tüte auf den Küchentresen und holte ein Bier aus dem Kühlschrank. »Möchtest du auch eins?« fragte er Gary.

Gary schüttelte den Kopf und schaute wieder zum Fenster hinaus.

»Wie war dein Tag?« fragte Aaron.

Gary deutete zu dem Bild auf der Staffelei, die Aaron neben dem Fenster aufgestellt hatte. »Ich habe ein bißchen daran gearbeitet, da ich nicht mehr aus dem Haus konnte, als die Stände aufgebaut wurden. So war ich gezwungen, mir eine Beschäftigung zu suchen.«

»Morgen ist die Straße wieder frei«, sagte Aaron entschuldigend und ließ sich aufs Sofa plumpsen. »Ich möchte nicht, daß du dich als Gefangener fühlst.«

Gary winkte ab. Er fühlte sich nicht als Gefangener. Im Gegenteil: Er fragte sich jeden Tag, wann Aaron ihn bitten würde zu gehen, da er ihm zu viele Umstände machte. Doch Aaron schien zufrieden zu sein, ihn bei sich zu haben. Gary fürchtete sich sogar, ihm von seinem Plan zu erzählen, da er nicht mißverstanden werden wollte.

Aaron nahm einen Schluck Bier und streckte sich aus. »Mein Gott, diese Kids waren heute völlig überdreht. Wir waren im Schwimmbad, und das ist immer eine aufregende Sache. Dort toben sie sich richtig aus und versuchen sich gegenseitig oder sich selbst zu ertränken.«

Gary nickte. »Das kann ich verstehen.« Er fragte sich, woher Aaron die Energie nahm, anderen Menschen so viel zu geben. Seine Arbeit hätte ihn auslaugen müssen, aber sie schien ihn statt dessen auszufüllen.

»Du bist heute sehr ruhig«, sagte Aaron, setzte sich auf und beugte sich vor. »Stimmt etwas nicht?«

»Ich habe eine Entscheidung getroffen.«

»Ach«, sagte Aaron vorsichtig.

»Ich fahre morgen weg. Ich muß nach Hause zurück.«

Aaron richtete sich auf und rollte die Bierflasche zwischen den Händen. »Warum?« fragte er. »Ich dachte, du würdest hierbleiben.«

»Ich muß dort ein paar Dinge regeln.«

Aaron dachte eine Weile über diese Erklärung nach. »Ich begleite dich«, sagte er dann. »Ich kann mir ein paar Tage frei nehmen.«

»Nein«, sagte Gary schnell. »Nein. Das muß ich allein machen.«

Aaron nickte und legte sich wieder hin. Beide schwiegen eine Weile. Ein neapolitanisches Lied – italienisch gesungen – klang von der Straße hoch. »Bist du okay?« fragte Aaron schließlich.

»Da ist nur eine Sache, die ich erledigen muß«, sagte Gary. »Es beunruhigt mich ein bißchen, daß du in diese Atmosphäre zurückkehren willst. Zu den Problemen dort«, sagte Aaron sachlich.

»Damit komme ich zurecht«, entgegnete Gary schroff.

»Na, verzeih mir, wenn ich da so meine kleinen Zweifel habe«, sagte Aaron.

Gary antwortete nicht. Beide wußten, was er meinte. Es war Aarons Klopfen an der Tür des *Golden Pheasant Motels* gewesen, das Gary das Leben gerettet hatte. An jenem Abend hatte Gary zunächst nicht öffnen wollen. Da er jedoch befürchtet hatte, der Manager oder das Zimmermädchen könnten vor der Tür stehen, die mit einem Hauptschlüssel aufsperren würden, hatte Gary dem Störenfried zugerufen, er solle verschwinden. Doch Aarons sanfte, beharrliche Stimme hatte ihn schließlich überredet, ihm zu öffnen. Zumindest ihm die Tür zu öffnen – bisher war er nicht fähig gewesen, sich Aaron gegenüber zu öffnen und ihm Einblick in die Schichten aus Schmerz und Enttäuschung zu gewähren, die ihn in diese abgrundtiefe Verzweiflung getrieben hatten. Aber es hatte Augenblicke gegeben, wo er es beinahe getan hätte.

»Dort gibt es nur ein paar Dinge, die ich regeln muß, ehe ich ... hierher zurückkommen kann.«

»Warum läßt du nicht einfach alles hinter dir? Was immer es auch gewesen sein mag, es hat dich an den Rand des Abgrunds gebracht. Warum willst du dorthin zurückgehen und alles noch einmal aufwühlen?«

»Ich muß«, sagte Gary.

»Sperre«, murmelte Aaron.

»Was?«

»Das ist eine Ausdruck, den Psychiater benutzen.« Aaron stand auf und ging zu Gary. Er kauerte sich vor ihn hin und legte die Hände auf Garys Unterarme. Gary sah ihm in die dunklen, besorgten Augen. »Ich hoffe nur, du verfängst dich nicht wieder in so einer Art emotionalem Treibsand.«

»Ich werde mir Mühe geben, es nicht zu tun.«
»Versprich mir, daß du zurückkommst«, sagte Aaron.
Warum willst du, daß ich zurückkomme? fragte sich Gary. Was liegt dir daran?
Es war, als könnte Aaron seine Gedanken lesen. »Mein Leben ist viel besser geworden, seit du hier bist«, sagte er.
Gary errötete vor Freude. Er war so daran gewöhnt, sich als Last zu empfinden. »Na gut«, sagte er, wich jedoch Aarons Blick aus.
»Du läßt den Revolver hier«, sagte Aaron.
»Ich nehme ihn mit«, sagte Gary. »Nicht, um ... du weißt schon. Ich bin einfach verletzlicher als andere Menschen. Auf der Straße.«
»Ich wünschte, du würdest dieses Ding endgültig verschwinden lassen«, sagte Aaron griesgrämig, um seine Besorgnis zu verbergen.
Gary musterte Aarons feingeschnittenes Gesicht, seine gütigen Augen. Ein guter Mann. Ein wirklich guter Mann. Ein Mann, der ihm aufgrund einer Ahnung gefolgt war und ihm das Leben gerettet hatte. Jemand, der versuchte, immer das Beste von den Menschen zu denken. Dem niemals in den Sinn käme, jemandem etwas Böses anzutun. Ein Mann, der nie eine Waffe benutzen würde.
»Ja, das tue ich«, sagte Gary. »Gleich nach dieser Fahrt.«

38

Ein Schweißfilm bedeckte Candy Walshs Körper, und ihr pfauenblauer und grellpinkfarbener Trainingsanzug klebte an ihr. Sie strampelte sich auf ihrem Hometrainer vor dem Wandspiegel ab. Alle paar Sekunden schweifte ihr Blick von den Meßgeräten zu ihren Oberarmmuskeln. Sie beobachtete wachsam deren Bewegungen. Ehrgeizig arbeitete sie daran, die perfekte Figur zu bekommen. Sie gehörte nicht zu den Menschen, die beim Training fernsahen oder Musik hörten. Für sie war diese Morgengymnastik eine Zeit der Konzentration, beinahe eine religiöse Übung.

Als sie Richards schwere Schritte auf der Treppe hörte, runzelte sie mißbilligend die Stirn. Er sollte längst in der Kanzlei sein. Sie haßte es, wenn er im Haus rumhing. »Warum bist du noch nicht im Büro? Wer war da an der Tür, Richard?« fragte Candy, hob ihr Kinn und musterte ihren Hals und ihre Schultermuskeln. Sie mußten gut durchtrainiert sein, durften aber nicht hervortreten. Das sah nicht hübsch aus.

Richard kam in Candys Gymnastikraum, setzte sich auf eine Bank und streckte die Beine aus. Candy riß den Blick von ihrem Spiegelbild los und sah ihren Mann kurz an. »Du siehst ja völlig ausgeflippt aus. Was ist denn passiert?«

»Die Polizei war eben da«, sagte er.

»Ging es um Laura?« fragte Candy gehässig.

»Sie ist verhaftet worden«, sagte er dumpf.
»Das ist doch kein Grund, so niedergeschlagen zu sein. Es war höchste Zeit, daß die Polizei endlich was unternimmt. Außerdem ist das ein großer Fall für dich und bringt dir ein fettes Honorar ein.«
»Sie hat sich einen anderen Anwalt genommen«, sagte er.
Candy schüttelte den Kopf. »Die hat vielleicht Nerven! Nach allem, was du für sie getan hast.«
»Er ist einer der besten Strafverteidiger.«
»Tja, den braucht sie wohl auch. Dieses kleine Miststück.«
Richard wich ihrem Blick aus. »Wir haben ein Problem, Candy«, sagte er müde.
Candy sprang von dem Hometrainer, griff nach einem Handtuch und tupfte sich den Schweiß ab. »Nein, das haben wir nicht«, sagte sie munter.
»Doch«, entgegnete er verbissen.
Candy starrte ihn finster an. Sie haßte Probleme. Probleme gehörten in seinen Zuständigkeitsbereich. »Was ist denn los, Richard«, fragte sie gereizt.
»Dieser ... Stanhope ... er muß bezahlt werden. Diese Möglichkeit habe ich nicht bedacht. Ich bin davon ausgegangen, daß sie meine Mandantin bleibt.«
»Na und?«
»Tja, er ist sehr teuer und wird einen ordentlichen Batzen Voraushonorar verlangen.«
»Was ist ein ordentlicher Batzen?«
»Ach, etwa hunderttausend oder mehr.«
»Das ist nicht unser Problem«, sagte Candy unbekümmert.
»Das ist ihr Problem. Wie spät ist es, Richard?«
»Ich weiß es nicht«, sagte er.
»Sieh doch auf die Uhr.«
Richard antwortete nicht.
Candy riß wieder den Blick vom Spiegel los und sah ihren

Mann an. »Wo ist denn deine Uhr?« Erst jetzt fiel ihr auf, daß Richard eine Papiertüte in der Hand hatte. »Was ist in dieser Tüte?«
Er sah sie schuldbewußt an und antwortete nicht.
»Richard«, hakte sie nach. »Was ist da drin?«
»Candy, ich habe mit Lauras Geld ein paar schlechte Investitionen gemacht. Die Polizei weiß davon. Deshalb waren sie gerade da.«
»Was kümmert die Polizei das Geld dieser Mörderin?«
»Das ist eine komplizierte Sache«, sagte Richard. »Die Polizei weiß, daß ich in den Kasinos ein paar Einsätze verloren habe.«
»Was heißt das, du hast verloren? Was für Einsätze?«
Richard stieß einen tiefen Seufzer aus. »Ein paar ... erhebliche Summen. Die Polizei hat mich dazu befragt.«
Candy sah ihn aus schmalen Augen an. Ehe er sie daran hindern konnte, riß sie ihm die Tüte aus der Hand. Er wollte sie ihr wieder entreißen, ließ dann aber die Hände schlaff in den Schoß fallen.
Candy öffnete die Tüte und schaute hinein. Zunächst war sie völlig verdutzt, doch dann sah sie ihn mit funkelnden Augen an. »Da ist ja deine Rolex drin. Und mein Schmuck aus dem Safe«, sagte sie. »Richard, warum ist mein Schmuck in dieser beschissenen Papiertüte?«
»Wir müssen Geld auftreiben«, sagte er. »Und zwar schnell.«
»O nein«, sagte sie. »O nein, nicht mit meinem Schmuck, Richard. Was soll das? Wir haben doch genug Geld. Verkauf ein paar Aktien oder sonstwas.«
Richard zuckte zusammen und sah zu ihr hoch.
»Du Arschloch!« schrie sie und drückte die Tüte an ihre Brust. »Was hast du da fabriziert?«

Dominick Vanese sah wohlwollend zu, als die frischen, duftenden Brotlaibe vom Lieferwagen der Bäckerei abgeladen und in die Küche seines Restaurants getragen wurden. Er konnte nicht widerstehen und brach ein Stück knuspriger Kruste ab und kaute es genüßlich. »Na, Fiona«, fragte er die hübsche junge Frau in Jeans und Bäckerschürze, die die letzte Ladung herausgenommen hatte und jetzt die Hecktür des Vans zuschlug. »Wie geht's deinem Papa?«

»Mezza, mezz«, antwortete Fiona freundlich. Sie war das bemerkenswert schöne Ergebnis einer Beziehung zwischen einem italienischen Vater und einer schottischen Mutter. »Ich habe ihm gesagt, ich werde ihn nächste Woche zum Lunch hierherbringen.«

Vanese nickte. Seit er das Restaurant vor über dreißig Jahren eröffnet hatte, hatte er mit Fionas Vater Geschäfte gemacht. Das war für Vanese nichts Ungewöhnliches. Er war ein Mann, der Loyalität über alle anderen Tugenden stellte und zu schätzen wußte, bei sich selbst und bei anderen. In den vergangenen Jahren hatte der alte Bäcker zunehmend an rheumatischer Arthritis gelitten, aber Fiona hatte ihm mehr und mehr Arbeit abgenommen und hielt den Qualitätsstandard. Das Lebenswerk des Vaters würde in den Händen der Tochter weiter existieren. Dominick Vanese hieß das von ganzem Herzen gut.

»Tja, wir sind alle nicht mehr die Jüngsten. Bring ihn mit, damit ich ihn mal so richtig verwöhnen kann.«

»Ja, das mache ich, Mr. Vanese«, sagte sie fröhlich. Sie wollte gerade in ihren Van steigen, als plötzlich ein Mann in die dunkle Gasse hinter dem Restaurant, in der sie standen, stürmte. Dann blieb er kurz stehen, um sich an das trübe Licht zu gewöhnen. Als er die beiden an der Hintertür zur Küche entdeckte, kam er näher.

»Sind Sie Dominick Vanese?« fragte der Mann.
Vanese fragte stirnrunzelnd: »Wer will das wissen?«
Der Mann hatte einen Ausdruck in seinen stechenden blauen Augen, der an ein tollwütiges Tier erinnerte. Er trat auf Vanese zu und packte ihn am Arm. »Du verlogener Bastard«, knurrte er. »Meine Frau ist unschuldig, das wissen Sie genau.«
»Wer sind Sie? Lassen Sie mich los!« protestierte Vanese und wußte gleichzeitig, wer dieser Mann war. Er hatte ihn sofort anhand der Beschreibung erkannt. Der neue Ehemann.
Ian packte Vanese am Revers und riß ihn zu sich hin. »Ich bin Laura Turners Mann, und ich will wissen, warum Sie die Polizei angelogen haben. Sie haben meine Frau ins Gefängnis gebracht. Laura hat Sie nie um die Vermittlung eines Auftragskillers gebeten. Das wissen Sie genau.«
»Mr. Vanese, ist alles in Ordnung?« fragte Fiona.
»Beruhigen Sie sich«, krächzte Vanese. »Lassen Sie mich los, Mister. Ich muß Ihnen nicht antworten.«
»O doch, Sie widerlicher Mistkerl«, schrie Ian. »Glauben Sie etwa, Sie können mein Leben mit Ihren Lügen ruinieren und sich vor einer Antwort drücken? Überlegen Sie sich das gut, Mister.« Ian schüttelte den kleineren Mann heftig.
»Das reicht«, sagte Fiona wütend, wischte sich die Hände an der Schürze ab und war mit ein paar Schritten bei Ian. »Lassen Sie ihn los.«
Ian schien nicht zu merken, daß die Frau an seinem Arm zerrte. Er starrte nur Vanese an und schüttelte den alten Mann wieder, der keuchend nach Luft schnappte.
»Hören Sie auf«, schrie Fiona. »Lassen Sie ihn los.« Sie schlug Ian mit den Fäusten auf den Rücken. Ian reagierte noch immer nicht. Er war völlig auf Vanese fixiert, wäh-

rend er versuchte, ein Geständnis aus ihm herauszuschütteln.
»Hilfe!« schrie Fiona. »Wir brauche Hilfe!«
Zwei Köche in der Küche hörten den Tumult und kamen in die Gasse gelaufen. Einer war ein muskulöser Schwarzer mittleren Alters und der andere ein stämmiger junger Thai. Der eine packte Ian von hinten und zerrte ihn von Vanese weg, worauf ihm der andere mit der Faust in den Magen schlug. Ian krümmte sich und stürzte zu Boden. Dann kam er mühsam wieder auf die Beine und wollte zurückschlagen, doch der Schwarze riß ihm die Arme auf den Rücken, und der Thai verpaßte ihm einen Haken, der Ian ausknockte und zu Boden streckte. Innerhalb von Sekunden war alles vorbei.
»Sind Sie in Ordnung, Mr. Vanese?« fragte Fiona besorgt.
Vanese schüttelte sich wie ein Hund und zog die Manschetten seines Hemdes zurecht. »Ja, mir geht's gut. Danke, meine Liebe«, sagte er mit zittriger Stimme.
»Was ist denn mit dem los?« fragte der Schwarze.
Als sich Ian schwankend aufrichtete, wollte der Thai wieder zuschlagen.
»Nein«, befahl Vanese. »Es reicht.«
Ian stand schwankend da. Von seiner Unterlippe tropfte Blut, und unter seinem rechten Auge bildete sich eine Schwellung.
»Jetzt hören Sie mir mal zu, Mister«, sagte Vanese, von den beiden finster dreinblickenden Köchen flankiert. »Im Augenblick sind Sie ziemlich außer sich. Aber eines Tages, wer weiß, erkennen Sie vielleicht, daß ich Ihnen einen Gefallen getan habe. Vielleicht hatte Ihre Frau schon beschlossen, Sie als nächsten um die Ecke bringen zu lassen. Jetzt droht Ihnen wenigstens keine Gefahr mehr.«
Ian machte einen Satz auf Vanese zu, aber die beiden

Köche traten sofort dazwischen, und der Thai verpaßte ihm noch einen harten Schlag ins Gesicht. Dann stießen sie ihn rückwärts aus der Gasse.

»Verschwinden Sie«, rief Vanese. »Ihre Frau ist nun mal so. Hauen Sie endlich ab!«

39

Laura ging zum Waschbecken, drehte den Wasserhahn auf und fing das dünne, rostfarbene Rinnsal lauwarmen Wassers in ihren hohlen Händen auf. Dann beugte sie sich vor und bespritzte ihr Gesicht in dem vergeblichen Versuch, ihre rasenden Kopfschmerzen zu lindern. Bis auf eine unruhige Stunde hatte sie die ganze Nacht nicht geschlafen. Ständig waren Geräusche zu hören, unterdrücktes Fluchen, Schreie und das Scheppern der Schlagstöcke an den Gittern, womit die Aufseher die Störenfriede zum Schweigen bringen wollten. Als der Morgen schließlich anbrach, gingen die Schreie in hysterische Beschimpfungen und irres Gelächter über, die durch die Frauenabteilung des County-Gefängnisses hallten.

Das Frühstück in dem kahlen Raum war nicht genießbar gewesen; es hatte aus einem breiigen Klacks – angeblich Rührei – und einem steinharten Muffin bestanden. Laura hatte würgen müssen, als sie versuchte, einen Bissen hinunterzuschlucken. Auf dem Rückweg zu ihrer Zelle hatte sie das Flüstern der anderen Gefangenen gehört, und eine große, muskulöse Frau mit Bürstenschnitt hatte sie lüstern angesehen und gesagt: »Hi, Süße. Bussi, Bussi.« Laura hatte sich mit einem Gefühl der Erleichterung in ihre Zelle geflüchtet.

Laura benetzte ihren Nacken mit Wasser und schüttelte sich wie ein Hund, da sie kein Handtuch hatte. Dann setzte sie sich auf ihre Pritsche. Durch die dünne Matratze hindurch spürte sie die Stahlfedern. Die Luft in der Zelle war warm und stickig. Das Atmen fiel ihr schwer; es stank nach Schweiß und Desinfektionsmitteln. Im Gegensatz zum Gerichtsgebäude war das Cape-Christian-County-Gefängnis nicht renoviert worden, sondern ein verrottetes Gebäude mit primitivster Ausstattung, wohl ein sichtbares Zeichen dafür, wie niedrig die Insassen eingestuft wurden.

Laura legte sich auf die Pritsche und drückte die Hände gegen ihren schmerzenden Kopf. Sie dachte an ihr Bett zu Hause, wie sie darin zusammen mit Ian gelegen hatte, während im Sonnenlicht Schatten der Blätter über die Spitzenvorhänge huschten. Und im Zimmer gegenüber hatte Michael noch unter seiner Cowboy-Steppdecke geschlafen. Sie versuchte sich im Geiste dorthin zu versetzen, an diesen friedlichen, glücklichen Ort, aber die Vision entschlüpfte ihr immer wieder. Ihr Denken lag im Kampf mit sich selbst. Einerseits sagte sie sich: Unschuldige werden nicht verurteilt und sitzen nicht ihr Leben lang im Gefängnis. Du kommst wieder frei, und zwar bald. Und die andere Seite ihres Denkens, die schuldbewußte, dunkle, raunte: Das ist die Strafe dafür, daß du so schnell wieder geheiratet hast, daß du glücklich sein wolltest, daß du dem Verlangen nachgegeben und Jimmy die ihm zustehende Trauerzeit verwehrt hast. Das ist eine Art kosmischer Strafe, und deine Buße fängt jetzt erst an.

»Turner«, bellte die Gefängniswärterin.

Laura fuhr hoch.

»Besuch.«

»Mein Gott«, rief Laura entsetzt, als sie sich Ian gegenüber an den Besuchertisch setzte. »Was ist denn mit dir passiert?«

Ian bedeckte instinktiv sein geschwollenes und blau ange-

laufenes Auge mit der Hand. Frisches Blut tropfte aus seinem Mundwinkel, als er die Lippen zusammenpreßte.
»Ich habe Mr. Vanese einen Besuch abgestattet«, sagte er.
Laura empfand eine Art hilfloser Dankbarkeit für seine Ritterlichkeit. »Ach, Ian, wie konntest du nur.«
»Ich mußte es tun«, sagte er. »Dieser Mann verbreitet Lügen über dich, und ich wollte wissen, warum.«
»Hast du dich mit ihm geprügelt?« fragte Laura besorgt. »Ian, die Polizei wird dich auch noch verhaften.«
»Mach dir keine Sorgen«, sagte er mit einem freudlosen Lachen. »Ich habe Prügel bezogen. Und keine Antworten bekommen.«
Er sah erschöpft aus und war grau im Gesicht. Seine Augen waren rotgeädert und glanzlos vor Müdigkeit. Sein blaues Arbeitshemd war blutbefleckt. Laura beugte sich vor und berührte sanft seine Wange.
»Setzen Sie sich wieder!« befahl der Aufseher und trat einen Schritt vor.
Laura ließ sich auf ihren Stuhl zurücksinken. »Du mußt nach Hause gehen und dich ausruhen.«
»Ausruhen? Wie soll ich Ruhe finden, solange du hier drin bist? Die letzte Nacht habe ich auf meinem Boot verbracht, um den Reportern zu entgehen, aber ich konnte nicht schlafen. Ich habe versucht, Stanhope zu erreichen, aber seine Sekretärin hält mich mit Ausflüchten hin. Ich will heute nach Philadelphia fahren und ihn in seiner Kanzlei aufsuchen. Ich bleibe in seiner Kanzlei, bis er mir sagt, was er deinetwegen unternimmt. Du gehörst nicht hierher.«
»Das alles tut mir so leid«, sagte Laura kläglich.
Ian griff nach ihren Händen. »Nein, dir braucht nichts leid zu tun. Du bist diejenige, die leidet. Ich kann es nicht ertragen, dich hier drin zu sehen.«
Laura wollte ihm sagen, daß es nicht allzu schlimm sei, aber

sie war keine gute Lügnerin. Sie suchte nach aufmunternden Worten. »Stanhope sagte, er sei optimistisch, da die Staatsanwaltschaft keine schlüssigen Beweise gegen mich habe.«

Ian schüttelte zweifelnd den Kopf.

»Glaubst du nicht, daß er es ernst gemeint hat?« fragte sie ängstlich.

»Doch, doch, ich glaube es«, versicherte er ihr. »Aber ich will wissen, was, zum Teufel, er unternimmt. Er hätte diesen Vanese überprüfen lassen sollen.«

»Ian«, sagte sie. »Ich möchte, daß du weißt, daß ich es nicht getan habe, ganz gleich, was dieser Mann behauptet. Ich habe es nicht getan. Solange du an mich glaubst ...«

»Ich werde immer an dich glauben«, sagte er. Der Ausdruck in seinen Augen war müde und verloren.

Laura lehnte sich zurück und betrachtete ihn wie aus weiter Ferne. Nein, dachte sie. Dazu wirst du nicht fähig sein. Nicht mehr lange. Und wie könnte ich es dir verübeln? Wieviel Loyalität kann ich von jemandem erwarten, der mir praktisch fremd ist? Sie durfte nicht an seinen elektrisierenden Körper, an seine verzweifelten Küsse denken. Das war irreal. Das war ein Vergnügen in einem anderen Leben gewesen. Es gab nur eines, wofür sie kämpfen mußte, und das war ein kleiner Junge mit rundem Gesicht, vertrauensvollen Augen und kleinen Fingern, die man ihrer Hand entrissen hatte. Dafür konnte sie kämpfen.

»Woran denkst du?« fragte er.

»An Michael«, antwortete sie.

»Ende der Besuchszeit«, verkündete der Aufseher, kam zum Tisch und klopfte mit dem Schlagstock darauf.

»Willst du, daß ich zu Dolores gehe und ihn besuche?« fragte Ian.

Laura stellte sich vor, welchen Empfang Dolores und Sidney Ian bereiten würden, und schüttelte den Kopf. »Nein. Aber ich danke dir.«

»Sei nicht so höflich«, protestierte Ian. »Ich würde alles für dich tun. Ich liebe dich.«

»Schluß jetzt«, sagte der Aufseher barsch und umfaßte mit schmerzhaftem Griff Lauras Oberarm.

Ian löste seine Finger aus ihren und stand auf. Im Hinausgehen warf Laura einen Blick über die Schulter zurück und fühlte förmlich, wie Ians Blick sie durchbohrte. Draußen, auf dem Gang, folgte sie mit hängenden Schultern einem anderen Aufseher und wartete wie ein braves Schulmädchen, während der Beamte eine Weile mit einer Aufseherin redete. Dann stieß er Laura so heftig, daß sie vorwärtstaumelte und wieder geduldig vor der Gittertür zu ihrem Zellenblock wartete, bis er aufsperrte. Kaum hatte der Aufseher sie in ihrer Zelle abgeliefert, als ein anderer Beamter in der Tür auftauchte und verkündete: »Noch ein Besuch für Turner.«

Laura fragte hoffnungsvoll: »Mein Sohn?«

»Nein, eine Frau«, antwortete der Aufseher.

Nach einem Blick auf die Uhr sagte der Beamte, der sie zurückgebracht hatte: »Also gut. Gehen wir. Ich gebe Ihnen fünf Minuten.«

40

Marta Eberhart saß nervös auf dem Besucherstuhl, trommelte mit den Fingerspitzen auf die Tischplatte und lächelte den Aufseher jedesmal unsicher an, wenn sich ihre Blicke begegneten. Er zeigte keinerlei Interesse an ihr. Marta mußte wie in ihrem Yogakurs tief durchatmen, um ruhig zu bleiben.

Sobald ich wieder in New York bin, bringe ich dieses Kostüm zur Reinigung, dachte sie. Hier drin stinkt es wie in der U-Bahn-Station am Times Square. Hoffentlich ging der Geruch wieder raus, denn sie trug ihr neues Donna-Karan-Kostüm. Sie hatte es angezogen, weil sie sich darin immer elegant und kompetent vorkam, und sie brauchte dieses Selbstbewußtsein bei ihrem ersten Besuch in einem Gefängnis.

Die Tür zum Besucherzimmer wurde geöffnet, und Laura kam herein. Marta stieß einen entsetzten Schrei aus, sprang auf und umarmte sie.

»Setzen Sie sich«, sagte der Aufseher.

»Aufgeblasener Affe«, murmelte Marta ärgerlich und setzte sich wieder.

Der Aufseher warf ihr einen finsteren Blick zu, reagierte jedoch nicht auf die Bemerkung. Laura setzte sich Marta gegenüber an den Tisch, und Marta griff nach ihren Händen. »Ach, Liebes, das ist einfach nicht zu fassen.«

Laura verzog nur das Gesicht. Sie war zu erschöpft und hatte zu starke Kopfschmerzen, um sich aufzuregen. Sie

sah ihre Verlegerin dankbar an. »Wie schön, daß du gekommen bist, Marta. Ich weiß doch, wie beschäftigt du bist.«
»Ich mußte einfach kommen, Laura.« Marta beugte sich vor und flüsterte: »Behandeln sie dich schlecht hier drin?« Ihr Blick schweifte zu dem teilnahmslosen Aufseher.
»Nein, es ist eher, als wäre ich gar nicht da«, antwortete Laura. »Für das Wachpersonal bin ich irgendwie unsichtbar. Ich werde nur hin und her geschoben. Die Insassin von Zelle 13 D.«
»Das ist ja ein absoluter Alptraum«, sagte Marta, hilflos nach tröstenden Worten suchend.
»Wie war deine Fahrt?« fragte Laura, um ein normales Thema bemüht. »Hattest du Schwierigkeiten, herzufinden?«
»Ich habe mir einen Mietwagen genommen, obwohl es um meine Fahrkünste nicht besonders gut bestellt ist, wie du ja weißt«, antwortete Marta und verdrehte die Augen. Sie wollte eine Tirade über den Verkehr loslassen, merkte jedoch, wie absurd diese Ärgernisse im Vergleich zu Lauras Problemen waren. »Ich habe mich ganz gut zurechtgefunden, weil ich mich an die Strecke nach Cape Christian noch vom letztenmal, als ich zur Beerdigung kam, erinnerte. Und hier habe ich mich nach dem Weg zum ... zum Gefängnis erkundigt.« Die letzten Worte murmelte sie, als sei es ihr peinlich, sie auszusprechen.
Laura betrachtete ihre Verlegerin liebevoll. Sie erinnerte sich trotz ihres Kummers noch gut daran, wie gerührt sie gewesen war, daß Marta zu Jimmys Beerdigung gekommen war. Nach dem Trauergottesdienst hatte Laura wie benommen auf dem Sofa gesessen, die Krücken neben sich, und war nicht fähig gewesen, sich um ihre Gäste zu kümmern. Da hatte sich Marta eine Schürze umgebunden und in der

Küche Häppchen für die Trauernden hergerichtet. »Du bist immer für mich da, wenn ich dich brauche«, sagte Laura.

»Zumindest versuche ich es«, sagte Marta forsch-fröhlich.

»Mir bedeutet es sehr viel, daß du gekommen bist«, sagte Laura.

»Ich wünschte nur, ich könnte irgendwas tun ... dir irgendwie helfen. Mir kommt es vor, als wärst du hier drin mutterseelenallein.«

»Das bin ich nicht«, sagte Laura tapferer als ihr zumute war. »Ich habe doch Ian.«

»Er scheint ein großartiger Kerl zu sein«, meinte Marta.

»Ich dachte, du würdest es mißbilligen, daß wir schnell geheiratet haben ... Alle anderen tun es jedenfalls.«

»Mißbilligen?« Marta lachte. »Liebes, du sprichst mit einer Frau, die den Abend des Thanksgiving Day beim Dinner mit einer geschiedenen Lesbe und einer abgetakelten Schauspielerin verbracht hat. Käme der richtige Kerl daher, würde ich ihn im Handumdrehen in einem über die Niagarafälle stürzenden Faß heiraten. Sag mal, hat Ian Brüder?«

Laura lächelte. »Einen, aber der ist verheiratet.«

»Mein Pech, wie immer!«

»Ich kann es gar nicht erwarten, dir Ian vorzustellen, wenn das alles erst mal vorbei ist«, sagte Laura.

Der hohle Klang von Lauras Stimme ließ Marta zusammenzucken. Mir forciertem Optimismus sagte sie: »Darauf freue ich mich schon heute.«

Laura nickte und wandte den Blick ab.

»Liebes, ich muß dich was fragen. Hast du einen guten Anwalt?«

»Es heißt, er sei der Beste – Curtis Stanhope aus Philadelphia. Ian hat ihn für mich engagiert.«

»Na, das ist gut«, murmelte Marta.
»Woran denkst du?« fragte Laura, die merkte, daß etwas ihre Verlegerin beschäftigte.
»Ach, es ist nichts. Nur ... ich muß vielleicht mit deinem Anwalt reden. Du würdest es nicht glauben, was ich für Anrufe kriege. Die Medien-Geier wittern Beute.«
»Ian sagte auch, die Presse würde ihn auf Schritt und Tritt verfolgen«, sagte Laura.
Marta schüttelte den Kopf. »Sharon Glassman von der ASM-Agentur in Hollywood hat gestern eine Stunde lang mit mir telefoniert. Sie will die Filmrechte für deine Story haben.«
»O nein, Marta«, protestierte Laura.
»Liebes, versteh mich nicht falsch. Ich halte das für absolut makaber. Ich frage mich nur, ob ich diese Meute nicht Mr. Stanhope aufhalsen kann, damit er sie abwimmelt.«
»Tja, er ist ein knallharter Kerl und wird bestimmt mit ihnen fertig. Mach, was du für das Beste hältst«, sagte Laura müde. »Auf jeden Fall will ich mit niemandem von der Presse reden.«
»Aber Bob Gerster hat seine Story gekriegt«, sagte Marta angewidert.
Laura fragte verwirrt. »Wer?«
»Dieser freiberufliche Journalist, der für *Book World* schreibt. Ich nehme an, er hat dich besucht. Es können doch nicht zwei Autorinnen gleichzeitig an diesem hübschen Ort eingesperrt sein, oder?« fragte Marta schaudernd.
»Ich weiß wirklich nicht, wovon du redest«, sagte Laura.
»Du erinnerst dich doch noch an den Kerl. Er wollte ein Interview mit dir machen ... wann war das? Irgendwann letzten Winter?«
Laura kniff die Augen zusammen und dachte angestrengt

nach. »Vage«, sagte sie schließlich. Wie unwichtig das alles jetzt war.

»Er kam damals zu mir und hat mich über dich ausgequetscht. Er wolle einen Artikel über Kinderbuchautorinnen schreiben. Er sei ein großer Fan von dir ... er kannte alle deine Bücher.«

»Ach, richtig«, stimmte Laura dumpf zu. »Ich weiß noch, daß ich Jimmy von ihm erzählt habe.« Traurig erinnerte sie sich an Jimmys Enthusiasmus, und wie sie ihn wegen seiner Publicity-Sucht geneckt hatte.

»Ich habe ihm alle Informationen gegeben«, fuhr Marta fort, »und dann nie wieder etwas von ihm gehört. Wahrscheinlich hatte er das Interesse verloren. Aber jetzt reizt ihn wohl der Skandal, wenn er hier auftaucht ...«

»Kann schon sein«, sagte Laura desinteressiert.

»Also«, fragte Marta, »was hat er von dir gewollt?«

Laura starrte sie verständnislos an. »Keine Ahnung. Ich habe nicht mit ihm geredet.«

»Ich habe ihn doch aus dem Besuchertrakt kommen sehen, als ich reinkam, und habe mich gefragt, was er hier zu suchen hat«, erzählte Marta. »Na ja, wie auch immer. Jedenfalls bin ich froh, daß er nicht an dich rangekommen ist. Hör auf meinen Rat und sprich mit niemandem darüber.«

»Das tue ich bestimmt nicht«, versprach Laura.

»Ich hätte ihn beinahe nicht erkannt«, plapperte Marta weiter. »Er ist ein gutaussehender Kerl, sah heute aber aus, als hätte ihn ein Lastwagen überfahren. Er hatte eine blutige Lippe und ein blaues Auge ... und wirkte, als hätte er eine Woche lang nicht geschlafen.«

Laura fühlte, wie ihr Herz einen schmerzhaften Satz machte. Sie starrte ihre Verlegerin an. »Was?« sagte sie leise.

»Ende der Besuchszeit«, verkündete der Aufseher.

Marta beugte sich näher zu Laura. »Aber diese Augen könnte ich nie vergessen. Blau wie das Meer. Und dazu passend das blaue Hemd, das er anhatte. Einfach toll. Er mag zwar ein Opportunist sein, aber er ist ein hübscher Kerl. Na ja, von Bob Gerster willst du bestimmt nichts hören, du hast ja einen Mann. Ich leide wohl unter Entzugserscheinungen. Das macht mich ganz verrückt.«
»Hat er schwarzes Haar?« fragte Laura mit flacher Stimme.
Marta strich sich mit den Fingerspitzen über die Schläfe. »Graumeliert. Und dieser Teint! Ach, was mache ich mir seinetwegen Gedanken. Ich habe wohl keinen besonders starken Eindruck bei ihm hinterlassen. Er ist heute einfach an mir vorbeigegangen, als wäre ich überhaupt nicht da. Tja, Liebes, ich muß mich wohl verabschieden.«
Laura umklammerte Martas Hand. »Warte«, sagte sie mit zitternder Stimme.
Der Aufseher tippte Marta auf die Schulter. »Ich sagte, Ende der Besuchszeit.«
»Schon gut«, entgegnete Marta wütend und schüttelte seine Hand ab. »Laura, ich muß jetzt gehen. Wenn du irgend etwas brauchst ... ganz gleich, was ... ruf mich an ...« Marta drückte Lauras eisige Hand und sah ihr besorgt in die Augen. »Wirst du zurechtkommen? Du siehst schrecklich aus. Mach dir keine allzu großen Sorgen. Alles wird wieder gut. Du wirst schon sehen.«
Laura saß noch immer völlig konsterniert auf ihrem Stuhl, als das Klicken von Martas Absätzen im Flur verklang.
»Aufwachen, Turner«, sagte der Aufseher. »Stehen Sie auf.«
Laura bewegte sich nicht.
»Na, los!« bellte der Beamte.
Laura starrte ins Leere, ohne ihn zu hören. Da stupste er sie mit seinem Schlagstock an. Laura stand wie betäubt auf.

41

Wanda Jurik nahm die Lebensmitteltüte aus dem Kofferraum ihres Autos und trottete durch den strömenden Regen über die sandige Zufahrt zur Hintertür ihres Hauses. Sie hielt den Boden der Tüte umklammert und beugte sich schützend darüber, damit sie nicht zerriß und der Inhalt herausfiel. Sie wäre nicht imstande, die Sachen einzusammeln. Im Haus gab es keine Vorräte mehr. Gestern hatte sie nur eine Dose schwarze Oliven gegessen, die sie in einer Ecke des Küchenschranks gefunden hatte. So konnte es mit ihr nicht weitergehen. Und dann wußte sie wieder nicht, ob sie überhaupt weiterleben wollte. Heute hatte sie sich zum erstenmal seit langem aufgerafft, einkaufen zu gehen. Und dafür hatte sie den ganzen Tag gebraucht. Allein um die nötige Energie aufzubringen. Sie saß in dem düsteren Haus, ganz gleich, wie strahlend schön das Wetter war, ließ ununterbrochen den Fernseher laufen und dachte jede Sekunde nur an Gary. Manchmal weinte sie und glaubte fest daran, daß er tot war. Andere Male fragte sie sich, ob er vielleicht noch lebte und wie er wohl zurechtkam. Dann stieg eine wilde Wut in ihr auf, weil er sie – falls er noch lebte – im ungewissen ließ. Da es ihr jedoch undenkbar vorkam, daß er sie einfach verlassen hatte, steigerte sie sich wieder in die Gewißheit hinein, daß er tot war. In diesem schrecklichen Kreislauf von Lethargie und Entsetzen gefangen, fragte sie sich manchmal, wie sie noch länger auf diese Weise weiterleben sollte.

Als sie auf dem Weg zur Hintertreppe um die Ecke des Hauses bog, tauchten vor ihr plötzlich die Umrisse eines großen Autos auf. Wie ein erhörtes Gebet. Wanda blieb wie erstarrt stehen. Ihr Herz klopfte hämmernd, und das Blut strömte ihr durch die Adern, als wäre ein Damm gebrochen. Die Lebensmitteltüte fiel ihr aus der Hand, und der Inhalt ergoß sich über den Boden. Ohne darauf zu achten, lief sie die Treppe hoch und fing an zu schreien, als sie die Tür aufstieß.

»Gary, Gary, o mein Baby, wo bist du?«

Mit Tränen in den Augen lief sie durch den Flur, rief seinen Namen, hörte den Fernseher im Wohnzimmer laufen und dann eine leise Antwort. Sie stürzte in den Raum – und da saß er und starrte auf den Bildschirm, als wäre er nie fort gewesen.

»O mein Baby«, flüsterte sie, fiel auf die Knie, kroch zu ihm und preßte ihre Stirn gegen seine leblosen Beine. Er beugte sich vor und tätschelte sanft und geistesabwesend ihre Schulter.

»Hallo, Mutter«, sagte er traurig.

»Ich dachte, du wärst tot«, schluchzte sie.

»Ich war's auch beinahe«, sagte er.

»Ach, mein Liebling, du bist wieder da. Ich wagte nicht mehr zu hoffen ...« Sie hockte sich auf die Fersen und krallte ihre Finger in seine Hosenbeine. Ihre Augen schwammen in Tränen. »Ich habe die Polizei beauftragt, nach dir zu suchen. Warum bist du einfach so verschwunden?«

»Es tut mir leid, daß du dir um mich Sorgen gemacht hast«, sagte er.

»War es wegen dieser Frau, die wieder geheiratet hat? Wegen dieser Laura Reed? Ich sagte dir doch, daß du sie vergessen sollst. Wann wirst du je begreifen, daß nur ich weiß, was für dich am besten ist? Ach, Gary, wie konntest du mich so im Ungewissen lassen?«

Gary sah seine Mutter wie aus weiter Ferne an. Auf seinen glatten, blassen Wangen zeigten sich rote Flecken. Sein stahlgraues Haar war ordentlich gekämmt. »Ich hätte dich anrufen sollen, Mutter. Du hast recht. Das war falsch von mir. Nur stand ich so nahe am Abgrund, daß ...«

Wanda schlug die Hände vors Gesicht und fing an zu schluchzen. Tränen strömten über ihre Wangen.

»Es tut mir leid«, sagte er bedrückt. »Bitte, verzeih mir. Ich wußte nicht, was ich tun sollte. Ich mußte nachdenken ...«

»Wo warst du denn? Was hast du gemacht? Wie konntest du die ganze Zeit ohne Hilfe leben? O mein Gott ...«, schluchzte sie.

»Ich war wohl sehr verzweifelt«, sagte er und verzog die blassen Lippen zu einem ironischen Lächeln.

Wanda kramte ein Papiertuch aus ihrer Tasche, wischte sich die Augen damit ab und schneuzte sich. Dann fing sie unter Tränen zu lachen an. »Ach, ist schon gut. Macht ja nichts. Ich dachte nur, ich würde verrückt werden, aber jetzt kümmert es mich nicht mehr. Hauptsache, du bist wieder da.« Sie umarmte seine verkümmerten Waden, als würde sie deren Schlaffheit lieben. Dann blickte sie mit glänzenden Augen zu ihm hoch.

»Du bist wieder zu Hause. Nur das ist wichtig.«

»Nein, Mutter, bitte nicht. Wir müssen miteinander reden«, protestierte er schwach.

Diesen Ausdruck auf seinem Gesicht kannte sie. Deshalb zog sie es vor, den Blick abzuwenden. Sie legte ihre Wange auf sein knochiges Knie und fing an, leise zu summen. Sie hätte Stunden so verbringen können, nur sie beide, wieder vereint.

»Nicht jetzt, mein armer Junge«, schmeichelte sie. »Zuerst

muß ich mich um dich kümmern. Ich mache dir eine Tasse Tee. Und du mußt dich ausruhen. Du hast so viel durchgemacht. Ich brauche auch eine Tasse Tee.«
Kurz überlegte sie, ob Milch im Haus war. Da fiel ihr die Lebensmitteltüte ein, die sie in der Zufahrt hatte fallen lassen. Sie würde hinausgehen und alles aufsammeln. Diese Tüten waren recht haltbar. Alles würde gut werden. Sie würde ihm Tee kochen und ihm vielleicht eine von den Valiumtabletten geben, die ihr Dr. Ingles verschrieben hatte. Die würde ihn beruhigen. Dann konnte sie seine Sachen wegräumen, während er schlief. Wo immer er gewesen sein mochte, es hatte ihm nicht gutgetan. Das war eindeutig.
»Du rührst dich nicht von der Stelle«, sagte Wanda sanft. »Ich bringe dir Tee.«
Sie eilte in die Küche und ließ Wasser in den Kessel laufen. Sie mußte das Gas mit Zündhölzern anzünden, weil der Anzünder nicht funktionierte. Die abgebrannten Hölzchen steckte sie in ihrer Zerstreutheit in die Tasche. Sie hörte den Fernseher dröhnen, während sie nach einer sauberen Tasse und Untertasse suchte. Dann legte sie einen Teebeutel in die Tasse und ging nach draußen, um die vom Regen durchnäßten Lebensmittel einzusammeln. Die Hände in die Seiten gestemmt, stand sie da und betrachtete das Durcheinander. Ein paar Sachen waren nicht mehr zu retten. Die Erdbeeren waren zerquetscht und voller Sand. Eine Brötchentüte war aufgeplatzt. Aber es war ihr egal. Sie packte sich die Kartons und Dosen auf den Arm. Ihr Herz sang. Aber sie machte sich auch Sorgen um Gary, der wohl noch immer an diese Laura Reed dachte. Das Ganze war zu traumatisch für ihn gewesen. Wenn sie ihn erst wieder hochgepäppelt hatte, würde er das alles vergessen. Jetzt lebte sie wieder. Wie ein Segen fiel Nieselregen auf ihren

Kopf und ihre Schultern. Er war wieder zu Hause. Ihre Welt war wieder heil. Nur das zählte.
Wanda ging in die Küche zurück, drehte das Gas ab und goß Wasser aus dem pfeifenden Kessel in die Tasse. Sie verstaute die Lebensmittel, die sie hatte retten können, und tat Milch und Zucker in den Tee, so wie er ihn mochte. Vielleicht mag er auch ein paar Plätzchen, dachte sie. Die Packung hatte einen Riß, aber die unteren Plätzchen waren trocken geblieben. Aus reiner Gewohnheit hatte sie seine Lieblingssorte gekauft. Aus der Hoffnung einer Mutter heraus, trotz aller Hoffnungslosigkeit. Und sie war belohnt worden. Ihr geliebtes Kind war wieder da.
Sie legte die Plätzchen auf den Rand der Untertasse und trug alles vorsichtig zurück in das dunkle Wohnzimmer.

42

Höher, Poppy«, rief Michael.

Sidney gab dem Kind gehorsam noch einen Stoß, der die Schaukel hoch in die Luft schwang. Auf der Schaukel daneben saß ein etwas älterer Junge, und Michael wollte ihn unbedingt übertrumpfen.

»Jetzt schaukle mal selber«, ermunterte Sidney seinen Enkel. »Laß mich nicht die ganze Arbeit machen.«

Michael lachte, und dieses Lachen war Balsam für Sidneys schweres Herz. Er ist glücklich mit uns, dachte er. Nur das zählt. Das und Dolores.

Er warf einen Blick zu der Bank unter dem Sauerkirschbaum. Dort saß Dolores sehr still, das Gesicht ihnen zugewandt, aber er konnte ihre Augen hinter der dunklen Brille nicht sehen. Graue Wolken verdunkelten den Himmel, aber sie trug ihre Sonnenbrille.

»Mehr, Poppy«, bat Michael.

»Du machst mich fertig«, sagte Sidney. »Ich setze mich zu Grandma auf die Bank. Schwing ordentlich die Beine, dann holst du ihn schon ein.« Sidney zwinkerte dem anderen Jungen zu. Michael, der merkte, daß sein Schwung nachließ, bewegte heftig die Beine und konzentrierte sich ganz aufs Schaukeln.

Sidney ging zu der Bank und setzte sich neben seine Frau. Er zog sein Taschentuch heraus und wischte sich den Schweiß von der Stirn. »Puh!« stöhnte er. »Das bringt die alte Pumpe in Schwung.«

Dolores schenkte ihm ein mattes Lächeln, tätschelte seine Hand und beobachtete wieder ihren Enkel auf der Schaukel.
»Sollen wir heute abend mit ihm auf der Uferpromenade essen gehen?« fragte Sidney.
»Es sieht nach Regen aus«, sagte Dolores.
»Vielleicht hält sich das Wetter noch«, meinte Sidney.
»Es wird regnen«, entgegnet sie. »Ich fühle es.«
»Dann können wir drinnen essen. Das Restaurant am Ende des Piers hat eine überdachte Veranda mit Blick aufs Meer. Es gibt leckere Muscheln dort.«
Dolores nickte. »Klingt gut«, sagte sie mit hohler Stimme.
»Wir müssen ihn beschäftigen«, sagte Sidney. »Damit er glaubt, es seien Ferien. Ich will nicht, daß er sich zu sehr aufregt.«
»Du hast recht«, sagte Dolores.
»Für ihn ist es so am besten. Er gehört zu uns. Unter diesen Umständen gehört er einfach zu uns.«
»Oh, ich weiß«, sagte Dolores. »Unter diesen Umständen.«
Sie saßen beide eine Weile schweigend da und sahen ihrem Enkel zu. Michael hatte jetzt, da Poppy ihn nicht mehr anstieß, das Interesse am Schaukeln verloren. Der ältere Junge spielte inzwischen mit einem Basketball und dribbelte damit über das Spielfeld. Michael schlenderte hin und stieß Kiesel vor sich her. Der Junge fing Michaels Blick auf und warf ihm den Ball zu. Michael war so überrascht, daß er den Ball nicht fing, ihm aber nachlief und dann damit auf den Korb zielte.
»Du mußt zuerst dribbeln«, belehrte ihn der Junge und machte es ihm vor.
Sidney stieß einen tiefen Seufzer aus und nickte. »So ist es am besten«, wiederholte er.
Dolores antwortete nicht. Sidney sah sie von der Seite an.

Er wußte, daß er fragen sollte, was mit ihr los sei, aber ihr Gesichtsausdruck flößte ihm Angst ein. Irgend etwas bedrückte sie, nagte an ihr. Das war schon den ganzen Vormittag so gewesen, seit dieser Reporter ihn mit dem Anruf geweckt und den Namen des Zeugen erwähnt hatte – Dominick Vanese. Aber warum? dachte Sidney verzweifelt. Jetzt war doch alles in Ordnung. Laura war im Gefängnis, wo sie hingehörte, und sie hatten Michael. Es war eine schreckliche Situation, aber endlich war eine Entscheidung gefallen. Er hatte gehofft, Dolores würde damit zufrieden sein. Na ja, nicht ganz zufrieden, aber zumindest mit der Situation ausgesöhnt. Er hatte gedacht, sie würde ihre Lebendigkeit wiedergewinnen. Er hatte für sie alles getan, was ein Mann nur tun konnte. Und trotzdem saß sie da und wurde von Ängsten gequält.

Sidney dachte an die Zeit vor Jimmys Tod zurück, als ihr gemeinsames Leben wie ein glücklicher Traum gewesen war. Beim Ehegelübde hatte er gedacht, daß mit den »schlechten Zeiten« das Alter gemeint sei, wenn Krankheiten gegenseitige Fürsorge verlangten. Aber diese Zeit war früh gekommen, zu früh, mit dem Tod von Dolores' Sohn. Er fragte sich manchmal, ob die »guten Zeiten« für immer vorbei waren.

Ich frage sie nicht, dachte er. Wir tun so, als würden wir diesen Tag genießen.

»Sidney«, sagte sie da plötzlich, »wir müssen darüber reden.«

Der Ton ihrer Stimme machte ihm das Herz schwer. »Worüber denn, meine Liebe?«

»Das weißt du so gut wie ich«, sagte sie. »Über den Zeugen. Seit der Reporter heute morgen seinen Namen erwähnt hat, muß ich daran denken.«

Sidney fühlte, wie sich sein Magen verkrampfte. »Was ist mit ihm?« fragte er beiläufig.

»Wir kennen ihn, nicht wahr? Diesen Vanese.«
Sidney holte tief Luft. Und nickte. »Ja, wir kennen ihn.«
»Da ich ihm jedoch nie begegnet bin, habe ich eine Weile gebraucht, bis ich den Namen zuordnen konnte. Er ist einer deiner Kunden. Und wir haben in seiner Wohnung in Florida unseren Urlaub verbracht.«
Sidney sah Michael zu, der auf den Korb zielte, ihn jedoch weit verfehlte. »Ja, das stimmt.«
»Warum hast du mir das nicht gesagt? Warum hast du mir das gestern abend nicht gesagt, ehe wir zum Gericht gingen? Warum hast du das der Polizei nicht gesagt?«
»Gestern abend habe ich es noch nicht gewußt«, protestierte Sidney. »Ich habe den Namen heute morgen zum ersten Mal gehört. So wie du.«
Er konnte fühlen, wie seine Frau neben ihm zornig wurde, und vermied es, sie anzusehen.
»Sidney, willst du mir weismachen, daß dieser Mann, dieser alte Freund von dir, die ganze Zeit gewußt hat, daß Laura einen Auftragskiller suchte und nie damit herausgerückt ist? Warum nicht? Er hätte den Mord an meinem Sohn verhindern können. Was ist das für ein Mann?«
»Sieh mal, ich will dir überhaupt nichts weismachen. Ich weiß von der ganzen Sache nichts. Vanese sagte der Polizei, er habe nicht zwei und zwei zusammengezählt.«
»Und du hast nie mit ihm darüber gesprochen? Dieser Mann stellt uns seine Wohnung zur Verfügung, und du hast nie mit ihm darüber gesprochen?«
Sidney schob das Kinn vor. »Nein, wir haben dieses Thema nie angeschnitten. Außerdem hat er mir die Wohnung nicht aus Freundschaft, sondern aus rein geschäftlichen Gründen angeboten. Er bedient sich meines Wäschedienstes für sein Restaurant. Basta!«
»Daran ist etwas faul, Sidney.«

Sidney antwortete nicht. Dann stand er plötzlich auf und klatschte in die Hände. »Komm, Michael. Wir gehen. Dolores, ich weiß darüber nicht mehr als du. Laß uns gehen.«
Michael wollte gerade protestieren, als ihm seine Großmutter zurief: »Spiel ruhig weiter.« Michael strahlte und warf dem anderen Jungen den Ball zu.
»Setz dich wieder hin«, sagte Dolores zu ihrem Mann.
Sidney blieb stehen und starrte mit heftig klopfendem Herzen über das Spielfeld.
»Weißt du, ich bin nicht von gestern. Du wirst mir jetzt erzählen, was da vor sich geht. Warum hat dieser Vanese mit seiner Aussage so lange gewartet? Darauf möchte ich eine Antwort, Sidney. Ich verlange eine Erklärung.«
»Er wußte nicht, daß es Laura war, die zu ihm gekommen war«, ereiferte sich Sidney. »Das hat er gesagt. Ich habe nie mit ihm darüber gesprochen.«
Dolores starrte ihren Mann zornig an. »Ich glaube dir nicht, Sidney. Warum belügst du mich? Du warst noch nie ein guter Lügner.«
Sidney setzte sich wieder auf die Bank und sagte ruhig: »Laß die Sache auf sich beruhen, Dolores. Laß es sein.«
Dolores starrte ihren Mann verblüfft an. Sein sonst so sanftes, freundliches Gesicht war wie zu Stein erstarrt. »Was weißt du außerdem noch?« fragte sie gebieterisch. »Was verschweigst du mir alles?«
Sidney wog seine Möglichkeiten ab. Er kannte seine Frau. Hatte sich erst einmal ein Gedanke in ihrem Kopf festgesetzt, ließ sie nicht mehr locker. Er hätte wissen müssen, daß sie anfangen würde, Fragen zu stellen. Sie war intelligent und neugierig. Er hatte sich eingeredet, sie würde die Dinge auf sich beruhen lassen, wenn sie erst einmal hatte, was sie haben wollte. Und da ihr jetzt dieser Verdacht gekommen war, würde er seine Version nicht lange auf-

rechterhalten können. Er kannte Dolores. Sie würde ihm so lange zusetzen, bis er nachgab. Ihm blieb wirklich keine andere Wahl, als sich ihr anzuvertrauen. Das wäre früher oder später sowieso geschehen. Mit diesem Gedanken versuchte er sich zu beruhigen.

»Liebes, hör mir zu«, sagte er. »Ich habe lange darüber nachgedacht. Es gab einfach keine andere Möglichkeit. Wir beide wissen, daß sie es getan hat – daß sie Jimmy ermorden ließ. Aber es gab keinen Beweis dafür. Sie stand kurz davor, dieses Boot zu besteigen und sich ungeschoren davonzumachen – mit unserem Enkel. Wir beide wissen das. Es gab keine andere Möglichkeit, sie aufzuhalten.«

Dolores klappte der Unterkiefer runter. Ihr war ganz schwindelig. »Was sagst du da? Soll das heißen, Vanese hat gelogen?«

»Er ist ein guter Mann«, sagte Sidney eindringlich. »Er wollte uns helfen.«

»Laura ist nicht zu ihm gegangen und hat ihn um die Vermittlung eines Auftragskillers gebeten«, sagte Dolores bedächtig.

Sidney wandte den Kopf und sah ihr in die Augen. »Du hast von Anfang an daran geglaubt, daß Laura es getan hat. Ich war mir nicht so sicher. Auch als sie diesen Turner heiratete und du deswegen fast wahnsinnig geworden wärst, habe ich noch immer Zweifel gehabt. Als dann jedoch die Sache mit Powell aufgedeckt wurde – da blieb mir doch nur ein Gedanke. Es hat dich innerlich zerrissen, daß sie mit dem Mord ungeschoren davonkommen sollte. Du mußtest deswegen ins Krankenhaus, um Himmels willen! Ich hatte Angst, diese Sache würde dich umbringen, wenn ich nicht etwas unternähme ...«

»Hast du Vanese für diese Aussage bezahlt?«

»Von Geld war nie die Rede«, sagte Sidney beleidigt. »Er

hat mir das Angebot sozusagen als eine Geste der Freundschaft gemacht.«

Dolores saß schweigend neben ihm. Er warf ihr einen Blick zu, konnte aber ihre Augen hinter der Sonnenbrille nicht sehen. »Die Polizei wird dahinterkommen, weißt du. Wenn schon ich dir und Vanese auf die Schliche gekommen bin, wird die Polizei den Schwindel auch aufdecken.«

Sidney zuckte mit den Schultern. »Viele Leute kennen Dominick Vanese. Er ist überall bekannt. Und die, die ihn nicht kennen, haben von ihm gehört.«

»Dafür könntet ihr beide ins Gefängnis kommen«, rief Dolores empört.

Er bedeutete ihr, leiser zu sprechen. »Er wird nichts verraten. Niemand muß es je erfahren.«

Dolores sah Michael eine Weile beim Spielen zu. Sidney wartete, daß sie etwas sagte, und griff dann nach ihrer Hand.

»Du bist mir doch nicht böse?« fragte er zweifelnd.

»Du hast es für mich getan«, sagte sie. »Diese Form der Liebe verdiene ich nicht.«

Sidney fühlte, wie es ihm die Kehle zuschnürte. »Doch, das tust du«, krächzte er.

»Aber es ist nicht wahr«, protestierte Dolores kopfschüttelnd. »Ich dachte, es sei die Wahrheit.«

»Die könnte es sehr wohl sein. Denk an Jimmy«, sagte Sidney heftig. »Sie hat deinen Sohn kaltblütig ermorden lassen. Denk daran, was sie Michael angetan hat. Die eigene Mutter …«

Dolores betrachtete ihren Enkel, den die Freude am Spiel vorübergehend den Verlust von Vater und Mutter vergessen ließ. »Ich denke nach«, sagte sie.

43

Herein«, rief Clyde Jackson, als es an seiner Tür klopfte. Er biß von einem Pfannkuchen ab und wischte sich den Puderzucker vom Revers seines blauen Nadelstreifenanzugs, als Ron Leonard eintrat.
Ron sah mit gespielter Mißbilligung seinen Vorgesetzten an. »Weiß Debbie, daß Sie das Zeug essen?« fragte er. Clydes Frau, Professorin am hiesigen College, war eine bekannte Gesundheitsfanatikerin, die streng darauf achtete, daß ihr Mann nicht zu viel Fett aß.
»Debbie ist zu einer Konferenz nach New York gefahren. Ich habe Clyde junior beim Babysitter abgeliefert und vergessen zu frühstücken.«
»Ich werde Sie verpetzen«, sagte Ron.
Clyde zuckte lachend mit den Schultern. »Ich glaube, sie hat da so ihren Verdacht«, sagte er. »Also, was gibt's?«
Ron setzte sich auf den Stuhl vor Clydes Schreibtisch und schüttelte seufzend den Kopf. »Schlechte Neuigkeiten.«
Clyde hob die Brauen und aß den Pfannkuchen auf. »So?«
»Ich habe heute morgen gründlich rumgeschnüffelt. Wie es scheint, ist unser Starzeuge ein alter Freund von Sidney Barone. Er und seine Frau haben letzten Monat in Florida in Vaneses Wohnung ihren Urlaub verbracht.«
»Barone hat Beziehungen zur Mafia?« fragte der Staatsanwalt überrascht.
Ron schüttelte den Kopf. »Er besitzt eine Wäscherei in Atlantic City und beliefert auch Vaneses Restaurant. Schon

seit Jahren. Barone und Vanese sind im selben Viertel aufgewachsen.«

»Scheiße«, sagte der Staatsanwalt und überdachte die Konsequenzen, die sich aus dieser Information ergeben könnten. »Glauben Sie, Barone hat Vanese zu dieser Aussage veranlaßt?«

»Auf Meineid steht Gefängnis. Ich kann mir nicht vorstellen, daß ein so gerissener Kerl wie Vanese ein solches Risiko eingeht. Auf keinen Fall würde er es für Geld tun, das hat er nicht nötig. Höchstens aus Loyalität einem alten Freund gegenüber. Und die Barones waren ziemlich verzweifelt. Ein Auftragskiller hat ihren Sohn ermordet. Was würden Sie denn denken, wenn Sie Jimmy Reeds Vater wären?«

»Genau dasselbe wie die Barones«, sagte Clyde grimmig. »Wenn dieser Zeuge aber lügt, haben wir nichts gegen Laura Reed in der Hand. Oder gegen ihren jetzigen Mann.«

Ron zuckte mit den Schultern. »Stimmt, und wenn Stanhope Wind davon kriegt ... mich überrascht sowieso, daß seine Ermittler noch nicht dahintergekommen sind.«

Clyde nickte grimmig. »Mmm ...«

Die beiden Männer dachten eine Weile schweigend nach.

»Der Punkt ist doch«, sagte Ron schließlich, »daß ich Turner für schuldig halte. Das habe ich einfach im Gefühl. Als ich ihn neulich befragte, hat er mich belogen. Das weiß ich so sicher, wie ich Leonard heiße. Ihr würde ich eher glauben als ihm. Manchmal denke ich wirklich, daß sie die Wahrheit sagt. Aber wir kommen nicht an ihn ran, außer sie zieht ihn mit hinein.«

Clyde nickte. »Die einzige Möglichkeit, ein gemeinsames Vorgehen zu beweisen, ist, die beiden gegeneinander aufzuhetzen ... Unsere einzige Hoffnung besteht wohl darin, Laura Turner zu bearbeiten, solange wir sie in Gewahrsam haben. Was nicht mehr lange der Fall sein wird«, sagte er nach einem Blick auf seine Uhr, »wenn es stimmt, was Sie über Vanese und Barone herausgefunden haben.«

»Oh, das stimmt leider«, entgegnete Ron.

»Wir holen sie her und bearbeiten sie«, überlegte Clyde laut.

»Das wird ihr Anwalt niemals zulassen«, gab Ron zu bedenken.

Clyde wedelte mit der Hand durch die Luft. »Ich glaube, wir können da was drehen. Innerhalb der Legalität, natürlich.«

»Natürlich«, sagte Ron ironisch. »Aber warum sollte sie ihn belasten? Vanese hat nichts von Turner gesagt. Und sie behauptet, unschuldig zu sein.«

Clyde griff nach seinem Kugelschreiber und klopfte damit hektisch auf die Schreibtischkante. »Was Sie da gerade gesagt haben, bringt mich auf eine Idee. Wenn wir Laura Turner den Eindruck vermitteln, daß wir ihr glauben ...«

»Warum sollten wir?« fragte Ron.

»Sie haben doch eben selber gesagt, daß Sie manchmal glauben, Laura Turner sagt die Wahrheit«, entgegnete Clyde.

»Na ja«, meinte Ron vorsichtig. »Manchmal schon.«

Clyde beugte sich vor. »Sind Sie ein guter Schauspieler, Detective? Wie überzeugend können Sie sein?«

Ron sah den Staatsanwalt argwöhnisch an.

Laura hielt den Blick gesenkt, um die Neugier in den Augen der Gerichtsangestellten nicht sehen zu müssen, als sie an Händen und Füßen gefesselt durch die Korridore des Gerichts geführt wurde. Der Aufseher, der sie vom Gefängnis hierhergebracht hatte, befahl ihr, auf der Bank neben der Tür des Büros des Staatsanwalts Platz zu nehmen. Ein anderer Beamter klopfte an die Tür.

»Herein«, erklang eine tiefe Stimme, und der Beamte steckte den Kopf durch den Türspalt und kündete Lauras Ankunft an. Sie hatte keine Ahnung, warum man sie hierhergebracht hatte. Eine Gänsehaut lief ihr über die Arme. Im Gefängnis war es drückend heiß, und die Fahrt im Gefangenentransporter war noch schlimmer gewesen, aber jetzt, in den kühlen, klimatisierten Korridoren des Gerichts, fror sie.

Der Bezirksstaatsanwalt kam aus seinem Büro. »Möchten Sie hier drin warten, Mrs. Turner?« sagte er und deutete mit seiner großen, manikürten Hand in sein Büro. »Ihr Anwalt, Mr. Stanhope ist auf dem Weg hierher.«

»Na gut«, akzeptierte Laura das Angebot und war froh, der Kühle im Korridor und den neugierigen Blicken entrinnen zu können. Sie schlurfte ins Büro des Staatsanwalts und wurde von dem Aufseher zu dem Stuhl vor dem Schreibtisch geführt.

Ron Leonard saß neben dem Schreibtisch, und Laura bedauerte sofort, hereingekommen zu sein. Der Staatsanwalt schickte den Aufseher hinaus. Dann setzte er sich lässig auf die Schreibtischkante, um eine Atmosphäre entspannter Vertraulichkeit zu schaffen.

»Mrs. Turner«, sagte er freundlich, »wir möchten mit Ihnen reden.«

In Lauras Kopf schrillten Alarmglocken. »Warum bin ich hier?« fragte sie schroff. »Wo ist mein Anwalt? Ich habe das Recht auf die Anwesenheit meines Anwalts.«

Staatsanwalt Jackson hob beschwichtigend die Hand. »Absolut richtig«, sagte er. »Wie schon gesagt, Ihr Anwalt ist unterwegs.«

Laura musterte ihn mit schmalen Augen. Sie wartete stumm.

»Nein«, fuhr Staatsanwalt Jackson fort, »wir wollen Sie nicht befragen. Im Gegenteil. Detective Leonard hat eine Theorie entwickelt, die sehr interessant ist. Schwer zu glauben, aber wie ich zugeben muß, interessant. Er nimmt an, daß Mr. Vanese lügt und daß Sie die Wahrheit sagen. Er hält Sie für unschuldig.«

Laura trafen diese Worte wie ein Schlag. Sie sah Ron Leonard an, dessen sonst so gleichgültige Augen leicht flackerten, als er ihren überraschten Blick erwiderte.

»Ich versuche immer, offen für alles zu sein«, sagte der Staatsanwalt, »muß aber zugeben, daß ich in diesem Fall Hilfe brauche. Deshalb wollen wir Ihnen unsere Theorie unterbreiten, um herauszufinden, wie Sie darüber denken. Es steht außer Frage, daß jemand Herman Powell beauftragt hat, Ihren Mann zu ermorden. Lassen Sie uns doch einen Augenblick davon ausgehen, daß nicht Sie die Auftraggeberin waren. Detective, bitte, fahren Sie fort.«

Ron Leonard räusperte sich und nahm seine Notizen zu Hilfe. Laura versuchte, ihre ganze Aufmerksamkeit auf den Mann zu konzentrieren. Unwillkürlich stieg Hoffnung in ihr auf. Konnte dieser Mann, der ihr immer so feindselig begegnet war, endlich eingestehen, daß er sich geirrt hatte? Ihre Gedanken rasten voraus, zu ihrer Entlassung, zu ihrer Wiedervereinigung mit Michael, zu ... Zum hundertsten Mal dachte sie an Martas Besuch, an ihre Beschreibung von Bob Gerster. Gerster mußte Ian sein. Aber wieso? Und falls es so war ...

Der Staatsanwalt sah, wie Lauras Blick ängstlich abschweifte. »Mrs. Turner«, fragte er, »wollen Sie unsere Theorie hören?«

Laura atmete tief ein. »Ja, bitte«, sagte sie, und diese Worte klangen in ihren eigenen Ohren, als würde ein Kind im Kindergarten um mehr Pudding bitten. Detective Ron Leonard verfügte nicht über die aalglatten Gerichtsmanieren

des Staatsanwalts. Es drückte sich umständlicher, aber sachlich aus.
»Wissen Sie, daß Ian Turners erste Frau, Gabriella, und sein Sohn, Phillip, bei einem Feuer umkamen, das mutmaßlich ein Brandstifter – ein Serientäter – gelegt hat?«
»Detective«, sagte der Staatsanwalt scharf, »keine Fragen, bitte. Wir unterbreiten Mrs. Turner nur eine Theorie.«
»Natürlich weiß ich das«, sagte Laura klipp und klar.
»Also ...« Ron Leonard suchte nach einer anderen Formulierung. »Mr. Turners Bruder, Jason, ist Feuerwehrmann. Obwohl er es leugnet, habe ich Grund zur Annahme, daß Jason Turner seinem Bruder die Vorgehensweise des Täters beschrieben hat.«
»Na und?« sagte Laura kalt.
»Stuart Short, der wegen Brandstiftung verurteilt wurde, leugnet, die Brände gelegt zu haben. Und ich halte es für durchaus möglich, daß er vor allem Ian Turners Haus nicht in Brand gesetzt hat.«
Laura starrte den Detective an. Ihr Mund war trocken, und ihr Herz raste. Das haben die sich ausgedacht. Sie wollen mich austricksen. »Das hat nichts mit mir zu tun«, brachte sie mühsam über die Lippen.
»Sie und Mr. Turner behaupten, sich zufällig erst vor ein paar Monaten begegnet zu sein. Und Mr. Turner behauptet, nichts von Ihnen gewußt zu haben. Aber ich habe einen Zeugen, einen Mann auf Barbados, dessen Tochter ein Buch von Ian Turner geschenkt bekam. Ein Buch von Ihnen. Und Turner erzählte dem Mädchen, er würde Sie kennen und Sie besuchen. All das geschah vermutlich, ehe Sie sich begegneten. Jetzt vermuten die Staatsanwaltschaft und die Polizei, daß Sie beide schon lange vor Jimmy Reeds Tod unter einer Decke gesteckt haben. Aber ich sage: Und wenn nicht?«

Es kostete Laura ihre ganze Willenskraft, eine ausdruckslose Miene beizubehalten, während Bilder durch ihren Kopf rasten. Ian, der vorgab nicht zu wissen, daß sie eine Kinderbuchautorin war. Ian, der Michael ihre Geschichten vorlas und behauptete, das Buch gerade erst gekauft zu haben. Marta, die ihr erzählte, daß Bob Gerster von ihr alle persönlichen Daten über Laura Hastings hatte haben wollen. »Na und?« sagte sie wieder.

Ron Leonard beugte sich vor und starrte sie an. »Laura«, sagte er, und der Klang ihres Vornamens von seinen Lippen schockierte sie. Es war, als spräche ein Freund mit ihr. »Und wenn Ian von Ihnen besessen war? Wenn er seine Frau und Ihren Mann eliminiert hat, um Sie zu kriegen? Und Sie hatten von allem keine Ahnung.«

Laura schüttelte nur den Kopf.

»Haben Sie sich je gefragt, warum er auf eine so überstürzte Eheschließung gedrängt hat? Er war es doch, der sofort heiraten wollte, nicht wahr?«

»Ja, aber ...«

»Er mußte Sie haben. Er war bereit, alles dafür zu tun. Alle Hindernisse aus dem Weg zu räumen. Seine Frau, Ihren Mann ...«

Laura versuchte den Detective gelassen anzusehen. »Das ist doch lächerlich«, sagte sie, und dann fiel ihr zu ihrer Erleichterung ein, warum diese Vermutung lächerlich war. »Ians Sohn, Phillip, starb auch in dem Feuer, Mr. Leonard. Da Sie keine Kinder haben, ist Ihnen wohl nicht bewußt ...«

Ron Leonard fiel ihr ins Wort. »Phillip Turner sollte an jenem Abend bei einem Baseballspiel sein. Ohne Wissen seines Vaters blieb Phillip jedoch zu Hause, weil Gabriella fürchtete, daß er krank sei, und ihn nicht gehen ließ.«

Laura starrte Leonard an. Ihre Kopfschmerzen wurden

stärker, und ihre Lider zuckten, so sehr pochte es hinter ihren Augäpfeln.
»Ich werde das Geld finden«, sagte Ron. »Ich werde herausfinden, wie er Herman Powell bezahlt hat, und ich werde ihn festnageln. So wie die Sache jetzt steht, sieht es aus, als steckten Sie beide dahinter. Sollten Sie nichts mit dem Mordauftrag zu tun haben, müssen Sie den Kopf aus der Schlinge ziehen. Um Ihres Sohnes willen. Warum sollten Sie die Schuld auf sich nehmen, wenn Sie nichts mit Jimmys Tod zu tun haben?«
Der Staatsanwalt sah seinen Detective neugierig an. Der ging zwar nach Plan vor, aber in Ron Leonards Verhalten lag etwas ... als würde er tatsächlich glauben, Laura habe nichts mit der Sache zu tun. »Detective«, sagte er mit mahnender Stimme.
»Aber Ian hat etwas damit zu tun«, sagte Ron und schlug mit der Hand auf den Schreibtisch. »Verdammt noch mal, das weiß ich. Begreifen Sie denn nicht? Wenn Sie uns helfen, ihn zu überführen, können Sie sich retten. Sie und Ihr Sohn können die Stadt verlassen. Ian Turner verlassen, solange Sie noch eine Chance haben.«
Aus dem Vorzimmer drang Stimmengewirr ins Büro des Staatsanwalts, und dann klopfte es an der Tür. Eine genervt aussehende junge Frau steckte den Kopf herein. »Entschuldigen Sie die Störung, Sir«, sagte sie zu Clyde Jackson.
Eine Männerstimme bellte im Vorzimmer: »Wo ist meine Mandantin? Ich möchte sofort zu ihr!«
»Das ist Mr. Stanhope«, sagte die Sekretärin entschuldigend.
Staatsanwalt Jackson nickte. »Lassen Sie ihn rein.«
Laura riß den Blick von Ron Leonards Gesicht los und sah Curtis Stanhope entgegen, der zur Tür hereinstürmte. Er trug ein limonengrünes Jackett und eine Krawatte mit aufgedruckten Seepferdchen.

»Was, zum Teufel, hat meine Mandantin hier zu suchen, Mr. Jackson?« wollte Stanhope wissen. »Wenn Sie glauben, auf diese Weise die Regeln verletzen zu können, lassen Sie sich gesagt sein ...«

»Wir haben nichts Rechtswidriges getan«, erklärte der Staatsanwalt kühl.

Stanhope wandte sich Laura zu. »Wurden Sie befragt, Mrs. Turner?«

Laura zögerte und sagte dann kopfschüttelnd: »Nicht direkt.«

»Warum haben Sie nicht auf meiner Anwesenheit bestanden?« brüllte der Anwalt und wandte sich wieder empört an den Staatsanwalt. »Wenn Sie Mrs. Turner etwas mitzuteilen haben, dann nur durch mich. Ich sagte Ihnen, ich würde gegen Mittag hier sein. Wie können Sie es wagen, meine Mandantin ohne mich vorführen zu lassen? Ich entziehe dem Gericht diesen Fall. Mrs. Turner, wissen Sie denn nicht über Ihre Rechte Bescheid?«

»Ist doch egal«, sagte Laura dumpf.

»Schweigen Sie«, sagte Stanhope. »Ab sofort führe ich das Gespräch.«

»Wir wollten Mrs. Turner nur über gewisse Ermittlungsergebnisse informieren«, sagte Staatsanwalt Jackson.

»Jetzt können Sie mich informieren«, blaffte Stanhope.

»Gewiß, Herr Rechtsanwalt. Wir haben bestimmte Dinge über Mrs. Turners Mann erfahren, die wir ihr nicht vorenthalten wollten.«

»Mit anderen Worten, Sie wollten meine Mandantin dazu bringen, ihren Mann zu belasten. Hat Ihnen der Staatsanwalt einen Handel vorgeschlagen?« fragte er Laura. »Sie haben diesen beiden doch keine Zugeständnisse gemacht, oder?«

Laura schüttelte den Kopf.

»Ich wünschte fast, Sie hätten es getan«, empörte sich Stanhope. »Hätten die Herren die Dreistigkeit besessen ...«

»Augenblick mal«, warf Jackson ein.

Während die beiden Anwälte stritten, fing Laura einen warnenden Blick von Ron Leonard auf.

Laura wußte, was ihr der Detective damit übermitteln wollte. Sie sollte über die Dinge nachdenken, die er ihr gesagt hatte. Als ob sie überhaupt noch an etwas anderes denken könnte, dachte sie verzweifelt.

44

Die Fahrt vom Gericht zurück zum Gefängnis nahm Laura geistig gar nicht wahr. Ehe sie aus dem Büro des Staatsanwalts zum Gefangenentransporter zurückgeführt worden war, hatte ihr Stanhope geraten, alles zu ignorieren, was man ihr gesagt hatte, man wolle sie nur übertölpeln. Es sei der älteste Trick der Welt, den einen Verdächtigen gegen den anderen ausspielen zu wollen. Gäbe sie erst einmal zu, daß Ian in den Fall verwickelt sei, wären sie beide am Ende, hatte Stanhope gesagt. Und in diesem Augenblick hatte Laura begriffen. Der Anwalt hielt sie für schuldig. Er hatte zwar ihre Verteidigung übernommen, aber nicht, weil er an ihre Unschuld glaubte. Für Stanhope war dieser Fall eine intellektuelle Herausforderung – er wollte den Bezirksstaatsanwalt überlisten. Die beiden spielten gegeneinander. Eine Art Denkspiel. Ein Spiel, für das Stanhope ein horrendes Honorar kassieren würde, ganz gleich, ob er es gewann oder verlor. Das hatte nichts mit Schuld oder Unschuld zu tun. Er dachte das gleiche wie der Staatsanwalt – daß sie und Ian gemeinsam das Komplott geschmiedet und Jimmy hatten ermorden lassen.

Stanhope war ungeduldig und wütend gewesen, weil er von anderen Geschäften weggerufen worden war und nach Cape Christian hatte fahren müssen. Sein Gesicht hatte schweißfeucht geglänzt. Kein Wort gegenüber der Staatsanwaltschaft, hatte er sie angewiesen. Und wenn Sie das nächste Mal vorgeführt werden sollen, weigern Sie sich, Ihre Zelle zu verlassen, bis ich eintreffe. Oder bestehen Sie darauf, zuerst mit mir zu reden. Für ihn sei diese Fahrt hierher umsonst gewesen, hatte er sie wie ein ungezogenes Kind gescholten. Der Staatsanwalt kann Ihnen alles mögliche auftischen, um Ihren Widerstand zu brechen. Er wird Dinge erfinden, um Sie zu verwirren. Bleiben Sie einfach stumm. Geben Sie dem Staatsanwalt keine Munition in die Hand. Laura hörte sich noch Entschuldigungen stammeln, als Stanhope seinen Aktenkoffer zuschnappen ließ. Und dann war sie vom Aufseher zum Gefangenentransporter zurückgebracht worden. Sie verstand, was Stanhope ihr sagen wollte. Er war derjenige, der nichts begriff.

Jetzt fuhr der Transporter in den Innenhof des Gefängnisses, und Laura wurde ins Gebäude zurückgebracht. Automatisch hielt sie den Atem an, als die Tür aufgesperrt wurde. Sie ließ sich durchsuchen, schlurfte in ihre Zelle zurück, und die Käfigtür wurde hinter ihr wieder abgesperrt. Es war ihr egal. Ihre Gedanken waren ganz woanders.

Martas unschuldige Bemerkung hatte diese Kette aus Angst und Zweifeln ausgelöst. Und dann hatte ihr Ron Leonard seine Theorie über Ian an den Kopf geworfen ... der Detective hatte sie so eindringlich angesehen. Irgendwie wußte Laura, daß er daran glaubte. Das war kein Trick von ihm. Er betrachtete sie jetzt als Unschuldige. Als ein Opfer, so wie Jimmy eines gewesen war. Ein Opfer des Mannes, den sie geheiratet hatte.

Laura versuchte, Ordnung in ihre Gedanken zu bringen. Sie dachte an Ian, an den Moment, als sie sich zum erstenmal begegnet waren. An diesen Tag am Pier. Michael war zu Ians Boot gegangen. Das hatte er nicht arrangieren können. Er hatte nicht vorhersehen können, daß sie beide an diesem Tag einen Ausflug zur Marina machen würden. Die Begegnung hatte so unschuldig gewirkt ... so zufällig. Es war ein Zufall, sagte sie sich. Und gab sich damit zufrieden. Sie hätte mit Michael an jenem Tag ganz woanders hingehen können. Dann wäre er weitergesegelt, und sie wären einander nie begegnet. Aber – Zufall oder nicht – es führte kein Weg daran vorbei, daß er damals am Pier so getan hatte, als würde er sie nicht kennen. Obwohl er gewußt hatte, wer sie war. Er hatte gewußt, wo sie lebte. Er hatte ihre Bücher in- und auswendig gekannt. Damals schon.

Laura zitterte, als wäre es kalt in der stickigen Zelle. Ian Turner war Bob Gerster. Er hatte gelogen, um Informationen über sie zu bekommen; er hatte gelogen, als er sie aufgespürt hatte. Wenn das alles Lügen waren, was stimmte dann noch? Sie blickte auf ihre Hand hinunter. Im Gefängnis durfte man den Ehering tragen. Sie starrte auf den Ring, den Ian ihr angesteckt hatte. Sie rief sich sein strahlendes Gesicht ins Gedächtnis zurück, als sie das Ehegelübde abgelegt hatten. In Freud und Leid. Und was könnte schlimmer sein als diese Situation? Ron Leonards Theorie ließ ihr keine Ruhe. Wie sehr hatte Ian sie besitzen wollen? So sehr, daß er seine Frau in den Flammen hatte umkommen lassen? Wobei versehentlich sein Junge mit umgekommen war? Hatte er sie so sehr besitzen wollen, daß er einen Auftragskiller anheuerte, der Jimmy ... Nein, dachte sie. *Nein!* Niemand konnte so von einem anderen Menschen besessen sein. Das war Wahnsinn.

Wahnsinn. Bei diesem Wort sträubten sich ihr die Haare im Nacken. Sie dachte an die Leidenschaft, mit der er sie geliebt hatte. Verrückt. Verzweifelt. Nein. Das war Begehren, kein Wahnsinn. Wenn er geisteskrank war, dann sie

auch. Weil sie ihn genauso begehrt und genauso bereitwillig geliebt und alle Vorsicht außer acht gelassen hatte.
Und dann war da noch ein Ian. Ian, der an sie glaubte, der zu ihr hielt, ganz gleich, was die Polizei sagte. Ian, der sich weigerte, die Beschuldigungen zu glauben. Trotz der Lügen von Dominick Vanese, die zu ihrer Verhaftung geführt hatten, blieb Ian unerschütterlich. Obwohl er sie kaum kannte, weigerte er sich, das Schlimmste von ihr zu denken. War sie ihm nicht dieselbe Loyalität schuldig? Da fiel ihr Michaels Reaktion bei der Hochzeit ein, wie er schluchzend gestammelt hatte, warum sie diesen Fremden heiraten wolle. Und ihr wurde mit einemmal klar, daß es für dieses absolute Vertrauen in sie eine einfache Erklärung gab. Er konnte nur so sicher sein, daß sie es nicht getan hatte, weil er selbst es getan hatte.
Laura wehrte sich kopfschüttelnd gegen diese Schlußfolgerung. Es mußte eine andere Erklärung geben. Natürlich hatte sie über Menschen gelesen, die in der Öffentlichkeit eine Seite ihres Wesens präsentierten und ihr wahres Gesicht verbargen. Aber sie hatte Ians verborgenes Ich gesehen. Was konnte geheimer sein, als ein Mann in der Ekstase der Liebe? Der sie umarmte, der Zärtlichkeiten flüsterte, der in der bittersüßen Wonne ihrer gemeinsamen Lust aufschrie? Warum sollte sie nicht einfach glauben, daß ihm seine Liebe zu ihr diese Überzeugung, dieses Vertrauen in sie ermöglichte? Liebe konnte doch angeblich Berge versetzen. In der Bibel steht: Liebe erträgt alles, glaubt alles, erhofft alles und verzeiht alles. Warum konnte sie also diese Liebe nicht auf dieselbe Weise erwidern und alle diese entsetzlichen Andeutungen aus ihren Gedanken verbannen? Der Staatsanwalt wollte doch nur ihr Vertrauen zerstören und sie verwirren. Stanhope hatte es ihr erklärt. Wie schwach ihre Liebe doch im Vergleich zu Ians war!

Dann fielen ihr wieder Martas Worte ein. Bob Gerster. Ein gutaussehender Kerl, der aber gerade aussah, als wäre er unter einen Lastwagen geraten. Ein Schauder überlief sie. Und ihr Magen rebellierte. Sie kroch zur Toilette, spürte, wie Übelkeit in ihr hochstieg. Und dann erbrach sie sich. Ihr Innerstes kehrte sich nach außen und ergoß sich in die schmutzige Schüssel.
Schweiß stand ihr auf der Stirn, als sie sich mühsam aufrichtete, die Spülung drückte und ihren Mund mit dem rostigen Rinnsal aus dem Wasserhahn ausspülte. Sie war innerlich leer. Völlig leer. Ihr war schwindelig, und sie schwankte zur Pritsche. Sie legte sich auf die rauhe Decke, starrte zur Wand und betrachtete die in den grauen Verputz eingeritzten Initialen früherer Insassinnen. R. W. und K. L., eingekreist von einem mißgestalteten Herzen. Dykes 4-ever. Laura und Ian, dachte sie bitter. Ihr Kopf pochte. Sie schloß die Augen und versuchte, alles auszulöschen. Sie wünschte, sie hätte eine Schlaftablette. Etwas, irgend etwas, um ihr fiebriges Gehirn zu beruhigen, damit sie endlich aufhören konnte zu denken. Aufhören konnte zu denken, daß sie vielleicht, vielleicht ohne es zu wissen, einen Mörder geheiratet hatte.

45

»Ich möchte Ihnen nur zwei Worte sagen«, flüsterte Daphne, Candys bevorzugte Verkäuferin im Rulene's Kaufhaus. »Weißes Lederkostüm.« Erwartungsvoll sah sie Candy an.

Candy, die auf einem rosafarbenen Satinstühlchen im Designersalon saß, schüttelte den Kopf. »Lieber nicht.« Dann sah sie mit schmalen Augen Daphne an. »Weich?« fragte sie.

Daphne schloß die Augen, lächelte und nickte wie ein Buddha. »Wie Butter. Wie Seide. Nur Ihnen steht so etwas.«

Verdammter Richard, dachte Candy. Sie fand es gräßlich, sich gerade jetzt Sorgen um Geld machen zu müssen. Wenn es etwas für sie Perfektes im Kaufhaus gab, sollte sie sich nicht überlegen müssen, ob sie es kaufen konnte oder nicht. Das war erniedrigend. Schließlich war es sein verdammter Fehler gewesen, sich in den Kasinos abzocken zu lassen. Wenn dieser Schlamassel erst einmal geregelt war, würde sie ihn davon abhalten, je wieder zu spielen. Doch jetzt waren da dieses Lederkostüm und Daphne, die auf eine Antwort wartete. Und außerdem hatte sie noch ihr Privatkonto. Auf das sie insgeheim jedesmal etwas eingezahlt hatte, wenn er ihr Geld gegeben hatte. Für schlechte Zeiten wie diese. Candy holte tief Luft.

»Na gut«, erklärte sie. »Ich probier's an.«

Daphne stieß einen Freudenschrei aus. Sie liebte es, Candy

zu bedienen, die eine Idealfigur hatte und der alles paßte, was sie anprobierte. Und da Candy in diesem Kostüm großartig aussehen würde, mußte sie es einfach kaufen. Natürlich war Daphne auch ihre Provision wichtig, aber ihr ging es hauptsächlich um das gute Gefühl, Candy zufriedenzustellen, die Liebe zu ihrem Beruf. Deshalb war es ihr immer eine immense Freude, Candy bedienen zu dürfen.

Während Daphne das Lederkostüm holte, ließ sich Candy entspannt auf ihrem Stuhl zurücksinken und betrachtete müßig die anderen Kundinnen. Sie erkannte sofort jene, die aus Versehen hier hereingekommen waren. Eine Übergröße mit krausem Haar stand vor den Busineßkostümen und hatte sich offensichtlich auf dem Weg in die Miederabteilung hierher verirrt. Und ein bleiches, mageres, ungefähr siebzehnjähriges Mädchen, die mit viel kosmetischer Hilfe hübsch aussehen könnte, würde sich diese exklusiven Sachen nie leisten können. Sie befingerte sehnsüchtig ein mit Pailletten verziertes Abendkleid, wagte jedoch nicht, das Kleid vom Bügel zu nehmen und es am Spiegel vor ihren Körper zu halten. Laß lieber die Finger davon, dachte Candy. Wenn du nur eine Paillette beschädigst, kannst du Whoppers im Burger King braten, bis du fünfunddreißig bist, um den Schaden zu bezahlen.

Candy warf einen prüfenden Blick auf ihre makellos lackierten Fingernägel und sah sich dann wieder um. Jetzt war eine andere Frau in den Salon gekommen, um die Vierzig, platinblonder Pagenschnitt, gut erhalten. Gut gekleidet. Wahrscheinlich eine Tennisspielerin. Die hatte wenigstens das Geld für die exklusiven Angebote in diesem Salon, war aber leider schon zu alt dafür. Der Trick war, jung und reich zu sein. Sonst waren selbst diese prächtigen Kleider eine Vergeudung. Wer sah schon eine alte Schachtel wie die an?

Candy runzelte bei dem Gedanken an Geld mißbilligend die Stirn. Und die Polizei. Das war sogar noch schlimmer. Aber Richard würde sich da schon irgendwie rauswinden. Er war nur ein bißchen in Panik geraten. Die Polizei verhaftete niemanden aus ihrer Gesellschaftsschicht. Sie waren reich. Es war nur irgendein Buchhaltungsproblem. Und das war Richards Spezialität. Es gab nicht viele Dinge, in denen er gut war, gestand sich Candy gähnend ein. Aber mit Geld konnte er umgehen. Jedenfalls hatte sie genug auf ihrem Geheimkonto, um einen Engpaß zu überbrücken. Sie würde keine Kaution für ihn stellen. O nein! Aber für ihre Bedürfnisse würde die abgezweigte Summe reichen.

Daphne kam mit dem weißen Lederkostüm auf einem Bügel hinter dem Brokatvorhang hervor. Sie hielt es hoch, und Candy klatschte vor Begeisterung in die Hände. »Wie recht Sie haben«, sagte sie, streckte die Hand danach aus und wackelte mit den manikürten Fingern wie ein Kind, das Lakritze haben will.

Candy verschwand in der Umkleidekabine, zog das wohlriechende Lederkostüm über ihre seidene Unterwäsche und trat wieder in den Salon. Dort drehte sie sich eitel vor Daphne und jeder Kundin im Salon, die sehen wollte, wie exklusive Kleider an einer Frau aussehen sollten. Daphne wäre bei ihrem Anblick beinahe in Ohnmacht gefallen, und Candy kicherte über den erzielten Effekt.

»Daphne, Sie sind eine Hexe. Also gut, ich nehme es. Sie kennen meine Kreditkartennummer. Buchen Sie die Summe ab«, sagte sie lässig, als wäre das Tausenddollarkostüm ein Päckchen Kaugummi aus dem Supermarkt. Dann schlüpfte sie in der Umkleidekabine wieder in ihre Alltagskleidung.

Als Candy zu dem Schreibtisch in französischem Provence-

Stil schlenderte, der als Counter im Designersalon diente, sah ihr Daphne mit einem besorgten Blick entgegen.
»Lassen Sie mich unterschreiben«, sagte Candy und drapierte das Kostüm nachlässig über den zierlichen Stuhl neben dem Schreibtisch.
Daphne sprang auf, nahm das Kostüm an sich, steckte es behutsam wieder in die Plastikhülle und hängte es auf einen Ständer hinter ihren Schreibtisch. Candy fühlte, wie ihr ein Schauder den Rücken rauf und runter lief. In dieser Sekunde wußte sie, daß sie ein Problem hatte.
»Daphne, was ist denn los?« fragte sie herrisch.
»Ihre Kreditkarte ist gesperrt worden, Candy«, murmelte Daphne und prüfte das Kostüm durch die Plastikhülle hindurch auf eventuelle Spuren von Make-up oder Lippenstift. »Ich habe zweimal kontrolliert.«
»Aber das ist unmöglich«, protestierte Candy, doch ihre Stimme schwankte. Wie kann er das wagen, dachte sie. Dieser Hurensohn! Ohne mir etwas zu sagen. Ich bringe ihn um.
»Ich muß mal Ihr Telefon benutzen«, sagte Candy. Ihr gefiel die Art nicht, wie Daphne sie ansah. Als hätte ihr Glamour plötzlich vor den Augen dieser Verkäuferin einen Riß bekommen.
Daphne deutete auf den Apparat. »Ich kümmere mich mittlerweile um die anderen Kundinnen«, sagte sie mitfühlend.
Candy ließ sich auf den Stuhl fallen und wählte Richards Büronummer. Adelaide Murphy meldete sich: »Mr. Walshs Kanzlei.«
»Geben Sie mir den Bastard, Adelaide«, flüsterte Candy ohne Umschweife in den Hörer. »Und sagen Sie mir nicht, daß er in einer verdammten Besprechung ist. Hier spricht Mrs. Walsh. Holen Sie ihn sofort ans Telefon.«

»Es tut mir leid, Mrs. Walsh«, sagte die unscheinbare ältere Frau, die Candy persönlich für ihren Mann ausgesucht hatte, um auch jeder Versuchung von Romanze im Büro den Riegel vorzuschieben. »Er ist auf Geschäftsreise. Hat er Ihnen das nicht gesagt?«

Candy fühlte, wie ihre Handflächen schweißfeucht wurden. »Was für eine Geschäftsreise?«

»Das weiß ich nicht. Mr. Walsh sagte, er habe einen Termin mit einem Klienten in Texas. Er hat alle Vorbereitungen selbst getroffen.«

Daphne warf ihr einen Blick zu, und Candy bemühte sich um einen gelassenen Gesichtsausdruck. »Na gut. Da liegt wohl ein Mißverständnis vor. Ich kümmere mich darum.« Sie drückte auf die Gabel und saß eine Weile wie erstarrt da, den Hörer noch immer in der Hand.

Daphne schlenderte herbei und sah Candy mit zur Seite geneigtem Kopf an. »Ist alles in Ordnung?« fragte sie.

Nein, du blöde Kuh, dachte Candy. Du merkst doch, daß überhaupt nichts in Ordnung ist, und du genießt es, nicht wahr? Sie lächelte Daphne an. »Alles ist bestens. Es hat nur einen dummen Fehler in der Buchhaltung gegeben. Darf ich noch schnell einen Anruf machen?«

Daphne hatte diese Situation schon oft erlebt – Frauen, denen von ihren Männern die Konten gesperrt wurden –, und sie war sich zu neunundneunzig Prozent sicher, daß Candys Einkaufstage vorbei waren. Bei solchen Gelegenheiten war Daphne immer froh, einen guten Arbeitsplatz zu haben und finanziell unabhängig zu sein. In solchen Augenblicken mußte sie jedoch der dringenden Versuchung widerstehen, ihre Kundinnen mit offensichtlicher Geringschätzung noch weiter in Verlegenheit zu bringen. Immerhin hatte Candy sie stets wie einen Bauerntölpel behandelt. Aber man konnte nie wissen. Da war immer noch dieses eine Prozent, daß es sich tatsächlich um einen Buchhaltungsfehler handelte. Und sie wollte nicht auf die Provision aus Candys Einkäufen verzichten. Auf keinen Fall.

»Selbstverständlich«, sagte Daphne liebenswürdig.

Candy rief zu Hause an, aber niemand meldete sich. Sie gab den Code für den Abruf des Anrufbeantworters ein. Richards Stimme, blechern und reuevoll, ertönte vom Band. »Honey, mittlerweile hast du wohl erfahren, daß ich fort bin. Die Schwierigkeiten, in denen ich stecke, sind einfach zu groß, um da je wieder rauszukommen. Und ich habe es nicht fertiggebracht, dir alles zu erklären. Die Cops stellen wegen dieser Sache mit Lauras Geld Ermittlungen über mich an. Die Kacke ist am Dampfen, sozusagen. Ich habe dir einen Brief mit Anweisungen hinterlassen, was du verkaufen kannst und was wir wem schulden. Leider wird dir nicht viel bleiben. Aber ich weiß, du wirst zurechtkommen. Du bist eine schöne, fabelhafte Frau und fällst bestimmt wieder auf die Füße. Ich weiß, du wirst mich deswegen hassen, aber ich habe dein Geheimkonto entdeckt und brauche das Geld für meinen Neuanfang. Ich werde dich wahnsinnig vermissen ...«

Den Hörer am Ohr, starrte Candy über die Messingtischplatte des Schreibtischs auf das weiße Lederkostüm in der Plastikhülle. Zornestränen stiegen ihr in die Augen. Das Kostüm könnte genausogut in einem Eisenkäfig hängen, so viel Hoffnung blieb ihr jetzt, es je mit nach Hause nehmen zu können.

46

»Laura Turner!« rief der Aufseher und klopfte an die Gitter ihres Käfigs. »Der Gefängnisdirektor will Sie sprechen. Jetzt sofort.«

Laura riß die Augen auf. Ihr Kopf war völlig benebelt. Wie lange hatte sie geschlafen? In ihrem Mund hatte sie einen ekelhaften Geschmack, die Nachwirkung ihres Erbrechens. Sie fühlte sich zu schwach, um aufzustehen. Was wollen sie jetzt von mir, dachte sie. Was denn noch?

»Beeilen Sie sich«, sagte der Aufseher. »Ich bringe Sie runter.«

Laura richtete sich gehorsam auf und stand dann schwankend da. Sie mußte dringend Wasser lassen, konnte es aber nicht in Gegenwart des uniformierten Aufsehers an der Tür tun. »Ich komme schon«, murmelte sie.

»Was will der Direktor von mir?« fragte sie dann, spritzte sich Wasser aus dem Waschbecken ins Gesicht und strich sich das Haar hinter die Ohren.

»Das weiß ich nicht, Lady. Er ist der Direktor und nicht mein bester Freund. Er vertraut sich mir nicht an. Machen Sie schon.«

Laura saß auf einem Holzstuhl vor dem Schreibtisch des Gefängnisdirektors Ferguson und starrte den Mann ungläubig an. Ferguson war ein dünner Mann mit schütter werdendem Haar, der eine Lesebrille trug. Sein Benehmen war sanft und überhaupt nicht bedrohlich. Er stand in dem

Ruf, streng zu sein und keine Verstöße gegen die Gefängnisordnung zu dulden. Das war ihre erste Begegnung mit ihm. Er sah eher wie ein Lehrer als wie ein Gefängnisdirektor aus.

»Haben Sie verstanden, was ich Ihnen gesagt habe?« fragte er.

Laura schüttelte den Kopf.

»Das hier kam vom Büro des Staatsanwalts. Es ist eine Beschwerde.« Er hielt ihr ein Blatt Papier hin, und Laura starrte darauf. »Die Anklage gegen Sie wurde fallengelassen. Sie sind frei.«

»Das verstehe ich nicht«, sagte sie. »Ich war doch erst heute morgen im Büro des Staatsanwalts.«

Ferguson verzog die schmalen Lippen zu einem leichten Lächeln. »Ich nehme doch an, daß Sie keine Einwände gegen Ihre Freilassung haben. Die meisten unserer Gäste haben nichts dagegen, nicht mehr unsere Gastfreundschaft genießen zu müssen.«

Laura wußte, daß er einen Scherz machte, aber in ihrem Kopf drehte sich alles. Sie kam sich wie eine Kugel auf einer Roulettscheibe vor. »Ich meine nur ... wie ist das möglich?«

Direktor Ferguson, der wohl alle seine Worte sorgfältig wählte, dachte kurz nach und gab ihr dann eine knappe Erklärung. »Anscheinend hat der Zeuge, der Sie identifiziert hat, heute seine Aussage widerrufen. Er behauptet, sich geirrt zu haben. Darüber war der Staatsanwalt natürlich nicht sehr erfreut. Aber ohne die Aussage dieses Zeugen hat die Staatsanwaltschaft nicht genügend Beweise gegen Sie in der Hand. Näheres wird Ihnen Ihr Anwalt erläutern.«

»Der Mann hat zugegeben, daß er gelogen hat? Warum hat er überhaupt diese Falschaussage gemacht?« rief Laura empört.

Der Direktor stand auf. »Mrs. Turner, auf diesem Papier steht, daß Sie frei sind. Ich an Ihrer Stelle würde so schnell wie möglich von hier verschwinden. Ihre persönliche Habe wird Ihnen im Entlassungsbüro ausgehändigt. Der Aufseher begleitet Sie dorthin. Ich wünsche Ihnen viel Glück.«
Laura stand auf und hätte nicht sagen können, wie ihr zumute war. Sie traute weder dem Direktor noch dem Staatsanwalt. Das konnte nur ein schlechter Scherz sein, der Knalleffekt würde sicher noch kommen. Wir haben nur einen Jux mit ihnen gemacht. Zurück in den Käfig.
»Gehen wir«, sagte der Aufseher in einem weniger brüsken Ton. Sie war jetzt eine freie Frau. Sie folgte ihm zu der Angestellten hinter dem Sichtglasfenster und zeigte ihr das Entlassungspapier vom Direktor.
Die Angestellte verschwand kurz, als wäre sie eine Postbeamtin, die einen Einschreibebrief holte. Meine Sachen, dachte Laura. Sie erinnerte sich an den Abend ihrer Festnahme. Sie hatten Karten gespielt. Uno. Sie hatte Jeans, ein T-Shirt und abgewetzte Segeltuchschuhe getragen. Daraus bestand ihre persönliche Habe. Alles andere hatte sie zurücklassen müssen. Michaels Gesicht tauchte verschwommen vor ihr auf. Seine Augen waren riesengroß vor Angst. Was habe ich dir angetan, dachte sie.
Die Angestellte kam wieder und schob ein Päckchen unter dem Fenster durch. »Bitte, überzeugen Sie sich, daß nichts fehlt, ehe Sie gehen«, sagte die Frau.
Laura riß mit zitternden Händen den Umschlag auf. Da waren ihre Sachen: ihre alten, verwaschenen Jeans, ihr T-Shirt, ihre Segeltuchschuhe. Sie unterdrückte den Impuls, alles an ihre Brust zu drücken. Wie alte Freunde, die gekommen war, um sie zu trösten.
»Ziehen Sie sich da drin um«, sagte die Angestellte und

deutete auf die Tür zu einer Besuchertoilette. »Ihren Overall können Sie in den Eimer werfen.«
Keine Anweisungen hatten in Lauras Ohren je so süß geklungen. Sie ging in die Toilette und sperrte hinter sich ab. Als sie sich umgezogen hatte, kam sie wieder heraus. Der Aufseher lächelte bei ihrem Anblick. In ihren schmuddeligen Kleidern sah sie aus, als wollte sie gerade in den Garten gehen und umgraben. Er führte sie hinaus in den Warteraum.
»Wollen Sie jemanden anrufen?« fragte er und deutete zum Telefon. »Ihren Mann, damit er Sie abholt?«
»Nein«, sagte sie scharf und blickte sich dann um. »Ich weiß nicht«, fügte sie hilflos hinzu.
»Es steht Ihnen frei, das Telefon zu benutzen«, sagte der Aufseher. »Wenn niemand Sie abholt oder Sie kein Geld haben, bringt ein Taxi Sie auf Kosten des Gefängnisses nach Hause.« Er streckte ihr die Hand hin. »Viel Glück.«
Laura schüttelte ihm verlegen die Hand, sie wollte nicht einmal unter diesen Umständen unhöflich sein. Als der Aufseher gegangen war, sah sie sich um. Sie fühlte sich entsetzlich einsam und wußte nicht, was sie tun sollte. Plötzlich hörte sie eine vertraute Stimme rufen: »Mom!«
Laura drehte sich um und sah Michael quer durch den Raum auf sich zu laufen, wobei er gegen Stühle stieß. In seinen Augen lag Panik. Sie stolperte ihm entgegen und fing ihn auf. Noch nie hatte sie etwas so Süßes in den Armen gehalten. Sie atmete ganz tief seinen vertrauten Geruch ein, den Duft seines Haars. »O mein Baby«, sagte sie. Seine Kleider fühlten sich feucht an. »Du bist ja ganz naß«, sagte sie.
»Es regnet«, murmelte er an ihrer Schulter.
Stimmt, dachte sie. Heute morgen, als sie vom Gericht ins Gefängnis zurückgebracht worden war, hatte es angefan-

gen zu regnen. Sie hatte eine vage Erinnerung an klackende Scheibenwischer. Da war ihr das Wetter noch gleichgültig gewesen. Sie würde nirgendwohin gehen, hatte sie gedacht. Und jetzt – jetzt hielt sie Michael in den Armen.
»Was machst du eigentlich hier?« fragte sie aufgeregt. »Wie kommst du hierher?«
»Gram und Poppy haben mich hergebracht«, murmelte er, das Gesicht noch immer an ihre Schulter gepreßt.
Laura blickte auf und sah Dolores in der Ecke neben dem Münzfernsprecher stehen. Sie traute ihren Augen nicht. Sie hob Michael hoch und ging mit ihm zu Dolores, die trotzig ihrem Blick standhielt. Es war das erste Mal, daß die beiden Frauen sich seit Jimmys Tod von Angesicht zu Angesicht gegenüberstanden – außer ihrer Begegnung im Gerichtssaal.
»Hallo, Dolores«, sagte Laura steif. »Ich danke dir, daß du mir Michael gebracht hast.«
»Laß uns von hier verschwinden«, sagte Dolores. »Hier drin packt mich das kalte Grausen.«
»Gern«, sagte Laura mit einem schmallippigen Lächeln.
Mit Michael noch immer auf dem Arm folgte sie ihrer Schwiegermutter durchs Foyer und zur Tür des Gefängnisses hinaus. Dann standen sie unter dem Vordach. Es nieselte aus grauen Wolken. Sidneys El Dorado war am Ende des Fußwegs durch den makellos gepflegten Rasen vor dem Gefängnis geparkt. Laura sah Sidney am Steuer sitzen. Er trug eine Sonnenbrille. Er warf einen Blick in ihre Richtung und winkte kurz.
Laura wedelte unbeholfen mit der Hand. Sie hatte noch immer ihren Sohn im Arm.
»Du siehst ganz gut aus«, sagte Dolores kurz angebunden. »Wir sind gekommen, um dich nach Hause zu bringen.«
»Warum?« fragte Laura. Du haßt mich doch, wollte sie

hinzufügen. Aber wegen Michael unterließ sie es. »Wie habt ihr erfahren, daß ich entlassen werde?« fragte sie, noch immer völlig durcheinander wegen ihrer plötzlichen Entlassung und dem unerwarteten Auftauchen ihrer Schwiegereltern.

»Vince Moore hat angerufen«, sagte Dolores. »Nachdem Mr. Vanese seine Aussage widerrufen hat. Er hat sich gedacht, daß wir Bescheid wissen wollten.«

»Ich verstehe das alles nicht«, sagte Laura kopfschüttelnd. »Ich begreife nicht, warum mich Vanese überhaupt mit dieser Falschaussage belastet hat. Und warum er sie jetzt zurückgenommen hat. Hat Chief Moore etwas darüber gesagt?«

»Wer kann das schon wissen«, sagte Dolores irritiert. »Vanese hat wohl seine Meinung geändert.«

Laura stellte Michael neben sich auf den Boden. Er umklammerte ihre Beine, und sie hielt ihn an der Schulter fest. Zu ihrem Erstaunen stellte sie fest, daß es Dolores peinlich war, über Vanese zu sprechen. Ein kleiner kalter Knoten bildete sich in ihrem Magen. »Dolores? Was weißt du darüber?«

Dolores wich ihrem Blick aus. Mit zusammengekniffenen Augen starrte sie über den Rasen. Dann machte sie den Mund auf, als wollte sie etwas sagen, zögerte und versuchte es wieder. Laura starrte Dolores an, die darum kämpfte, die richtigen Worte zu finden.

»Ich habe Mr. Vanese aufgesucht«, sagte Dolores schließlich bedächtig. »Ich wollte mit ihm über diese ganze Sache reden. Und je länger wir uns unterhielten, um so mehr wurde ihm bewußt, daß er sich vielleicht geirrt haben könnte.«

»Augenblick mal«, sagte Laura und war nicht fähig, den sarkastischen Unterton in ihrer Stimme zu unterdrücken. »Noch mal von vorn. Willst du damit sagen, daß du Vanese dazu überredet hast, seine Aussage zu widerrufen? Entschuldige bitte, aber es fällt mir schwer, das zu schlucken. Du warst vor Freude ganz aus dem Häuschen, als ich endlich verhaftet wurde. Das wissen wir beide. Du konntest es gar nicht erwarten, mir Michael wegzunehmen!«

Dolores setzte eine beleidigte Miene auf. »Ich habe lange und gründlich über alles nachgedacht. Michael zuliebe habe ich meine Gefühle beiseite geschoben«, sagte sie streitbar. »Es stimmt, ich war gegen dich. Aber du bist die Mutter meines Enkels. Wenn Mr. Vanese einen Fehler gemacht hat ... Wenn du nicht getan hast, was Mr. Vanese behauptet hat ...« Ihre Stimme verlor sich.

»Du hast nach Blut geschrien. Du wolltest mich auf dem elektrischen Stuhl sehen«, rief Laura.

Michael drückte stöhnend sein Gesicht an Lauras Oberschenkel. Laura hatte sofort Schuldgefühle. Er wird zwischen uns hin und her gerissen, dachte sie. Hör auf. Keine Beschuldigungen in seiner Gegenwart. Er darf nicht Zeuge dieses häßlichen Geschehens sein.

Dolores trat unbehaglich von einem Fuß auf den anderen. »Was macht es schon für einen Unterschied, wer was gesagt hat? Jetzt ist doch alles vorbei.«

»Was für einen Unterschied es macht?« Laura sah ihre Schwiegermutter fassungslos an. Dann senkte sie die Stimme. »Ich werde herausfinden, warum dieser Mann gelogen und mich belastet hat!«

»Es sind Fehler gemacht worden«, sagte Dolores, drehte sich um und sah Laura herausfordernd in die Augen. »Mr. Vanese dachte, es handele sich um einen Freundschaftsdienst. Aber er hat einen Fehler gemacht. Und jetzt ist dieser Fehler korrigiert worden.«

Laura starrte Dolores verwundert an. »Ein Freundschaftsdienst? Aus Freundschaft zu wem?« fragte sie.

Dolores hielt ihrem Blick stand, aber ihre Unterlippe zitterte.
»Zu dir?« fragte Laura.
Dolores' Gesichtsausdruck war ein klares Eingeständnis. Laura hätte sie am liebsten an der Kehle gepackt. Ihr Blick aus schmalen Augen durchdrang die abwehrende schuldbewußte Haltung ihrer Schwiegermutter. »Ist Vanese ein Freund von dir?«
»Von Sidney. Ich habe nichts von dieser Abmachung gewußt«, sagte Dolores schnell. »Zuerst dachte ich, Mr. Vanese habe die Wahrheit gesagt. Aber dann, als mir bewußt wurde, was er tat, bin ich zu ihm gegangen und habe ihn aufgefordert, die Wahrheit zu sagen.«
»Sidney?« rief Laura zutiefst verletzt, daß ihr Schwiegervater, der stets freundliche Sidney, einen so entsetzlichen Verrat an ihr begangen hatte. »Ich dachte immer, Sidney sei mein Freund.«
»Dieser Plan war eigentlich nicht gegen dich gerichtet. Er wollte mir einen Gefallen tun«, sagte Dolores barsch. »Aber mit einer Lüge kann ich nicht leben. So geht es nicht.«
Laura konnte das alles kaum fassen. Die beiden hatten die ganze Sache arrangiert. Sidney hatte diesen Vanese dazu überredet, eine Falschaussage zu machen, damit sie ins Gefängnis kam. Das war schwer zu begreifen. Es kam ihr vor, als sei sie von unergründlichen Quellen bösen Bluts umgeben. Sie verspürte ein heftiges Verlangen nach Rache. Was hatte sie diesen Menschen je angetan, außer ihren Sohn zu lieben? Die Verachtung, die die beiden für ihre Rechte, ihr Wohlbefinden gezeigt hatten, war ungeheuer.
Laura starrte Dolores in die Augen, wollte zuschlagen, sie zumindest mit Worten verletzen. Dolores war zwar beschämt, hielt ihrem Blick aber stand. Dann erkannte Laura trotz ihrer Wut, ihres heiligen Zorns die Wahrheit. Dolores

hätte schweigen können. Sie hätte nur Stillschweigen bewahren müssen, und ihre Schwiegertochter wäre im Gefängnis geblieben. Aber sie hatte es nicht getan. Als es darauf ankam, hatte sie fair gehandelt. Sie hatte das Richtige getan. Sogar für ihre Feindin, die Frau ihres Sohnes, die sie haßte. Das war mehr, als sie von dieser Frau erwartet hätte.
Laura streckte ohne zu lächeln die Hand aus, und Dolores zuckte zusammen. Ganz leicht und flüchtig legte sie ihr die Hand auf den Unterarm und sagte: »Danke.«
Dolores sah sie mißtrauisch an und fragte dann barsch: »Sollen wir dich nach Hause fahren? Du kannst deinen Sohn mitnehmen, wenn du willst.«
Der Van eines Fernsehsenders hielt vor dem Gefängnis, und eine Reporterin, die einen Regenmantel und Joggingschuhe trug, stieg von einem Kameramann gefolgt aus.
Laura überlegte schnell. »Darf ich dich bitten, Michael noch eine Weile zu behalten?«
»Natürlich«, entgegnete Dolores knapp.
»Nein«, heulte Michael. »Ich will mit dir nach Hause gehen.«
Laura kauerte sich vor ihn hin und nahm sein Gesicht in beide Hände. »Hör mir zu, Michael. Es ist nur für ein, zwei Stunden. Geh jetzt mit Grandma, und wenn ich dich holen komme, dann trennen wir uns nie wieder. Das verspreche ich dir.«
»Bitte …«
»Geh jetzt. Ehe die Reporter über uns herfallen. Dolores, ich brauche Geld für ein Taxi.«
Dolores kramte ein paar Geldscheine aus ihrem Portemonnaie.
»Bitte, bring Michael von hier fort«, sagte Laura gebieterisch, als noch ein Auto mit dem Logo einer Zeitung vorfuhr. »Ich kümmere mich um diese Leute.«

»Na gut«, sagte Dolores.

»Aber wenn ich komme und Michael abhole …«, fügte Laura warnend hinzu.

Dolores seufzte. »Er ist dein Sohn.«

»Dann nimm ihn bitte mit. Ich komme ihn bald holen«, sagte Laura und drängte Michael und ihre Schwiegermutter zu gehen, als sich die ersten Reporter näherten.

47

Ron Leonard fiel es schwer, sich auf das Thema zu konzentrieren. Ginger Cook, die Leiterin des Sommerjugendprogramms, trug rote Shorts und ein weißes Polohemd. Ihr sommerblondes Haar war zu einem Zopf geflochten – Rons Lieblingsfrisur bei Frauen. Nur eines störte ihn: Ginger kaute Kaugummi. Es war wohl besser, er zeigte kein Interesse an ihr, wenn er bedachte, warum er hier war.

»Okay, hier sind die Beschwerden, die wir bekommen haben«, sagte die junge Frau sachlich und schob Ron ein paar Briefe über den Schreibtisch zu.

Ron entging nicht, daß an ihren gebräunten Fingern weder ein Verlobungs- noch ein Ehering steckte, als er die Briefe an sich nahm. Ron ermittelte in einem Fall sexueller Belästigung, der von verschiedenen Müttern zur Anzeige gebracht worden war. Beschuldigt wurde der langjährige Leichtathletiktrainer des Sommerprogramms. Ron haßte diesen Fall. Er hielt die Vorwürfe für übertrieben, und die Sache war ihm lästig. Da es sich jedoch um ein Programm des Countys handelte, waren ihm die Ermittlungen übertragen worden. Er versuchte immerhin, seinen Widerwillen nicht zu zeigen. Diese Ginger Cook würde ihm sonst womöglich einen Vortrag über Sexismus halten.

Ginger verschränkte die Hände auf dem Schreibtisch und sah ihm zu, wie er die Beschwerdebriefe überflog. »Er hat ein paar ungehörige Dinge zu den Mädchen gesagt. Anscheinend hat er sich ziemlich grob ausgedrückt, worüber sich diese Mütter beschweren.«

Ron unterdrückte einen Seufzer. Jetzt kommt er, dachte er und hielt den Blick auf die Blätter in seiner Hand gesenkt. Der Vortrag.

»Ich will den Trainer nicht in Schutz nehmen«, sagte Ginger Cook, »aber er ist noch von der alten Schule, wissen Sie. Manchmal überkommt ihn eben diese Umkleideraummentalität, und es ist ihm egal, ob er mit Mädchen oder Jungen redet. Ich verstehe durchaus, wogegen diese Mütter Einwände erheben, aber man könnte es auch so sehen, daß der Trainer Mädchen genauso behandelt wie Jungen. Ich habe den Eindruck, daß es sich hier um das Gegenteil einer Diskriminierung handelt. Er ist ein sehr engagierter Trainer.«

Ron hob den Blick und sah Ginger interessiert und leicht verwundert an. Er hatte oft das Gefühl, daß der Kampf zwischen den Geschlechtern mittlerweile nukleare Ausmaße angenommen hatte. Daher war es überraschend – eigentlich erfrischend –, daß eine Frau so einen Mann verteidigte.

Das Telefon auf dem Schreibtisch läutete. Ginger nahm den Hörer ab und ließ die Kaugummiblase zerplatzen. Ron seufzte und wandte sich wieder den Briefen zu.

»Augenblick mal«, sagte Ginger. »Der Anruf ist für Sie.«

Ron beugte sich vor und griff nach dem Hörer, wobei er unabsichtlich ihre Fingerspitzen streifte. »Ron Leonard«, meldete er sich.

Ron hörte Staatsanwalt Jackson zu, der ihm vom Widerruf der Aussage Dominick Vaneses und Laura Turners Freilassung berichtete.

Ron fluchte und warf Ginger einen entschuldigenden Blick zu. Sie lächelte verschmitzt. Er konzentrierte sich wieder völlig auf das Telefonat und sprach leise in den Hörer: »Also, ich glaube noch immer, daß dieser Bastard Turner in den Fall verwickelt ist. Es ist höchste Zeit, daß ich aufhöre, ihn mit Samthandschuhen anzufassen.« Nachdem er mit dem Staatsanwalt vereinbart hatte, die Sache zu besprechen, sobald er wieder im Gericht war, fragte er Ginger: »Darf ich mal telefonieren?«

»Klar«, sagte sie.

Ron wählte Vince Moores Nummer im Polizeirevier von Cape Christian. Als sich der Chief meldete, äußerte er sein Bedauern über Vaneses Verhalten. »Das ist doch nicht Ihre Schuld«, sagte Ron. »Früher oder später wäre der Schwindel sowieso aufgeflogen. Hören Sie, können Sie einen Mann zu Ian Turners Boot schicken, der dafür sorgt, daß der Kerl nicht abhaut, bis ich hinkomme?«

»Das mache ich selbst«, sagte Vince und legte auf.

Ron wandte sich wieder Ginger zu und sagte: »Ich würde gern weiter mit Ihnen über diese Anzeigen sprechen, aber ich muß jetzt gehen. Können wir die Sache auf morgen verschieben?«

Ginger nickte und sagte, als Ron aufstand: »Seien Sie vorsichtig, da draußen.« Bei ihrem Lächeln schlug Rons Herz einen seltsamen kleinen Salto.

Das Taxi hielt am Kai, und Laura sah, daß ihr Wagen nur ein paar Meter weiter entfernt geparkt war. Ian ist auf dem Boot, dachte sie. Er hat sich dort wohl vor der Welt verkrochen. Sie bezahlte den Taxifahrer und stieg aus. Es nieselte noch immer, und der Pier lag verlassen da. In dem Gemischtwarenladen brannte Licht, aber niemand war zu sehen. Heute war keiner von diesen dunstigen Sommerregentagen, an denen jeden Augenblick die Sonne durchzubrechen versprach. Das Wetter war kühl und schwül

zugleich, und es gab keine Anzeichen dafür, daß die Wolken aufreißen würden.
Sie ging über den Pier zur Anlegestelle und dachte über den Tag nach, an dem sie Ian zum erstenmal begegnet war. Michael war damals an Bord von Ians Boot gegangen – Ian hatte nicht wissen können, daß das passieren würde. Es mußte ein Zufall gewesen sein. Und wenn er diese Begegnung nicht arrangiert hatte, dann war vielleicht ...
Sie hatte Kopfschmerzen von den bohrenden Überlegungen und ihren Versuchen, Ausreden für ihn zu erfinden. Jetzt war dafür keine Zeit mehr. Sie kam zur Anlegestelle und kletterte an Bord. Das Deck war schlüpfrig. Als sie die Luke öffnete, hörte sie von unten seine laute Stimme. Leise ging sie die Stiege hinunter. Er ging in der beengten Hauptkajüte auf und ab und gestikulierte wütend, während er in das schnurlose Telefon sprach.
»Nein, Sie hören mir zu, Stanhope«, schrie er. »Ich habe Sie überall in diesem gottverdammten Delaware Valley gesucht und habe jetzt die Schnauze voll. Als ich nach Philadelphia kam, sagte mir Ihre Sekretärin, Sie seien dort unterwegs. Jetzt bin ich wieder zurück, und kann Sie noch immer nicht ... Nein ... Nein ...« Ian blieb abrupt stehen und umklammerte das Telefon mit beiden Händen. »Was ist im Gefängnis passiert?«
»Ian«, sagte Laura.
Ians Kopf zuckte herum, und er sah sie dastehen. Er sagte kein Wort mehr. Sie konnte das Quaken von Stanhopes Stimme aus dem Telefon hören, als Ian es einfach auf den Tresen fallen ließ. Er starrte sie fassungslos an, schloß die Augen und riß sie wieder auf, als wäre sie eine Erscheinung und ihre Anwesenheit nur ein grausamer Scherz. Dann dämmerte in seinem Blick Gewißheit auf.
»Laura«, rief er. »Mein Gott, ich träume nicht!« Er kam mit

ausgebreiteten Armen auf sie zu. »Wie kommt es, daß du hier bist?«

Sie wich vor ihm in die Kombüse zurück, bis sie mit dem Rücken gegen die Einbauschränke stieß. Er blieb vor ihr stehen. Sie musterte sein erschöpftes, zerschlagenes Gesicht. Bei seinem Anblick fühlte sie das vertraute, schnellere Pochen ihres Pulsschlags. Sogar in seinem angeschlagenen Zustand übte er eine verführerische Anziehungskraft auf sie aus. Das ist eine Art Wahnsinn, dachte sie. Lust.

»Der Staatsanwalt hat die Anklage gegen mich fallenlassen«, sagte sie. »Vanese hat seine Aussage mit der Begründung zurückgezogen, er habe sich geirrt.« Ihre Stimme klang höhnisch.

»Liebling«, rief er. »Ach, Gott sei Dank!«

Er griff nach ihr, aber sie hob abwehrend die Hände und sagte: »Rühr mich nicht an. Komm mir nicht zu nahe.«

Er sah sie eher entsetzt als wütend an. »Was ist denn mit dir los? Auf so einen guten Ausgang konnten wir nicht einmal hoffen.«

»Geh zurück. Ich meine es ernst.«

Ian erkannte die Entschlossenheit in ihrem Blick, trat ein paar Schritte zurück und ließ ihr Freiraum. »Schon gut«, sagte er. »Okay. Okay. Du hast viel durchgemacht. Bist du wütend, weil ich dich nicht abgeholt habe? Das tut mir wirklich leid. Ich war in Philadelphia, um mit Stanhope zu reden. Ich kam mir so hilflos vor und wußte nicht, was ich sonst tun könnte. Auf der Rückfahrt hätte ich vielleicht Radio hören sollen, aber ich war so überdreht, daß ich eine Musikkassette eingeschoben habe, um mich zu beruhigen. Laura, hätte ich gewußt ...«

Sie sah ihn skeptisch an. Sie versuchte, ihn in dem neuen Licht, dem Licht der Informationen, die sie über ihn bekommen hatte, zu sehen. Er sah unverändert aus, kam ihr unverändert vor. Seltsam, daß das so sein kann, dachte sie. Seine Stimme klang noch immer besänftigend.

»Ich wollte nicht, daß du es erfährst«, sagte sie schroff und hatte zum erstenmal den Eindruck, ihn getroffen zu haben. Der müde, glasige Ausdruck in seinen Augen verschwand, und er zuckte zusammen.

»Warum nicht? Warum wolltest du nicht, daß ich es erfahre? Wie bist du hierhergekommen?«

»Das spielt keine Rolle. Ich habe ein Taxi genommen. Übrigens möchte ich meine Autoschlüssel wiederhaben. Sofort.«

Er protestierte nicht oder sagte: unser Auto. Er deutete einfach zu einer Schale auf dem Tresen. »Da liegen sie«, sagte er, und sein Ton verriet, daß er auf der Hut war.

Sie nahm das Schlüsselbund und steckte es in ihre Tasche. »Ich möchte auch die Schlüssel zu meinem Haus wiederhaben«, sagte sie und schnappte sich die Zweitschlüssel, die sie ihm gegeben hatte. »Ich will dich dort nicht mehr sehen. Ich verlasse zusammen mit Michael die Stadt. Mit etwas Glück bin ich schon heute abend fort. Bis dahin bleibst du dem Haus fern.«

Sein Gesicht erstarrte, und sein Blick wurde argwöhnisch. Er beugte sich vor und sah sie an. Die Enge in der Kajüte kam ihr plötzlich bedrohlich vor. Sie schob sich seitwärts und griff mit einer Hand nach der Stiege, als brauche sie eine Fluchtmöglichkeit.

Ian schüttelte den Kopf. »Mein Gott, wie ich es hasse, daß du mich so ansiehst. Du kannst die Stiege loslassen. Ich bleibe hier stehen.« Er legte die Hände auf den Tresen, der sich zwischen ihnen befand. »Laura, ich verstehe, daß du wütend bist. Ich meine, es tut mir leid, daß ich dich nicht abgeholt habe. Ich wußte nichts von deiner Freilassung.« Er fuhr sich mit der Hand durch sein dunkles Haar. »Diese

Qual ... es war einfach schrecklich. Aber jetzt ist doch alles vorbei. Laß uns darüber reden. Was hat Vanese gesagt? Warum hat er gelogen?«

»Ich bin nicht gekommen, um über Vaneses Lügen zu reden«, sagte sie. »Ich bin hier, um über deine Lügen zu reden.«

»Meine Lügen?« protestierte er. »Augenblick mal.«

»Ja. Deine.« Zwischen ihnen herrschte kurz Schweigen, und sie sah sein Augenlid zucken. Ein schuldbewußtes Zucken. »Deine Lügen«, wiederholte sie. »Als ich im Gefängnis war, hat mich Marta Eberhart besucht«, fügte sie hinzu.

Für den Bruchteil einer Sekunde sah sie ein Aufflackern in seinen Augen – Erkenntnis, Panik, Schuldbewußtsein. Dann war es wieder verschwunden. Er wandte den Blick ab, und das Herz wurde ihr schwer. In diesem Augenblick wußte sie alles. Und ihr wurde bewußt, daß sie trotz allem die Hoffnung nicht aufgegeben hatte, es möge nicht wahr sein. Daß er sich ihrem Angriff widersetzen würde. Ihr beweisen würde, daß sie sich irrte. Aber das würde nicht geschehen.

»Es stimmt also«, sagte sie. »Du kennst Marta.«

»Ist das nicht deine Verlegerin?« fragte er ruhig. »Bestimmt hast du mal von ihr gesprochen.«

»Du lügst noch immer, verdammt noch mal!« schrie sie.

Er hielt ihrem Blick gleichmütig stand, aber der Muskel unter seinem Auge zuckte wieder. Dann schaute er auf seine Hände hinunter.

»Erinnern Sie sich jetzt, Mr. Gerster?«

Das einzige Geräusch auf dem Boot war das Trommeln des Regens aufs Deck. Ian schloß die Augen. »Okay«, sagte er schließlich mit einem Seufzer. »Läßt du mich alles erklären?«

»Du hast mich gekannt«, sagte sie leise. »Du hast so getan, als wäre unsere erste Begegnung ein Zufall gewesen. Du hast so getan, als würdest du dich in diesem Augenblick erst wieder an mich erinnern. Aber du wußtest die ganze Zeit, wer ich bin. Wie hast du diese Begegnung arrangiert? Was hättest du getan, wenn ich an jenem Tag nicht zur Marina gekommen wäre?«

»Darf ich dir eine Erklärung dafür geben?«

»Nein, das darfst du nicht!« schrie sie ihn an. »Du hast mich jede Minute des Tages belogen. Du bist zu meiner Verlegerin gegangen und hast dich als jemand anderer ausgegeben. Niemand würde das tun, der ... Das Ganze ist einfach krankhaft ...«

»Ja«, sagte er. »Ich war krank. Ich war sehr krank. Ich war krank vor Kummer und krank vor Einsamkeit. Kennst du diese Gefühle denn nicht?«

»O nein!« wehrte sie ab. »Versuch nicht, mich mit dieser Mitleidsmasche einzuwickeln. Das kaufe ich dir nicht mehr ab. ›Sind Sie Schriftstellerin? Oh, wie interessant‹«, äffte sie ihn nach. »›Kinderbücher? Was Sie nicht sagen.‹ Dabei kanntest du meine Bücher auswendig«, schrie sie.

»Woher weißt du das alles?« wollte er wissen.

»Die Polizei weiß es auch«, sagte sie. »Sie hat deinen Plan durchschaut. Du hieltest dich für so gerissen und klüger als alle anderen. Tja, vielleicht warst du für mich zu gerissen ...«

»Ron Leonard«, sagte Ian mehr zu sich selbst. »Diese Sache auf Barbados.«

»Was dich betrifft, hat Ron Leonard eine bestimmte Theorie entwickelt.«

»Und du glaubst ihm. Obwohl er dich mit seinem Verdacht verfolgt und gequält hat?«

»Ich bin keine Lügnerin«, sagte sie. »Du lügst.«

»Ich weiß, ich hätte dir alles erzählen sollen«, räumte er ein. Dann setzte er sich auf eine Koje, fuhr sich mit der Hand übers Gesicht und blickte zu ihr auf.
Sie versuchte, diesem Blick standzuhalten, aber was sie darin las, schwächte ihren Widerstand. Jetzt, da sie ihm gegenüberstand, fiel es ihr schwer, ihn, den Mann, den sie geheiratet hatte, in dem Szenario zu sehen, das Ron Leonard entwickelt hatte. In ihm den Mann zu sehen, der sein Haus in Brand gesteckt, seine Frau und seinen Sohn ermordet hatte und Jimmy hatte ermorden lassen ... Du willst dir einfach nicht eingestehen, daß du so ein Ungeheuer geheiratet hast, sagte sie sich.
»Ich habe nichts von dir gewußt«, sagte er mit bebender Stimme. »Als Phillip im Krankenhaus mit dem Tod gerungen hat, brachte ihm Andrea, eine Kollegin von mir, ein paar Bücher mit. Eines davon war von dir. Es war sein Lieblingsbuch. Ich mußte ihm immer wieder daraus vorlesen. Als ich zum erstenmal dieses Buch aufschlug, sah ich dein Foto. Dein wunderschönes Gesicht auf dem Umschlag. Ich habe dich sofort erkannt, auch nach all den Jahren. Dieses Gesicht, das sich am Grubenrand über mich beugte und mir versprach, mich zu retten. Mein Schutzengel. Da war er wieder, um mir zu helfen. Ich kann dir nicht erklären, wie diese Tage damals für mich waren. Ich saß neben meinem Sohn und mußte mit ansehen, wie er litt und mir entglitt. Dein Buch und dein Foto wurden für uns beide ein Mantra. Dein Gesicht. Ich klammerte mich an dein Gesicht. Und dann war es vorbei. Phillips Körper gab den Kampf auf, und er verschwand aus meinem Leben.«
Laura wehrte sich dagegen, Phillip im Krankenbett vor sich zu sehen. Aber es gelang ihr nicht, diese Vision zu vertreiben. Sie sah Ian an und wollte die Hand nach ihm aus-

strecken. Aber das Schreckensbild, das Ron Leonard in ihr geweckt hatte, ließ sie zurückweichen. Hast du ihn in dieses Krankenhausbett gebracht? fragte sie sich. War das ein Teil deines wahnsinnigen Plans?

»Manchmal dachte ich in den Tagen danach daran, dich zu suchen. Ich wollte dir einfach nur danken. Ich glaube ... ich habe mir diesen Plan, jemand anderer zu sein, nur ausgedacht, um etwas über dich herauszufinden. Bob Gerster. Dieses Vorhaben gab meinem Leben wieder einen Sinn. Ich konnte über etwas anderes nachdenken, als nur ...« Bei dieser schmerzvollen Erinnerung kniff er die Augen zusammen. »Mein Gott, es war ein gutes Gefühl, jemand anderer zu sein, wenn auch nur für eine Weile. Ich weiß, das klingt jetzt verrückt, aber ich hatte diese Vorstellung von dir ... wenn ich dich nur finden könnte ...«

Er klang so aufrichtig, daß sie schwach wurde. Sie wollte ihm glauben. Er legt dich rein, ermahnte sie sich. Fall nicht wieder auf ihn rein. Und was ist mit Jimmy? Vergiß Jimmy nicht. »Komisch, daß du nie davon gesprochen hast, nachdem wir uns zufällig begegnet sind.«

»Die Begegnung *war* ein Zufall«, beharrte er. »Na ja, vielleicht doch nicht. Also gut. Ich wußte, daß du in dieser Stadt lebst, und bin deshalb hierhergekommen. Okay. Ich wollte dich suchen. Obwohl ich wußte, daß du einen Mann und ein Kind hast. Es lag nicht in meiner Absicht, dich verführen zu wollen oder so was. Ich wollte dich einfach nur sehen ... und dir alles erzählen.«

»Wie bist du nur auf den Gedanken gekommen, ich könnte mich für dich oder deine Probleme interessieren?« fragte Laura.

»Ich weiß es nicht. Du bist mir einfach nicht mehr aus dem Kopf gegangen. Vielleicht war es eine Art Telepathie. Ich meine ... ich weiß, das klingt verrückt, aber vielleicht habe ich geahnt, daß auch du leidest ...«

»Ja«, sagte Laura ausdruckslos. »Das ist verrückt.«

»Ich weiß, wie es klingt. Deshalb konnte ich es dir auch nicht erzählen. Du hast mich zuerst gefunden ... und dann war es zu spät, um dir alles zu gestehen ... ich wußte, was du denken würdest.«

»Du konntest nicht wissen, was ich denken würde. Du warst für mich ein Fremder. Mein Gott, ich bin direkt in deine Falle gelaufen.«

Ian starrte sie zornig an. »Augenblick mal! Da gab es keine Falle. Nenn es Schicksal oder Zufall, wenn du willst, aber es war keine Falle. Als du zu meinem Boot kamst, wurden mir die Knie weich. Ich glaubte plötzlich an eine Vorsehung. Versuch nicht so zu tun, als hättest du mich nicht auch haben wollen. Das habe ich vom ersten Augenblick an gespürt ...«

Sie konnte sich nur zu gut an ihre Gefühle erinnern. Und daß er so beharrlich diese Erinnerung wachrief, ärgerte sie. Sie hatte ihm nicht nur geglaubt, sondern ihn auch begehrt. Und, Gott helfe ihr, sie hatte ihn geheiratet. »Und wie kommt es«, fragte sie mit gepreßter Stimme, »daß mein Mann so passenderweise ermordet wurde, als du mich gesucht hast? War das auch Schicksal? Oder hast du dem Schicksal etwas nachgeholfen?«

Ian stand auf und starrte sie an. Das stechende Blau seiner Augen war glasig geworden. Sein Gesicht erstarrte in einem Ausdruck sprachloser Wut. Laura hielt seinem Blick stand. Jemand hatte Jimmy ermorden lassen, und vor ihr stand der Mann, den die Polizei verdächtigte. Der Mann, den sie geheiratet hatte. O mein Gott, sie hatte alles falsch gemacht! Sie hatte nichts mehr zu verlieren. Dann dachte sie plötzlich an Michael.

»Nein«, schrie Laura und setzte den Fuß auf die Stiege.
Ian umrundete den Tresen und packte mit eisernem Griff ihren Arm. »Wie kannst du es wagen, so etwas zu sagen? Nachdem ich die ganze Zeit zu dir gehalten und an dich geglaubt habe, ganz gleich, was die Polizei oder irgend jemand gesagt hat. Und jetzt willst du mir den Mord an Jimmy in die Schuhe schieben? Ich werde versuchen zu vergessen, was du da gesagt hast, Laura. Unseretwegen werde ich tun, was ich kann.«
»Rühr mich nicht an!« schrie sie. »Laß mich los!«
»Was ist denn da unten los?«
Laura blickte hoch. Eine Gestalt in Uniform beugte sich über die Luke. Als sie die Stiege herunterkam, erkannte Laura Chief Moore. Was für einen Unterschied doch ein Tag macht, dachte sie. Noch nie war sie so froh gewesen, einen Polizeibeamten zu sehen. Sie mußte sich zusammenreißen, um ihn nicht zu umarmen.
»Chief Moore!« rief sie.
Ian ließ sie sofort los. Vince Moore kam in die Kajüte. Seine stämmige Gestalt schien den engen Raum auszufüllen. Vince hatte schon oft streitende Paare getrennt, die in ihrer Wut und Verzweiflung aufeinander losgegangen waren. Aber hier war die Situation anders. Gewöhnlich sah er Wut in den Gesichtern der Ehemänner und Trotz in den verheulten und blau angeschwollenen Augen der Frauen. Aber was er hier sah, schockierte ihn zutiefst. Laura sah ihren Mann so entsetzt an, als sähe sie ein Gespenst. Und Ian sah aus wie ein vom Schicksal geschlagener Mann.
Vince hatte Laura gegenüber eine gewisses, von Schuldgefühlen geprägtes Verantwortungsgefühl. Er konnte jetzt verstehen, warum Dominick Vanese seine Aussage zurückgezogen hatte. Dolores hatte ihm nur ausweichende Antworten gegeben, doch er hatte begriffen. Laura war von

ihren Schwiegereltern reingelegt worden, und sie hatten dann in einem Anflug von schlechtem Gewissen die belastende Aussage rückgängig gemacht. Vince war allmählich davon überzeugt, daß Laura von Anfang an zu Unrecht des Mordes an ihrem Mann verdächtigt worden war. Schließlich hatte die Polizei nicht den kleinsten Beweis gegen sie in der Hand. Und ging es letztendlich nicht um Gerechtigkeit? Sollte die Polizei nicht die Unschuldigen schützen? Was diesen Mann, diesen Ian Turner, betraf, so schien sich Ron Leonard ziemlich sicher zu sein. Falls Ron recht hatte, dann war dieser Mann geistesgestört. Und dem Ausdruck auf Lauras Gesicht nach zu schließen, war sie wohl plötzlich zu der gleichen Schlußfolgerung gekommen. Vince hatte das Gefühl, Laura wie eine Tochter beschützen zu müssen. Katy war ungefähr im selben Alter. Er versuchte sich vorzustellen, wie er reagieren würde, wenn seine Tochter an Lauras Stelle wäre.

»Was gibt's denn für Schwierigkeiten, Laura?« fragte Vince auf seine barsch-freundliche Weise.

»Ich möchte nur hier raus, Chief«, flehte Laura. »Bitte, sorgen Sie dafür, daß er mir nicht folgt.«

Vince deutete mit dem Kopf zur Stiege. »Gehen Sie, wohin Sie wollen. Was Sie betrifft, Mr. Turner ... Detective Leonard möchte Ihnen ein paar Fragen stellen. Er ist auf dem Weg hierher. Sie bleiben in der Kajüte, bis er kommt. Ich behalte Ihr Boot vom Kai aus im Auge.« Chief Moore wandte sich ritterlich an Laura. »Darf ich Ihnen die Treppe hinaufhelfen, Ma'am?«

Laura griff nach seiner Hand und stieg an Deck, ohne zu Ian zurückzublicken. Sie war nur noch von dem einen Gedanken besessen: so schnell wie möglich von hier wegzukommen.

48

Wanda schaltete den Wäschetrockner aus und griff mit der Hand hinein, um zu prüfen, ob die Wäsche noch feucht war. Dann lauschte sie. Sie glaubte, Gary nach ihr rufen gehört zu haben. Aber es war still im Haus bis auf die hohltönenden Stimmen aus dem Fernseher.

»Gary?« rief sie.

Keine Antwort. Sie packte sich etwas trockene Unterwäsche und Socken auf den Arm und ging aus dem Waschraum in die Diele.

»Gary?« rief sie, jetzt eindringlicher.

»Was ist denn?« antwortete er gereizt.

»Hast du mich gerufen? Soll ich dir etwas bringen?«

»Nein«, entgegnete er.

Wanda drückte die vom Trockner noch warme Wäsche an ihre Brust und kehrte zu ihrer Arbeit zurück. Ihr erging es immer so, wenn sie Lärm machte – den Staubsauger laufen ließ oder den Mixer benutzte. Immer dachte sie dann, Gary riefe nach ihr, weil er etwas von ihr wollte. Doch er bestritt das jedesmal, und er ärgerte sich darüber. Er ärgerte sich derart, daß sie sich fragte, ob es ihm lästig war, daß sie sich um ihn kümmerte. Dabei tat sie nur das, was sie immer getan hatte. Warum ärgerte ihn das plötzlich, fragte sie sich. War sie nicht seit seinem Unfall jede Minute, jede Stunde für ihn dagewesen?

Wanda faltete die Wäsche auf der Ablage, die extra für sie installiert worden war. Dieses Haus besaß jeden erdenkli-

chen Komfort. Es war traurig, daß sie nur wegen Garys Unfall und der Entschädigung von der Versicherung in so einem behaglichen Haus leben konnte. Dabei war ihr das alles nicht wichtig. Nichts davon. Sie würde alles das hingeben, um Gary von seinen Schmerzen und seinem Leid zu erlösen. Sie würde die Wäsche auf einem Waschbrett waschen, wenn sie damit etwas ändern könnte. Deshalb bedrückte es sie sehr, daß er seit seiner Rückkehr so ungeduldig mit ihr war. Er war jetzt ständig rastlos und gereizt und fügte sich weniger willig ihrer Alltagsroutine. Manchmal, wenn sie das Essen für ihn kochte, sagte er, er wäre nicht hungrig oder er würde später essen. Mehrmals hatte sie ihn ein bißchen streng ermahnen müssen, daß er sich an ein geregeltes Leben zu halten habe. Gewöhnlich lenkte er dann ein und ordnete sich wieder unter. Er war immer ein guter Junge gewesen. Und hatte ohne zu klagen sein Leid getragen. So wie sie ihres trug.
Wanda belud sich mit einem Stapel Kleider und Geschirrtücher und verteilte die Sachen im Haus. Zuerst ging sie in die Küche und legte die Geschirrtücher und Topflappen an die für sie bestimmten Plätze. Dann hängte sie die Handtücher ins Bad. Danach ging sie in ihr Schlafzimmer, hängte ihre beiden Wickelröcke in den Schrank und legte ihre gefalteten Blusen in eine Schublade der Kommode. Darüber hing ein High-School-Foto, auf dem Gary lächelnd in die Luft sah. Damals war sein Haar noch dunkel gewesen. Das Bild war vor dem Unfall aufgenommen worden. So dunkel wie ihres, als sie noch jung war. Nicht blond, wie das seines Vaters. Manchmal, nicht oft, fragte sie sich, was wohl aus Karl Jurik geworden war. Als sie ihn kennenlernte, war er ein gutaussehender Mann gewesen, der voller Pläne steckte. Doch alle seine Pläne hatten ihr Ende in einer Flasche gefunden. Karl hatte sie so oft verlassen, daß es ihr kaum noch etwas ausmachte, als er schließlich endgültig

verschwand. Gary ist überhaupt nicht wie sein Vater, dachte sie. Gott sei Dank.
Wanda schob die Schublade zu und machte sich auf den Weg durch die geräumige Diele zu Garys Schlafzimmer. Wahrscheinlich ist er in seinem Studio und malt, dachte sie und seufzte. Karl hatte auch immer gern gezeichnet. Als er ihr noch den Hof machte, hatte er eine Skizze von ihr angefertigt, die ziemlich gut war. Dieses Talent hatte Gary wahrscheinlich von ihm geerbt. Aber mehr nicht. Sonst nichts. Sie öffnete die Tür zu Garys Zimmer und erschrak, als sie ihn dort vorfand.
»Was machst du denn hier?« fragte sie.
Gary schüttelte nur leicht den Kopf, als sei er über ihre Frage irgendwie erstaunt.
»Habe ich was Falsches gesagt?« fragte sie.
»Nein, Mutter. Nein«, antwortete er ruhig.
»Gewöhnlich verbringst du tagsüber nicht viel Zeit in deinem Schlafzimmer. Deshalb hat es mich gewundert, dich hier anzutreffen. Mehr war nicht.«
»Ich weiß«, sagte er.
»Ich bringe deine Wäsche«, sagte sie, ging zur Kommode und wollte gerade eine Schublade herausziehen, als sie die Reisetasche auf seinem Bett sah. Es war eine graue Reisetasche aus weichem Leder. Wanda starrte die Tasche an, als würden sich Schlangen um die Griffe winden. Diese Tasche hatte sie noch nie gesehen. Als er sie so plötzlich verlassen hatte, war er ohne alles gegangen. Das war einer der Gründe, weswegen sie sich so sicher gewesen ...
»Wessen Tasche ist das?« fragte sie.
»Meine«, sagte er. »Und sie ist gepackt.«
»Das sehe ich«, sagte sie. »Warum steht sie da?«
»Mutter, reg dich bitte nicht auf.«
»Warum, um Himmels willen, steht diese Tasche da?« wie-

derholte Wanda, drückte die Wäsche an ihre Brust und starrte die Tasche an.

»Mutter ...« Er zögerte kurz und sagte dann: »Ich gehe fort. In der Tasche sind die Sachen, die ich mitnehme.«

»Du gehst fort? Wohin denn? Du bist doch gerade erst wieder nach Hause gekommen.«

»Ich habe ... Ich will woandershin ziehen.«

»Wovon redest du überhaupt? Woandershin? Du könntest genausogut sagen, du willst auf einen anderen Planeten ziehen. Gary, du redest Unsinn.«

»Ich will in eine Stadt ziehen, Mom. Mehr kann ich dir im Augenblick nicht sagen.«

»Mehr kannst du mir nicht sagen«, wiederholte sie fassungslos.

»Es ist ... es ist noch vertraulich. Bis alles geregelt ist.«

Vertraulich, dachte sie. Das Wort machte ihr angst. Es klang, als stammte es aus einem Spionageroman. Als wäre Gary der Wirklichkeit entrückt. Wanda sank aufs Bett und legte die Wäsche sorgfältig neben sich. Sie glättete geistesabwesend den Stapel und versuchte, Ordnung in ihre Gedanken zu bringen. Dann sagte sie behutsam: »Schatz, du kannst nicht woandershin gehen. Ich meine, du weißt doch, daß du allein nicht zurechtkommst.«

»Ich bin ganz gut zurechtgekommen, als ich weg war«, entgegnete er.

»Und ich danke Gott jeden Tag, daß du wohlbehalten wieder zurückgekommen bist. Du hast dich in ein kleines Abenteuer gestürzt ... und bist glücklicherweise dabei nicht umgekommen. Aber jetzt bist du wieder zu Hause, und wir müssen einfach versuchen, das alles zu vergessen.«

»Mutter, hör auf, so darüber zu reden. Ich gehe fort von hier. Ich verlasse diese Stadt.«

Wanda zuckte zusammen und starrte ihren Sohn wütend

an. »Du kannst nicht von hier weggehen. Du kommst allein nicht zurecht. Du hast bestimmte Bedürfnisse, um die man sich kümmern muß. Dieses Haus wurde speziell für deine Bedürfnisse umgebaut. Jemand muß für dich sorgen. Wer würde sich um dich kümmern?«

Gary wich ihrem Blick aus. »Es gibt da jemanden«, sagte er.

Wanda schnaubte. »Wen?« wollte sie wissen. »Wer würde freiwillig diese Last auf sich nehmen? Dir ist nicht bewußt, wie viele Schwierigkeiten du machst. Niemand würde diese Mühe auf sich nehmen. Du belügst mich, Gary. Da gibt es niemanden.«

Gary schien sich die Antwort eine Weile sorgfältig zu überlegen, denn es widerstrebte ihm, ihr jetzt schon das Eingeständnis zu machen. Schließlich sagte er: »Ich gehe mit Laura weg. Bist du nun zufrieden? Sie braucht mich jetzt. Wir brauchen einander.«

»Laura? Laura Reed?« Wanda wußte nicht, ob sie lachen oder weinen sollte. »Bist du völlig verrückt geworden? Laura Reed? Nein, das stimmt nicht. Ich meine, abgesehen von der Tatsache, daß sie wieder verheiratet ist, hat sich in deiner Abwesenheit einiges geändert. Nur zu deiner Information, junger Mann: Laura ist im Gefängnis.«

»Nein, das ist sie nicht«, entgegnete er. »Nicht mehr. Sie wurde heute freigelassen. Und sie geht fort. Sie verläßt ihren Mann. Und sie will, daß ich mit ihr gehe ... und mit Michael. Also gehe ich.«

Wanda sah ihren Sohn mitleidsvoll an. »Mein armes, irregeführtes Kind. Diese Frau hat deinen Verstand ruiniert. Du mußt darüber hinwegkommen. Sie ist im Gefängnis. Sie wird nie wieder rauskommen.«

»Nein, das stimmt nicht«, sagte Gary. Er griff nach der Fernbedienung und schaltete den Fernseher ein, der an der Wand gegenüber seinem Bett stand. »Überzeug dich selbst.«

Ein Werbespot für Waschmittel flimmerte über den Bildschirm. Wanda sah ihren Sohn traurig an, streckte dann die Hand aus und streichelte seine Wange. »Ach, mein lieber Junge«, sagte sie. »Das ist einfach nicht die Wirklichkeit. Was du denkst, hat nichts mit der Realität zu tun. Du bist zu Hause, bei mir, und sie ist ... da, wo sie hingehört.« Wanda musterte besorgt sein Gesicht. »Das weiß du doch, oder?«

»Ich hole jetzt meine Marderhaarpinsel«, sagte Gary schroff und rollte mit seinem Stuhl zur Tür hinaus und über den Flur zu seinem Studio.

Wanda preßte die Hände gegen ihre Wangen und sah sich im Zimmer um. Was mache ich nur? fragte sie sich. Sie wollte die Möglichkeit, daß Gary nicht mehr ganz richtig im Kopf war, nicht einmal in Erwägung ziehen. Aber wie sollte sie sich sonst sein Verhalten erklären? Er benahm sich schon seit seiner Rückkehr seltsam. Er hatte ihr nie erzählt, wo er gewesen oder was mit ihm geschehen war. Alles war möglich. Vielleicht hatte er eine Art Nervenzusammenbruch gehabt. Das konnte passieren, wenn Menschen unter zu großem Streß standen.

Und da war noch etwas, das ihr Angst einjagte. Die Waffe. Sie hatte den Revolver eines Tages beim Saubermachen entdeckt. Es war eine echte Waffe. Was wußte Gary über Waffen? Sicher, manchmal las er diese Söldnerheftchen, aber sie hatte angenommen, daß das für ihn nur Phantasiespiele waren. Und doch lag da diese Waffe in der Schublade. Zuerst hatte sie ihn damit konfrontieren wollen, da die Schublade jedoch abgesperrt gewesen war, tat sie so, als wüßte sie nichts von der Existenz dieser Waffe. Wanda empfand auf einmal eine abgrundtiefe Hilflosigkeit. Sie hatte immer gewußt, wie sie mit ihm umgehen mußte. Wie sie ihn besänftigen und alles für ihn besser machen konnte. Aber das ... das war etwas anderes. Dafür brauchte sie Hilfe.

Vor sich hinmurmelnd, lief Wanda in die Küche und kramte ihr Adreßbuch aus einer Schublade. Ihre Hände zitterten, und sie hatte Schwierigkeiten, die Seiten umzublättern. Endlich fand sie die Telefonnummer, die sie suchte. Sie wählte und wartete ungeduldig, bis sich jemand meldete. Schließlich sagte eine Frauenstimme: »Praxis Dr. Ingles.«

»Ach, Gott sei Dank«, sagte Wanda. »Mary, hier spricht Wanda Jurik.«

»Hallo, Mrs. Jurik«, sagte die Sprechstundenhilfe.

Wanda sprach leise in den Hörer. »Ich rufe wegen meines Sohnes Gary an. Er ... es geht ihm nicht gut.«

»Sie hören sich sehr aufgeregt an, Mrs. Jurik«, sagte die Sprechstundenhilfe freundlich. »Handelt es sich um einen Notfall? Ist Gary verletzt?«

»Sie kennen doch seinen Zustand, Mary.«

»Ja«, sagte Mary vorsichtig.

»Ich mache mir wirklich Sorgen um seine geistige Verfassung«, sagte Wanda. »Ich glaube, Dr. Ingles sollte ihn sich mal ansehen. Vielleicht braucht er ein Beruhigungsmittel. Er ist sehr erregt und aufgebracht. Ich habe zwar Valium, aber ich glaube, er braucht etwas Stärkeres. Eine Spritze vielleicht.«

»Versuchen Sie sich zu beruhigen, Mrs. Jurik«, sagte Mary.

»Beruhigen!« schrie Wanda auf. »Wie kann ich mich beruhigen, wenn sich mein Sohn so seltsam verhält?«

»Dr. Ingles hat gerade einen Patienten im Sprechzimmer«, sagte Mary. »Ich sage ihm, er soll sie anrufen, sobald er frei ist. Geben Sie Ihrem Sohn keine Medikamente, die ihm nicht verordnet worden sind. Das könnte gefährlich sein.«

»In Ordnung«, sagte Wanda. »Sagen Sie Dr. Ingles, daß es wirklich dringend ist.«

»Ja, das tue ich«, versicherte ihr Mary.

Wanda legte auf und ging zum Studio. Sie klopfte. »Gary«, rief sie. »Gary? Schatz?«
Keine Antwort. Sie öffnete die Tür und sah, daß niemand im Studio war. Sie konnte nicht sagen, ob etwas fehlte, denn er besaß jede Menge Pinsel und Farben. Ihr kam sein Studio immer wie ein Kinderspielzimmer vor. Sie hatte höchstens das Gefühl, daß Pastellkreiden fehlten. Aber vielleicht bildete sie sich das auch nur ein, weil sie Angst hatte, ihre Befürchtung könnte sich bestätigen. Panik stieg in ihr auf, und sie lief zu seinem Schlafzimmer zurück. Dort war er auch nicht. Und die Reisetasche stand nicht mehr auf seinem Bett.
»Gary«, schrie Wanda, »wo bist du?« Sie eilte ins Wohnzimmer.
Auch im Wohnzimmer war er nicht. Der Fernseher lief wie immer. Die Vordertür stand offen. Auf dem Bildschirm blickte ein Reporter in die Kamera. »Wie wir heute nachmittag schon mehrmals berichtet haben«, sagte er gerade, »wurde Laura Reed-Turner heute morgen aus dem Gefängnis entlassen, nachdem ein Zeuge seine Aussage, sie habe einen Killer bezahlt, um ihren Mann ermorden zu lassen, widerrufen hat. Die folgende Aufzeichnung zeigt Mrs. Turner beim Verlassen des Gefängnisses.« Lauras Gesicht erschien auf dem Bildschirm. »Was werden Sie jetzt tun, nachdem Sie wieder frei sind?« fragte der Reporter.
»Ich werde diese Stadt verlassen«, sagte Laura. »Ich möchte keinen Augenblick länger als unbedingt nötig hier bleiben. Weiter habe ich nichts zu sagen.«
Wanda hörte das Aufheulen eines Motors in der Zufahrt. Sie warf einen Blick zur Garderobe in der Diele. Die Jacke, die Gary immer trug – auch im Sommer –, hing nicht am Haken. Sie drehte sich hastig zum Fenster um und sah nur noch den Schatten seines vorbeifahrenden Vans.
»Gary!« schrie sie. »Komm zurück!«

49

Liebling, da sind wir, dachte Laura. Sie kauerte sich vor den Grabstein aus Granit und stellte den Strauß Hortensien, den sie von dem Strauch neben ihrem Haus hatte, in die auf Jimmys Grab eingelassene Vase. Auf ihrem Weg zum Friedhof war sie zu Hause vorbeigefahren und hatte die Blumen geholt. Pam Garrity hatte im Garten Louis' Spielsachen eingesammelt und freundlich, beinahe entschuldigend mit ihr gesprochen, während sie die Zweige abbrach und zu einem großen Strauß zusammenband.

Laura wußte, daß Pam nach ihrer Verhaftung schließlich doch noch an ihrer Unschuld gezweifelt hatte. Dieser Zweifel war nie ausgesprochen worden, aber der Tonfall von Pams Stimme zeigte die Distanz, die zwischen ihnen entstanden war. Zunächst war sie sich ein bißchen wie Cäsar vorgekommen – erstaunt und gleichzeitig verletzt –, weil sich sogar ihre beste Freundin gegen sie gewandt hatte. Aber Laura wußte, daß Duane in seiner selbstgefälligen Häme über ihre Verhaftung dahintersteckte. Und es war nur zu menschlich, an die offizielle Version der Wahrheit zu glauben. Da spielte es keine Rolle mehr, wie oft sie ihre Unschuld beteuerte. War jemand erst einmal verhaftet, hielten die meisten Menschen ihn für schuldig.

Außerdem, sagte sich Laura, hatte sie sich allmählich daran gewöhnt, sich gegen diese Kränkungen zu wappnen. Verrat war ihr tägliches Brot geworden. Sie dachte an Ian und verdrängte den Gedanken schnell wieder. Die Enttäuschung über Pam ist nicht wichtig, sagte sie sich. Bald würden sie und Michael fort sein, und Pam und ihre Familie würden in ihrer Erinnerung verblassen. Sie und Michael würden neue Freunde in einem neuen Zuhause finden. Aber Laura fragte sich, fragte sich ganz ernsthaft, ob sie je wieder jemandem vertrauen würde. Diese Gedanken waren ihr durch den Kopf gegangen, während sie Pam erklärte, daß die Hortensien für Jimmys Grab bestimmt waren. Er hatte den blühenden Strauch immer geliebt. Die duftige Schönheit der blauvioletten Blüten hob sich prächtig von den dunkelgrünen Blättern ab. Jimmy hatte immer gesagt, diese Blüten paßten zu ihrer Augenfarbe. Laura hatte dieses Kompliment hingenommen, obwohl ihre Augen doch grau und nicht himmelblau und purpur waren wie diese Blüten. Vielleicht für ihn …

Jetzt, als sie vor seinem Grab kniete, färbte der Regen den Stein so grau wie den Himmel. Bei diesem Wetter war niemand auf dem Friedhof. Laura sprach ein Gebet und berührte den Grabstein. Jimmy war neben seinem Vater, James Reed senior, begraben, und Laura sprach auch ein kurzes Gebet für ihren Schwiegervater, den sie nie kennengelernt hatte. Schließlich floß auch sein Blut durch Michaels Adern. Obwohl sie sich nie begegnet waren, waren sie doch auf immer miteinander verbunden, sie und Jimmys Vater – Dolores' erster Mann.

Deine Mutter hat letztendlich doch zu mir gehalten, dachte Laura und sprach stumm mit Jimmy, als wäre er da und könnte ihre Gedanken hören. Das hat sie wirklich getan. Ich dachte, ich würde nie wieder aus dem Gefängnis kommen. Genau weiß ich nicht, was passiert ist. Wahrscheinlich werde ich es nie erfahren. Aber ich weiß, daß Dolores mich aus dem Gefängnis geholt hat. Als sich alle anderen gegen mich wandten, war sie fair zu mir. Das hast du immer von ihr gesagt, nicht wahr? Du hattest schon immer eine bessere Menschenkenntnis als ich. Jedenfalls verspreche ich dir, ganz gleich, wo Michael und ich schließlich ein neues Zuhause finden, daß er immer Kontakt zu seinen Großeltern haben wird.

Laura seufzte. Ach, Jimmy, Jimmy, dachte sie. Wie konnte es nur passieren, daß wir auf diese Weise getrennt wurden? Getrennt durch eine Entfernung, die wir nie überbrücken können. Ein ganzes Leben wird vergehen, ehe ich dich wiedersehe. Und gleichzeitig fragte sie sich, ob er sie überhaupt wiedersehen wollte, nach dem, was sie getan hatte. Einen Mann geheiratet, der ...

Laura wollte den Gedanken nicht zu Ende denken. Irgendwie brachte sie ihren Verstand nicht dazu, das zu begreifen. Wirst du mir vorwerfen, daß ich wieder geheiratet habe? Sie blickte auf den eingravierten Namen: James Reed junior. Laura hatte keine feste Vorstellung vom Jenseits. Sie stellte es sich gern als einen Ort vor, wo sich die Seelen ohne Bitterkeit oder Bedauern wieder begegneten. Als wären die Ereignisse des Lebens auf Erden nicht von so großer Bedeutung. Groll und Kummer waren vergessen, und es zählte nur die Liebe, die man für diesen Menschen auf Erden empfunden hat. Sollte es so sein, würden sie und Jimmy sich wiederbegegnen und voll Freude sein.

Ich gehe fort von hier, erzählte sie ihm stumm. Ich kann dich eine Weile nicht besuchen. Ich bringe unseren Sohn weit weg von hier, zu einem Ort, wo wir die Erinnerungen an die vergangenen Monate abschütteln können. Ich komme zurück, um vor Gericht auszusagen, sollte es je zu einem Prozeß kommen ... Sie mußte wieder an Ian denken, an diesen entsetzlichen Ausdruck auf seinem Gesicht, und sie schauderte. Konnte sie die Erinnerung an Ian hierlassen und nur die Erinnerung an Jimmy mitnehmen? Ihren wahren Ehemann. Oh, Ian war schon ihr Mann gewesen. Ihr wurde ganz heiß bei dem Gedanken an ihr Verlangen nach ihm. Allein die Erinnerung daran, hier an Jimmys Grab, weckte in ihr Schuldgefühle. Aber sofort verdrängte Bitterkeit jede Liebe, die sie für ihm empfunden haben mochte. Bald würde davon nur noch ein harter kleiner Klumpen kalter Rache übrigbleiben. Davon war sie überzeugt. Und je früher das geschah, um so besser.

Jimmy, dachte sie und zwang sich, wieder an den einzigen Mann zu denken, an den sie sich erinnern wollte. Ich glaube nicht wirklich daran, daß du hier bist. Dieses Grab ist nur ein Ort, zu dem ich zurückkommen und an dich denken kann. Ich glaube, daß du immer bei uns sein wirst, ganz gleich, wohin wir gehen. Ich versuche Michael in deinem Sinn zu einem Mann zu erziehen. Er hat seinen Vater früh verloren, so wie du. Aber aus dir wurde ein wunderbarer Mann. Wenn ich es nur halb so gut wie Dolores schaffe ...

Bei diesem Gedanken lächelte sie reuevoll.

»Ich sorge dafür, daß er seinen Vater nie vergißt«, flüsterte sie. »Das verspreche ich dir.«

Noch einmal berührte Laura den Grabstein, drehte sich dann um und ging zu ihrem Auto zurück. Gleichgültig registrierte sie, daß jetzt noch ein Wagen am Randsteig parkte, unter den herabhängenden Ästen einer uralten Ulme. Noch jemand, der sich durch den Regen nicht abhalten ließ, das Grab eines geliebten Menschen zu besuchen. Sie ging zum Müllbehälter und warf die verwelkten Blumen hinein, die sie aus der Vase genommen hatte. Dann ging sie mit gesenktem Kopf zu ihrem Wagen. Da hörte sie hinter sich ein surrendes Geräusch.

»Laura«, sagte eine vertraute Stimme.

Laura stieß einen Schrei aus, als sie ihren Namen an diesem Ort der Toten hörte. Sie traute ihren Augen nicht.

»Gary!« rief sie.
Gary Jurik blockierte mit seinem Rollstuhl den Weg zu ihrem Auto. »Hallo, Laura«, sagte er.

Ron Leonard schaltete die Scheibenwischer seines Wagens aus und suchte unter den Vordersitzen nach seinem Schirm. Er haßte dieses Wetter. Die Anzüge wurden naß und zerknitterten, und er mußte sie in die Reinigung geben. Durch den trüben Regenschleier hindurch sah er den Streifenwagen mit blinkenden Lichtern, nur ein paar Meter von Turners Yacht entfernt, auf dem Pier stehen. Vince hatte wohl im Wagen Schutz vor dem Regen gesucht.
Ron spannte seinen Schirm auf und ging über den Pier. Seine polierten Halbschuhe waren regenbespritzt und die Sohlen zu glatt für die glitschigen Planken. Mit vorsichtigen Schritten näherte er sich Vinces Wagen und fragte sich zerstreut, wieviel Gewicht dieser Pier wohl trug. Ein Streifenwagen war kein leichtgewichtiges Fahrzeug. Wahrscheinlich passierte es nicht oft, daß ein Auto bis zu den Anlegestellen fuhr. Eine kleine Gruppe Neugieriger hatte sich unter dem Vordach des Gemischtwarenladens versammelt, um zu sehen, was die ungewöhnliche Anwesenheit eines Streifenwagens zu bedeuten hatte. Ron ignorierte die Schaulustigen, war sich jedoch seines offiziellen Status und seiner Aufgabe bewußt, die ihn hierherführte.
Als sich Ron dem Streifenwagen näherte, wurde die Fahrertür geöffnet, und Vince Moore stieg aus. »Ich habe Sie im Rückspiegel kommen sehen«, erklärte Vince. Die beiden Männer schüttelte sich kurz die Hände.
»Na, wo ist Ihr Verdächtiger?« fragte Ron.
Vince deutete mit dem Kopf zum Segelboot. »Er und seine Frau hatten einen ziemlichen Streit, als ich hinkam.«

»Ach, tatsächlich?« fragte Ron interessiert.
»Ich glaube, Laura hat sich von Ihrer Theorie überzeugen lassen«, sagte Vince ohne anerkennenden Unterton in der Stimme. Er fand die ganze Sache irgendwie traurig. Aber er verstand natürlich, daß Ron eine gewisse Genugtuung empfand. »Turner wollte wissen, ob ich gekommen wäre, um ihn zu verhaften«, fügte Vince hinzu.
»Was haben Sie ihm gesagt?«
»Ich habe natürlich verneint, ihm jedoch befohlen, auf dem Boot zu bleiben, weil Sie auf dem Weg hierher wären. Und seitdem bin ich hier auf dem Posten und habe das Boot nicht aus den Augen gelassen.«
»Gut«, sagte Ron.
»Sie halten diesen Kerl wirklich für verrückt, nicht wahr?«
»Ich habe doch Ermittlungen in seiner Heimatstadt angestellt. Und an der Sache mit der Brandstiftung, bei der seine Frau und sein Sohn umgekommen sind, ist etwas faul. Nehmen Sie noch diesen Auftragsmord hinzu und die Lüge, daß Turner Laura nicht gekannt haben soll und ihr zufällig wiederbegegnet sei ... ja, das deutet doch alles auf Wahnsinn hin. Ich glaube, er war von Laura Reed besessen und bereit, alles zu tun, um sie zu kriegen.«
Vince sagte kopfschüttelnd: »Arme Laura.«
Ron warf Vince einen erstaunten Blick zu. Obwohl er allmählich von Lauras Unschuld überzeugt war, hatte er kein echtes Mitgefühl mit ihr. Immerhin hatte sie diesen Kerl freiwillig geheiratet. Es sah zum Boot. »Er sitzt also da drin und schmort im eigenen Saft?«
Vince zuckte mit den Schultern. »Wahrscheinlich. Ich hielte es für besser, wenn ich Sie begleiten würde. Er hatte Zeit zum Nachdenken und könnte gefährlich werden.«
Ron klopfte lächelnd auf die Waffe in seinem Schulterhalfter. »Seien Sie unbesorgt. Ich bin auf alles vorberei-

tet. Ich werde Turner bitten, mich in mein Büro zu begleiten, weil ich auf Booten immer Klaustrophobie bekomme.«
»Wie recht Sie haben«, stimmte Vince zu. »Mir ist fester Boden unter den Füßen auch lieber.«
Ein Quäken kam aus dem Funkgerät in Vinces Wagen. Vince entschuldigte sich und meldete sich per Mikrofon. Als er wieder ausstieg, sah er besorgt aus.
»Was ist denn?« fragte Ron.
»Ein Überfall in der Main Street«, berichtete Vince.
»Fahren Sie hin«, sagte Ron. »Ich komme schon allein zurecht.«
»Sind Sie sicher?« fragte Vince. »Ich kann einen anderen Streifenwagen hinschicken.«
Ron überlegte kurz, doch die Aussicht, im strömenden Regen zu warten, gefiel ihm nicht. »Nein, das ist nicht nötig.«
»Na gut«, meinte Vince. »Dann mache ich mich auf den Weg.«
»Wir sehen uns später.«
Die beiden Männer trennten sich. Vince stieg in den Streifenwagen und fuhr rückwärts über den Pier. Die Schaulustigen blickten dem Wagen nach, bis er wendete und mit Sirenengeheul davonraste.
Ron kletterte vorsichtig an Bord. Erst als er außer Sicht der Gaffer war, zog er seine Waffe. Er öffnete die Luke und setzte einen Fuß auf die mit Gummi belegte steile Treppe. Er hatte nicht die Absicht, in eine Falle zu tappen. »Mr. Turner«, rief er. »Ich bin Detective Ron Leonard vom Büro des Staatsanwalts. Ich komme jetzt zu Ihnen hinunter.« Aus der Kajüte kam keine Antwort.
Ron holte tief Luft und fühlte sein Herz schneller schlagen. Das gibt Schwierigkeiten, dachte er. Turner antwortete

nicht. Er stellte sich das Schlimmste vor: Turner kauerte am Fuß der Treppe und fing zu schießen an, sobald er in der Luke auftauchte. Ron biß die Zähne zusammen und umfaßte den Griff seiner Waffe fester. Ganz gleich, was ihn da drin erwartete, er würde vorbereitet sein. Einen Augenblick lang bereute er jedoch sein Machogehabe, das ihn veranlaßt hatte, Vince wegzuschicken und nun ohne Unterstützung handeln zu müssen.

»Mr. Turner«, wiederholte er laut. »Ich komme jetzt rein, um mit Ihnen zu reden.« Es sähe wohl sehr dumm aus, um Unterstützung zu bitten, wenn er einem Verdächtigen nur Routinefragen stellen wollte. Er würde sich dem Gespött der Kollegen aussetzen. Es war nur so, daß man heutzutage eben zuviel hörte. Wie wenig diesen Verbrechern ein menschliches Leben wert war. Es wurde schon für eine Dose Coke gemordet. Und damit war nicht »Koks« gemeint, sondern das Coke für die »erfrischende Pause«.

Hör auf, so zu denken, befahl sich Ron. Er umklammerte seine Waffe noch fester und stieg in die Kajüte hinunter. Kein Anzeichen von Turner.

»Turner!« rief er. »Wo zum Teufel ...« Er sah sich in der Kajüte um. Er war zwar schon ein paarmal auf Fischerbooten gewesen, aber dieses Boot war etwas ganz anderes. Hier gab es richtige Zimmer. Mit vorgehaltener Waffe durchsuchte er das Boot. Im Bug schaltete er das Licht ein und inspizierte die Dusche. Niemand. Panik und Wut stiegen in ihm auf, als er in die kleine Kabine neben der Kombüse schaute und das Licht anknipste. Darin entdeckte er nur eine große, trapezförmige, von Einbauschränken umgebene Koje mit einer Schaumstoffmatratze darauf. Ron ging rückwärts aus der kleinen, leeren Kabine und warf einen Blick in die Kabine am Bug. Dort entdeckte er nur eine

Doppelkoje, unter der Vorräte verstaut waren. Alles war sauber, ordentlich und leer.
»Verdammte Scheiße!« schrie Ron. »Wo, verdammt noch mal, steckt er?« Hilflos sah er sich um. Vince war die ganze Zeit auf dem Pier gewesen. Der Chief wurde zwar alt, aber er war nicht blind. Turner konnte nicht ungesehen an dem Streifenwagen vorbeigekommen sein.
Ron stieg die Leiter zur Luke hoch. Es gab nur einen einzigen anderen Weg vom Boot runter. Als er aufs Deck schaute, bestätigte sich seine Befürchtung. Das Heck des Bootes war niedriger als der Bug. Wenn Turner die Treppe hochgekrochen und bäuchlings zum Heck gerobbt war, hatte er unbemerkt im Wasser verschwinden können.
»Hurensohn!« schrie Ron, stopfte seine Waffe in den Halfter zurück und stieg an Deck. Er war außer sich vor Wut, daß ihm Turner entkommen war.
»Ich hätte diesen Mistkerl gleich verhaften sollen«, schimpfte er und stapfte übers Deck. Sein Zorn und seine Sorge um Laura Turner und ihren Sohn ließen ihn seine Vorsicht vergessen. Er hatte es eilig. Seine Ledersohlen rutschten auf den glitschigen, regennassen Planken aus, und er stürzte nach hinten. Er spürte einen Ruck in seinem Rücken und schrie auf, als er im Cockpit landete. Vorsichtig versuchte er sich zu bewegen, aber der plötzliche Schmerz war unerträglich. »Gottverdammte Scheiße!« fluchte er. Sogar das Sprechen tat ihm weh.
Die Menge der Gaffer unter dem Vordach des Gemischtwarenladens war zwar kleiner geworden, aber noch immer standen ein paar Neugierige da, die an diesem verregneten Urlaubstag nichts Besseres zu tun hatten, als zuzusehen, was auf diesem großen Segelboot passierte. Ein zwölfjähriges Mädchen sah Ron stürzen. »Daddy, sieh mal!« schrie es.

»Der Mann auf dem Boot ist hingefallen und liegt jetzt auf dem Deck ...«
Es dauerte eine Weile, bis das Mädchen die anderen Leute auf Ron aufmerksam gemacht hatte. Dann mußte beraten werden, was zu tun war, bis sich schließlich ein paar Männer und Frauen auf den Weg machten, um nach dem Mann zu sehen, der hilflos auf dem Deck lag.

50

»Überrascht?« fragte Gary.

Laura starrte ihren Freund an, streckte die Hand aus und berührte sanft sein Gesicht, um sich zu vergewissern, daß er Wirklichkeit war. »Eher fassungslos«, sagte sie. »Mein Gott, wie ich mich freue, dich zu sehen. Wo, zum Teufel, hast du gesteckt?«

Fleckige Röte stieg Gary in die blassen Wangen. »Wir haben beide viel durchgemacht«, sagte er ernst. »Ich habe in den Nachrichten gehört, was dir passiert ist. Ich kann es noch immer nicht fassen.«

»Es war ... ein Alptraum«, sagte Laura mit falscher Fröhlichkeit. Sie ging neben seinem Rollstuhl in die Hocke und preßte seine kalte Hand an ihr Gesicht.

Beide lächelten sich wehmütig an. »Ich habe nie an deiner Unschuld gezweifelt«, sagte er. »Keine Sekunde lang.«

»Danke, Gary. Da bist du wohl der einzige. Du ... und ausgerechnet meine Schwiegermutter, Dolores. Letztendlich hat sie doch zu mir gehalten und Vanese überredet, die Wahrheit zu sagen. Man weiß nie, wie Menschen wirklich sind«, fügte Laura kopfschüttelnd hinzu. »Aber ich habe es so satt, über das alles zu reden. Erzähl mir von dir. Warum bist du so plötzlich verschwunden? Wo warst du? Und warum bist du hier?«

»Ich bin bei dir zu Hause vorbeigefahren, und deine Freundin sagte mir, wo du bist.«

»Meine Freundin ... ach, du meinst Pam?« sagte Laura und

fügte dann nachdenklich hinzu: »Ich glaube, du bist der einzige Freund, den ich noch habe. Du bist doch noch mein Freund, oder?«

»Natürlich«, bestätigte Gary und sah sie an.

»Wo warst du denn? Deine Mutter war außer sich vor Sorge. Weißt du, daß sie der Polizei erzählt hat, du seist meinetwegen fortgegangen? Weil ich wieder geheiratet habe ... ich habe mich so schuldig gefühlt. Aber es war nicht deswegen, nicht wahr?«

Gary sah sie traurig an und nickte dann. »Irgendwie schon. Ja, es war deinetwegen.«

Laura wandte den Blick von ihm ab. »Das tut mir leid. Mehr als du je verstehen wirst.«

Gary schüttelte den Kopf. »Nein, das ist schon gut. Deine Wiederverheiratung hat mir nur den Schock versetzt, den ich gebraucht habe. Es regnet so stark. Möchtest du nicht mit in den Van kommen?«

Laura warf einen Blick auf ihre Armbanduhr und dann auf Garys Van, der ein Stück die Straße hoch geparkt war. Jetzt war sie erstaunt, daß sie ihn nicht gleich erkannt hatte. Ein paar Minuten kann ich noch bei ihm bleiben, dachte sie. Michael ist bei Dolores gut aufgehoben. »Okay«, stimmte sie zu.

Sie folgte ihm zu seinem Wagen und unterdrückte den Impuls, ihm beim Einsteigen helfen zu wollen. Gary braucht keine Hilfe, machte sie sich bewußt. Er ist absolut fähig, allein zurechtzukommen. Sie kletterte auf den Beifahrersitz, während er sich auf den Fahrersitz hievte. Sie hörte ein Klicken, als er die Zentralverriegelung drückte und sah ihn fragend an.

»Macht der Gewohnheit«, sagte er entschuldigend. »Ich fühle mich wohl verletzbarer, als andere Menschen es sind.«

Laura nickte und schaute durch die beschlagene Windschutzscheibe. Das verschleierte Glas ließ den Friedhof mit den gepflegten Rasenflächen und alten Bäumen zu einer konturlosen Masse grauer und schmutziggrüner Farbflecken verschwimmen. Sie spürte Garys Blick auf sich ruhen und stieß einen Seufzer aus.
»Deine Ehe funktioniert also nicht, wie?« fragte er.
»Gary ... diese Ehe wurde auf einer Lüge aufgebaut. Vielleicht auf etwas Schlimmerem als einer Lüge.«
»Was soll das heißen?« fragte er.
Laura senkte den Kopf. »Das heißt, daß ich Ian verlassen muß ... und diese Stadt.«
»Ich weiß«, sagte er. »Das hast du in den Nachrichten gesagt.«
Laura lauschte eine Weile schweigend dem Regen, der auf das Blechdach des Vans trommelte. Dann sagte sie: »Die Polizei verdächtigt Ian ...«
»Verdächtigt ihn?«
Laura schüttelte den Kopf. »Ich glaube, es war die Einsamkeit ... die absolute Einsamkeit, die mein Urteilsvermögen getrübt hat.«
»Verdächtigt ihn des Mordes an Jimmy?« fragte Gary.
Laura lehnte ihren Kopf an die Nackenstütze und schloß die Augen. »Ich bringe es einfach nicht fertig, das zu glauben. Jedesmal, wenn ich daran denke, schrecke ich davor zurück. Ich kann einfach nicht glauben, daß ich einen Mann geheiratet ... einen Mann geliebt habe, der ...«
Eine Weile herrschte Schweigen im Wagen. Laura fühlte in dem dunklen, stillen Van, ihren Freund neben sich, eine gewisse Ruhe in sich aufsteigen. Sie wandte den Kopf und sah Gary an.
»Du hast mir noch nicht erzählt, wo du gewesen bist«, sagte sie.

Gary starrte blicklos durch die Windschutzscheibe. »Ich bin davongelaufen«, sagte er. »Deine Heirat hat etwas in mir ausgelöst.«
Laura wartete auf eine Erklärung. Etwas in seinem Ton ließ sie erschauern.
»Ich bin einfach nach Norden gefahren und in Boston gelandet. Ich hätte mich beinahe ... ich dachte an Selbstmord.«
»O nein!«
»Ich war nahe daran.«
»Gary, warum?« fragte Laura. Sag nicht, daß es meinetwegen war, dachte sie. Bitte, sag das nicht.
Gary lehnte den Kopf gegen das Seitenfenster. »Seit Jimmys Tod war ich wie verloren ... Ich bin nach Boston gefahren, weil er wollte, daß ich dort hingehe. Als er mir half, das Stipendium zu bekommen ... Er hat mir dauernd von dem Museum dort erzählt und wie sehr ich diese Stadt lieben würde ...«
»Er hat so an dich geglaubt«, sagte Laura.
Gary verzog die Lippen zu einem schmerzlichen Lächeln. »Ich habe ihn geliebt, weißt du. Er war meine erste und einzige Liebe.«
Laura runzelte die Stirn. »Ich bin mir nicht sicher, ob ich richtig verstanden habe. Du meinst ... geliebt – richtig geliebt?«
»Jetzt bist du schockiert, nicht wahr?« fragte er mit einem bitteren Unterton in der Stimme. »So was kommt vor.«
Laura hielt den Atem an. Garys Geständnis war unbestreitbar ein Schock für sie, und es war ihr ein bißchen peinlich. Ihr wurde jedoch sofort klar, daß es für Gary weitaus schwieriger war, ein solches Geständnis abzulegen, als sie Probleme hatte, damit zurechtzukommen. Sie wollte nicht, daß er es bereute, sie ins Vertrauen gezogen zu haben. »Das weiß

ich«, sagte sie. »Versteh mich bitte nicht falsch. Ich hatte nur keine Ahnung. Ich dachte sogar ...«
»Du dachtest, ich sei in dich verliebt.«
»Deine Mutter hat gesagt ... sie hat der Polizei erzählt ...«
Laura verstummte, peinlich berührt.
Gary schüttelte den Kopf. »Meine Mutter hatte auch keine Ahnung. Niemand wußte es. Mich in Sehnsucht nach ihm zu verzehren, war mein Leben. Mein geheimes Leben. Als er aufs College ging und später nach Kalifornien zog, habe ich ihn zwar bei seinen Besuchen zu Hause gesehen, aber für mich war er verloren. Ich habe meine Gefühle der Vernunft untergeordnet und mir eingeredet, ich sei zufrieden damit, einmal jemanden geliebt zu haben. Es sei besser, geliebt zu haben und den geliebten Menschen verloren zu haben ... Und ich hatte ja kein gesellschaftliches Leben, um das auszugleichen«, sagte er wehmütig. »Und dann, als er von San Francisco hierher zurückkam, verheiratet, mit einem kleinen Sohn, da sah ich, daß er glücklich war, daß ihr beide euch sehr geliebt habt. Aber in mir hat es die ganzen alten Gefühle wieder aufgewühlt. Er hat nie gewußt, wie ich für ihn empfinde. Das wäre ihm peinlich gewesen. Es hätte unsere Freundschaft zerstört. Jimmy war so normal. Normal und gut. Der beste Mann, den ich je gekannt habe ...«
»Ja«, sagte Laura leise. »Er war gut.« Ich muß blind gewesen sein, dachte sie. Und Jimmy auch. Sie war sicher, daß Jimmy von Garys Gefühlen keine Ahnung gehabt hatte.
»Da habe ich wohl angefangen, mich damit zu begnügen, ein Teil eurer Familie ... eurer Welt zu sein«, sagte Gary. »So war es doch, oder?«
»Ja«, stimmte Laura ernst zu. »Ja, so war es.«
»Er hat an eurem Haus diese Rampe für mich bauen lassen. Du weißt nicht, was mir das bedeutet hat. Als wollte er mir damit sagen, daß ich auch dorthin gehöre.« Die Erinne-

rung trieb Gary die Tränen in die Augen. Laura streckte die Hand aus und umfaßte seine kalten Finger. »Es war ein Leben aus zweiter Hand, aber nach diesem Unfall ...« Er deutete auf seine Beine. »Und nach diesen langen Jahren, als es niemanden und nichts für mich gab, konnte ich nicht mehr erwarten. Es genügte mir ...«
»Aber er hat mehr von dir erwartet«, sagte Laura heftig. »Er hat immer daran geglaubt, daß dir die Welt offensteht, wenn du nur zugreifst. Deshalb wollte er unbedingt, daß du dieses Stipendium in Boston annimmst.«
»Ich weiß«, sagte Gary. »Ich weiß. Aber dir kann ich die Wahrheit sagen: Ich wollte dieses Stipendium gar nicht haben. Ich wollte nicht weggehen und ihn verlassen. Jedenfalls habe ich mich, nachdem er ... ermordet wurde, an dich und Michael geklammert, um nicht den Verstand zu verlieren. Ich habe dir Blumen geschickt, als kämen sie durch mich von ihm ... dabei hatte ich das Gefühl, etwas für ihn zu tun ... verstehst du?« Tränen liefen ihm über die Wangen; er wischte sie nicht weg. »Und dann, dann hast du die Bombe platzen lassen ... durch deine überstürzte Wiederverheiratung ...« Gary schüttelte den Kopf. »Da ist etwas in mir gerissen. Da habe ich endgültig kapiert, daß er für immer von mir gegangen war. Daß mir nichts geblieben war.«
Laura schluckte schwer. »Ich verstehe. Es tut mir leid.«
»Du mußt dich nicht entschuldigen. Es war nicht dein Fehler, sondern ausschließlich mein Problem«, sagte er in seiner schroffen Art.
Laura betrachtete sein tränenüberströmtes Gesicht, spürte aber kein Mitleid. Er strahlte eine Würde aus, die sie zutiefst bewegte. »Warum bist du zurückgekommen?«
»Ich bin nach Boston gefahren, habe mir eine Waffe gekauft und saß – den Lauf an der Schläfe – in einem Motelzimmer, als jemand an die Tür klopfte. Ein Mann, den ich im Park

kennengelernt hatte. Er war mir gefolgt. Er schien gewußt zu haben ...« Gary sah sie erstaunt an und fügte dann lächelnd hinzu: »Ich glaube, Jimmy hat ihn geschickt.«

»Kann schon sein«, stimmte Laura zu.

Gary nickte, und dann schwiegen beide eine Weile. Als Gary wieder sprach, klang seine Stimme ein bißchen befangen. »Er heißt Aaron und ist Krankenpfleger in der psychiatrischen Abteilung eines Krankenhauses. Wir sind uns sehr nahe gekommen. Ich habe das Gefühl, ihn schon mein Leben lang zu kennen. Ich fahre nach Boston zurück, um mit ihm zu leben. Ich bin nur nach Hause gekommen, um es meiner Mutter zu sagen und um meine Sachen zu holen.«

»Das kommt mir wie ein Wunder vor – dein persönliches Wunder«, sagte Laura und mußte unwillkürlich an ihre erste Begegnung mit Ian denken. Ihr war es vorgekommen, als hätte die Vorsehung ihn geschickt. Doch das war eine Lüge gewesen. Für sie war es Lug und Trug geworden. »Diese Beziehung ist bestimmt das Richtige für dich«, sagte sie ernst. Dann fügte sie hinzu: »Jimmy würde sich so freuen. Bestimmt. Er wollte immer nur das Beste für dich.«

»Danke«, flüsterte Gary.

»Hoffentlich findest du dein Glück. Du hast es verdient«, sagte sie.

»Dasselbe hoffe ich für dich«, sagte er.

Sie wollte schon sagen, daran glaube sie nicht, doch das hätte nicht gestimmt. »Ich habe Michael«, sagte sie. »Er ist mein ein und alles.«

Sie umarmten sich kurz und ein bißchen unbeholfen, da die Gangschaltung im Weg war.

»Da wir gerade von Michael sprechen«, sagte Laura dann, »ich muß ihn bei Dolores abholen, damit wir uns auch auf den Weg machen können.«

»Miles to go before I sleep«, zitierte Gary lächelnd.
»Für uns beide«, sagte sie.
Gary nickte ihr zum Abschied zu. Laura entriegelte ihre Tür und wollte aussteigen, als er sagte: »Ach, da fällt mir ein: Du kriegst wahrscheinlich einen Anruf von meiner Mutter.«
»Von deiner Mutter? Warum?«
Gary holte tief Luft und sagte verlegen: »Ich habe es nicht fertiggebracht, ihr von ... du weißt schon ... von Aaron zu erzählen. Ich hab's versucht, aber ... Sie würde es nicht verstehen. Niemals.«
»Du hast wahrscheinlich recht«, stimmte Laura zu.
»Also habe ich ihr gesagt, ich würde mit dir fortgehen.«
»Mit mir?«
»Das ist mir einfach so rausgerutscht. Ich sah dich im Fernsehen, und du sagtest gerade, du würdest die Stadt verlassen. Und da dachte ich mir: Warum nicht? Für den Augenblick wird sie es mir abnehmen. Mir bleibt noch Zeit genug, es ihr zu erklären.«
Laura sagte kopfschüttelnd: »Das ist nicht gut.«
»Deckst du mich? Wenigstens vorübergehend? Sobald ich mich häuslich niedergelassen habe, bringe ich die Sache mit ihr in Ordnung. Das verspreche ich dir.«
Laura lachte. »Na klar. Wofür sind Freunde schließlich da?«
»Mach's gut, Laura«, sagte er. »Ich werde dich vermissen. Dich und Michael.«
Laura schlug die Tür von außen zu und warf ihm eine Kußhand zu. Dann sah sie ihm nach, wie er in ein neues Leben davonfuhr. Werde glücklich, dachte sie. Sie drehte sich um und ging zu ihrem Wagen zurück. Es war Zeit, Michael abzuholen und sich auf den Weg zu machen.

51

Okay«, sagte Laura forsch, öffnete die Vordertür ihres Hauses und schob Michael hinein. »Wir müssen die Sachen packen, die wir mitnehmen wollen, und losfahren.« Sie sah Michael absichtlich nicht ins Gesicht. Ihn von Dolores und Sidney wegzubringen, war schwierig genug gewesen. Sie hatte von einer »kleinen Reise« gesprochen, die sie machen wollten, aber niemand hatte sich täuschen lassen. Michael hatte sich weinend an seine Großeltern geklammert, und Laura war sich wie ein Ungeheuer vorgekommen, weil sie ihn mitnahm. Doch sie hatte einen Punkt erreicht, von dem es keine Umkehr mehr gab.

»Wann kommen wir zurück?« wollte Michael wissen. »Ich will nicht verreisen, außer du sagst mir, wann wir zurückkommen.«

»Das weiß ich nicht genau«, antwortete Laura ausweichend, da sie ihm nicht noch mehr Lügen erzählen wollte. »Ich glaube nicht, daß wir weiter hier leben wollen.«

»Heißt das, daß wir nie mehr in unserem Haus wohnen werden?« fragte Michael fassungslos.

»Wir kaufen uns ein anderes Haus. Ein noch schöneres Haus.«

»Mir gefällt dieses Haus aber«, beharrte er widerspenstig.

Laura sah ihren Sohn warnend an. »Hör mal, Michael. Ich weiß, du hast eine schlimme Zeit durchgemacht. Glaube mir, daß ich das für keinen von uns beiden gewollt habe. Aber jetzt ist der Moment gekommen, mit der Vergangenheit abzuschließen und neu anzufangen.«

Er verstand nicht, was sie damit meinte. Ihn beschäftigte schon ein anderes Problem. »Was ist mit Ian?«

Laura öffnete den Dielenschrank und holte die leeren Koffer heraus, die sie dort aufbewahrte. »Ian kommt nicht mit«, sagte sie und wühlte zwischen den Winterstiefeln herum, die auf dem Boden standen.

»Wir wollten doch im Sommer eine Reise mit dem Segelboot machen«, jammerte Michael.

Laura drehte sich zu ihm um und packte ihn bei den Schultern. »Liebling, hör auf damit! Ich weiß, daß es dir schwerfällt, von hier wegzugehen. Und es tut mir auch leid. Aber daran führt kein Weg vorbei.«

Obwohl ihre Worte sehr entschieden klangen, wußte sie nicht genau, was sie bedeuteten. Sie dachte an Kalifornien. Vielleicht würden sie dorthin fahren. Sie hatte noch immer Kontakt zu alten Freunden. Und Kalifornien war weit weg von hier.

»Hör mal, wir fahren einfach los, übernachten in Motels und schauen uns die Sehenswürdigkeiten an. Das wird Spaß machen. Ich freue mich darauf, einfach ins Blaue zu fahren, nachdem ich in diesem gräßlichen Gefängnis eingesperrt war.« Das stimmte teilweise. Aber es war auch ein Trick, um Michael an ihre Trennung, an das ganze Entsetzen zu erinnern, das sie gerade durchgemacht hatten.

Aber wie Kinder nun mal sind, kümmerte ihn die Vergangenheit nicht. Er dachte nur an das, was jetzt geschah. »Ich komme nicht mit«, sagte er. »Du änderst dauernd deine Pläne. Ich möchte zu Grandma und Poppy zurück. Ich will nicht mit dir verreisen.«

Die Wahrheit, die in diesem Vorwurf steckte, versetzte ihr

einen Stich, doch anstatt ihm recht zu geben, wurde sie böse auf ihn. Sie drückte ihm einen leeren Rucksack in die Hand und sagte wütend: »Du gehst jetzt sofort nach oben und packst deine Sachen da rein. Es ist mir egal, was du mitnimmst, aber ich will keine Widerrede mehr hören. Verstanden?«

»Ich hasse dich!« schrie er und rannte, den Rucksack hinter sich her schleifend, die Treppe hoch.

Laura schloß die Schranktür und lehnte sich mit geschlossenen Augen dagegen. O Gott! dachte sie. Tue ich wieder das Falsche? Sie war an einem Punkt angelangt, wo sie alle ihre Entscheidungen in Zweifel zog. Aber das war nur zu verständlich. Jede Entscheidung, die sie getroffen hatte, schien verkehrt gewesen zu sein. Reiß dich zusammen, dachte sie. Wenn wir erst einmal unterwegs sind, wird es leichter. Diese Straße oder jene. Dieses Motel oder jenes. Wenn sie Kalifornien erreicht hatten, würde sie ihr Leben wieder im Griff haben.

Laura klammerte sich an diese schwache Hoffnung, holte tief Luft und stieß sich von der Schranktür ab. Wenigstens war das Haus in einem ordentlichen Zustand. Viele Zimmer waren schon ausgeräumt und die Sachen in Umzugskartons gepackt worden. Schließlich wollten wir zusammen mit Ian diese Stadt verlassen, dachte sie und verzog den Mund zu einem bitteren Lächeln. Sie mußte nur noch ein paar Dinge erledigen. Jetzt leere ich den Kühlschrank und werfe alle verderblichen Lebensmittel weg. Dann mache ich uns ein paar Sandwiches für die Reise. Anschließend packe ich meine Sachen. Sie ging durch die dunkle Diele zur Küche und öffnete den Kühlschrank. Darin lagen noch, ordentlich in Folie verpackt, die Überreste des Hühnchens und ein paar Scheiben Knoblauchbrot, die Ian an jenem Abend zubereitet hatte. An dem Abend, an dem sie verhaf-

tet worden war. An dem Abend, als das Gericht Dolores das vorläufige Sorgerecht für Michael zugesprochen hatte. Ihr letzter Abend in diesem Haus, an dem sie ahnungslos Karten gespielt hatten. Irgendwann in jener Nacht hatte Ian die Essensreste eingepackt und in den Kühlschrank gelegt. Wie ein verantwortungsvoller Ehemann. Ein perfekter Ehemann. Laura fühlte sich innerlich ganz taub, wie jemand, der so lange geschlagen wird, bis er gefühllos wird. Mit den Fingerspitzen nahm sie die verpackten Essensreste heraus und warf sie in einen großen dunkelgrünen Müllsack. Sie goß halbvolle Saftflaschen und angebrochene Coladosen in die Spüle und brachte die Flaschen und Dosen zum Recycling-Container. Der war jetzt leer, aber ihr fielen die Fotos von Jimmy ein, die am Abend ihrer überstürzten zweiten Heirat darin gelegen hatten. Wahrscheinlich hat Ian sie reingeworfen, dachte sie. Und nicht der Blumenhändler. Andere Erinnerungen an jenen Abend wollte sie verdrängen. Sie wollte nicht an die Stunden in dem kleinen Hinterzimmer denken und was dort in der Dunkelheit geschehen war. Sie verabscheute sich selbst, wenn sie nur daran dachte.
»Michael«, rief sie automatisch. »Beeil dich.«
Es kam keine Antwort, aber das überraschte sie nicht. Er war wahrscheinlich in seinem Zimmer, lag schmollend auf dem Bett und hatte noch nichts eingepackt.
»Ich komme hoch«, rief sie.
Laura verschnürte den Müllsack und schleifte ihn zur Hintertür, um ihn in die Mülltonne neben der Veranda zu stopfen. Es wurde schon dunkel; der ganze Tag war grau gewesen. Wir sollten vielleicht die Nacht noch hier verbringen und morgen ganz früh losfahren, überlegte sie, wußte aber gleichzeitig, daß sie keine Nacht mehr in diesem Haus bleiben konnte. Sie wollte weg sein, ehe Ian von der Polizei

entlassen wurde. Sich mal wieder aus allen Schwierigkeiten herausredete. Sie wollte das Risiko nicht eingehen, daß es plötzlich an der Tür klopfte, Ian hier auftauchte und sie zwang, sich noch mehr Lügen anzuhören.

Sie griff nach dem Knauf an der Hintertür und hatte ihn plötzlich in der Hand. Sie betrachtete das Schloß und sah, daß das Holz darum herum zersplittert war. Die Tür war gewaltsam aufgebrochen worden.

Ein eisiger Schauder lief ihr über den Rücken. Einen Augenblick stand sie nur da, starrte das Schloß an und versuchte zu begreifen, daß jemand ins Haus eingebrochen war. Dann wirbelte sie mit vor Angst geweiteten Augen herum. Niemand stand hinter ihr. Die Küche war leer, das Haus war still. Ihre Blicke huschten ängstlich umher. Sie versuchte zu denken. Wann? Warum? Es konnte irgendwann während der letzten paar Tage passiert sein, versuchte sie sich zu beruhigen.

»Michael«, flüsterte sie, und der Name ihres Sohnes blieb ihr in der Kehle stecken. Es war still im Haus. Viel zu still.

Sie ließ den Müllsack fallen und lief durch die Küche in die Diele. Als sie in ihrer Hast ausrutschte, griff sie Halt suchend nach der Tischkante. Da entdeckte sie auf dem Fußboden eine feuchte Spur, die von der Hintertür durch die Küche in den Flur führte. Ihr wurde übel vor Angst. War der Einbrecher noch im Haus?

Darauf bedacht, nicht auf die feuchten Flecken zu treten, ging sie vorsichtig durch die Diele zur Treppe und blickte hoch. »Michael?« rief sie, aber ihre Stimme klang zu dünn, und es kam, wie sie befürchtet hatte, keine Antwort.

Sie sah sich verzweifelt um. Auf einem Tisch in der Diele standen neben einer Vase mit welken Blumen zwei schwere Messingleuchter, die sie auf einem Flohmarkt gekauft hatte. Sie nahm die Kerze aus dem ihr am nächsten stehenden

Leuchter und packte ihn mit schweißfeuchter Hand am Fuß. Das Gewicht in ihrer Hand gab ihr ein Gefühl der Sicherheit. Vielleicht hat das alles nichts zu bedeuten, redete sie sich ein. Michael antwortet oft nicht, wenn ich ihn rufe. Kinder verloren sich gern in ihrer eigenen Welt. Die Tür konnte schon vor Tagen aufgebrochen worden sein, als niemand im Haus war. Aber das erklärte nicht die feuchten Spuren. Vielleicht war Pam während der Regenfälle ins Haus gekommen, um nach dem Rechten zu sehen. Nein, dachte sie entmutigt. Pam hätte die Wasserspuren weggewischt. Diese Vermutungen waren zwar nicht beruhigend, beschäftigten aber ihre Gedanken, trieben sie vorwärts, ließen sie, flach und stoßweise atmend, die Treppe hinaufgehen.

Oben angekommen, sah sie sich um. Im Haus war es noch immer unheimlich still. Sie ging direkt zu Michaels Zimmer. Die Tür stand offen, und darin war nichts verändert. Nicht einmal sein Rucksack lag da. Während sie mit laut pochendem Herzen dastand und das leere Zimmer betrachtete, hörte sie einen dumpfen Aufschlag. Erschrocken wandte sie den Kopf.

Das Geräusch war vom Ende des Flurs gekommen, aus ihrem früheren Schlafzimmer. Aus ihrem und Jimmys Schlafzimmer. Laura starrte den düsteren Flur entlang. Die Tür zum Schlafzimmer stand einen Spaltbreit offen, dahinter war es dunkel. Aber für Laura gab es keinen Zweifel: Von dort war der dumpfe Aufschlag gekommen. Vielleicht ist Michael da drin, sagte sie sich, sieht die Sachen seines Vaters durch und traut sich wegen seines schlechten Gewissens nicht zu antworten.

»Michael«, sagte sie wieder, »antworte mir.« Ihre Stimme zitterte.

Aber es kam keine Antwort. Und als sie auf den Boden sah,

entdeckte sie, daß die feuchten Spuren direkt zu dieser Tür führten. Ein Teil von ihr wollte zum Telefon laufen, die Polizei anrufen und melden, daß sie in ihrem Haus einen Einbrecher vermutete. Wollte an einem sicheren Versteck auf die Ankunft des Streifenwagens warten. Aber das war völlig unmöglich. Nicht ohne Michael. Du mußt da reingehen, sagte sie sich. Wer immer da drin ist, du mußt da rein und deinen Sohn rausholen.
Vorsichtig und mit rasendem Herzklopfen näherte sie sich der Tür. Mit einer schweißfeuchten Hand umklammerte sie den Fuß des Leuchters, die andere streckte sie zögernd aus. Sie wollte diese Tür nicht noch einmal öffnen. Michael, summte es in ihrem Kopf, und sein Name gab ihr die Kraft, weiterzugehen. Sie stieß die Tür auf und trat ins Zimmer.
Das letzte düstere Licht der regnerischen Dämmerung fiel durch die Fenster und warf die dunklen Schatten der Blätter und Zweige aufs Bett. Die Decken und Laken waren zerwühlt und lagen halb auf dem Boden. Und auf dem Bett, halb über die Kante hängend, lag wie die Erinnerung an ihren schlimmsten Alptraum, der Körper eines Mannes.
Seine Kleidung war dunkel und bauschig, als wäre sie gerade aus der Waschmaschine gekommen, und die Bettwäsche unter ihm sah durchnäßt aus. Auch sein Haar war naß, klebte ihm in Strähnen am Kopf und hob sich schwarz vom weißen Laken ab. Blut sickerte aus einer Wunde in der Brust des Mannes. Während Laura ihn entsetzt anstarrte, drehte ihr der Mann das Gesicht zu und sah sie mit leerem Blick an. Es war Ian.
Laura schlug die Hände vor den Mund, um einen Schrei zu unterdrücken. Plötzlich hörte sie hinter sich wieder einen dumpfen Aufschlag und einen erstickten Schrei. Sie wirbelte herum und erstarrte bei dem Anblick, der sich ihr bot. Michael saß mit ausgestreckten Beinen auf dem Boden.

Seine braunen Augen waren vor Entsetzen weit aufgerissen. Neben ihm lag sein kleiner Rucksack. In seinem Mund steckte ein Knebel. Hinter ihm kauerte Wanda Jurik und hielt ihm eine Waffe an die Schläfe.
»Was, um alles in der Welt ...«, entfuhr es Laura. »Lassen Sie meinen Sohn los!«
Sie ging auf die beiden zu, aber Wanda riß den Jungen hoch, drückte ihn an sich und preßte den Lauf der Waffe in Michaels weiches Fleisch.
Laura erstarrte vor Schreck. »Mrs. Jurik, bitte«, flüsterte sie. »Warum halten Sie mein Kind fest? Bitte, legen Sie die Waffe weg. Sie könnte losgehen.« Laura warf einen Blick aufs Bett. Ian beobachtete sie. Sein Blick war wehmütig und weit entfernt. Er hatte eine Hand auf die Wunde gepreßt, um die Blutung zu stillen. Seine Finger waren rot und verklebt.
Laura wandte ihren Blick entsetzt wieder Wanda zu. »Was haben *Sie* denn vor, Mrs. Jurik? Was ist hier los? Was ist passiert?«
»Ich habe auf Sie gewartet«, sagte Wanda. Mit dem Kopf deutete sie zum Bett. »Er hat hier rumgeschnüffelt und mich entdeckt.«
Laura sah wieder Ian an. In ihr drehte sich alles vor Verwirrung.
»Ich wollte dich sehen ... mit dir reden«, flüsterte Ian stockend. Bei jedem Wort zuckte er zusammen. »Hintertür war aufgebrochen. Machte mir angst. Ich kam nach oben. Sie wartete ... schoß auf mich ... Tut mir leid ...«
Wanda lächelte dünn. »Ich hab's ihm gegeben.«
Der qualvolle Ausdruck in Ians Augen ließ Laura schwach vor Angst werden. Wie nah war er dem Tod? fragte sie sich hilflos. Sie wandte den Blick von ihm ab und sah fassungslos das selbstzufriedene Lächeln auf Wandas Lippen. Reiß dich

zusammen, dachte sie. Du mußt diese Situation unter Kontrolle bekommen.
»Mrs. Jurik, was bilden Sie sich eigentlich ein?« ging Laura zum Angriff über. »Lassen Sie sofort meinen Jungen los! Kommen Sie. Lassen Sie ihn los! Bestimmt war es ein Unfall, aber ... mein ... Ian braucht ärztliche Hilfe. Sofort. Bitte.«
Wanda schüttelte den Kopf. »Es war kein Unfall. Und Sie rühren sich nicht von der Stelle. Jetzt sagen Sie mir, wo Gary ist.«
»Gary?« fragte Laura erstaunt. »Er ist fort ... Was ...«
»Versuchen Sie nicht, mich zu täuschen, Fräuleinchen. Ich kenne Ihre Pläne. Aber Sie kommen damit nicht durch. Sie werden mir Gary nicht wegnehmen. Nein, nein.«
»Ihnen wegnehmen ... Was, um Himmels willen ...« Und da fielen Laura, trotz ihrer Verwirrung, Garys Worte ein, sie würde wahrscheinlich einen Anruf von seiner Mutter bekommen. O mein Gott! dachte sie.
»Wanda«, sagte sie so sanft und beherrscht wie möglich. Nur mit Mühe gelang es ihr, die ohnmächtige Wut zu unterdrücken, die sie beim Anblick von Michael, der sich gegen Wandas eisernen Griff wehrte, und dem Gedanken an Ian, der blutend hinter ihr lag, zu überwältigen drohte. »Das ist ein schreckliches Mißverständnis. Ich ... ich habe eben mit Gary gesprochen. Er geht nicht mit mir fort. Das hat er nur zu Ihnen gesagt. Ich gehe nirgendwo mit ihm hin.« Sie warf einen gehetzten Blick auf Ian. Das aus seiner Brust sickernde Blut färbte das feuchte Laken unter ihm rot. »Bitte«, flehte sie. »Mein Mann ...« Ihre Stimme stockte bei diesem Wort. »Er braucht Hilfe.«
Wanda schüttelte den Kopf. Das Schicksal des Mannes, auf den sie geschossen hatte, interessierte sie nicht. »Lügen und noch mehr Lügen«, sagte sie. »Sie können mich nicht

täuschen. Meinen unschuldigen Jungen konnten Sie reinlegen. Er ist ja so leichtgläubig. Er versteht nichts vom Leben. Er ist an den Rollstuhl gefesselt. Aber ich weiß ...«
Laura sah die Angst in Michaels Augen, las aber noch etwas anderes darin: Sein Vertrauen zu ihr. Er vertraute ihr, daß sie ihn da rausholen würde. Sie mußte etwas tun, etwas sagen.
»Hören Sie, Wanda. Gary ist schon fort. Er ist ohne mich weggefahren. Er hat nur gesagt, er ginge mit mir, weil ...«
Sie zögerte; auch in dieser Situation widerstrebte es ihr, ein Versprechen zu brechen. Aber dann sah sie wieder Michael an, der Wandas Geisel war, hörte Ians keuchendes Atmen und warf ihre Bedenken über Bord. »Gary fährt nach Boston, um mit einem Freund zu leben, den er dort kennengelernt hat. Mit einem Mann, Wanda. Einem Mann, für den er sehr viel empfindet. Er wollte es Ihnen nicht sagen, weil er nicht glaubte, daß Sie es verstehen würden. Gary liebt diesen Mann, Wanda. Er will dorthin zurückkehren und ... und ein neues Leben mit diesem Mann beginnen. Aber er hat es nicht fertiggebracht, Ihnen das zu sagen. Noch nicht. Vor knapp einer Stunde habe ich mit Gary gesprochen. Jetzt ist er auf dem Weg nach Boston. Er hat mir versprochen, Ihnen die Wahrheit zu sagen, wenn er sich dort eingerichtet hat.«
Doch der Ausdruck in Wandas Augen blieb starr und glasig. »Ich konnte nie diese Macht verstehen, die Sie über Gary hatten. Zuerst war es Jimmy Reed. Und jetzt sind Sie es. Immer versuchen Sie, ihn mir wegzunehmen. Haben Sie ihn in Ihren Bann gezogen? Warum konnten Sie ihn nicht in Ruhe lassen? Ihretwegen hätte er beinahe Selbstmord begangen. Er hat sich diese Waffe gekauft«, verkündete sie und wedelte leichtsinnig damit herum, ehe sie den Lauf erneut an Michaels Schläfe drückte. »Und nur, weil Sie

wieder geheiratet haben. Hat er Ihnen das erzählt? Kümmert Sie das? Nein. Und jetzt wollen Sie plötzlich, daß er mit ihnen weggeht. Sie müssen nur mit dem Finger schnippsen, und er tut, was Sie wollen. Wie eine Marionette.«

»Das ist doch lächerlich!« schrie Laura, plötzlich wütend. »Hören Sie auf, mir die Schuld zu geben. Haben Sie kein Wort verstanden von dem, was ich Ihnen gesagt habe? Lassen Sie meinen Sohn los. Legen Sie sofort die Waffe weg.« Den Leuchter schwingend, machte Laura einen Schritt auf Wanda zu.

»Versuchen Sie's nicht«, sagte Wanda unheilvoll und preßte Michael fester an sich. Ihre kräftigen Muskeln unterhalb des aufgerollten Blusenärmels spannten sich. »Ich bin stärker als Sie. Das ständige Tragen und Heben hat mich kräftig gemacht. Das Tragen des Gewichts meines Sohnes. Mein Gewicht. Mein Gary«, sagte sie beharrlich.

»Es ist mir egal, wen oder was Sie getragen haben«, rief Laura. Der Leuchter in ihrer Faust hing nutzlos herab. »Ich hole meinen Sohn hier raus.«

»Ich hätte ihn nach dem Unfall umbringen sollen ... als ich es tun wollte«, sagte Wanda schneidend. »Dann wäre das alles nicht passiert. Warum habe ich nur gewartet?«

»Gary?« sagte Laura sanft, entsetzt über Wandas Worte.

»Gary?« sagte Wanda entgeistert. »Warum sollte ich mein eigenes Kind umbringen. Ich lebe für diesen Jungen. Seien Sie doch nicht so dumm.«

Und da begriff Laura. Voller Entsetzen und Bedauern erkannte sie die Wahrheit. Wanda meinte Jimmy.

»Sie?« schrie Laura. »Sie haben es getan? Warum?«

»Gary wollte mich nicht verlassen«, jammerte Wanda. »Er hätte dieses Stipendium in Boston nur angenommen, weil Jimmy Reed es so wollte. Er hat Gary immer gegängelt und ihn manipuliert. Aber Gary wäre nicht fortgegangen. Ich kenne meinen Sohn. Jimmy Reed gegenüber war er immer hilflos. Er hat getan, was Jimmy ihm sagte. Deshalb sitzt er heute im Rollstuhl. Weil Jimmy Reed ihn an jenem Abend überredet hat, mitzukommen. Die Straßen waren vereist. Ich wollte Gary davon abhalten. Aber Jimmy Reed hat seinen Willen durchgesetzt. Er hat immer versucht, mir meinen Sohn wegzunehmen. Ich mußte etwas tun. Und ich dachte, wenn Jimmy Reed nicht mehr ist, wirkt dieser Fluch nicht mehr. Aber nein. Sie traten an Jimmys Stelle. Warum konnten Sie mir meinen Sohn nicht einfach lassen?« schrie Wanda.

»Sie haben Jimmy ermordet«, sagte Laura langsam, als ihr die ganze Tragweite dieses Geständnisses bewußt wurde. Ihr Herz zog sich bei der Erinnerung an ihren Mann zusammen, der nur seinem Freund hatte helfen wollen.

Dann dachte sie an Ian, der verwundet auf dem Bett hinter ihr lag. Und ihr wurde vor Scham und Bedauern ganz schwindlig. Ian hatte sie gefunden, als sie ihn so dringend gebraucht hatte; er hatte an ihre Unschuld geglaubt und zu ihr gehalten. Das einzige Verbrechen, das er begangen hatte, war, sie zu suchen. Und sie hatte ihn des Mordes an Jimmy beschuldigt. Ihr Gesicht brannte vor Scham. Ihr Herz schmerzte. Sie wollte zu ihm laufen, sich vor ihn knien und ihn um Verständnis bitten. Aber das würde er ihr nie verzeihen. Wer wäre dazu schon fähig? Außerdem mußte ihm das jetzt wohl egal sein. Ihretwegen, weil er an sie geglaubt hatte, lag er jetzt dort und verblutete ...

»Tja, Sie kriegen ihn nicht«, sagte Wanda. »Ich lasse es nicht zu ... nicht dieses Mal.«

Laura starrte die Frau an, die ihren Jungen als Geisel festhielt. Wandas ergrauendes Haar war wirr, und ihre Augen glänzten in einem triumphierenden Wahn. Du hast es getan, dachte Laura. Du falsche, habgierige Hexe! Du

hast unser aller Leben zerstört. Und wofür? Du hast nie etwas begriffen. In Laura stieg Wut hoch, doch gleichzeitig erfüllte sie ein unheimlicher Frieden. Seelenfrieden. Sie mußte nachdenken. Sie mußte diesen Wahnsinn stoppen.
»Nein«, sagte Laura. »Nicht dieses Mal.«

52

Denk nach, sagte sich Laura. Denk nach! Aber es war schwierig, in die schlangenartigen Augen dieser bewaffneten Frau zu starren und gleichzeitig klar zu denken. Sie mußte ihre Angst unterdrücken, die auf Michaels Kopf gerichtete Waffe könnte losgehen. Sie durfte nicht an Ian denken, aus dessen Körper das Leben sickerte. Diese beiden Menschen, die den Inhalt ihres Lebens bildeten, wurden vom Tod bedroht, und sie mußte einen Ausweg finden. Irgendeine rettende Lösung.

Reiß dich zusammen. Überleg, worum es Wanda geht. Versprich ihr alles. Sonst kommt ihr hier nicht lebend raus. Vermittle ihr den Eindruck, daß du aufgibst. Ja. Irgendwie mußt du sie davon überzeugen.

Laura holte tief Luft. »Na gut, Wanda«, sagte sie so sanft, so ruhig wie möglich. »Vielleicht haben Sie recht. Ich war egoistisch. Ich habe nur an mich gedacht und nicht daran, was für Gary das Beste wäre.«

»Wird aber auch Zeit, daß Ihnen das klar wird«, sagte Wanda mit einem Seufzer.

»Ich habe diese Geschichte über den Mann in Boston erfunden«, sagte Laura. »In Garys Leben gibt es keinen Mann. Hat es nie einen gegeben.«

Wanda schnaubte. »Natürlich nicht. Es war sehr gemein von Ihnen, zu behaupten, mein Junge sei pervers . . . na, das ist einfach lächerlich. Gary hat keinerlei Gefühle in dieser Hinsicht. Er ist wie ein Kind. Er kennt nur Schwärmereien.

Sie wissen, wie verzweifelt er sein kann. Wie er Ihretwegen vor Liebeskummer krank wurde. Aber es paßt«, fügte sie kopfschüttelnd hinzu. »Sie schrecken vor keiner Lüge zurück, um zu bekommen, was Sie haben wollen. Ich habe Ihnen keine Sekunde lang geglaubt. Eine Mutter wüßte so etwas von ihrem Sohn. Sie müssen als Mutter noch viel lernen. Der Junge tut mir leid«, sagte sie und stieß leicht mit dem Lauf der Waffe an Michaels Kopf. »Er hat eine bessere Mutter verdient.«
Laura fühle, wie sich der Druck in ihrem Kopf verstärkte. Sie preßte ihre Fingernägel in die Handflächen, um sich nicht auf Wanda zu stürzen. Bleib ruhig, sagte sie sich. Du hast sie wenigstens zum Reden gebracht.
»Wanda«, sagte sie. »Sagen Sie mir bitte, was Sie damit erreichen wollen. Ich bin bereit, alles zu tun ...«
Ein flehender Unterton hatte sich in Lauras Stimme geschlichen, und Wanda war sofort auf der Hut. »Sie würden doch alles versprechen. So gut kenne ich Sie mittlerweile. Aber etwas zu tun, ist eine andere Sache.«
Du darfst nicht betteln, sagte sich Laura. Sie genießt das Gefühl der Überlegenheit zu sehr. Mach einen Plan.
»Na gut«, sagte sie mit einer Entschiedenheit, die sie nicht empfand. »Ich schlage Ihnen einen Handel vor. Gary und ich haben vereinbart, uns zu treffen. Er ist wahrsch ... er wartet jetzt schon auf mich. Auf Michael und mich.«
»Wo wartet er?« fragte Wanda neugierig.
Wo? dachte Laura verzweifelt. Und dann schüttelte sie den Kopf. »O nein«, sagte sie. »Ich werde Ihnen nicht alles sagen. Nicht, solange Sie meinen Jungen mit der Waffe bedrohen.«
Wanda drückte Michael fester an sich, und ihre Stimme klang wie ein Knurren. »Sie sagen mir jetzt alles, oder ich erschieße Ihren Jungen vor Ihren Augen.«

Laura zwang sich mit aller Kraft, das Zittern zu beherrschen, das ihren ganzen Körper erfaßt hatte. Ihr war, als versuche sie, Michael über eine dünne Schicht Eis zu erreichen. Bei jedem Schritt hörte sie das Knacken um sich herum, und ein eisiger Abgrund wartete auf sie, wenn sie eine falsche Bewegung machte.

Setz dein Gehirn in Bewegung, ermahnte sie sich. Tu so, als sei es wahr. Und was dann?

»Na gut, Wanda. Hören Sie mir zu. Es gibt nur eine Möglichkeit, Gary davon zu überzeugen, daß ich nichts mehr mit ihm zu tun haben will: Ich muß es ihm selbst sagen. Ihnen wird er nicht glauben. Schließlich sind Sie seine Mutter. Und Mütter wollen ihre Kinder immer beschützen, nicht wahr? Er kennt Ihre Fürsorge und weiß, daß Sie gegen mich sind. Also muß ich ihm ins Gesicht sagen, daß ich nichts für ihn empfinde.«

Wanda lächelte, als würde Lauras Argument sie amüsieren. »Neiiiin«, sagte sie langsam. »Erst wenn Sie tot sind, gehört Gary wieder mir ganz allein.« Wanda genoß sichtlich den Ausdruck auf Lauras Gesicht. »Glauben Sie etwa, ich würde Sie am Leben lassen? Jetzt, da Sie die Wahrheit über Jimmy Reeds Ermordung kennen?«

»Ich sage es niemandem«, flehte Laura. »Das schwöre ich Ihnen.«

»Ihr Wort! Was ist das schon wert?« höhnte Wanda und sah sich im Zimmer um. »Ich muß es so aussehen lassen, als hätten Sie es getan. Oder er«, sagte sie vage und deutete mit der Waffe auf Ian. »Ich lasse die Waffe hier liegen. Die Polizei wird glauben, es hätte einen heftigen Streit gegeben. Schließlich ist er Ihr Mann. Solche Dinge passieren jeden Tag.«

Etwas Weiches in Lauras Herz erstarrte plötzlich zu Stahl. O nein, das gelingt dir nicht, dachte sie. Du hast zwar eine

Waffe, aber du wirst nicht gewinnen. Das lasse ich nicht zu.

»Wenn ich nicht zum vereinbarten Treffpunkt komme, wird mich Gary hier suchen«, sagte sie.

Wanda seufzte.»Ja, das wird er wahrscheinlich tun ... Er lernt nie etwas dazu.«

»Sie wissen doch, daß die Polizei immer zuerst die Person verdächtigt, die die Leiche findet, nicht wahr?« fragte Laura. »Ich bin mittlerweile mit polizeilichen Ermittlungsmethoden sehr vertraut.«

Wanda zuckte mit den Schultern und starrte Laura mit schmalen Augen an. »Na und?«

»Und es ist Garys Waffe.«

Wanda betrachtete mißbilligend den Revolver, als sei er plötzlich etwas für sie Bedrohliches.

»Die Polizei wird Gary beschuldigen«, sagte Laura. »Dann kommt er ins Gefängnis und wird womöglich hingerichtet. Und was bleibt Ihnen dann noch?«

»Halten Sie den Mund!« schrie Wanda. »Die Polizei wird Gary nicht verdächtigen. Vergessen Sie nicht, daß er im Rollstuhl sitzt.«

»Aber er kann mit einer Waffe umgehen«, wandte Laura ein. »Das haben Sie selbst gesagt.«

»Sie sind eine Teufelin«, sagte Wanda. »Ihnen ist völlig egal, was mit Gary geschieht, nicht wahr?«

»Die Polizei wird Ihnen Ihren Sohn wegnehmen. Für immer«, sagte Laura.

In Wandas Augen stand der blanke Haß, aber auch Verwirrung war in ihnen zu lesen.

Laura blickte auf ihre Armbanduhr. »Denken Sie darüber nach«, sagte sie. »Ich habe mich schon verspätet. Gary wird bald hier sein.«

Wandas Blick drückte jetzt Panik aus, als sie verzweifelt nach einer Lösung suchte. Und dann breitete sich auf ihrem Gesicht ein perfides Lächeln aus. »Nein, das glaube ich nicht«, sagte sie.

»Was glauben Sie nicht?« hakte Laura nach. »Die Polizei wird Gary beschuldigen, das wissen Sie doch. Er hat das perfekte Motiv. Sie selbst haben der Polizei gesagt, daß er mich liebt. Sie haben immer wieder behauptet, er würde meinetwegen sogar einen Mord begehen. Glauben Sie mir, ein stärkeres Motiv gibt es nicht.«

Wanda schüttelte den Kopf. »Tut mir leid, meine Liebe. Das war ein netter Versuch, aber die Polizei wird die Leichen hier im ersten Stock finden. Wie sollte mein Sohn das schaffen?«

Laura zuckte innerlich zusammen, ließ sich jedoch nicht beirren. So funktioniert es, dachte sie. Ich muß überzeugend und optimistisch wirken – sogar triumphierend. Ganz ruhig, sagte sie sich. Du mußt selbst daran glauben. Es wahr klingen lassen.

»Ganz einfach, Wanda«, sagte Laura. »Wir haben einen Treppenlift.«

Wandas Augen weiteten sich. »Nein. Das stimmt nicht.«

»O ja«, sagte Laura. »Sie haben doch die Rampen am Haus gesehen. Jimmy hat sie für Gary bauen lassen.«

Wanda überlegte. »Jeder kann sich Rampen anbauen lassen«, sagte sie schließlich. »Ich bin die Treppe hochgekommen und habe keinen Lift gesehen.«

»Dieses alte Haus hat eine Hintertreppe«, sagte Laura kühl. »Sie ist breiter als die vordere Treppe und führt gerade nach oben. Deshalb hat Jimmy dort den Lift installieren lassen. Damit sich Gary frei im Haus bewegen kann.«

»Sie lügen«, sagte Wanda.

»Ach, wirklich?« sagte Laura. »Kommen Sie doch mit und überzeugen Sie sich.«

Wanda zögerte, und Laura hielt den Atem an. Doch Wanda

mußte sich überzeugen. Sie wagte es nicht, ihren Plan auszuführen, ohne genau Bescheid zu wissen. Ihr Plan durfte nicht bedeuten, daß die Polizei Gary beschuldigen würde.

»Legen Sie das Ding in Ihrer Hand weg. Lassen Sie es auf den Boden fallen.«

Laura ging in die Hocke und legte den Leuchter neben sich.

»Stoßen Sie ihn weg«, sagte Wanda.

Laura tat, wie ihr befohlen. Der Leuchter rollte in einem Bogen davon und landete am Fuß einer Kommode.

»Steh auf«, sagte Wanda zu Michael. Laura vermied es absichtlich, ihrem Sohn in das tränenüberströmte Gesicht zu sehen. Seine angstvollen Augen würden sie entmutigen. Als sich auch Wanda aufrichtete und Michael am Hemdkragen packte, warf Laura einen Blick zum Bett.

Ian sah sie an und versuchte zu sprechen. Sie erwiderte seinen Blick und las die Worte darin, die er nicht sagen konnte. Stirb nicht, dachte sie. Wir brauchen noch eine Chance.

Okay, ganz ruhig jetzt, sagte sich Laura, als Wanda sie und Michael aus dem Zimmer drängte. Der Lauf der Waffe war weiterhin auf Michaels Kopf gerichtet, knapp über dem Ohr.

»Wo ist diese Hintertreppe?« fragte Wanda skeptisch.

»Hier entlang«, sagte Laura.

Langsam, wie im Zeitlupentempo, ging sie den Flur hinunter. Sie hatte nur eine Hoffnung, eine einzige Chance, den Bruchteil einer Sekunde, um zu handeln; sie durfte nicht versagen. Wenn sie den Treppenabsatz erreichten, würde sie die Stufen hinunter anstatt weiter den Flur entlang gehen, sich beim ersten Schritt umdrehen und Wanda bei der Hand packen, die die Waffe hielt. Sie rechnete

damit, daß die überraschte Wanda so reagieren würde, wie sie hoffte. Eine zweite Chance würde sie nicht haben. Wanda hatte recht. Es gab keine Hintertreppe, keinen Lift und keinen anderen Ausweg.
»Beeilen Sie sich!« herrschte Wanda sie an. »Vorwärts!«
Laura kam zum Treppenabsatz und sprach ein stummes Gebet. Sie wollte gerade ihren Plan in die Tat umsetzen, als sich Michael, dessen Hände jetzt frei waren, den Knebel aus dem Mund riß und schrie: »Nein, Mom. Da ist keine Hintertreppe. Sie wird es sehen. Sie wird dich erschießen ...«
»He!« rief Wanda, und Laura erstarrte. »Da gibt's keine Hintertreppe?« fragte sie Michael und stieß ihn mit dem Lauf an.
Laura drehte sich um und starrte hilflos auf die Frau und das Kind. Michael schluchzte laut und schüttelte den Kopf.
»Bitte, erschießen Sie uns nicht. Meine Mom wollte Sie nicht belügen.«
Wanda sah jetzt Laura an, die trotzig den Blick der Irren erwiderte. »Braver kleiner Junge. Sag nur immer schön die Wahrheit. Und jetzt sei still!«
Aber Michael fing mit hochrotem Gesicht zu schreien an.
»Bitte, tun Sie meiner Mom nichts.« Sein Schreien dröhnte in Lauras Ohren, hallte von den Wänden wider, und Wanda schüttelte ihn heftig, um ihn zum Verstummen zu bringen.
»Geben Sie ihn mir«, flehte Laura. »Sehen Sie denn nicht, daß er ganz außer sich vor Angst ist?«
Plötzlich sah sie hinter Wanda in der Schlafzimmertür eine Gestalt auftauchen. Sie riß entsetzt den Mund auf, als sie merkte, daß Ian taumelnd durch den Flur kam. Eine Hand drückte er auf die blutende Wunde, und mit der anderen stützte er sich an der Wand ab.

»Ian«, keuchte sie. »Nicht.«
Wanda gab Michael, der noch immer schrie, eine Ohrfeige und starrte Laura höhnisch grinsend an. »Daß ich nicht lache«, sagte sie, ohne nach hinten zu sehen. »Ich bin schließlich nicht von gestern. Sagen Sie dem Jungen, er soll sofort aufhören zu schreien.«
Laura konnte den Blick nicht von der taumelnden Gestalt lösen. Was bezweckte Ian damit? Er konnte sich doch kaum auf den Beinen halten. Doch seine Tapferkeit schnitt ihr ins Herz.
»Ach, sparen Sie sich die Mühe. Auf diese Finte falle ich nicht herein. Ein zweites Mal tricksen Sie mich nicht aus«, sagte Wanda verbittert.
Ian war jetzt so nahe, daß er sich mit einer Hand am Geländer festhalten konnte und mit der anderen, seiner blutigen, klebrigen Hand, packte er Wandas Oberarm. Wanda zuckte zusammen, blickte auf ihren Arm, sah die blutigen Finger, schrie auf und schwenkte die Waffe herum, weg von Michaels Kopf.
Da sah Laura ihre Chance. Als Ian zu Boden stürzte, trat sie auf die oberste Stufe und packte Wandas ausgestreckte Hand mit der Waffe. Laura riß mit aller Kraft, Wanda taumelte, fiel gegen das Geländer und stürzte schreiend in die Tiefe.
Laura wich an die Wand zurück und sah, wie Wanda zuerst gegen das geschwungene Treppengeländer und dann unten auf den Boden prallte. Dabei löste sich ein Schuß aus dem Revolver, und der Knall dröhnte durchs ganze Haus.
»Mommy!« schrie Michael. Laura warf ihrem Sohn einen kurzen Blick zu und sah dann wieder hinunter zu der verrenkt daliegenden Gestalt. Sie fürchtete, Wanda könnte wieder aufstehen, doch dann sah sie den dunklen Fleck, der sich unter Wandas Körper ausbreitete.

»Mommy, ist jetzt alles vorbei?« schluchzte Michael.
»Ja, es ist vorbei«, rief Laura. »Alles ist okay.« Sie lief zu ihm, nahm ihn in die Arme, küßte sein Ohr, sein Haar und seine tränenfeuchte Wange. »Bist du okay, mein Liebling?«
Michael nickte tapfer. Aber sein kleiner Körper zitterte wie Espenlaub.
»Was ist mit Ian? Sie hat ihn umgebracht!« rief Michael.
»Nein.« Laura schnappte keuchend nach Luft. »Nein.« Sie wußte, daß sowohl in Michael als auch in ihr das alte Entsetzen wieder aufflammte. »Warte hier«, sagte sie und schob ihn zur nächstliegenden Tür, der Tür zu ihrem Arbeitszimmer. Sie stürzte hinein, griff mit zitternder Hand zum Telefon, wählte den Notruf, gab ihre Adresse an und bat um Hilfe. Dann legte sie auf und lief in den Flur zurück. Überall war Blut – an den Wänden, auf dem persischen Läufer, an den Geländersprossen. Ian lag mit geschlossenen Augen da. Seine Lider waren wachsbleich.
»Ian«, flüsterte sie, kniete sich neben ihn, schob vorsichtig ihre Hand unter seinen Nacken und hob seinen Kopf leicht an. Seine Lider flatterten, dann sah er sie an.
»Die Ambulanz ist schon unterwegs«, flüsterte sie. »Du mußt durchhalten.«
Er sah sie wie aus weiter, dunkler Ferne an, und ihr Herz war voller Angst. »Stirb nicht«, sagte sie. »Bitte, stirb nicht. Gleich kommt der Krankenwagen. Du mußt nur noch ein bißchen durchhalten. Mir tut alles so leid. Ich hätte nie an dir zweifeln dürfen. Bitte, bleib bei mir. Bitte, bleib, damit wir noch eine Chance haben. Ich brauche dich. Bitte, gib nicht auf. Tu's meinetwegen.« Sie griff nach seiner klebrigen, blutigen Hand und streichelte sie. In der Ferne hörte sie Sirenengeheul.
»Gleich kommt Hilfe«, sagte sie.
»Mom, darf ich zu dir kommen?« fragte Michael, der noch

immer neben der Tür zum Arbeitszimmer stand. »Ich habe keine Angst.«
Laura sah Ian an, der in seinem eigenen Blut lag. Michael hatte das alles schon einmal gesehen. Was hatte es für einen Sinn, ihn vor etwas schützen zu wollen, was er bereits kannte?
»Bitte, Mom«, flehte er.
»Ja, komm her«, sagte sie, und er stürzte herbei, drängte sich zwischen sie und Ian. Er starrte Ian mit weit aufgerissenen Augen an.
»Stirb nicht, Ian«, sagte er ernst.
Ian leckte sich mühsam mit der Zungenspitze die Lippen und sah Michael zärtlich an. Leise flüsterte er: »Nein, ich sterbe nicht. Das verspreche ich dir.«
»Trau dich ja nicht«, sagte Laura, umklammerte seine Hand und küßte ihn auf die Stirn. Sie spürte, wie er ihren Händedruck erwiderte.
Als unten die Haustür aufgerissen wurde und die Sanitäter und Polizisten die Treppe hochpolterten, betrachtete sie ängstlich sein Gesicht. Es war schmerzverzerrt, doch tief in seinen Augen lag ein friedlicher, beinahe glücklicher Ausdruck. Ein Ausdruck, der ihr Hoffnung gab. Ian sah aus, als würde er an einem sicheren Ort auf seine Rettung warten. Er sah aus wie ein Mann, den die Flügel seines Schutzengels umschirmten.